生きろ、生きろ、生きろ。
主人公たちのこの言葉に突き動かされる
ように書きました。
きっと韓国の読者の方々にも、この思いは
伝わると信じています。

いつもありがとうございます。

吉田修一

살아라, 살아라, 살아라.
주인공들의 이 말에 이끌리듯이 소설을 썼습니다.
한국의 독자 여러분에게도 이 마음은 분명 전해지리라고 믿습니다.
언제나 감사드립니다.
요시다 슈이치

워터 게임

이 도서의 국립중앙도서관 출판예정도서목록(CIP)은 서지정보유통지원시스템
홈페이지(http://seoji.nl.go.kr)와 국가자료공동목록시스템(http://www.nl.go.kr/kolisnet)에서
이용하실 수 있습니다. (CIP제어번호: CIP2020016639)

ウォーターゲーム by 吉田修一
WATER GAME

Copyright © 2018 by YOSHIDA SHUICHI

Original Japanese edition published by Gentosha, Inc., Tokyo, Japan.

Korean edition is published by arrangement with Gentosha, Inc.

through Discover 21 Inc., Tokyo and BC Agency, Seoul.

워터 게임

요시다 슈이치 장편소설

이영미 옮김

은행나무

| 일러두기 |

본문의 주는 모두 옮긴이의 것으로, 괄호 안에 글씨 크기를 줄여 표기했습니다.

1장
어머니, 대하(大河)

　오늘 밤에도 산은 얼어붙을 듯이 냉랭하다.

　와카미야 신지는 먼지 낀 복도 바닥에 책상다리를 하고 앉아 양말을 신었다. 두툼한 방한용 양말인데, 엄지발가락에 구멍이 나 있었다. 구부정하게 숙인 자세로 양말을 신는 모습이 술 취한 인부들이 싸우다 금이 간 거울에 비쳤다.

　목욕을 마치고 나온 한다가 다가와서 "나가려고? 퇴근용 밴은 벌써 출발했는데"라고 말을 건넸다.

　"……또 라쿠치야? 거기 할망구들 얼굴 보며 마셔봤자 술맛도 안 나던데."

　신지는 대꾸하지 않고, 나머지 한쪽 양말을 신었다.

　"그 젊은 형님, 가만 놔두면 한 되는 거뜬히 마셔."

　식당에서 텔레비전을 보고 있던 다른 인부가 끼어들었다.

"허 참, 아직 스물너덧 살밖에 안 됐을 텐데, 자네는 술로 몸을 망치는 타입인가? 하긴 어차피 인간이 뭐로든 몸을 망칠 바에야 일찍 죽는 데는 술이 최고일지 모르지."

발그레하게 달아오른 한다의 몸에서 싸구려 보디 샴푸 냄새가 났다. 신지는 일어서서 두툼한 점퍼를 걸쳤다.

"다녀오겠습니다."

나지막이 중얼거리고, 현관으로 향했다. 한다와 인부는 합숙소 식당에서 이미 다른 얘기를 나누기 시작했다.

밖으로 나오자, 신호를 보내듯 자동차 라이트가 켜졌다. 신지는 어둑한 산을 먼저 올려다보고, 얼굴을 후려치는 매서운 바람에 점퍼 지퍼를 목까지 바짝 올렸다.

자갈을 밟으며 벤츠 조수석에 올라탔다. 난방과 방향제 때문에 차 안의 공기가 탁했다. 신지는 차에 타자마자 운전석에 앉아 있는 젊은 사장에게 500엔짜리 동전을 건넸다.

"돈 같은 건 필요 없다니까."

신지는 아다치라는 이름을 가진 젊은 사장의 강아지 같은 눈은 쳐다보지 않고, "가자"라는 말만 던졌다.

자동차는 자갈을 짓이기며 주차장을 벗어났다. 목욕탕에서 수증기가 솟아오르는 조립식 건물 현장 합숙소가 룸미러 속에서 멀어졌다.

아다치의 운전은 조심스러워서 비포장 내리막길을 도마뱀

이 기어가듯 내려갔다. 오른쪽으로 핸들을 꺾으면, 낭떠러지 밑으로 계곡물이 흘러서 희미하게 물소리가 들리지만, 산은 압도적인 무음의 세계였다.

"……내일은 또 온종일 합숙소에서 잠만 잘 거지? 가끔은 고쿠라 근처로 외출도 좀 하고 그래."

밤의 고요함 속에서 아다치 혼자만 시끄러웠다.

"……여기 댐 보수 끝나면, 다음에는 어떡할 거야? 우리 회사에서 인부 모집은 다시 하겠지만, 두 달쯤 틈이 벌어져. 그때까지 다른 데서 돈벌이를 할 수 있으면 좋을 텐데."

신지는 아다치를 무시하고 어두운 산을 바라보았다.

차 안에서 흘러나오는 라디오에서는 일요일인 내일이 나들이하기 좋은 맑은 가을날이 될 거라고 했다.

아직 가을인가, 신지는 생각했다. 산은 이미 오래전부터 겨울인데.

댐 호숫가를 따라 한동안 달린 자동차는 꼬불꼬불한 산길을 내려갔다. 전조등이 삼나무 숲을 비췄고, 하얀 중앙선이 화살처럼 날아들었다. 그 빛 속을 가로지르며 족제비 어미와 새끼가 지나갔다. 아다치가 비명을 지르며 핸들을 꺾었다. 족제비 어미와 새끼는 무사했다.

아다치는 여전히 옆에서 뭐라고 떠들어댔다. 그 소리는 이미 귀에 들어오지 않았다.

신지는 눈을 감았다. 그리고 무사했던 족제비 어미와 새끼가 차에 치여 죽은 모습을 떠올렸다.

차 안의 난방과 아다치의 따분한 수다 때문에 신지는 그대로 잠이 들고 말았다. 눈을 뜬 것은 '라쿠치' 부지로 들어서면서 자동차 타이어가 덜컹거리며 튀어 오른 순간이었다.

술집 열 채 정도가 잡초가 우거진 광장을 에워싸고 늘어서 있다. 지붕과 벽은 모두 함석이고, 나지막한 하늘에는 거미집처럼 전깃줄이 얽혀 있었다.

패밀리레스토랑과 쇼핑몰의 화려한 간판이 늘어선 큰길에서 조금 떨어진 이곳 라쿠치에만 색깔이 없다.

차에서 내리자, 난방으로 따뜻해졌던 몸이 찬바람에 금세 싸늘해졌다. 신지는 콧물을 훌쩍거렸다.

"파라다이스가 끝나면, 데리러 올게."

아다치가 그렇게 말하고, 파친코로 가려고 했다. 신지는 배웅도 하지 않고, 라쿠치 안쪽에 있는 술집 '별'로 향했다.

메마른 세찬 바람이 휘몰아치는 바깥과 달리, '별'의 카운터는 녹초가 된 사내들로 거의 만석이었고, 비좁은 가게는 어묵 수증기와 담배 연기로 가득 차 있었다.

"어라, 당신……."

안으로 들어온 신지를 본 빨간 머리 마담이 붙임성도 없이 맨 안쪽 자리를 턱짓으로 가리켰다. 신지는 다른 한 여자를 찾으며 두리번거렸다. 눈치챈 마담이 어이없다는 듯이 "금방 올 거야. 한잔하면서 잠깐 기다려"라고 말했다.

옷장 방향제 냄새가 풍기는 할아버지와 베니어판 사이에 끼어 앉은 신지는 소주잔을 단숨에 비웠다. 그 모습에 감탄한 할아버지가 "호오" 하는 소리를 흘렸고, "댐 보수공사 하러 온 청년이에요"라고 마담이 소개했지만, 아무도 흥미를 보이지 않았다.

바로 그때 뒷문이 열리고, 장바구니를 든 여자가 몸을 웅크리며 들어왔다. 몸을 웅크린 탓에 배에 낀 군살이 두드러져 보였다. 여자는 신지를 알아채고도 눈도 마주치지 않았다. 마담 심부름으로 사 온 쪽파를 도마에 놓고 고개를 숙인 채로 잘게 다지기 시작했다.

결국 독한 소주를 연거푸 여섯 잔이나 마셨을 즈음, 마담이 "아— 더는 못 보겠네. 갔다 와"라며 어이없어했다.

신지는 그 말을 기다렸다는 듯이 부리나케 일어서서 술값을 놓고 밖으로 나왔다. 가죽 구두가 진흙에 더럽혀져 있었다. 신지는 잡초를 뽑아서 진흙을 털어냈다.

뒷문을 여는 소리가 들리고 여자가 나왔다. 라쿠치를 벗어나는 여자의 뒤를 신지도 말없이 따라갔다.

여자의 걸음걸이에는 패기가 없다. 갑자기 뚝 멈춰 서버릴 것 같은 걸음걸이였다.

라쿠치 뒤편에 낡은 아파트가 있고, 1층 북쪽이 빈방이라 여자가 열쇠로 문을 열었다. 열쇠에는 키티 고리가 달려 있었다.

"이불은?"

여자가 물어서 "필요 없어"라고 신지가 대답했다.

그런데도 여자는 하얀 형광등 불빛 아래 곰팡내 나는 다다미에 꽃무늬 매트리스를 깔았다.

신지는 옷을 벗었다. 여자가 켠 전기난로 열기에 살갗이 붉게 물들고 정강이가 근질거렸다. 신지는 털이 난 정강이를 긁적였다.

여자가 옷을 벗기를 기다렸다. 눈을 감자, 희미한 소리로 여자의 움직임을 알 수 있었다.

밖에서 발정 난 길고양이가 단말마 같은 소리를 질러댔다. 울음소리는 애절함을 넘어 너무도 처절해서 "삶은 그저 괴로울 뿐"이라고 죽어라 호소하는 것처럼 들리기까지 했다.

"……당신은 굳이 이런 아줌마가 아니라도 상대해줄 젊은 애들이 많잖아. 라쿠치에 와봤자……."

길고양이처럼 소리를 높이는 여자의 입을 신지가 가로막았다. 그런데도 여자의 신음 소리는 손가락 사이로 새어 나왔다.

신지의 얼굴에 땀이 솟구치고, 무릎이 다다미에 쓸려서 따끔거렸다. 목이 마르고 머리가 멍해졌다. 그러다 자기가 화가 났다는 걸 알아챘다. 무엇 때문에 화가 났는지는 알 수 없었다.

다만 화가 나서 여기 있다는 걸 알았다.

"화가 나." 신지가 소리 내어 말했다.

"……응……응." 여자가 고개를 끄덕였다.

밖에서는 암고양이가 여전히 괴로움에 몸부림치듯 울어댔다. 이젠 죽어도 좋다고 포기한 것처럼도 들리고, 무슨 수를 써서라도 살아남겠다고 필사적으로 아픔을 참아내는 것처럼도 들렸다.

'어느 쪽이야?' 신지는 자기 자신에게 물었다. '난 어느 쪽이지?'

신지는 몸을 떼어냈다. 여자에게 등을 돌리고 양말을 신자, 엄지발가락에 구멍이 났던 사실이 떠올랐다.

사타구니로 뻗어 온 아다치의 손을 신지가 매정하게 뿌리쳤다.

조수석 좌석을 세우고 밤하늘을 바라보았다. 앞 유리 너머에서 구름이 보랏빛 하늘을 흘러갔다.

아다치가 집요하게 손을 뻗어 왔다.

조금 전까지 라쿠치의 술집 여자를 품었던 피로와 졸음 때문에 몸이 좌석 깊숙이 빨려 들었다.

남자에게도 흥미가 있는 듯하지만, 산에서 내려가면 아다치에게는 한 살 연상인 아내와 초등학생인 두 딸이 있다.

오늘 밤, 웬일인지 아다치가 라쿠치에서 댐 합숙소로 돌아가는 길을 바꿨다. 일부러 우회 도로로 에둘러서 남쪽 등산로 입구로 들어섰다. 신지는 이유를 묻지 않았다.

산 정상을 넘어서며 길이 내리막길로 바뀌었고, 크게 왼쪽으로 커브를 돈 지점에서 아다치가 차를 세웠다. 전망이 좋은 장소인데, 흘러가는 구름을 수면에 머금은 보수 중인 댐 호수가 내려다보였다.

아다치의 콧김이 거칠어졌다.

"난 당신처럼 자기 자신에게 정직한 놈은 딱 질색이야." 신지가 말했다. "……기분 나쁘고, 보고 있으면 구역질이 나."

"그럼 눈을 감으면 돼."

신지는 가까이 다가오는 아다치의 얼굴을 무릎으로 걷어찼다. 턱을 맞은 아다치가 "아얏" 하며 물러났다.

"아야, 혀 깨물었잖아……."

아다치의 앞니가 피로 붉게 물들었다.

"……으음, 신지 군, 지난번 얘기는 생각해봤겠지?"

아다치가 혀로 앞니의 피를 핥으며 말했다.

"지난번 얘기라니?"

"……이제 모든 걸 버리고, 나랑 같이 어디로 도망치자니까. 신지 군은 그냥 놀고먹으면 돼."

"놀고먹으라니, 그럼 돈은?" 신지가 코웃음을 쳤다.

"돈 걱정은 할 거 없어. 목돈이 들어왔으니까."

"무슨 돈인데?"

신지가 차창을 열었다. 방울벌레 울음소리가 커졌다.

"그 얘기는 다음에 해줄게."

"……음, 그만 가자. 졸려." 신지가 말했다.

그러나 평소에는 순순히 따라주던 아다치가 "조금만 기다려. 이제 곧 여기서 재밌는 구경을 할 수 있어"라며 웬일로 오늘 밤은 거부했다.

"재밌는 구경?"

"5분이나 10분이면 돼."

아다치가 의미심장한 미소를 짓고, 먹다 남은 페트병 차를 입에 머금었다.

신지는 조수석에서 내려서 풀숲 앞에서 소변을 봤다. 산마루를 타고 내려온 찬바람이 몰아쳐서 부르르 몸서리를 쳤다.

바로 밑으로 댐 호수가 보였다. 거대한 제방 가운데 보수 중인 부분만 파랗게 조명이 켜져 있었다.

댐에서 하류로 눈길을 돌리면, 저 멀리 기슭에 '라쿠치'가 있는 사가라 시의 불빛이 펼쳐져 있다.

신지가 차로 돌아가려 하는데, 운전석에서 아다치도 나왔다. 소변이라도 누나 했더니, 가드레일에서 몸을 내밀며 이쪽으로 오라고 손짓을 했다.

"야, 이리 와봐."

아다치의 목소리가 몹시 떨렸다. 그러나 어금니를 부딪칠 만한 추위는 아니었다.

신지는 그 자리에서 기지개를 켰다. 그리고 "조금 전 얘기, 진짜야?" 하고 아다치에게 물었다.

"조금 전 얘기라니?"

"목돈이 들어왔다며."

"어, 진짜지. 이젠 너한테 달렸어. 일단은 오키나와 외딴섬에 집이라도 빌려서 한 달쯤 둘이 느긋하게 살아볼래?"

즐거운 얘기와는 모순되게 아다치는 왠지 떨고 있었다.

"……이제 슬슬 시작하겠군."

손목시계를 확인한 아다치가 가드레일에서 한 걸음 물러섰다.

"슬슬이라니, 뭐가?" 신지가 다가갔다.

쿵 하며 지면이 흔들린 것은 바로 그때였다. 곧이어 발밑에서 쑥 솟구치는 느낌이 들어서 신지는 엉겁결에 가드레일을 붙잡았다.

지진이다, 생각했다. 그런데 다음 순간, 옆에 서 있는 아다치의 얼굴이 붉게 물들었다.

제방이 폭발하고 있었다. 그것도 한 군데가 아니었다. 수문, 도류벽, 앞댐…… 여기저기에서 폭발해서 짙은 흙먼지와 콘크

16

리트 조각이 밤하늘로 솟구쳐 올랐다.

또다시 훅 하고 발밑의 지면이 솟아올랐다. 신지는 그 자리에 무릎을 꿇고, 잡초를 움켜쥐었다. 뭐든 잡지 않으면 산에서 내동댕이쳐질 것 같았다.

다음 순간, 산이 침을 꿀꺽 삼키듯이 크게 움직였다.

무너진다, 신지는 생각했다.

댐 붕괴는 서서히 시작되었다. 제일 먼저 새들이 일제히 날아올랐다. 폭파 후의 흙먼지가 옅어지며 안개처럼 떠돌기 시작한 와중에 제방에서 커다란 콘크리트 조각이 몇 개나 굴러떨어졌다.

너무 조용하다, 신지는 생각했다. 그러나 곧바로 조용한 게 아니라, 아슬아슬한 지점에서 뭔가가 참고 있다는 걸 알았다.

참고 있었던 것은 거인 같은 제방이었다. 등에 짊어진 저수호의 무게에 그 몸을 부들부들 떨고 있었다. 그런데도 등 뒤의 갓난아기는 난동을 부리려 했다. 수면을 흔들고, 버럭 짜증을 부리려 했다.

필사적으로 버티던 거인의 허리가 꺾이며, 당장이라도 무릎을 지면에 꿇을 것 같았다.

무너진다, 신지는 또다시 생각했다.

보수 작업을 하면서 몇 번이나 만져봤던 제방의 냉랭한 감촉이 되살아났다. 손바닥으로 만졌던 콘크리트 벽은 차갑고

두껍고 견고했다. 금이 간다는 상상조차 할 수 없었다. 그것이 지금은 등 뒤에서 난동을 부리는 갓난아기를 버텨내지 못하고, 무릎을 꿇기 일보 직전이다.

폭파로 파손된 배수문에서 물이 분출된 것은 바로 그 순간이었다. 주먹에 뚫린 것 같은 작은 구멍이 순식간에 커지더니, 댐이 비명이라도 지르는 듯한 소리가 울려 퍼졌다.

또다시 조금 뒤처진 새들이 하늘로 날아올랐다. 산속 짐승들이 서글프게 울어댔다.

신지는 배수문이 굉음을 울리며 무너지는 모습을 멍하니 바라보았다.

콘크리트 벽이 순식간에 터지며 저수호 물이 앞다투듯 하류로 흘러 내려갔다.

관리실의 사이렌은 계속 울리는데도 그 소리까지 탁류에 삼켜져서 들리지 않았다.

갑자기 팔을 붙들린 신지는 퍼뜩 정신을 차렸다. 아다치가 옆에서 턱을 부들부들 떨고 있었다.

신지는 아다치의 손을 뿌리쳤다.

"정말 했네……. 그 사람들, 정말로 했어……."

아다치의 입가에서 침이 흘러내렸다.

여기저기에서 산사태가 일어난 것은 바로 그때였다. 맨 먼저 삼나무 숲이 뿌리째 크게 휘청거리나 싶더니 그대로 질질

끌려가듯 저수호와 탁류 속으로 떨어져 내렸다.

다음 순간, 그중 하나가 현장 합숙소를 덮치는 모습이 보였다. 삼나무 숲과 진흙과 조립식 건물 합숙소가 엉망으로 뒤얽히며 탁류에 삼켜졌다.

신지는 손톱을 세우며 가드레일을 움켜쥐었다. 몇 시간 전, 냉랭한 복도 바닥에 앉아 양말을 신는데, 한다가 다가와 말을 걸었다. 막 목욕을 하고 나와서 싸구려 보디 샴푸 냄새가 났다.

큰 솥 속에 던져진 것처럼 삼나무도 조립식 합숙소도 진흙도 콘크리트도 하나로 뒤엉키며 소용돌이쳤고, 거대한 뱀이 꿈틀거리듯 하류로 흘러갔다.

거대한 뱀은 몹시 거칠어서 좌우로 꿈틀대며 계곡의 나무와 바위를 삼켰고, 점점 더 몸을 더 부풀리며 기어갔다. 비늘이 산을 깎았다. 붉은 혀끝이 현수교를 날름 가로채듯 떨어뜨렸다.

흘러넘친 댐 호수의 물은 기세를 멈추지 않았다. 흡사 땅속에서 솟구쳐 올라오듯이 무너진 제방을 타고 넘어왔다.

하류에는 사가라 시가 있다. 평야에 펼쳐진 전원지대인데, 집들이 밀집된 사가라 역은 산 쪽에 있으니 보나 마나 몇 분 후면 탁류가 마을을 삼킬 것이다.

신지는 전에 사가라강 하류에 내려가본 적이 있다. 때마침 휴일이라 강변에서는 가족들이나 젊은이들이 바비큐를 즐기고 있었다. 신지는 발밑의 돌을 주워 강으로 던졌다. 낚시를 하는 남자들이 노려봐도 멈추지 않았다.

그 강변이 탁류에 삼켜진다.

강변을 삼킨 탁류는 사가라강의 제방을 넘어 휴작 중인 논으로 흘러든다. 검은 기와 농가를 휩쓸고, 돼지 축사를 떠내려보내고, 현도(県道, 일본의 행정 단위인 현(県)에서 만들어 유지하는 도로)를 수몰시키며 시가지로 향한다.

시내는 미처 피하지 못한 차들로 꽉 막히고, 클랙슨이 계속 울려댄다. 탁류에 떠오른 차가 떠내려가다 파친코 간판에 부딪친다.

건물 옥상에는 수많은 피난민이 있다. 입도 뻥긋 못 하고, 마을을 습격하는 탁류를 내려다본다.

늘 보는 광경이라고 신지는 생각했다.

고된 일을 마치고 합숙소로 돌아가서, 늘 그대로 펴놓는 이부자리에 몸을 던진다. 술이라도 안 마시면, 곧바로 잠들 수가 없다. 눈만 초롱초롱하고, 몸은 녹초가 되어 있다.

신지는 휴대전화를 꺼내서 유튜브로 지진 재해 영상을 봤다. 흔들리는 고층 빌딩 내부, 쓰나미가 밀어닥치는 공항, 불길이 솟구치는 항구 마을……. 보고 있으니, 졸음이 밀려들었다.

"……도망치자."

갑자기 아다치가 팔을 끌어당겨서 신지는 제정신이 들었다.

어느새 상공에는 헬리콥터 몇 대가 선회하고 있었고, 등 뒤에서는 산길을 올라오는 경찰차와 구급차의 요란한 사이렌 소리가 다가왔다.

*

밀크티 빛깔의 대하(大河)가 아침 햇살에 빛났다. 귓가에 와 닿는 것은 메콩강을 유유히 흘러가는 소형 크루즈의 엔진 소리와 새들의 지저귐이다. 남국 특유의 무겁고 습한 바람이 강을 훑듯이 불며 지나갔다.

오늘도 무더운 하루가 되겠다고 다카노 가즈히코는 생각했다.

대리석이 깔린 객실에서 나온 다카노는 위층 테라스로 향했다. 수석 웨이터 응우엔이 재빨리 다가왔다.

"굿모닝. 어젯밤에는 몇 시까지 같이 놀아줬어?" 다카노가 말을 건넸다.

"1시 반까지요."

응우엔이 하품을 참는 시늉을 했다.

어젯밤 저녁 식사 후, 뒤부아 부부가 응우엔과 스태프들을 상대로 포커를 하기 시작했다. 처음에는 다카노도 같이 했지만, 12시를 넘어섰을 무렵에 물러났다.

"그래서? 응우엔이 또 이겼겠지?" 다카노가 묻자, "메콩의 기적이 또 일어났습니다"라고 웃으며 진한 커피를 따라주었다.

아침을 먹기에는 조금 이른 시간이라 갑판 테라스에는 아직 다른 손님은 보이지 않았다. 아침 햇살에 강 표면이 눈이 부실 정도로 반짝반짝 빛났다.

맞은편 기슭에 늘어선 수상가옥을 바라보고 있는데, 뒤에서 불쑥 테이블로 아이패드를 내밀었다.

"사가라 댐과 관련된 경찰 발표, 이미 들었어?"

"아니." 다카노가 뒤에 서 있는 아야코를 올려다봤다.

"안녕히 주무셨어요?"

응우엔이 재빨리 아야코에게 의자를 빼주었다.

"밀크티 부탁해요. 내가 이 배를 타고 얻은 가장 큰 수확은 응우엔이 타주는 밀크티를 마실 수 있다는 걸지도."

"밀크티와 잘 맞는 실론 찻잎을 써서 그렇죠."

응우엔이 뿌듯해하며 자리를 뜨자, 아야코가 바로 얘기를 되돌렸다.

"이 기사 좀 봐. 댐 결궤(決潰)는 창고에 있던 다이너마이트가 어떤 이유로 인화된 게 원인이라는 거야. 경찰이 정말 이걸 믿겠어? 어지간히 계획적으로 다이너마이트를 장착하지 않고서 댐을 무너뜨릴 수 있겠냐고."

"원인 규명보다는 이재민 구조를 우선하겠다는 현(県) 경찰의 의사 표시겠지."

"아무리 그렇더라도 너무 무사태평하잖아."

아야코가 그렇게 말하며 잔잔한 메콩강으로 눈을 돌렸다.

어젯밤, 후쿠오카에 있는 사가라 댐이 결궤됐다는 뉴스를 다카노는 크루즈 객실에서 처음 알았다.

호찌민 시에서 프놈펜을 향해 7박 8일 일정으로 떠난 크루즈인데, 객실 서른 개는 모두 스위트룸이고, 밤마다 각 방에 샴페인이 배달되었다.

다카노가 사가라 댐 결궤를 안 것은 NHK나 BBC가 첫 소식을 내보내기 7, 8분 전이었다.

결궤된 지 이미 10분 이상이 지난 시점이었고, 범람한 저수호의 물로 인해 하류에서는 수백 명에 달하는 이재민이 나올 것으로 예상되었다.

"어쨌든 가장 빠른 정보를 이쪽으로 계속 보내." 다카노가 부하 직원에게 명령했다.

그 직후, 탁류에 삼켜지는 집들을 촬영한 BBC 영상이 먼저 왔고, 이어서 탁류에 깎여나간 산, 국도에서 논으로 번져가는 탁류 등등 NHK와 CNN이 중계하는 댐 결궤 상황이 도착했다.

다카노는 침대 삼아 쓰는 거실 소파에서 시시각각 변하는 재해 영상에 숨을 집어삼켰다. 갑자기 달콤한 향수 향이 감돌아서 돌아보자, 안쪽 객실에서 나온 아야코가 서 있었다.

"시작됐네."

아야코의 말에 "당신은 알고 있었지?"라며 다카노가 노려보자, "이제 와서 날 믿어달란 말은 안 하겠지만, 여자를 의심하는 남자는 매력 없어"라며 아야코가 웃었다.

응우옌의 특제 밀크티가 갑판 테라스의 아야코에게 도착했을 즈음, 다른 손님들도 갑판으로 올라왔다. 서로 아침 인사를 주고받고, 각자 마음에 드는 테이블에 자리를 잡고 앉았다.

그런 와중에 호주인 부부가 다카노 일행 옆에 앉더니, "일본인 부부는 모두 당신들처럼 평소에 스킨십이 없나요?"라고 농담처럼 말을 건넸다.

다카노가 쑥스러운 척하며 얼버무리려 했는데, "일본 남자는 샤이해요. 하지만 아무도 없는 곳에서는 어느 나라 남자보다 뜨거워요"라고 아야코가 도발적으로 받아치자, 그 부부는 물론이고 주위에서 나지막한 휘파람 소리까지 들렸다.

차려진 아침 식사는 향신채가 듬뿍 들어간 퍼(소고기 또는 닭고기를 곁들여 넣는 베트남 쌀국수)라 아메리칸 브렉퍼스트에 물렸던 승객들은 기뻐했다. 그때 어젯밤에 포커로 밤을 새운 뒤부아 부부가 졸린 얼굴로 갑판에 모습을 드러냈다. 다카노가 "어젯밤 일본 뉴스, 이미 보셨죠?"라고 재빨리 뒤부아 씨에게 말을 건넸다.

다카노의 질문에 뒤부아는 기대했던 정도의 반응은 보이지 않았다. 그러나 아무래도 시치미를 뗄 수는 없었는지 "비극이야"라고 중얼거리고, 붉은 매부리코를 굵은 손가락으로 긁적였다.

두 사람의 대화에 다른 승객들도 흥미를 보였다. 사가라 댐 결궤 뉴스가 본격적으로 나오기 시작한 것이 늦은 시간대였기에 대부분의 승객들은 아직 모르는 듯했고, 또한 뉴스를 본 사람들도 자기들이 사는 유럽과는 멀리 떨어진 아시아의 한 나라 댐이 결궤된 이야기는 시리아 난민이나 이슬람 과격파 문제에 비하면 바로 채널을 돌려버릴 정도의 작은 사고에 불과한 듯했다.

조금 전에 '일본인 부부는 스킨십이 부족하다'는 농담을 던졌던 호주인 부부가 "가족이나 친구 중에 피해를 입은 분은 없어요?"라며 걱정해주었다.

"같은 일본이라도 뉴질랜드보다 넓으니까요. 우린 괜찮아요. 고맙습니다." 다카노가 정중하게 감사 인사를 했다.

곧바로 테이블 곳곳에서 댐 결궤 이야기가 오갔고, 개중에는 유튜브로 어젯밤 영상을 보기 시작하는 사람도 있었다.

그런 와중에 다카노는 문득 뒤부아 부인의 기색이 왠지 마음에 걸렸다.

평소에는 밝은 노부인인데, 초조한 빛이 역력했다. 다음 순간, 부인이 서툴게 쓰던 젓가락을 내던지듯 내려놓더니, "이런 걸로 식사하는 건 무리야!"라고 거칠게 내뱉었다.

뒤부아가 허둥지둥 어깨를 만지려 했지만, "만지지 마!"라며 그 손도 난폭하게 뿌리쳤다.

응우옌이 서둘러 스푼과 포크를 준비하는 사이, 뒤부아 부인이 아무래도 분위기를 망쳐버려 마음이 편치 않았는지 딱히 누구에게랄 것도 없이 "미안해요"라고 사과했다.

다른 승객들은 그것이 매너라는 듯이 본인들의 대화와 식사에 다시 집중했다.

"뒤부아 부인, 오늘은 배에서 내려서 마을 구경을 하시나요?"

어색한 분위기를 수습하듯 부인에게 말을 건넨 사람은 아야코였다.

"……저는 오늘 오후에 스파나 받을까 하는데, 혹시 흥미 있으면 같이하실래요?"

여전히 무거운 공기가 감도는 속에서 뒤부아 부인이 조금은 안심이 됐는지, "그럼 같이할까요?"라며 딱딱한 미소를 머금었다.

크루즈를 떠난 소형 보트는 마을 주민들이 사는 수상가옥이 늘어선 강기슭으로 향하고 있었다. 보트는 12인승이고, 착석감이 좋은 좌석에는 구명조끼를 입은 승객들이 앉아 있었다.

맨 뒷자리에 앉아 있던 다카노가 뒤를 돌아보자, 아야코와 뒤부아 부인이 크루즈 갑판에 서서 이쪽을 향해 손을 흔들었다.

"부인께서 손을 흔드시네요." 다카노가 옆에 있는 뒤부아에게 알려주었다.

그도 손을 흔들었다. 다만 선글라스 속의 눈은 웃지 않았다.

뒤부아는 예의 정도로 적당히 손을 흔들어준 후, 지방이 잔뜩 낀 배를 비틀며 원래 자세로 되돌렸다.

"자, 우리 둘 다 사랑하는 아내를 배에 두고 왔어. 이제 어떤 즐거움이 우릴 기다리지?" 뒤부아가 자조하듯 목소리를 높였다.

"술, 도박, 여자. 원하신다면 뭐든 다." 다카노가 웃었다.

"자, 그럼, 몽라셰 화이트와인을 마시고 싶군."

"그건 무리죠. 마을에서 내놓는 술은 집에서 쌀로 담근 쓰라써(한국의 소주와 비슷한 캄보디아의 독주)뿐이니까."

"그건 맛없어. 그럼 도박은? 뭐가 가능해?"

"닭싸움요. 단, 노름꾼 두목은 일곱 살짜리 마을 아이지만."

"그럼 여자야. 오늘은 여자를 부탁해."

"그거라면 맡겨주십시오. 오늘은 시간이 충분하니까 그녀들이 크메르 옷감을 짜는 모습을 원하는 만큼 실컷 감상할 수 있어요."

그쯤에서 다른 승객들도 웃음을 터뜨렸다. 크루즈 여행이 시작된 지 어느덧 닷새째, 이 일련의 대화는 현지 마을을 관광하기 위해 보트를 타면, 누군가가 꼭 꺼내는 일상적인 농담이 되었다.

시동이 꺼지고, 보트는 소금쟁이처럼 강 표면을 미끄러져 갔다.

차양은 있지만, 캄보디아의 햇빛은 강하다. 다카노는 손을 뻗어 강물 표면을 만졌다. 그냥 보기에는 탁하지만, 퍼 올리면 투명해진다. 다카노는 젖은 손으로 뜨겁게 달아오른 목덜미를 두드렸다.

강기슭 선착장에서 아이들이 도착하는 보트를 신기해하며 기다리고 있었다. 모두 조금 전까지 강에서 수영을 했는지 흠뻑 젖어 있었고, 햇볕에 그은 피부가, 머리카락이, 어깨가 눈이 부실 만큼 반짝반짝 빛났다. 수줍어하는 아이들의 모습을 승객들이 쉴 새 없이 카메라에 담았다.

젖은 옷자락을 걷어 올려 입에 문 여자아이의 배꼽이 햇빛을 들쓴 메콩강 경치에 뒤지지 않을 만큼 아름다웠다.

보트에서 내려 마을로 향하자, 예상했던 베를 짜는 촌락이 아니라 시장을 중심으로 번성한 훌륭한 시내가 보였다.

시장에는 파란 바나나, 호박, 붉은 고추, 강낭콩, 닭고기, 개구리, 향신채 등등 온갖 색깔의 식재료들이 늘어서 있었지만, 가장 선명한 색깔은 그것들을 파는 여성들이 입은 옷으로 빨강, 노랑, 초록의 원색들이 아름다웠고, 삼각형 삿갓 모자도 잘 어울렸다.

"이번 여행을 와서 처음 알았는데, 내 유모였던 중국 여성은 중국에서도 분명 남방계 사람이었을 거야."

시장 여자들이 건넨 파란 레몬을 씹으며 뒤부아가 입을 열었다.

"……내가 초등학교 기숙사에 들어갈 때까지 있었지. 피부가 정말 아름다운 여자였어. 여름이면 살짝 땀이 밴 목덜미나 팔에 얼굴을 비비곤 했지. 좋은 향기가 났어. 달콤한 과일 같은. 그게 첫사랑이었겠지."

"그럼 헤어질 때 괴로웠겠네요?"

"글쎄, 어땠을까. ……그러고 보니 우리 아버지의 유모는 일본인이었던 것 같은데, 헤어질 때 소리 내서 울었다더군. 옛날에 아버지한테 들은 적이 있지."

카페에서 휴식을 취하려는지 승객들이 가이드의 안내를 받으며 어스름한 건물로 들어갔다. 다카노와 뒤부아는 먼저 선착장 쪽으로 걸어가겠다고 가이드에게 말하고, 왔던 길을 느릿느릿 되돌아가기 시작했다.

"그러고 보니 어제 아내에게도 말했지만, 당신과 아야코 덕분에 처음으로 일본인 남녀를 만난 것 같은 기분이 들었어."

"남녀?"

"실례를 각오하고 하는 말이니 화는 안 냈으면 하네만, 우리가 보기에 일본인은, 하긴 뭐 아시아인이 전반적으로 그렇지만, 파리 거리에서 봐도, 말하자면 가족이나 부모 자식 간으로 볼 수밖에 없었지. 설령 신혼 커플이 와도 남녀 느낌은 안 들었거든. 그런데 당신과 아야코는 확실하게 남녀로 보이더군. ……응, 그렇게 보였어."

뒤부아는 자기가 하고 싶은 말이 잘 정리가 안 되는 기색이었다.

선착장으로 돌아오자, 아까 봤던 아이들이 물소를 목욕시키고 있었다. 목욕이라기보다 다 같이 물장난을 하는 것처럼 보여서 젖은 하얀 물소까지 금방이라도 웃음을 터뜨릴 것 같았다.

다카노와 뒤부아는 햇볕을 피해 함석지붕 밑으로 들어갔다. 다카노는 목욕하는 물소와 아이들을 바라보면서 파나마모자를 벗었다. 땀이 밴 머릿속을 하류에서 불어온 바람이 어루만졌다.

"어제 폭파 건, 무슨 연락이 왔었나요?" 다카노가 불쑥 물었다.

"아니. 안 왔어. 진짜야. 아무것도 몰라. 나에게는 아무것도 알려주지 않았어."

뒤부아가 초조해하는 기색이 역력했다. 선글라스 속 눈동자가 흔들리고, 입가에는 침이 고여 있었다.

"전에 약속한 그대로입니다. 만약 당신이 우리를 믿지 않는다면, 우리는 당신과 부인을 지킬 수 없어요. 우리를 믿는다는 건, 당신이 알고 있는 정보를 모두 우리에게 넘긴다는 의미예요."

다카노가 뒤부아의 옆얼굴을 바라보았다. 햇볕에 그은 피부는 불그스름하고, 검버섯이 많은 얼굴은 갈색 수염으로 덮여 있었다.

"나는 V. O. 에퀴 사를 배신했어. 창업자 가족임에도 불구하고, 형제들을 배신했다고. 이젠 당신들을 믿는 길밖에 없어. 잘 알잖아!"

긴장한 뒤부아의 얼굴이 더욱 붉어지고, 쉴 새 없이 손발을 긁적이기 시작했다.

"강에 들어가서 몸을 좀 식히면 어때요? 그러다 또 두드러기 올라오겠는데." 다카노가 제안했다.

잠시 망설이는 듯했지만, 또다시 온몸이 부풀어 오르는 것보다는 낫다고 생각했는지 뒤부아가 폴로셔츠를 벗고 강으로 들어갔다.

"스트레스가 쌓이면 이래. 그러니 이상한 억측은 더 이상 하지 말게."

강에 떠 있는 뒤부아의 모습은 인간보다는 물소에 가까웠다.

"그럼 우리도 당신을 믿겠습니다. 하지만 그렇다면, 본래는 댐 파괴를 중지할 예정이었던 V. O. 에퀴 사가 별안간 늑대로 변신한 셈이에요. 그것도 중역인 당신이 회사를 비운 며칠 사이에 누군가가 회사를 점령했다고 볼 수밖에 없습니다. 설마 당신의 온후한 형님들이 갑자기 변심해서 댐 폭파를 결단했다고는 도저히 생각할 수 없어요. V. O. 에퀴 사를 점령한 늑대는 누군가……."

"글쎄, 난 아무것도 모른다니까. 나의 배신을 상쇄해주는 게 당신들 AN 통신이 할 일일 텐데! 표면적으로는 아시아의 정보를 배포하는 통신사. 뒤에서는 돈이 되면 뭐든 다 하는 산업스파이 조직이잖아!"

이마에 붉은 발진이 돋았다.

"보트를 불러서 먼저 배로 돌아가죠. 항히스타민제를 맞는 게 좋겠어요."

다카노는 앞바다에 보이는 모선(母船)으로 전화를 걸었다.

데리러 온 소형 보트를 타고 크루즈로 돌아가는 중에 뒤부아의 팔에 두드러기가 났다. 작은 습진이었던 자국이 순식간에 물집으로 변해갔다.

"부인께서 주사를 준비하고 기다리신다고 합니다." 다카노가 말을 건넸다.

"정말로 괜찮은 건가?"

가려움을 참는 뒤부아가 털이 수북한 주먹을 힘껏 움켜쥐었다.

"……정말로 이번 일주일간의 크루즈 여행을 마칠 무렵에는 모든 일이 순조롭게 풀려서 내가 다시 V. O. 에퀴 사로 복귀할 수 있는 거지? 그렇게 약속한 건 자네들이야."

"아뇨, 약속은 안 했습니다. 우리는 최선을 다하겠다고 말씀드렸을 뿐입니다." 다카노가 냉정하게 받아쳤다.

"아니, 약속했어. 메콩강 크루즈에서 느긋하게 일주일을 보내면, 나머지는 자기들이 다 알아서 하겠다고."

"상황이 바뀐 건 당신도 어젯밤 뉴스에서 봤을 텐데요? 지금까지의 계획은 V. O. 에퀴 사가 일본의 댐 폭파라는 실력 행사에 나서지 않는 게 전제였어요. 그런데 누군가가 계획을 바꿨죠."

"내 탓이 아니야."

"네. 누구의 탓도 아닙니다. 누구의 탓도 아닌 것들로만 이뤄진 게 바로 이 세계죠."

보트가 크루즈 옆에 정박하자, 항히스타민제 주사를 손에 든 뒤부아 부인이 서둘러 건너왔다.

"그렇게 서두를 거 없어. 괜찮아."

여유를 보이려는 남편을 무시하고, 부인이 침착한 손놀림으로 정맥에 주삿바늘을 꽂았다. 그 순간, 강바람이 잔잔해졌다. 마치 강 물결까지 멈춘 것 같았다.

"일단 방으로 돌아가서 쉬어요."

부인의 부축을 받으며 크루즈로 돌아가는 뒤부아를 다카노도 반대편에서 지탱해주었다. 뒤부아 부인은 1970년대에 활약했던 배우인 듯한데, 카트린 드뇌브와 함께 연기한 적도 있다고 한다. 지금도 여배우의 위엄이 옆얼굴에 남아 있었다.

방까지 바래다주려는 다카노를 부인이 복도에서 세웠다. 눈에서 강한 거부 반응이 느껴졌다. 다카노는 순순히 물러났다. 배 안의 복도를 노부부가 힘없이 걸어갔다. 부인의 등은 자신들의 운명을 이미 받아들인 것 같았다.

"아야코는 어디 있나요?" 다카노가 물었다. 그러나 부인은 대답하지 않았다.

안 좋은 예감이 든 다카노는 계단을 뛰어 올라갔다. 아야코가 항상 오후를 보내는 갑판 테라스 소파에도, 수영장에도 모습이 보이지 않았다.

"아내는?"

물을 들고 온 응우엔에게 물어도 "글쎄요? 스파 예약도 취소하셨던데…… 방에 계시지 않을까요?" 하며 고개를 갸웃거렸다.

다카노는 다시 계단을 뛰어 내려가 객실로 들어갔다. 거실에 변화는 없었다.

침실을 노크하며 "안에 있어?"라고 말을 건넸다. 귀를 기울여봤지만, 인기척은 없었다.

다카노는 문을 열었다. 옷장에 있던 드레스도, 화장대 앞의 보석과 향수도 사라지고 없었다.

다음 순간, 고속 보트가 다가오는 엔진 소리가 들렸다. 부랴부랴 객실 테라스로 나가자, 고속 보트 한 척이 메콩강의 한가로운 풍경을 찢을 듯이 세찬 물보라를 일으키며 강을 거슬러 올라왔다.

다카노는 다시 갑판으로 뛰어 올라갔다. 그곳에는 응우엔 일행에게 작별 인사를 하는 아야코의 모습이 보였다.

뒤를 돌아본 아야코가 "……나 먼저 갈게"라며 미소를 지었다.

크루즈 옆에 고속 보트가 정박해 있었다. 응우엔과 직원들이 트랩을 내리고 아야코의 큰 짐을 옮겼다.

"어떻게 된 거야?" 다카노가 물었다.

"이번에는 우리가 제비뽑기에 실패했어. 안타깝지만 뒤부아는 이제 쓸 만한 물건이 아니야."

다카노는 표정을 바꾸지 않았다.

"당신은 어떡할래? 이대로 프놈펜으로 가서 앙코르와트 견학이라도 할 거야?"

"V. O. 에퀴 사를 뒤에서 조종하기 시작한 '누군가'의 정체가 밝혀졌나?" 다카노가 물었다.

"만약 알아냈더라도 내가 알려줄 것 같아?"

트랩을 내려가던 아야코가 동작을 멈추고 또다시 미소를 지었다.

"……음, 그거 알아? 여자는 인생에서 세 번 진정한 사랑을 한대. 첫 번째는 연상의 남자, 두 번째가 연하의 남자, 마지막에는 동년의 남자에게 정착하나 봐. 모처럼 전 세계를 여행했는데, 마지막에는 동년에게 돌아간다니, 왠지 서글프지 않아? 하지만 만약 내가 정착할 남자가 있다면 당신 같은 남자일지 모르겠다고 생각했는데, 이번에 당신이랑 부부 놀이를 하고 알았어. 당신이랑은 무리야. 너무 따분했거든."

아야코가 트랩을 내려갔다. 다카노는 잡을 수가 없었다. 아야코가 뛰어내린 고속 보트가 굉음을 울리며 웅대한 메콩강을 따라 멀어져갔다.

2장
산업스파이 조직

　손님이 세 사람만 서 있어도 꽉 들어차는 비좁은 도시락 가게였다. 반면에 작은 창문 안쪽에 있는 주방은 쓸데없이 넓어서 불고기 도시락을 만드는 아줌마가 작아 보인다.

　신지는 웃풍이 비집고 들어오는 새시 문을 닫았다. 가게 밖은 나고야 고속도심순환선이 지나는 드넓은 길이고, 이 시간에는 역으로 향하는 사람들이 저마다 발걸음을 재촉한다. 고가 밑의 일반도로도 막힌 상태라 비에 젖은 노면 곳곳이 붉은 후미등 불빛에 물들어 있었다.

　바로 그때 가게 앞에 오토바이가 멈췄고, 조금 전 내린 비에 젖은 듯한 도시락집 주인이 "아 ― 춥다" 하고 몸을 떨며 들어왔다.

　눈도 마주치지 않고 주방으로 들어간 주인이 계산대에 수금

해 온 돈을 넣는 모습이 작은 창으로 보였다. 주인은 손가락에 침을 묻혀가며 1천 엔짜리 지폐를 신중하게 한 장씩 헤아렸다.

새시 문이 아주 살짝 열려 있었다. 손을 뻗어 닫으려는데, "오래 기다리셨어요"라며 아줌마가 작은 창으로 얼굴을 내밀었다.

"불고기 도시락 두 개랑 모둠튀김 도시락, 밥은 세 개 다 곱빼기."

신지는 작은 창으로 도시락을 받아 들고, 주머니에서 꺼낸 1만 엔짜리 신권을 건넸다. 1만 엔짜리 지폐는 아줌마의 손에서 주인의 손으로 옮겨 갔고, 조금 전에 침을 묻혀 셌던 1천 엔짜리 지폐로 돌아왔다.

거스름돈을 건네주는 아줌마에게 "여기 넣어줘요"라며 신지가 도시락이 담긴 비닐봉지 주둥이를 벌렸다.

아줌마는 고개를 갸웃거리면서도 불고기 도시락에 감긴 고무줄에 거스름돈을 끼워 넣었다.

밖으로 나오는 순간, 차디찬 바람에 샌들을 신은 맨발이 저절로 오므라졌다. 신지는 양말을 신고 올걸 하고 후회하며 어깨를 움츠렸다.

강변을 따라 한동안 걸었다. 강 수면에는 줄줄이 늘어선 러브호텔의 네온사인이 흔들렸고, 페트병이나 이불이 떠 있었다.

다리를 건너오는 경찰차에게 등을 돌리듯이 골목길로 접어

들어 자동판매기에서 녹차 세 개를 샀다. 경찰차가 지나갈 때까지 기다렸다 다시 강변길로 돌아와 낡은 아파트 2층까지 단숨에 뛰어 올라갔다.

201호 문을 열자, 아다치가 피우는 담배 연기가 흘러나왔다. 비좁은 부엌에는 전에 살던 사람이 두고 간 주전자와 냄비가 있었다. 다다미 여섯 장짜리 안쪽 방의 먼지 낀 바닥에 드러누운 아다치의 하반신만 보였다.

방으로 들어간 신지는 아다치의 몸을 넘어가 베갯머리에 도시락을 내려놓았다. 애벌레처럼 몸을 움츠린 아다치가 봉지 안에서 모둠튀김 도시락을 꺼내고, 위에 얹혀 있던 거스름돈 1천 엔짜리를 센 후, 주머니에 쑤셔 넣었다.

"미안해, 신지 군. ⋯⋯그렇지만 내일까지만 참으면 돼. 내일까지 여기 숨어 있으면, 다음에는 그 사람들이 어딘가로 도망칠 길을 마련해줄 거야."

어지간히 배가 고팠는지, 아다치는 뚜껑을 여는 잠깐도 못 참겠다는 기세로 돈가스를 베어 물었다.

아다치가 음식을 씹는 소리가 불쾌해서 신지는 커튼을 열었다. 창밖에는 조금 전 건너온 더러운 강이 보였다.

"2천만 엔은 이미 받았어. 나머지 3천만 엔. 그것만 손에 들어오면, 우리 둘이 전 세계 어디든 원하는 데로 갈 수 있어."

아다치는 하루에도 몇 번씩 그 얘기를 했다.

누군가가 사가라 댐을 폭파할 계획을 세웠다. 실제로 다이너마이트를 설치한 것은 그들이고, 아다치는 야간 경비 근무를 조정해서 안내를 해줬을 뿐이다. 단독범인지 그룹인지도 모른다고 한다. 아다치가 실제로 만난 적이 있는 사람은 '노나카'라고 이름을 밝힌 사십대 남자로 두 달 전쯤 라쿠치의 술집에서 우연히 옆자리에 앉았는데, "돈 되는 건이 있는데, 어때?"라며 말을 건넨 모양이다.

물론 아다치는 진지하게 받아들이지 않았다. 그런데 그날 밤에 바로 100만 엔을 건네줬다고 한다.

라쿠치 일대가 탁류에 삼켜지는 영상을 신지는 이미 텔레비전으로 몇 번이나 봤다. 볼 때마다 늘 품에 안았던 그 여자와 함께 떠내려가는 자기 모습을 상상하고 만다. 여자는 탁류에 삼켜지면서도 여전히 신지의 성기를 움켜쥐고 놓지 않는다.

탁류가 시가지까지 미친 사가라 댐 결궤의 피해는 막대해서 사망자가 97명이 나왔고, 50명이 넘는 사람들이 여전히 행방불명 상태다.

신지와 인부들이 살았던 합숙소도 산사태에 삼켜졌다. 생존자는 없었고, 인력 파견 업체에서 제출한 토목 인부 명단에 신지 이름도 들어 있어서 신지 역시 합숙소와 함께 탁류에 삼켜진 것으로 처리되었다.

새우튀김 꼬리를 핥는 아다치에게서 눈을 돌린 신지는 좁은 베란다로 나갔다. 몸을 내밀고 옆집 베란다를 기웃거리자, 수북하게 방치된 쓰레기봉투 틈에 여느 때나 다름없이 꼬질꼬질한 소녀가 웅크리고 앉아 있었다.

소녀가 신지를 알아채고 고개를 들었지만, 눈에는 힘이 없다. 막 자란 더러운 머리칼이 방해한 탓도 있다. 아직 너덧 살 정도로 보이지만, 어쩌면 초등학교에 다니는 나이일지도 모른다.

신지는 여분으로 사 온 불고기 도시락을 베란다 칸막이 너머로 건넸다. 늘 그렇듯이 한참을 망설인 후에야 소녀가 받아들었다.

신지는 이어서 페트병도 건네줬지만, 그것은 좀처럼 받지 않았다. 하는 수 없이 난간에 내려놓고 손을 거둬들였다.

칸막이 틈새로 도시락 뚜껑을 여는 소녀의 자그마한 등이 보였다.

방으로 돌아오자, 도시락을 다 먹은 아다치가 화장실에 가려고 일어섰다.

"또 도시락 줬지?"

무시하고 바닥에 웅크려 앉은 신지는 자기 불고기 도시락 뚜껑을 열었다.

"옆집, 좀 전에도 한바탕 난리였어. 뭐가 그리 마음에 안 드는지, 저 애가 경련을 일으킬 때까지 엄마가 두들겨 패고……. 여자가 출근하기 전인 이 시간에는 항상 그 모양이네. 또 그 바보 같은 금발 남자 친구가 여자를 부추기니까 여자도 점점 더 흥분해서⋯⋯. 저 애, 오늘 밤에도 또 밤새도록 베란다로 쫓겨나 있을까? 가엾기도 하지."

아다치가 화장실로 들어갔다. 오줌 누는 소리가 들렸다. 배가 차서 긴장이 풀렸는지, 늘 몸에 지니고 다니던 웨이스트백을 깜박하고 담요 위에 놔뒀다.

신지가 집어 들고 지퍼를 열었다. 메모장 몇 개, 예금통장, 열쇠 꾸러미, 지갑. 그 밖에도 콘돔과 립크림 등이 들어 있었다. 바닥으로 손을 밀어 넣자, 로커 열쇠가 나왔다. 파란 플라스틱 조각에 '229'라는 번호가 찍혀 있었다.

신지는 열쇠만 자기 주머니에 넣고, 웨이스트백을 다시 담요 위에 던졌다.

이 아파트에 몸을 숨긴 지 벌써 나흘째다. 그러나 댐 결궤 현장을 목격한 후로 신지에게는 계속 긴긴 하루가 이어지는 것처럼 느껴질 뿐이다.

무너져 내린 댐에서 도망치듯이 아다치의 차를 타고 고쿠라로 향했다. 제철소가 보이는 항구에 타고 온 자동차를 버리고, 아다치가 준비해뒀다는 다른 자동차로 이곳 나고야까지 왔다. 솔직히 자기가 왜 아다치와 함께 있는지 이해할 수 없었다. 다만 자, 그럼 달리 갈 곳이 있느냐고 묻는다면 그런 곳도 없다.

그날 밤, 신지가 공중목욕탕에서 아파트로 돌아오자, 아니나 다를까 아다치가 "없어, 없어, 로커 열쇠가 없어" 하며 얼굴이 퍼렇게 질려 있었다.

신지는 시치미 뗀 표정으로 밖에서 사 온 포카리스웨트를 마시며 "없다니, 뭐가?"라고 물었다.

"여기 넣어둔 로커 열쇠가……."

"난 모르는 얘기야."

바닥을 기어 다니며 열쇠를 찾는 아다치의 모습이 우스꽝스러워서 신지가 웃었다.

"계속 옆에 뒀으니, 없어질 리가 없어."

아다치가 창가로 기어간 틈을 타서 신지가 움켜쥐고 있던 로커 열쇠를 담요 위에 집어 던지고, 찾는 척하며 담요를 일부러 마구 흐트러뜨렸다.

화장실에서 소변을 보고 있자, "아아, 찾았다"라며 안도하는 아다치의 목소리가 들렸다. 신지는 웃음소리가 새어 나가지 않게 일부러 소변 소리를 크게 냈다.

한 시간 전쯤, 신지는 목욕탕에 다녀오겠다며 아파트에서 나왔다. 찾아간 곳은 나고야 역인데, 곧장 안내소로 가서 로커 위치를 잊어버렸다며 로커 열쇠를 보여주었다. 담당 직원이 바로 위치를 알려주었다.

229번 로커를 열자, 백화점 종이봉투가 들어 있었다.

신지는 가까운 화장실 개별실로 들어가서 종이봉투를 열었다. 안에는 신문지에 싸인 2천만 엔 다발이 들어 있었다.

로커로 다시 돌아가서 이번에는 한 칸 위인 228번 로커에 그 돈을 넣었다. 그리고 아무것도 없는 229번에도 다시 3백 엔을 투입하고 열쇠를 뽑아냈다.

화장실에서 나오자, 아다치가 웨이스트백을 열고 로커 열쇠를 막 넣으려는 순간이었다.

"뭐야, 그게?" 신지가 일부러 물었다.

"우리의 생명 줄."

아다치는 더없이 안도한 미소를 지으며, 229라고 찍힌 로커 열쇠를 보여주었다.

신지는 발로 요를 펼치고, 벌렁 드러누웠다. 물이 샌 흔적이 있는 천장에서 금방이라도 그때의 댐 탁류가 떨어져 내릴 것 같았다.

"내일, 그 녀석들이랑 몇 시에 만나?" 신지가 물었다.

"낮 12시. 그 자리에서 나머지 3천만 엔이랑 두 사람의 위조 여권을 받으면 모든 게 끝나."

신지는 돌아누우며 아다치의 얼굴을 바라보았다. 그리고 "당신, 왠지 점점 부자 얼굴로 변하네"라며 웃었다.

그날 밤, 신지는 기묘한 소리에 눈을 떴다.

아다치가 코를 고는 소리인가 했는데, 소리는 얇은 벽 너머에서 들려왔다.

　통증을 견뎌내는 소녀의 숨죽인 소리였다. 엄마의 남자 친구에게 무슨 짓을 당하는지 알 수는 없지만, 일정한 간격으로 빈사 직전의 짐승이 신음하는 듯한 가냘픈 소리가 들려왔다.

　신지는 소녀가 머리채를 잡힌 모습을 떠올렸다. 소녀의 팔에 담뱃불이 짓이겨지는 모습을 떠올렸다. 소녀의 얼굴이 짓밟히는 모습을 떠올렸다.

　신지는 이부자리에서 나와 부엌에서 물을 마셨다. 소녀의 소리는 여전히 들려왔다. 차디찬 샌들을 신고 밖으로 나왔다. 옆집 앞에 서서 뚫어져라 문을 바라보았다.

　'도망쳐.' 신지가 마음속으로 중얼거렸다.

　"도망쳐."

　이번에는 작은 소리로 말했다.

　문 너머에서 무슨 소리가 들리고, 누군가가 이쪽으로 걸어오는 발소리가 들렸다.

　신지는 엉겁결에 뒷걸음질을 쳤다. 그러나 문은 열리지 않았다. 틀림없이 소녀는 그곳에 있다.

　'나와.' 신지는 또다시 속으로 중얼거렸다.

　그 말과 겹쳐지듯이 안쪽 방에서 "돌아와!"라고 고함치는 남자 목소리도 들렸다. 소녀의 발소리가 안쪽 방으로 돌아갔다.

　신지는 차디찬 문을 만졌을 뿐이다.

그대로 아파트 계단을 내려와 밖으로 나서자, 강에서 찬바람이 불어왔다. 신지는 파카 후드를 덮어썼다. 강가를 걷기 시작하자마자 자동판매기 뒤쪽에서 나온 여자가 옆에 서서 나란히 걸었다.

"오빠, 마사지 어때?"

신지는 무시하고 계속 걸었다.

"저쪽 호텔 싸. 마사지도 싸고."

신지는 멈춰 섰다. 여자가 손으로 가리킨 러브호텔의 네온사인이 강 수면에서 흔들렸다.

별안간 여자의 팔을 끌며 호텔로 향했다. 그러자 여자가 금세 겁을 먹었다.

"돈, 먼저. ……돈."

차디찬 하늘 아래서 여자는 미니스커트 차림이었고, 건강해 보이지 않는 야윈 허벅지에는 소름이 돋아 있었다.

신지는 주머니에서 꼬깃꼬깃해진 1만 엔짜리 지폐를 꺼내고, "이것뿐이야"라며 억지로 떠맡겼다.

"이건 안 돼. 부족해. 이 돈이면, 저기서 빨아주는 것뿐이야."

여자의 시선 끝으로 러브호텔 주차장이 보였다. 두툼한 커튼 안쪽에 주차된 자동차는 한 대도 없었다. 신지는 여자의 가슴에 돈을 밀어붙이고, 앞장서서 주차장 안으로 들어갔다.

"그럼 다녀올게."

아까부터 아다치는 벌써 세 번이나 같은 말을 반복했다.

신지는 부엌 싱크대에서 이를 닦으며 좀처럼 나가지 않는 아다치를 바보로 취급하듯 바라보았다.

"오늘, 나머지 3천만 엔이랑 두 사람의 위조 여권을 받으면, 그걸로 끝이야. 그다음엔 아무 걱정 없어."

아다치가 또다시 같은 얘기를 되풀이했다. 어지간히 긴장했는지, 목소리가 떨렸다.

"빨리 나가."

급기야 짜증이 나서 신지가 말했다.

"어, 응. 그럼 신지 군은 여기서 기다려. 난 괜찮으니까. 그놈들이 날 배신할 일은 없어."

스스로 확인하듯이 중얼거리고, 그제야 아다치가 방에서 나갔다. 신지는 멀어지는 발소리를 들으며 느긋하게 입을 헹군 후, 발소리가 큰길로 나갔을 때쯤 부리나케 옷을 갈아입고 밖으로 튀어나왔다.

계단 위에서 살펴보니 큰길로 나간 아다치가 다리를 건너갔다.

신지도 바로 계단을 뛰어 내려갔다.

다리를 건넌 아다치는 강변을 따라 나고야 역 방향으로 계속 걸어갔다. 경계는 하지 않는지 한 번도 뒤를 돌아보지 않았다.

도중에 자동판매기 앞에 멈춰 서더니, 늘 그렇듯이 한참을 망설인 끝에야 달콤한 주스를 샀다. 고작해야 주스를 고르면서 거기 늘어선 음료수의 맛을 모두 상상하는 방식으로 물건을 샀다.

사가라 댐에서 막 일하기 시작한 무렵, 신지는 딱 한 번 아다치의 집에 초대를 받은 적이 있었다.

시내에 갓 새로 지은 아파트라 벽도 카펫도 천장도 테이블도 소파도 모든 게 다 새하얬다.

아다치의 아내는 잘 웃는 여자였다. 남편 얘기에 손뼉을 치며 웃어댔고, 더 웃기면 남편 어깨에 기대서 아양을 떨며 웃었다.

그러나 거기에 재미있는 얘기는 하나도 없고, 그저 큰 소리로 웃는 여자가 있을 뿐이었다.

초등학생인 두 딸들은 게임만 계속했다. 처음과 마지막에 인사한 걸 빼면, 두 아이가 신지 앞에서 움직인 거라곤 각자의 손가락뿐이었다.

술 취한 아다치를 대신해서 그의 아내가 신지를 합숙소까지 바래다주었다. 차 안에서 아내는 고등학교 시절에 좋아했던 남자 이야기를 꺼냈다.

한 살 많은 그 선배의 집은 이른바 고급 주택가에 있었고, 남유럽풍의 하얀 벽으로 둘러싸인 집이었다고 한다. 그녀의 본가는 고향 상점가에서 세탁소를 운영했다. 학교에서 돌아오면

스팀이 피어오르는 작업장을 지나 집으로 들어갔다.

선배의 졸업을 앞두고, 그녀는 편지를 써서 고백했다고 한다. 그러나 답장조차 오지 않았다.

그녀는 친구에게 거짓말을 했다. 답장은 왔는데, 따로 좋아하는 사람이 있다고 쓰여 있었다고.

"그 후로 난 줄곧 그 사람의 답장을 기다리는 기분이 들어. ······물론 이젠 그 사람을 좋아하진 않아. 그런데도 그 답장을 기다리며 아다치와 결혼하고, 딸들을 키워온 것 같은 기분이 든다고 할까."

이제 곧 합숙소에 도착하는 산속에서 신지가 차를 세워달라고 부탁했다. 오른쪽으로 돌아 올라가는 오르막길이었다. 신지는 그녀의 허벅지를 만졌다. 그녀는 저항하지 않았다. 그 대신 시동을 껐다.

"내 얘기를 했으니까 신지 군도 얘기해봐."

"뭘?"

신지는 자기 좌석을 눕히고, 여자의 팔을 와락 끌어당겼다.

"······여기서? 좁아."

"내 위로 올라오면 돼."

팔을 더 끌어당기자, 그녀가 머뭇머뭇 올라왔다. 신지는 여자의 셔츠를 걷어 올리고 가슴을 움켜쥐었다.

"신지 군도 해봐. 좋아했던 사람 얘기."

"그런 거 없어."

그 순간, 불현듯 양손을 묶였을 때의 감각이 되살아났다. 이제 갓 중학생이 된 신지는 복지시설의 의무실 침대에 있었다. 단단한 밧줄이 손목으로 파고들었다.

"난 섹스 의존증이야. 어릴 때는 기회만 생기면 자위를 했어. 여자랑 하게 된 후로는 매일 못 하면 안정이 안 돼."

"의존증? 그냥 여자를 좋아하는 거잖아?"

그녀가 웃었다. 믿지 않는 것 같았다.

"하고 난 후에는 예외 없이 매번 기분이 최악이야. 죽고 싶어. 그런데도 다음 날에는 또 누군가랑 못 하면 미쳐버릴 지경이지."

그녀의 움직임이 멈춰 있었다. 셔츠 단추를 다시 끼우고, 운전석으로 돌아가려 했다.

"하게 해줘." 신지가 그 팔을 잡았다.

"미안, 무서워." 그녀가 손을 뿌리쳤다.

"……여기서부터는 걸어가."

강한 말투와는 달리, 여자의 손이 심하게 떨렸다.

나고야 역구내로 들어선 아다치는 긴장한 기색이 역력했다. 불안해하며 장소를 이동했고, 모든 소리에 반응하며 주위를 두리번거렸다. 다카시마야 백화점이 입점해 있는 역 빌딩 안 사람들이 쉴 새 없이 움직이는데, 다른 통행인들이 슬로모션이라면 아다치 혼자만 빨리 감기 영상 속에 있는 것처럼 보였다.

신지는 조금 떨어진 신칸센 매표소에서 아다치를 관찰하고 있었다.

약속한 12시가 다 되어갈 무렵, 불쑥 나타난 남자가 아다치 앞에 섰다. 신지는 계속 지켜보고 있었지만, 그 남자가 어느 쪽에서 어떻게 걸어왔는지 알아채지 못했다.

아다치도 놀랐는지, 눈앞에 선 남자를 보며 "앗" 하고 소리를 높였다.

신지는 장소를 이동해서 남자의 얼굴을 확인했다. 머리는 살짝 희끗희끗했지만, 햇볕에 그은, 아직은 젊은 얼굴에는 온화한 미소가 어려 있었다. 눈 색깔이 살짝 옅기 때문인지, 중동 계열 피가 섞인 것처럼도 보였다.

아다치도 많이 안심했는지, 남자를 끌어안을 듯이 기뻐했다. 그 남자가 두 달 전에 라쿠치의 술집에서 만났던 노나카라는 사람인 듯했다.

노나카에게 등을 떠밀린 아다치가 걸음을 내디뎠다. 그대로 재개발된 지구 쪽으로 나가나 싶었는데, 갑자기 방향을 바꿔서 이쪽으로 걸어왔다. 신지는 허둥지둥 웅크려 앉아 신발 끈을 고쳐 맸다.

붐비는 역 광장을 걸어가는 두 사람을 감시하는 다른 사람은 없는 듯했다. 두 사람은 즐거운 듯이 웃으며 걸어갔다.

역 로터리를 빠져나간 두 사람이 어떤 왜건으로 다가갔다. 신지는 일부러 오른쪽으로 돌아서 누군가와 약속이 있는 것처럼 가드레일에 걸터앉았다.

두 사람이 왜건 뒷좌석에 올라탔다. 운전석에는 다른 남자가 앉아 있었다. 문이 닫히자, 선팅을 한 내부가 보이지 않았다.

5, 6분쯤 움직이지 않았다. 다음에 문이 열렸을 때, 노나카만 나왔다. 그 순간, 차 바닥에 쓰러져 있는 아다치의 발이 보였다.

노나카는 차에서 내린 후, 혼자 다시 역 안으로 돌아갔다.

신지는 초조했다. 아다치에게 몇 번이나 들었던 계획과는 명백히 다른 흐름이었다.

역으로 들어가는 노나카를 쫓아야 할지, 그대로 아다치가 탄 왜건을 감시해야 할지 망설이는데, 왜건이 갑자기 달리기 시작했다.

노나카는 이미 역 안으로 들어서는 순간이다. 신지는 가드레일을 넘어서 노나카를 쫓아갔다. 인파를 헤치며 걸어가는 노나카를 너무 가깝지도 너무 멀지도 않게 따라갔다. 노나카가 뒤를 살피는 기색은 없었다.

노나카가 걸음을 멈춘 곳은 어제 신지도 왔던 로커 앞이었다. 노나카가 파란 조각이 달린 열쇠를 손에 들고 로커 번호를 찾았다.

"229번이겠지?" 신지는 자동판매기 뒤에서 중얼거렸다.

노나카는 역시나 229번에 열쇠를 꽂았다. 그리고 문을 연 순간, 그 문을 내동댕이치듯 거칠게 닫았다.

아다치는 나머지 3천만 엔을 받기는커녕 전에 받은 2천만 엔까지 가로채일 상황이었다.

휴대전화를 꺼내 든 노나카가 초조한 기색으로 걸어왔다. 신지도 무심코 걸음을 내디디며 노나카와 엇갈리듯 스쳐 지났다. 그 순간, "어떻게든 캐내. 수단과 방법을 가리지 마"라고 소리치는 노나카의 목소리가 귀에 들어왔다.

신지는 똑바로 곧장 걸어갔다. 있을 수 없는 일이겠지만, 지금 걸음을 멈추고 돌아보면 바로 뒤에 노나카가 서 있을 것 같았다.

아다치는 함정에 빠진 것이다. 무슨 조직인지는 모르겠지만, 아다치나 자기가 맞설 만한 상대는 아니다.

신지는 아다치가 분명 고문을 당할 테고, 돈이 어디 있는지는 몰라도 계속 같이 있었던 자기 얘기를 할 게 틀림없다는 생각에 이르렀다. 녀석들은 바로 아파트에도 찾아올 것이다.

신지는 신칸센 개찰구 앞에 멈춰 선 후, 심호흡을 한 번 깊게 하고 뒤를 돌아보았다. 노나카는 이미 인파 속으로 사라지고 보이지 않았다.

주위를 둘러본 신지는 천천히 로커로 돌아가기 시작했다.

댐을 폭파하는 녀석들이 아다치를 죽이는 정도에 망설일 이유가 없다.

신지는 로커 앞에 섰다. 228번을 열고, 종이봉투를 꺼냈다. 2천만 엔 분량의 지폐 무게는 묵직했다. 신지는 고개를 푹 숙이고 걸음을 내디뎠다. 걸음이 서서히 빨라졌다.

*

다카노는 깊은 진흙탕을 밟으며 걸어가는 부하 다오카 료이치를 멍하니 바라보고 있었다. ☆ 표시가 새겨진 운동화 바닥 무늬가 진흙탕에 찍혔다 서서히 사라졌다.

"그나저나 이 냄새, 정말 지독하네요."

다오카가 코를 움켜쥐고 돌아보았다.

"……영상에서는 이런 냄새까지는 전해지질 않잖아요."

두 사람이 서 있는 곳은 얼마 전에 사가라 댐 결궤로 막대한 피해를 입은 사가라 시의 중심부였다. 일단 주요도로에는 자동차가 다닐 수 있게 됐지만, 진흙을 들쓴 잡동사니 쓰레기에는 전혀 손을 못 댄 상태였다.

"……과연. 덜 마른 빨래랑 똑같대요. 진흙에 미생물이 생겨서 냄새가 난대요."

냄새의 원인을 단말기로 찾아본 다오카가 혼자 납득했다.

발밑에 진흙투성이 신발이 뒹굴고 있었다. 어린이용 운동화인데, 히라가나(한자 초서체에서 만들어진 일본의 음절문자)로 '아베 유카리'라고 쓰여 있었다.

다카노는 주위를 둘러보았다. 전에 이 거리에는 영락한 상점가가 있었고, 그 안쪽에는 '라쿠치'라 불리는 술집 지역이 있었다는데, 지금 다카노의 눈앞에 펼쳐진 풍경은 진흙을 들쓴 들판이었다.

"아참, 아까 경찰 무선을 듣다가 좀 재밌는 정보를 알았어요."

탁류에 휩쓸려 쓰러진 전봇대를 건너오려고 하면서 다오카가 말했다.

"……사가라 댐 보수공사에 아다치 건설이라는 회사가 참여했는데, 어찌 된 영문인지 그 회사의 사장 차가 고쿠라 항에서 발견됐대요. 지금까지의 정보로는 그 사장이 당일 밤에 합숙소에 남아 있다 다른 직원들과 같이 죽은 걸로 파악됐는데, 그렇게 되면 고쿠라 항에 차가 있는 게 이상하잖아요."

쓰러진 전봇대 위를 요령 있게 걸어가던 다오카가 발을 헛디더서 "으악" 하고 소리를 지르며 미끄러졌다. 재빨리 땅에 양손을 짚어 가까스로 진흙투성이 신세는 면했지만, 옷이 흐트러지며 등이 훤히 드러났다.

"어이, 그건 대체 뭐야?"

다카노가 엉겁결에 물었다. 다오카의 등에 어중간한 문신이 새겨져 있었다.

"아, 이거요……? 문신 금지 규칙은 딱히 없잖아요!"

다오카가 더럽혀진 손으로 옷을 추스르더니, 갑자기 시비조로 받아치며 입을 삐죽거렸다. 다카노는 그 얼굴을 한동안 노려보다가 "통증은 친구란 뜻인가?" 하며 웃었다.

"그건 그렇고, 저는 이번 V. O. 에퀴 사의 움직임을 전혀 읽을 수가 없어요."

결국 다오카는 셔츠에 진흙투성이가 된 손을 닦았다.

"……한번, 제 나름대로 정리해봐도 될까요? V. O. 에퀴 사라는 곳은 프랑스의 다국적기업으로, 세계 각국에서 수도사업을 독점으로 인수하고 있는 물 메이저 기업 중 하나다."

"머릿속으로 정리해." 다카노가 씁쓸하게 웃었다.

"아뇨, 이런 건 입으로 말해야 정리하기 쉬워요. ……그런데 그 V. O. 에퀴 사가 일본 진출을 노리고 있다. 물론 실제로는 거의 20년 전부터 시작된 움직임이고, 일본 정치가들까지 연루되어서 서서히 수도사업 자유화 방향으로 국가 방침을 바꿔왔으며, 현재 수도사업의 민간 위탁은 이미 시작되었다. 아직 소규모라 재정난에 시달리는 시정촌(市町村, 일본의 행정 구획 명칭. 우리나라 시, 읍, 면과 비슷하다)에 한정되긴 하지만. 그것을 단번에 전국 규모의 자유화로 이끌어가려 했으나 20년 가까운 세월이 흘러도 일본 국내에서는 좀처럼 그런 움직임이 보이지 않는다. 초조해진 쪽은 그것을 통해 비즈니스 기회를 노렸던 일본 기업과 정치인들. 구체적으로는 일본 최대의 에너지 회사인 '동양에너지'와 거기에 깊이 연루된 정치인들. 그래서 그들은 어느 조직과 손을 잡고 무리한 계획을 감행하게 되었다. 이미 경제적으로 절박한 상황에 처한 지방의 댐 몇 개를 폭파해서 물 문제를 국가 수준의 위급한 과제로 만든다. 동일본 대지진 때도 그랬지만, 이런 에너지 정책 방침의 전환은 공황 상태에 처했을 때 쉽게 가능해질 수 있다."

"다만……."

다카노가 끼어들었다.

"아, 네, 압니다. 일본의 지방 댐을 폭파해나간다니, 그런 영화 같은 계획이 성공할 리가 없다. 만약 그 사실이 세상에 밝혀지면, 일본 진출은커녕 V. O. 에퀴 사 자체가 끝이다."

"그런 영화 같은 계획을 몰래 실행하려 했던 사람이 뒤부아 씨였지."

"그런데 비밀리에 추진한 그 계획이 사내 반대파 그룹에 발각돼서 뒤부아는 회사에서 쫓겨나게 됐다. 그래서 그는 우리 AN 통신에 울며 매달렸다."

"분명 간단한 일이었어." 다카노가 말을 이었다.

"……뒤부아와 한통속이 된 일본 측의 동양에너지나 연루된 정치인을 설득해서 폭파 계획을 중지시킨다. 그리고 뒤부아를 복귀시킨다. 사흘이면 해결될 일이었지.”

“그런데 이곳 사가라 댐이 폭파됐다…….”

다오카가 댐이 있었던 산 쪽을 올려다봤다.

“V. O. 에퀴 사에서는 분명 이 댐의 폭파 계획을 단호히 반대했었잖아요?”

시선을 되돌린 다오카가 진흙이 가득 찬 페트병을 발바닥으로 굴렸다.

“……그런데 어떻게 돌연 ‘결행’으로 흘러갔을까? 역시 다카노 씨의 말대로 V. O. 에퀴 사가 갑자기 누군가에게 점령당했다고 생각할 수밖에 없어요. 그 후 V. O. 에퀴 사 사람들은 우리와 연락을 완전히 차단했어요. 누구일까요? 아니, 어떤 조직일까요? 뭐, 어쨌거나 이번에 우리 임무는 실패한 거죠? 아니면, 다음도 있는 건가요? 그도 그럴 게 앞으로도 일본 어딘가의 댐이 폭파될 거 아닙니까?”

다오카가 걷어찬 페트병을 다카노가 짓밟아 일그러뜨렸다. 주둥이에서 진흙이 비어져 나왔다.

“다음 댐 폭파를 막아야 한다고 생각하나?” 다카노가 물었다.

“우리 AN 통신이 정의의 편이라면.” 다오카가 웃었다.

“우리는 정의의 편이 아니었나?”

“그건 아니죠. 만약 그랬다면, 좀 더 나은 인생을 살았겠죠.”

다카노는 새삼 다시 진흙을 들쓴 마을을 바라보았다. 마을이 진흙으로 뒤덮인 만큼 구름 한 점 없는 파란 하늘은 더더욱 두드러져 보였다.

"그러고 보니, 다카노 씨는 전에도 V. O. 에퀴 사랑 관련된 일을 하셨죠?"

다오카의 뜬금없는 질문에 "누구한테 들었어?"라고 다카노가 차갑게 되물었다.

"가자마 씨한테요……. 지난번에 V. O. 에퀴 사 자료 받으러 갔을 때……."

"가자마 씨, 다른 말은 없었고?"

"옛날 생각이 난대요. 다카노 씨의 첫 임무가 V. O. 에퀴 사랑 관련된 일이었다면서. 역시 일본 진출과 관련된 사안으로……."

"옛날 생각이 난다고? 가자마 씨가 그렇게 말했나?"

"네. 다만 건강이 많이 안 좋은지, 그 집에서 일하시는 도우미 아줌마가……."

"……후미코 씨야."

"네?"

"도우미 아줌마가 아니라, 후미코 씨라고, 그 사람."

"아참, 그렇지. 다카노 씨가 어릴 적에 그 집에서 한동안 신세를 졌다고 했나요? ……뭐, 아무튼 그 아줌마가 너무 오래 얘기하면 가자마 씨가 지친다면서 말리더군요."

다카노는 기억 속에 있는 가루이자와의 그 집을 떠올리려 했다. 초등학교 6학년 무렵에 아동복지시설에서 나온 다카노는 중학교를 졸업할 때까지 가자마의 집에서 신세를 졌다. 지금으로부터 20년 전쯤이다.

기억에 남아 있는 모습은 아름다운 자작나무 숲속에 서 있는 멋스러운 별장인데, 최근에 다녀온 다오카의 말에 따르면, 그냥 낡은 산장으로 보였다고 한다.

"⋯⋯그런데 무슨 안건이었어요? 예전에 다카노 씨가 맡았던 V. O. 에퀴 사 건은?"

자동차로 돌아가면서 다오카가 물었다. 다카노도 그 뒤를 따라가면서 다오카의 신발 바닥이 진흙탕에 찍는 ☆ 자국을 또다시 바라보았다.

"AN 통신에 들어오기 위한 최종 시험 같은 임무였지. 난 아직 열일곱이었고⋯⋯."

다카노가 얘기를 시작하자 "네? 열일곱요, 다카노 씨가? 도무지 상상이 안 가네"라며 다오카가 웃었다.

"간단히 말하면, 이번과 같은 구도야. V. O. 에퀴 사가 일본 진출을 노렸지."

그 당시를 추억하려 하면, 다카노의 뇌리에는 맨 먼저 나란토의 새파란 하늘과 바다가 떠오른다.

"……너도 나란토에서 고등학교를 다니면서 훈련받았을 텐데?"

"아, 네, 그랬죠."

"로가이 포장마차 거리에 맛있는 소고기 국수를 파는 가게가 있었지."

"아아, 알아요. 마늘을 듬뿍 넣은 국수 말이죠?"

"너희 때도 남아 있었군. 그 포장마차 할아버지, 금방 돌아가실 것 같았는데."

"할아버지요? 우리 때는 뚱뚱한 아줌마였어요. 그럼 그 할아버지의 딸인가?"

활기찬 해변이 있던 선셋 거리, 여전히 야자수 원시림으로 덮여 있던 동로(東路), 온 섬을 스쿠터로 내달렸던 시절의 바람이 갑자기 목덜미를 스치며 지나가는 것 같았다.

"동기 중에 야나기라는 녀석이 있었어. 같이 훈련을 받았지." 다카노가 불쑥 말했다.

"그럼 그 사람도 지금은 AN 통신이겠군요?"

"아냐, 도망쳤어."

"네? 우리 조직에서요?"

다오카가 침을 꿀꺽 삼키며 놀라워했다.

"뭐, 이미 어딘가에서 객사했겠지." 다카노가 말했다.

"그랬겠죠……. 아아, 나란토가 그립네요."

다오카가 올려다본 새파란 하늘이 다카노의 눈에도 고교 시절을 보냈던 나란토의 하늘로 보였다.

조수석에 올라탄 다오카가 "모처럼 새로 뽑은 재규어인데, 첫 드라이브를 이런 곳으로 오다니, 이 녀석도 진짜 운이 나쁜 자동차네"하며 한탄했다.

다카노는 액셀러레이터를 밟았다. 타이어가 진흙을 밟으며 서서히 달리기 시작했다.

"어, 다카노 씨, 예의 그 보수 회사 사장의 거처가 밝혀진 것 같아요."

경찰 무선을 듣고 있던 다오카가 귀에 꽂은 이어폰을 꽉 눌렀다.

"……역시 완전 아마추어였네. 댐 결궤 후에 고쿠라에서 나고야로 도망쳤고, 그곳에서 휴대전화를 사용해버린 모양이에요."

"구속은 됐나?"

"아뇨, 오늘 정오 너머 나고야 역 부근에서 전파가 끊긴 후로는 행방을 알 수 없대요."

진흙을 들쓴 신호기가 웬일인지 한 개만 작동되었다. 진흙에 더럽혀진 파란 신호가 뭔가와 비슷했다.

"나고야로 날아가서 아다치라는 그 사장을 찾아볼까요? 아다치는 단순한 심부름꾼이겠지만, 거기서부터 차츰 더듬어가면 어떤 놈이든 연결될 테니까…….”

“진흙에 더럽혀진 저 파란 신호, 뭘로 보여?” 다카노가 물었다.

“매 맞은 남자 얼굴인데요.”

다오카가 곧바로 대답했다.

바로 그 순간, 본부에서 무선 연락이 들어왔고, 다오카가 서둘러 연결했다. 맨 처음 들린 소리는 탁한 기침 소리였고 그것이 한동안 이어진 후, “나다. 가자마다”라는 가래가 끓는 목소리가 들렸다.

“지금부터 다음 임무를 전달한다.”

그쯤에서 가자마가 또다시 고통스럽게 기침을 했다. 다카노는 “괜찮으세요?”라고 물어보지도 않고, 말없이 기침이 가라앉길 기다렸다.

“……두 번째 댐이 폭파될 거라는 정보가 들어왔다. 다만 언제 어느 댐인지는 모른다. 이번 임무는 그것을 저지하는 것이다.”

다오카가 휘파람을 불더니 “우린 정말 정의의 편이네”라고 농담을 흘렸다.

“주모자는 역시 V. O. 에퀴 사입니까?” 다카노가 물었다.

“그렇다. 그러나 현 경영진의 판단으로 보이진 않아. 누군가가 어떤 힘으로 조종하는 게 틀림없어."

"단순한 댐 폭파 저지라면 경찰에서 할 일인 것 같은데요."

"맞아요. 우리는 돈으로만 움직이는 산업스파이니까." 다오카도 농담하는 말투로 끼어들었다.

"국가에서 의뢰한 거야."

가자마가 말을 가로막듯 밝혔다.

"국가라뇨…… 일본 정부란…… 뜻인가요?"

가자마의 말에 다오카가 당황했다.

다카노는 차를 세웠다. 민가가 있었던 듯한 장소에서 늙은 부부가 삽으로 진흙을 퍼내고 있었다. 그러나 아무리 퍼내도 진흙은 또다시 발밑으로 흘러들었다. 마치 그 부부가 진흙을 퍼내는 게 아니라, 진흙에 파묻혀가는 것처럼 보였다.

"어떻게 된 거죠?" 다카노가 되물었다.

"간단하게 말하지. 당초 일본의 댐을 폭파하는 계획을 세운 것은 V. O.의 뒤부아와 동양에너지, 그리고 중의원 의원인 주손지 노부타카였어. 일본의 수력발전 기능에 타격을 입혀서 수도사업을 일거에 민영화로 몰아붙이려는 계획이었지. 그런데 V. O. 에퀴 사의 수뇌진이 먼저 겁을 먹었지. 그래서 계획은 백지로 돌아갈 예정이었고."

"그런데 거기에 누군가가 끼어들었고, 이제는 아무도 손을 쓸 수 없게 됐다?" 다카노가 물었다.

"그렇지. 그 누군가는 V. O.의 뒤부아, 동양에너지, 주손지 삼자가 짠 계획을 가로채서 그대로 실행하려고 해. 이 상황에서는 삼자가 주모자가 된다."

"그래서 중의원 의원인 주손지가 우리에게 그것을 저지해달라고 의뢰했다?"

"맞아. 물론 비밀리에지만, 뻔뻔하게도 나라의 대표라는 입장으로 말이지."

다카노는 어느 절의 큰스님 같은 풍모를 한 주손지 노부타카를 떠올렸다. 전쟁 후에 일본의 에너지 정책을 좌우해온 중진이다.

임무와 관련된 상세한 내용은 나중에 통보하겠다며 가자마가 갑자기 통신을 끊자, 또다시 삐익 소리를 내며 휘파람을 분다오카가 "드디어 우리처럼 하찮은 산업스파이도 나라를 위해 일하는 건가"라며 웃었다.

"……늘 생각했어요. MI6나 CIA는 좋겠다고. 안 그래요? 그들은 공무원이에요. 우리랑 비슷한 더러운 일을 하는데도 세상에서 보는 눈은 달라요. 하찮은 산업스파이랑 공무원이니 다를 수밖에."

다카노는 표정을 바꾸지 않았다.

"……내 말이 맞잖아요. 어쨌거나 드디어 국가에서 일을 의뢰받았으니까."

다카노는 다시 밖으로 시선을 돌렸다. 노부부는 여전히 삽으로 진흙을 퍼내고 있었다.

3장
국제 심부름센터

아다치의 돈을 가로챈 신지는 나고야 역을 거의 끝까지 달리며 벗어났다. 강변길로 나왔을 때는 품에 안고 있던 종이봉투가 찢어져서 신문지에 싸인 지폐가 떨어질 지경이었다.

아다치는 분명 "지금부터 널 고문하겠다"는 말 한마디만으로도 모든 걸 털어놓을 것이다. 그러면 노나카 패거리는 바로 은신처였던 아파트로 들이닥친다.

신지는 또다시 달렸다. 이 2천만 엔만 들고 도망쳐도 상관없지만, 늘 들고 다니던 배낭만은 꼭 찾으러 가고 싶었다.

강변길에서 꺾어 들어가 아파트 계단을 뛰어 올라갔다. 노나카의 차는 아직 보이지 않았다.

신지는 박차듯이 방문을 열고, 흐트러진 이불을 밟으며 들어갔다. 벽장에서 큰 배낭을 꺼내고 바로 나오려다 걸음을 멈첬다.

베란다를 돌아보았다. 그러나 역시 그냥 가야겠다고 결심하고 발을 내디뎠다가 또다시 머뭇거리며 돌아보았다.

결국 신지는 베란다로 나갔다. 난간으로 몸을 내밀고 옆집 베란다를 살펴보니, 맞아서 얼굴이 부어오른 듯한 소녀가 여전히 쓰레기봉투 틈새에 앉아 있었다.

"야." 신지가 불렀다.

소녀가 힘없이 고개를 들었다.

"너, 어떻게 우는지는 알아?" 신지가 물었다.

소녀는 그저 어금니만 꽉 깨물고 있었다.

"너, 이대로 살다가는 죽어. ……더는 안 되겠다고 생각하면 울어야 해. 무서워할 거 없어. 용기 내서 소리 높여 울어. 누군가가 들을 수 있게. 알겠니?"

이해를 했는지 못 했는지, 소녀의 표정에는 변함이 없었다.

"어차피 죽음을 당할 거면, 뭘 해도 죽게 돼 있어. 마지막 순간만큼은 '싫어!'라며 울어. '난 싫어!'라며 울부짖으란 말이야. 알겠지? 약속했다."

신지가 얼굴을 거둬들이려 하자, 웬일로 소녀가 일어섰다.

"……가버리는 거야?"

소녀의 입술이 움직이는 모습을 신지는 처음 봤다.

"어, 간다."

한순간 소녀의 팔을 끌고 도망치는 자기 모습이 떠올랐다. 그러나 곧바로 웃음도 솟구쳤다.

이 녀석을 구하겠다고? 이 녀석을 구한다고 뭐가 달라지지?

그때 아파트 앞에 급정차하는 왜건이 보였다. 아까 아다치를 태웠던 왜건이었다. 차에서 내리는 사내들의 모습은 보이지 않았지만, 곧이어 계단을 뛰어 올라오는 발소리가 들렸다.

신지는 허둥지둥 난간을 넘어 2층에서 뛰어내렸다. 착지한 순간, 사내들이 방으로 들이닥치는 소리가 들렸다. 신지는 재빨리 몸을 굴려 1층 처마 밑으로 숨었다.

베란다로 나온 사내들이 "없네"라고 짜증스럽게 중얼거리는 소리가 내려왔다.

신지는 접질린 것 같은 복사뼈를 감싸 쥐었다.

"야, 꼬맹아. 이 방에 살았던 오빠 모르니?"

사내들이 옆방 소녀를 알아챈 듯했다. 얼마쯤 지난 후, "……그래, 모르는구나"하며 사내들이 방으로 돌아갔다.

사내들이 집을 마구잡이로 뒤지는 소리가 들렸다. 그러나 짐도 없는 다다미 여섯 장짜리 방을 수색하는 시간은 그리 오래 걸리지 않았다.

사내들이 방에서 나갔다. 신지는 세탁기 뒤에 숨어서 몸을 바짝 움츠렸다.

사내들을 태운 왜건이 달려가자, 갑자기 긴장이 풀리며 구역질이 솟구쳤다. 바닥에 엎드려서 목구멍으로 올라온 것을 토해냈다. 게워낸 것은 시큼한 위액이었다.

옷소매로 입가를 훔치고, 일어서서 걸음을 내디뎠다. 문득 시선이 느껴져서 2층을 올려다보자, 소녀가 이쪽을 내려다보고 있었다.

그 얼굴에는 여전히 감정이 없다.

그러나 신지가 떠나려는 순간, 그 자그마한 손을 쓱 뻗었다. 마치 신지를 불러 세우는 것 같았다.

신지는 다시 소녀를 올려다봤다. 다음 순간, 입에서 불쑥 이런 말이 흘러나왔다.

"같이 갈래?"

소녀는 반응이 없었다.

물론 소녀를 데리고 갈 만한 장소는 없다. 그건 누구보다 잘 안다. 그런데도 신지는 "……갈래?"라고 다시 한번 물었다.

소녀의 가녀린 팔이 어렴풋이 이쪽으로 뻗어 왔다.

"그럼 거기서 뛰어내려." 신지가 말했다.

"……날 믿고 뛰어내려."

신지는 돈이 든 종이봉투를 발밑에 내려놓고, 양팔을 펼쳤다.

소녀는 방을 한 번 돌아보았다. 분명 거기에는 아무도 없다. 엄마나 그녀의 남자친구가 돌아올 때까지 소녀는 방에 들어갈 수 없다.

소녀가 난간으로 기어 올라갔다. 그 가냘픈 팔을 바들바들 떨며 몇 번을 실패하면서도 포기하지 않고 난간을 넘으려고 했다.

'이리 와.' 신지는 마음속으로 중얼거렸다.

난간을 넘어선 소녀의 발이 디딜 곳을 찾지 못해 흔들거렸다.

신지는 바로 아래 서서 "괜찮으니까 손을 놔"라고 말했지만, 소녀는 공포심에 그러지 못하고 필사적으로 난간에 매달려 있었다.

"내가 꼭 받아줄 거야."

신지의 말에 소녀가 고개를 세차게 가로저었다.

"……안심해도 돼. 눈을 꼭 감고 손을 놔."

신지가 2층으로 손을 뻗었다. 아무래도 소녀의 발에는 닿지 않았다.

그 순간, 소녀가 체념한 듯이 눈을 감았다. 팔 힘이 이미 한계에 다다랐는지, 몸이 뚝 떨어졌다.

신지는 그 몸을 안전하게 받아냈다. 소녀의 몸은 예상보다 훨씬 가벼웠다.

품 안에서 소녀가 머뭇머뭇 눈을 떴다.

"거봐, 괜찮잖아." 신지가 미소를 지었다.

소녀를 세우고, 돈이 든 종이봉투를 품에 안았다. 정말로 같이 가겠느냐고 다시 한번 확인해야 할 테지만, 신지는 더 이상 아무 말도 하지 않고 걸음을 내디뎠다.

아파트 부지를 벗어나 강변을 따라 걷기 시작했다. 몇 걸음 뒤에서 소녀가 따라왔다.

얼마쯤 걸었을 때였을까, 소녀가 갑자기 손을 잡았다. 신지는 그저 힘껏 그 자그마한 손을 잡아주었다.

"배고프지? 뭐 먹고 싶니?" 신지가 물었다.

소녀가 잡은 손에 살며시 힘을 주었다.

"너, 이름은 뭐야?" 신지가 물었다.

아무 대답이 없어서, "난 신지. 와카미야 신지"라고 알려주었다.

"……너, 몇 살이야?"

잇달아 물어봤지만, 역시나 대답이 없었다.

다리를 건너, 고속 고가도로 아래로 걸어갔다. 횡단보도 신호에 멈춰 섰을 때, "……스미레"라고 소녀가 불쑥 말했다.

"……스미레구나." 신지가 중얼거렸다.

"일곱 살."

스미레가 이어서 말했다. 신지는 "그럼 학교는?" 하고 물으려다 그만두었다. 그 대신 "질문이 하나 더 있었을 텐데?" 하고 물었다.

한참 고개를 갸웃거리던 스미레가 "롤케이크 먹고 싶어"라고 말했다.

신지는 스미레를 바라보았다. 그리고 새삼스레 다시 이 녀석을 구해내긴 힘들다고 생각했다. 그렇지만 오늘 하루만이면 구해낼 수 있다는 생각도 했다. 하루, 그리고 또 하루. 그건 계속할 수 있을 것 같은 기분이 들었다.

*

진흙탕에 ☆ 모양 발자국이 남아 있었다. 남자 운동화 바닥일 텐데, 아직 얼마 안 됐는지 단단히 굳지는 않았다.

구조 마이코는 그 발자국을 밟아보았다. 자기 발보다 훨씬 컸다.

"어이, 구조, 이제 슬슬 가지."

상사인 오가와가 부르는 소리에 구조가 얼굴을 들었다. 눈이 미치는 곳은 온통 진흙으로 뒤덮인 재해 지역. 어찌 된 영문인지 저 멀리에서 신호기 한 대만 작동하고 있었다.

구조는 회사 업무용 차로 달려갔다. 이미 진흙투성이였지만, 뛰어가니 바지에 또다시 진흙 얼룩이 생겼다.

"구조, 자네는 어떡할 거야? 나랑 지바는 지금 회사로 들어갈 건데……."

조수석에서 카메라맨인 지바가 촬영한 재해 지역 사진을 확인하고 있었다.

지바는 원래 전쟁 지역 카메라맨으로 세계 곳곳을 누비고 다녔다. 그러다 신장이 나빠져서 고향인 후쿠오카로 돌아왔고, 현재는 구조가 일하는 〈규슈신문〉에서 계약직 카메라맨으로 근무하고 있다.

구조는 지바의 사진이 좋았다. 이런 재해 지역을 찍어도 그 사진에서는 슬픔이 아니라 그곳에 있었던 웃음소리가 들려오는 듯했다.

"으음, 저는 취재가 한 건 더 남아 있어요." 구조가 대답했다.

"아아. 라쿠치 사람?"

"네."

그쯤에서 지바가 얼굴을 들고, "라쿠치라면 저기 있었던 술집 거리 라쿠치?" 하고 물었다.

"네. 라쿠치에서 가게를 했던 분인데, 유일한 생존자셔서."

"어디서 만나기로 했어?" 오가와가 물어서, "사가라 제2초등학교에서요"라고 구조가 대답했다.

"그럼 타고 갈래?"

"아, 아뇨. 약속 시간까지 아직 여유가 좀 있으니 천천히 걸어갈게요."

"어, 그래. 그럼 우리 먼저 갈게."

오가와가 액셀러레이터를 조심조심 밟으며, 되도록 진흙이 튀지 않게 차를 출발시켰다. 구조도 차를 배웅한 후, 진흙탕 길을 조심스럽게 걸어가기 시작했다.

입사한 지 5년, 사회부에서 매일같이 잔혹한 뉴스를 쫓아왔지만, 이번 사가라 댐 결궤의 충격은 수준이 다르다. 취재 지역 안에서 발생한 사건이나 사고는 어떤 경우든 부서 전체가 확 달아오를 정도로 충격이 크지만, 이번만큼은 너무나 참담한 참상에 모두 입을 다물고 말았다. 그때 밀려든 충격은 몹시도 차디찬 충격이었다. 그것은 지금도 부서 안에 남아 있다. 소식을 전해야 한다는 열정적인 마음에 찬물을 끼얹은 것 같은 무력감이다.

쓰레기와 잡동사니 철거가 끝난 국도를 구조는 묵묵히 걸어갔다. 걷다 보니 진흙탕의 악취가 먼저 사라지고, 지면은 원래 모습이었던 아스팔트로 돌아왔다. 그 주변까지 오자, 일반 자동차도 많이 달리고, 기타사가라 공원 잔디밭에는 자원봉사자들이 생활하는 텐트도 늘어서 있었다.

공원을 가로질러 사가라 제2초등학교 운동장으로 들어갔다. 그곳 역시 각 자원봉사자 그룹들이 온 힘을 다해 세운 식재료 텐트, 의료 텐트, 간이 목욕시설 텐트 등이 질서 정연하게 늘어서 있었다.

접수처 텐트에 들러서 취재 확인을 받고, 얘기를 듣기로 약속해둔 아카호리 세쓰코 씨에게 문자를 보냈다. 바로 답장이 왔고, 2층 4학년 3반 교실에 있다고 했다.

구조는 서둘러 학교 건물로 들어갔다.

　세쓰코 마담이 있는 4학년 3반 교실은 이재민과 자원봉사자들의 휴게실이었다. 화분과 파티션으로 공간이 간단히 나눠져 있고, 카페처럼 테이블과 의자가 놓여 있었다.

　"피곤하실 텐데, 찾아와서 대단히 죄송합니다."

　창가 의자에 앉아 커피를 마시고 있는 세쓰코 마담에게 구조가 다가가며 말을 건넸다.

　"어제는 통 잠이 안 오더라고. 그래서 전에 처방받아둔 수면제를 먹었어. 그랬더니 이번에는 약효가 너무 세지 뭐야. 아직도 멍해."

　분명 일흔은 이미 넘었을 텐데, 화장기 없이 혈색이 좋은 세쓰코 마담은 젊어 보였다.

　"대피소 생활도 길어지면 여러 가지로 힘드시죠?" 구조가 맞은편 의자에 앉았다.

　"자원봉사자들이 친절하게 대해줘. 하지만 어쨌거나 다들 뭔가를 잃은 사람들이잖아. 그런 사람들이 모여 있으니 아무래도 기분이 가라앉을 수밖에……."

　입사한 지 2년째 되던 무렵, 구조는 이 세쓰코 마담을 취재한 적이 있었다. 주제는 시대에 뒤처진 환락가 '라쿠치'에 관한 내용이었지만, 아키타에서 태어나 도쿄에서 오사카로, 그리고 이곳 규슈까지 흘러와 정착했다는 세쓰코 마담의 강인한 방랑 인생을 듣고, 구조는 진심으로 감동하고 말았다.

"······지난번에 하던 얘기를 계속하면 되나?"

세쓰코 마담이 곧바로 본론으로 들어갔다.

"부탁드립니다." 구조가 재빨리 녹음을 시작했다.

세쓰코 마담의 얘기에 따르면, 그날 밤, 라쿠치에 대피 명령이 났을 때, 모두 걸어서 도망쳤다고 한다. 사가라강이 범람했다고는 해도 라쿠치와는 거리가 멀었고, 경찰이 시끄럽게 떠들지만 않았으면, 분명 취객과 함께 다들 가게에 남아 있었을 거라고.

세쓰코 마담은 느긋하게 가게를 정리하고 밖으로 나왔다. 라쿠치에는 이제 아무도 남아 있지 않은 것 같았다.

그런데 가게에서 나온 순간, 세쓰코 마담은 역겨운 냄새를 맡았다. 공기에 섞여 있다기보다 지면에서 솟구쳐 오르는 것 같았던 모양이다.

세쓰코 마담은 차를 타고 집으로 돌아가려 했다. 그런데 가던 도중에 자동차가 통째로 탁류에 삼켜졌다. 다행히 자동차가 떠오른 덕분에 1킬로미터쯤 떠내려가다 민가 지붕에 걸렸고 물이 빠진 후에 구조됐지만, 떠내려가던 중에도, 지붕에 걸려 있던 중에도 수많은 사람들이 눈앞에서 휩쓸려 가는 모습을 봤다고 한다.

"······그러고 보니, 어젯밤에 문득 생각난 게 있어."

조난 당시의 상황을 다시 들려주던 세쓰코 마담이 표정을 바꿨다.

"뭔데요?"

열심히 메모를 받아 적던 구조가 손을 멈췄다.

"사가라 댐 보수공사를 맡았던 아다치 건설의 젊은 사장이 우리 단골이었어. ……그런데 두 달쯤 전이었나, 그 젊은 사장이 불쑥 들어온 어떤 손님이랑 묘하게 의기투합을 하더니만, 그 후에도 우리 가게에 몇 번인가 왔었지……. 그때 두 사람이 나눴던 대화가 떠오르더라고……."

"무슨 얘기였어요?"

"별 대수로운 얘기는 아니야. 큰돈이 생기면 뭘 하겠다느니, 뭘 사겠다느니, 흔해빠진 술집 대화였는데, 왠지 그 두 사람만은 정말로 거기 돈이 있는 듯한 말투라……."

구조는 살짝 힘이 빠졌다. 기대했던 댐 보수공사의 결함에 관한 얘기는 아닌 듯했다.

"……둘이 폭파니 다이너마이트 양이 어떠니 하는 얘기도 나눴어."

"네?"

녹음을 멈추려던 구조가 깜짝 놀라며 허둥거렸다.

"그 뭐냐, 우리 가게에서 공용 화장실이 좀 멀다 보니, 손님들이 가게 뒤에서 오줌을 누거든. 달랑 벽 하나뿐이라 안에서

78

조림 같은 걸 하다 보면, 그 목소리가 들리지."

"그럼 그 아다치 건설 사장 일행이 그런 얘기를 나눈 거예요? 으음, 뒤에서 몰래……."

"그렇지, 소변을 보면서."

세쓰코 마담의 말에 따르면, 상대 남자는 그 당시에는 아다치와 함께 빈번하게 가게를 찾았지만, 그 후로는 발길을 뚝 끊었다고 한다.

"젊은 사장이 분명 '노나카 씨'라고 불렀던 것 같은데."

구조는 허둥지둥 자리에서 일어나서 회사로 돌아간 오가와에게 전화를 걸었다. 만약 세쓰코 마담의 얘기가 사실이라면, 이번 댐 결궤는 사고가 아니라 보수 회사 사장이 연관된 범죄가 된다.

오가와가 바로 전화를 받았다.

"무슨 일이야?"

"좀 신경 쓰이는 얘기를 들었어요." 구조가 목소리를 낮췄다. 복도에는 아무도 없었다.

"지금, 라쿠치 마담 취재하는 중이지?"

"네, 그러던 중에 조금……."

구조는 세쓰코 마담에게 들은 얘기를 간추려서 들려주었다. 얘기를 마치자, 줄곧 입을 다물고 있던 오가와가 "허어" 하며 요란스럽게 놀랐다.

"……구조, 그 얘기, 마담한테 자세하게 듣고 와."

"물론 듣겠지만……."

갑자기 위압적으로 변한 오가와의 목소리에 구조는 긴장했다.

"……지금 회사로 돌아와서 현 경찰 담당 기자에게 들었는데, 아다치 건설의 그 사장 차가 고쿠라 항에서 발견된 모양이야."

"어떻게 된 거죠?"

"그러니까 지금까지의 상황으로 보자면, 그 사장은 그날 밤에 댐 합숙소에 있었고 직원들과 함께 탁류에 삼켜진 걸로 봤으니…… 당연히 차도 탁류에 휩쓸려 갔어야 맞는데……."

"그런데 그 차가 고쿠라에서 발견됐다……."

"다른 사람이 탄 것도 아니야. 고쿠라 항의 방범카메라에 아다치 본인이 찍힌 모양이야."

"혼자서?"

"아니, 인부로 보이는 젊은 남자랑 같이."

세쓰코 마담의 얘기는 거짓이 아니었다. 구조는 교실로 시선을 돌렸다. 세쓰코 마담이 창가에서 구호품으로 받은 젤리를 집어 먹고 있었다.

전화를 끊은 구조는 교실로 돌아가서 "저, 아다치 사장이랑 친하게 지낸 젊은 인부가 있었나요?"라고 불쑥 물었다.

젤리가 목에 걸려 기침을 하던 세쓰코 마담이 "뭔 소리래, 갑자기?" 하며 눈을 휘둥그레 떴다.

"죄송해요……. 으음, 예를 들면 아다치 사장이랑 한잔하러 왔던 젊은 인부라거나……."

"신지 군 말이지?"

"신지 군?"

구조는 다시 녹음 버튼을 눌렀다.

"우리 집에서 일했던 마사미 씨한테 반했던 건지, 여자면 아무나 상관없었던 건지 잘 모르겠지만, 매주 왔어. 생각해보면 마사미 씨도 마지막에는 행복했을지 모르지. 평생 고생만 하고 살았던 것 같던데, 어쩌다 흘러든 라쿠치에서 그렇게 젊은 남자 품에 안겼으니까……."

세쓰코 마담이 살집이 오른 굵은 손가락으로 곰 모양 젤리를 짓눌렀다.

후쿠오카 덴진에 위치한 〈규슈신문〉 본사로 돌아온 구조는 천천히 열리는 엘리베이터 문을 기다리지 못해 그 틈새로 빠져나갔다. 사회부까지 이어지는 복도가 평소보다 길게 느껴져서 거의 뛰다시피 했다.

사회부로 뛰어 들어가자, 기다리고 있던 오가와가 "어떻게 됐어?"라고 득달같이 말을 건넸다.

"네, 지금……."

구조는 일단 가쁜 숨을 가다듬었다.

아다치 사장과 같이 있는 것으로 보이는 젊은 인부의 이름은 와카미야 신지. 스물네 살. 네 살 무렵부터 중학교를 졸업할 때까지 도쿄 교외의 아동복지시설에서 지냈을 거라는 내용을 오가와에게 쏜살같이 보고했다.

"세쓰코 마담이 알고 있던가?"

"세쓰코 마담 가게에 마사미 씨라는 여성이 있는데, 저도 전에 취재할 때 만난 적이 있었고…… 그 마사미 씨랑 와카미야 신지라는 젊은 인부가 뭐라고 해야 할까……."

"눈이 맞았나?"

"아, 네……. 나이 차이가 엄마와 아들뻘 정도는 난다던데…… 그 뭐냐……."

"했단 말이지? 참 나, 자네도 신문기자니까 이젠 그런 말에도 좀 익숙해지라고."

"죄송합니다……. 그리고 세쓰코 마담의 얘기에 따르면, 와카미야 신지가 지냈던 복지시설에서 예전에 그 마사미 씨도 일했던 모양이에요."

"그렇다면 옛날부터 아는 사인가?"

"어느 정도 사이인지는 세쓰코 마담도 모른다는데…… 마사미 씨가 그 시설에서 일한 건 1, 2년 정도였고, 계산해보면 그 당시 와카미야 신지는 아마 일고여덟 살이었을 텐데……."

"어쨌든 두 사람은 서로 안면이 있었던 거지?"

"아마도……."

바로 그때 휴대전화가 울렸다. 세쓰코 마담에게서 온 전화였다. "실례하겠습니다." 양해를 구하고, 구조가 전화를 받았다.

"여보세요, 구조 씨? 그리고 보니 우리 집에 마사미 씨 짐이 있어. 1층은 물에 잠겼어도 2층에 있었으니 무사해. 혹시 필요하면 볼래?"

"짐이라면 어떤 물건이죠?"

"사진이랑 서류 같은 거, 나도 잘 몰라……. 아마 예전에 그 복지시설에서 일할 때 물건인 것 같던데……. 맡길 때 마사미 씨가 그러던데, 소중한 물건이라고."

"소중한 물건?"

구조는 뒤집힌 목소리로 물었다.

그날 오후, 구조는 자동차를 타고 사가라 시로 다시 갔다. 가는 길에 대피소에서 세쓰코 마담을 태우고, 침수된 마담 집으로 향했다.

일부러 구조에게 전화를 건 이유는 마사미의 짐을 보여줄 목적이라기보다 당장 필요한 물건들을 구조의 차에 실어 대피소로 옮기고 싶은 마음도 있었던 것 같다.

1층은 여전히 진흙이 남아 있었지만, 안내받아 올라간 2층은 아래층의 참상이 거짓말인 것처럼 잘 정돈되어 있었다.

"여기서 잘 수는 있겠지만, 화장실이랑 목욕탕을 못 쓰니까."

세쓰코 마담이 서랍장에서 필요한 물건들을 서둘러 꺼내서 가방에 담기 시작했다.

"……아참, 그렇지. 마사미 씨가 맡긴 짐은 이거야."

벽장 아래 칸에서 끄집어낸 것은 오래된 여성용 보스턴백이었고, 받아 들자 안에 아무것도 없는 것처럼 가벼웠다.

"열어봐도 괜찮을걸. 이젠 본인도 없잖아."

세쓰코 마담의 말에 구조가 머뭇거리면서도 지퍼를 열었다.

안에 든 것은 흔해빠진 파일 한 권뿐이었고, 안쪽 클리어파일에 대충 꽂아둔 사진과 서류가 있었다.

아동복지시설인지, 스무 명쯤 되는 아이들과 직원의 단체사진이 있었다. 손가락으로 더듬어가며 살펴보니 아직 젊은 마사미도 있었다. 그렇다면 그 아이들 사이에 아다치 사장과 함께 도망친 와카미야 신지도 있을지 모른다.

다음 페이지를 넘기자, 복사된 서류가 들어 있었다. 찬찬히 살펴보니 사망신고서인데, 사망자의 이름 칸에 '와카미야 신지'라고 적혀 있었다.

소름이 확 끼친 구조는 엉겁결에 몸을 젖히며 물러났다.

이름 밑에는 생년월일이 있었고, 제출된 날짜를 찾아보니 지금으로부터 16년 전, 와카미야 신지는 여덟 살 때 아동복지 시설에서 죽은 것으로 되어 있었다.

구조는 무슨 대답을 요구하듯 세쓰코 마담을 쳐다보았다. 그러나 그녀는 대피소에 가지고 갈 옷을 고르는 데 여념이 없어서 보라색 카디건을 가슴에 대보고 있었다.

와카미야 신지는 여덟 살 때 죽었다? 그렇다면 세쓰코 마담의 가게에 왔던 젊은이, 현재 아다치 사장과 함께 도망치는 사람은 누구일까?

구조는 파일의 다음 페이지를 펼쳤다. 이번에도 복사된 서류였고, 맨 먼저 'AN 통신'이라는 글씨가 눈으로 날아들었다.

구조는 파일에서 서류를 빼냈다. 정식 문서는 아닌지, 손으로 쓴 글씨는 아니었지만 문장이 거칠었다.

먼저 '앞으로 와카미야 신지를 보살피는 데 주의해야 할 사항'이라고 쓰여 있었다.

낡은 복사기를 사용했는지, 글씨가 번지거나 흔들려서 전체적으로 읽기 힘들었지만, 아무래도 지시 문서 같은 서류인 듯했다. 구조는 한 글자 한 글자 손가락으로 더듬어가며 읽었다.

와카미야 신지의 개인정보 파기, 와카미야 신지의 친권자에 대한 설명, 유품 처리 등의 방법이 상세하게 쓰여 있었고, 그다음에 '신타니 요스케(가명)로 개명 절차'라고 되어 있었다.

구조는 그쯤에서 일단 서류에서 눈을 들었다. 세쓰코 마담이 이번에는 스카프를 고르고 있었다.

와카미야 신지는 죽었다. 그런데 개명을 한다?

이 문서를 읽어본 바로는 마치 와카미야 신지라는 아이를 죽은 것으로 하고, 실제로는 죽지 않은 아이에게 새 이름을 붙여서 키우려는 것 같았다.

아니, 그런 것 같다기보다 아무리 읽어봐도 그렇게 쓰여 있었다.

그렇다면 와카미야 신지는 죽지 않았다. 죽지 않았는데 사망신고를 내고, 신타니 요스케라는 이름으로 아동복지시설에서 자랐다?

그러나 세쓰코 마담 가게의 단골손님이자 아다치 사장과 도망친 젊은이는 자기 이름을 스스로 '와카미야 신지'라고 밝혔다.

시설에서 나온 후, 일단은 바뀐 이름이 아니라 본명을 쓰게 된 것일까.

아니, 그보다 먼저 왜 아이 이름을 바꿀 필요가 있었느냐는 문제인데, 이쪽은 어렴풋이 이해가 간다. 아동복지시설에 맡겨질 정도였으니 가정환경에 문제가 있었을 테고, 그렇다면 그 문제에서 아이를 지키기 위한 수단이었겠지. 설령 그렇더라도 사망신고까지 낼 필요가 있었을까. 이건 마치 아이의 존재 자체를 이 세상에서 없애버리려는 것 같다.

문득 시선을 느끼고 얼굴을 들자, 이미 짐을 다 싼 세쓰코 마담이 서 있었다.

"시간이 더 필요해?"

세쓰코 마담이 물어서 "저, 이거 제가 잠깐 보관해도 될까요?"라고 구조가 말했다.

"상관없어. ……아참. 지금 생각났는데, 마사미 씨가 전에 이런 말도 했어. '신지 군은 심장이 나빠서 저렇게 막 마시게 하고 싶진 않다'고."

그렇게 말하며 세쓰코 마담이 좁은 계단을 내려갔다.

*

거대한 유리창 앞에 서자, 마치 자기가 도쿄 상공에 떠 있는 것 같았다. 벨기에 화가 마그리트의 '골콘다'라는 그림은 아니지만, 저 멀리 눈 아래 펼쳐진 마루노우치 일대를 걸어가는 양복 차림의 사내들이 잇달아 떠오를 것 같은 착각에 휩싸였다.

다카노가 서 있는 곳은 최근에 오픈한 아만도쿄의 로비인데, 천장 높이가 족히 30미터는 될 법한 시원스러운 공간에는, 아만리조트 특유의 1초에 2초가 걸릴 듯 느긋한 시간이 흘러가고 있었다.

다카노는 오후의 차를 즐기는 손님들을 둘러보고, 테이블을

87

찾아 앉았다. 하얀 테이블보에 강렬한 햇살이 쏟아져서 눈이 부셨다. 태양은 이제 곧 고쿄(皇居, 일본 왕의 주거지이자 관광지) 너머로 서서히 저물어갈 것이다.

다카노가 자리에 앉자, 곧바로 짙은 그림자가 테이블로 뻗어 왔다. 다가오는 사람은 분명 동양에너지의 간부일 텐데, 진한 땀 냄새와 시큼한 냄새가 스멀스멀 떠왔다.

다카노는 시선을 들었다. 우락부락한 남자가 후줄근한 양복을 입고 서 있었다. 현역 프로레슬러가 무리하게 양복을 입은 것 같아서 보는 것만으로도 숨이 막혔다.

"다카노 씨인가요? 동양에너지의 이시자키입니다."

붙임성 없는 남자라 미소라곤 찾아볼 수조차 없었다.

"……갑작스럽겠지만, 장소를 이동해주실 수 있을까요?"

이시자키가 마음이 편치 않은지 호화로운 로비를 둘러보았다.

"……이런 장소는 왠지 숨이 막혀서."

실제로 그런 모양인지, 이시자키가 굵은 목에 맨 넥타이를 느슨하게 풀어 헤치려 했다.

"전에 부탄의 아만코라라는 호텔에 묵은 적이 있어요." 다카노가 일방적으로 얘기를 시작했다.

"……철새가 오지 않는다는 이유로 아직까지 전기도 끌어오지 않은 마을이 있는 나라에 지었지만, 이 세상에서 가장 아름다운 아침을 볼 수 있는 호텔입니다."

물론 이시자키는 전혀 흥미를 보이지 않았다. 다카노는 그래도 상관없었다. 서로 '첫인상부터 네가 버겁다'고 전할 수만 있으면 그만이다.

"갑작스럽게 주손지 선생님도 이번 만남에 참가하고 싶다고 하셔서, 지금부터 선생님 댁으로 안내하고 싶습니다만."

이시자키가 그렇게 말한 후, 공작 꼬리처럼 접힌 테이블 냅킨을 난폭하게 펼쳐서 입을 훔쳤다.

이시자키는 구깃구깃해진 냅킨을 테이블로 집어 던졌다. 이곳이 훌륭한 호텔이라고 평가한 다카노에 대한 그 나름의 답변 같았다.

"알겠습니다. 그럼 주손지 선생님 댁으로 가죠." 다카노가 걸음을 내디뎠다.

드넓은 로비를 가로지를 때도, 지하 주차장으로 향하는 엘리베이터 안에서도 다카노는 일절 입을 열지 않았다. 반면에 이시자키는 몇 번이나 고개를 돌리며 우둑우둑 관절을 울리는 소리를 냈다.

주차장에서 주손지가 마중하러 보냈다는 벤틀리에 올라탔다. 지하 주차장을 벗어난 차는 고쿄의 해자를 돌아 수도 고속도로로 미끄러져 들어갔다.

"주손지 선생님 댁에 가보신 적은?"

이시자키가 처음으로 입을 열어서 "아뇨"라고 다카노가 대답했다.

"이번 건에서는 내가 동양에너지의 대표로 나옵니다."

"나의 고용주란 뜻이군요."

다카노가 한발 앞질러서 그렇게 말했다.

백발의 운전기사는 베테랑인지 스트레스가 전혀 느껴지지 않는 운전으로 수도 고속도로를 달려갔다.

"주손지 선생 같은 분이 굳이 깨끗지 못한 일을 하는 나 같은 인간을 만나겠다고 하시는 걸 보니, 상당히 급하신 모양이군요." 다카노가 이야기를 바꿨다.

이시자키는 아무 대답도 하지 않았다.

실제로 주손지는 최고 중진이라 그가 굳이 다카노 같은 AN 통신의 첩보원을 만날 이유는 없었다.

주손지 노부타카의 자택은 환상(環狀) 7호선에서 조금 들어간 곳에 있었다. 나무가 많은 주택가에서도 주손지의 집은 각별했다. 대문에 걸린 '주손지'라는 멋진 문패도 좋고, 대문 자체도 훌륭해서 개인 주택이라기보다 유서 깊은 절처럼 보였다.

문 앞에 서자, 바로 문이 열렸다. 양복 차림의 남자 두 명이 "기다리고 있었습니다"라며 매우 정중하게 다카노 일행을 맞았다.

향이 가득 찬 드넓은 현관에서 원목 복도를 지나 다카노 일행이 안내받은 곳은 멋진 일본정원이 바라보이는 방이었는데, 아무래도 연못 위에 세워진 것 같았다.

단풍은 아직 이르지만, 정원의 나뭇잎들이 어렴풋이 붉은색을 머금기 시작했다.

"올해는 맑은 날이 적어서 단풍 제철은 아직 멀지 싶군요."

별안간 목소리가 들려서 돌아보자, 승복은 안 입었지만 언뜻 보기에는 덕망 높은 큰스님 같은 주손지 노부타카가 서 있었다.

"자자, 앉으시죠."

주손지가 자리를 권해서 다카노는 소파에 앉았지만, 이시자키는 그 자리에 우뚝 서 있었다.

이시자키를 올려다본 주손지가 "자네는 여전히 나쁜 의미에서 남자 냄새를 풍기는군. 자네랑 있으면, 땀 냄새 나는 검도복이 거기 놓여 있는 듯한 기분이 든단 말이지" 하며 웃었다.

그러나 과한 표현치고는 나쁜 인상은 품지 않았는지, "……이 이시자키 말입니다만, 동양에너지에서는 드물게 스포츠 계통 출신 남자입니다"라고 소개했다.

"……난 말이죠, 이시자키 같은 이런 남자가 좋아요. 옛날에는 이런 남자가 지천에 깔려 있었는데 말입니다. 정치인이든 기업의 경영자든 악당이든……. 자기 몸 하나로 올라서려 애쓰는 녀석이죠. 이런 남자는 학력은 낮고, 부모는 가난하고, 얼굴도 못생긴 데다 품성이라곤 찾아볼 수가 없어요. 그렇지만 다부진 몸 하나는 있죠. 그 몸으로 천하를 제패하려 드니, 보고 있으면 기분이 좋아지는 겁니다."

이것이 주손지라는 노회한 정치가가 사람의 마음을 사로잡는 기술인지, 그 온화한 말투로 건네는 일방적인 얘기를 듣다 보니, 교묘한 연설이 다 그렇듯이 마치 그와 자기가 떼려야 뗄 수 없는 동료라는 의식이 싹트기 시작했다.

"자, 그건 그렇고, 다카노 씨, 당신은 날 위해 뭘 해줄 수 있습니까?"

별안간 이름을 불린 다카노는 침을 꿀꺽 삼켰다.

"……다카노 씨, 당신이 바보가 아니라는 건 첫눈에 알아봤어요. 이 늙은이가 지금 얼마나 초조한지도 훤히 꿰뚫어 봤겠죠. 그러니 단도직입적으로 묻고 싶소. 당신 쪽 AN 통신은 이 주손지를 구해줄 수 있습니까?"

덕망 높은 큰스님 같았던 주손지의 눈만 갑자기 탁해져서 마치 거기에만 다른 인격이 드러난 것처럼 보였다.

"약속드릴 수는 없습니다. 다만, 최선은 다하겠습니다." 다카노는 상대가 미칠 정도로 사무적으로 대응했다.

주손지는 그 대응이 매우 불만스러운지, "난 말이야, 그런 말이 아주 싫어"라며 요란스럽게 한숨을 몰아쉬었다.

"……최선을 다하겠습니다, 죽을 각오로 열심히 임하겠습니다, 목숨 걸고 하겠습니다, 그런 말도 아주 싫어. 그러면서 죽은 놈은 본 적이 없거든."

"주손지 선생님이 우리에게 어디까지 얘기를 해주시느냐, 그 한 가지에 달렸다고 생각합니다."

다카노는 주손지의 도발에는 반응하지 않았다.

"내가 당신들 AN 통신에 어디까지 얘기할 수 있느냐……."

주손지가 바깥 연못으로 눈을 돌렸다. 마치 그것을 알아챈 듯이 잉어 한 마리가 높이 뛰어올랐다.

"……그건 내가 당신들 AN 통신을 얼마나 신용하느냐는 얘기군."

주손지가 시선을 되돌리고, 다카노를 똑바로 노려보았다.

"……정보는 곧 보물이야. 보물찾기에 뛰어난 자가 이 세상을 제압하지. 만약 이런 늙어빠진 노인네라도 성공한 사람이라 불리고 있다면, 아마도 내게 그런 보물찾기 재능이 있었겠지."

거기까지 말하더니, 주손지가 갑자기 벌떡 일어섰다.

"이번 건과 관련해서는 모든 걸 이 이시자키를 통해 얘기하겠습니다. 내가 하는 모든 말에 예외는 없습니다. 모든 건 모든 거니까."

방에서 나가려던 주손지가 그쯤에서 걸음을 멈췄다.

"……단, 이쪽에서 모든 걸 말할 테니, 당신들 쪽에서도 모든 걸 내놓길 바랍니다."

다카노가 일어서서 목례를 했다.

주손지가 긴 복도로 멀어져갔다. 기분 탓인지 짙은 향냄새가 풍겼다.

"그럼 시작할까요."

돌아보니 이시자키가 어느새 소파에 앉아 있었다. 그 몸이 앉기에는 1인용 소파가 좁은지, 고깃덩어리를 무리하게 쑤셔넣은 것처럼 보였다.

"자세한 자료는 내가 나중에 보내기로 하고, 흐름만 대략 설명해도 될까요?"

언짢은 듯한 그 말투에 다카노는 무심코 웃음이 나왔다.

"왜요?"

"서로 편하게 얘기하지? 나에게 존댓말 쓰기도 번거로울 텐데."

"그럼 원하는 대로……."

이시자키가 생긋 웃지도 않고, 말을 이었다.

"……폭파 계획이 있었던 댐은 다섯 군데. 그중 후쿠오카의 사가라 댐이 얼마 전에 결궤되었다. 나머지 네 군데는 북쪽에서부터 순서대로 야마가타 다구마 댐, 히로시마 히요 댐, 후쿠이 도야 댐, 효고 지모리 댐. 모두 후쿠오카 댐과 같은 규모로 결궤될 경우의 재해, 손해 규모도 동등하다. 모두 다이너마이트로 폭파할 계획이며, 각각의 댐에서 청부를 맡은 조직은 별개."

거기까지 빠르게 설명한 이시자키가 다카노를 힐끗 살폈다. 다카노는 계속하라고 눈짓으로 신호를 보냈다.

그 후, 이시자키가 이어간 설명을 요약하면 다음과 같다.

일본의 수도사업 자유화를 노린 댐 폭파 계획의 명칭은 '록필 계획'. 록필은 암석을 쌓아 올려 만드는 댐 형식의 일종.

계획의 주모자는 역시 주손지 노부타카와 동양에너지, 그리고 V. O. 에퀴 사의 뒤부아.

당연히 그들 자신의 손은 더럽히지 않으니, 실제로 현지에서 계획을 실행하는 자가 어디의 누구인지는 물론이고 그 누군가를 어느 조직이 움직이며 그 조직을 움직이는 것은 또 어느 조직인지도 모른다고 했다.

"실제로 우리와 직접 연결이 되는 상대는 당신들과 마찬가지로 돈이면 뭐든 다 하는 국제 심부름센터예요. 우리는 그들에게 일을 맡겼지. 그리고 어느 시점에서 계획 중지를 알렸고."

"그런데 심부름센터가 멋대로 움직였다?" 다카노가 이시자키의 얘기를 이어받았다.

"그렇죠."

"그자의 이름은?"

"리영선. 싱가포르 국적. 들어본 적 있는 이름인가?"

"아니, 없어."

"실제로는 심부름센터 수준의 귀여운 녀석이 아니야. 무기 상인이기도 하지."

이시자키가 태블릿으로 리영선이라는 남자의 사진을 보여주었다.

다카노는 무심코 시선을 피했다. 사고라도 당했는지, 다른 사람의 피부를 여기저기 덧댄 것 같은 얼굴이었다. 하필이면 얼굴에 × 표시 같은 상처가 있어서 피부가 오그라져 있었다.

"한 가지 묻고 싶은 게 있어." 다카노가 말했다.

"……이번 계획, 최종적으로는 누구 소행으로 만들 심산이었지? 설마 물 메이저 기업이 했다고는 말할 수 없을 텐데."

"이슬람 과격파의 테러라고 할 예정이었지."

이시자키의 답변에 다카노는 엉겁결에 "뭐?" 하며 웃음을 터뜨릴 뻔했다.

이시자키가 바로 "알아. 지금 일본에서 이슬람 과격파의 테러라고 말해본들 확 와닿질 않지. 하지만 이렇게 생각해보자고. 실행범은 시리아에 있는 아랍인이 아니고, 인도네시아나 말레이시아의 이슬람교도라면? 시리아에 대한 미국이나 프랑스의 공중폭격을 원조하는 법안이 통과된 일본에게 본때를 보여주는 거라면? ……현실에서 너무 벗어난 얘기도 아니잖아" 라며 말을 이었다.

대부분의 비극은 거기에 존재하는 차별에서 생겨난다. 그리고 일본에도 차별은 얼마든지 있다. 불을 붙이면 금방이라도 발화할 것 같은 억울함과 슬픔이 이 나라 곳곳에 널려 있다.

4장
수수께끼 남자

이 계절에는 매미도 없을 텐데, 아까부터 귓가에 계속 지잉 지잉 소리가 울려 퍼졌다. 눈을 감고 어금니를 깨물고 가슴팍에 땀을 줄줄 흘리고 있다 보니, 문신을 새기는 기계 소리가 영락없이 한여름에 울어대는 매미 소리처럼 들렸다.

다오카 료이치는 눈을 살짝 떴다. 간이침대 옆에 거울이 있었고, 알몸으로 엎드려 있는 자기 모습이 비쳤다.

그 하얀 엉덩이를 움켜쥐고 바늘을 찌르고 색을 입혀가는 여자 문신사인 와코는 표정 하나 바뀌지 않고 흘러나오는 외국 음악을 흥얼거렸다.

다오카의 허리부터 하얀 엉덩이까지 새겨지는 문신은 범자 (梵字) 반야심경인데, 그 기묘한 문자는 마치 와코의 검고 긴

머리칼이 꿰매져가는 것처럼 보이기도 했다.

다오카는 다시 눈을 감았다. 피를 닦아낼 용도로 침대에 올려둔 수건에서 비린내가 났다. 톰포드 투스칸레더를 제아무리 뿌려도 결국은 이게 내 냄새인가 싶어 진저리가 났다.

이 가게에 왔을 때, 와코가 이 향수를 추천해주었다.

"어디에 뿌렸어?"라고 물어서 "가슴"이라고 대답하자, 그 자리에서 바로 다오카의 셔츠 단추를 풀고, 거기에 얼굴을 파묻었다.

와코의 입술은 지금까지 알고 지낸 그 어떤 여자보다 부드럽다. 키스할 때마다 다오카는 늘 그 입술을 깨물어버리는 감촉을 상상한다. 찢긴 입술에서는 피가 흘러나온다. 그 뜨거운 피를 다오카는 한 방울도 흘리지 않고 혀로 말끔하게 핥아낸다.

또다시 지잉지잉거리는 매미 소리가 높아졌다. 통증을 잊기 위해 다른 생각을 할 수 있는 동안은 괜찮지만, 이렇게 문신 기계 소리가 귀에 되살아나면, 한 땀 한 땀마다 예리한 통증에 온몸에서 흠칫흠칫 경련이 일었다.

"나 다음에 다른 손님 예약 있어?" 다오카가 물었다.

"없어. 끝나면 안쪽 방으로 가자. 얼얼할 때는 흥분하잖아?"

그렇게 말하며 와코가 막 새긴 부분을 손가락으로 튕겼다. 다오카는 참지 못하고 신음을 흘렸다.

매미 소리에 뒤섞여서 휴대전화 벨 소리가 울려 퍼졌다. 다오카는 간이침대에서 손을 뻗었다.

다카노에게서 온 전화였다. 주손지 집에서 한 미팅이 끝난 모양이다.

다오카는 통증을 참아내며 전화를 받았다.

"지금 어디야?" 다카노의 목소리가 들렸다.

"가와사키예요."

"지금 바로 방콕으로 간다. 하네다든 나리타든 상관없어. 제일 빠른 비행기를 예약해."

"지금 바로요?"

불평할 여유도 없이 다카노의 전화가 끊겼다. 다오카는 혀를 차며 몸을 일으키려 했다.

"잠깐 기다려. 지금은 못 멈춘단 말이야."

"못 멈추더라도 멈춰주지 않으면 곤란해……." 다오카가 한숨을 몰아쉬었다.

"일이야?"

"지금부터 방콕."

"으음, 당신, 무슨 일 하는 사람이야?"

"벌써 세 달이나 사귀었으면서 그런 질문이 어딨어……."

"통신사라며? 인터넷으로 아시아 관광 안내를 하는."

"그래."

"으음, 근데, 방콕이나 푸껫 관광 정보가 그렇게 일각을 다투는 일인가?"

문신 기계의 스위치를 끄고, 뭉친 듯한 어깨를 돌리며 와코가 물었다.

"상사가 슈퍼 조급증 남자야." 다오카가 웃었다.

"그래서 갈 거야? 지금 바로 방콕으로?"

와코가 일어서서 묶고 있던 검고 긴 머리칼을 풀었다. 달콤한 냄새가 확 풍겼다.

다오카는 침대에 걸터앉은 채로 와코를 끌어안았다. 침대에 엉덩이가 쓸려서 펄쩍 뛰어오를 만큼 아팠지만, 그래도 와코의 가냘픈 허리에 팔을 감고, 그 손으로 휴대전화를 조작해서 0시 5분 하네다에서 출발하는 비행기를 바로 예약했다.

"소독해야 하니까 일어나."

잘게 찢은 솜에 소독약을 떨어뜨리는 와코의 어깨에 다오카가 손을 얹었다. 평소 강경한 언동과는 다르게 움켜쥐면 부서질 것 같은 가녀린 어깨였다.

다오카는 손을 뻗어 와코의 하얀 셔츠 단추를 풀었다. 손끝이 잠겨버릴 것처럼 투명한 가슴에 붉은 모란 문신이 있었다.

다오카는 몸을 굽혀 그 모란에 입술을 갖다 댔다. 사람의 살갗이 분명한데, 왜 그런지 모란만 빗물에라도 젖은 듯이 차가웠다.

"언제 와?"

"내일 비행기로 바로 돌아오거나 1년 후가 되거나." 다오카가 웃었다.

농담 삼아 던진 말이었는데, 와코는 왠지 진심으로 받아들이는 것 같았다.

"아무튼 이 문신만큼은 내가 완성하게 해줘"라며 목소리를 낮췄다.

"……아, 방금 한 말은 농담이야. 바로 돌아올 거야." 다오카가 허둥거렸다.

"그건 알지만, 당신은 왠지 이게 완성되기 전에 죽을 것 같단 말이야."

"불길한 소리 하지 마. ……혹시 그런 게 보이는 타입?"

"심령 계열? ……에이, 설마."

"그럼 겁주지 마."

"어쨌든 이 반야심경만큼은 내가 완성할 거야. 아마 이건 당신 평생의 부적이 될 거야."

다오카는 몸을 비틀며 전신거울에 비친 자기 등을 바라보았다. 왼쪽 옆구리부터 허리, 허리부터 왼쪽 엉덩이에 경문이 늘어서 있었다.

"아직 시간 좀 있어?"

"그럼 있지. 한밤중에 출발하는 비행기니까."

다오카는 간이침대로 와코의 팔을 끌어당겼다. 그런 의미의 질문이라고 생각했는데, 와코가 "그럼 조금만 더 하자"라며 오히려 밀면서 눕혔다.

다오카는 순순히 엎드렸다. 또다시 바로 귓가에 지잉지잉거리는 자동 바늘 소리가 울렸다.

얇은 피부가 바늘 끝에 찢기고, 그곳으로 잉크가 스며들었다. 다오카는 그런 미세한 과정을 상상하며 간이침대의 모서리를 힘껏 움켜쥐었다.

"있지, 슈퍼 조급증이라는 당신 상사는 어떤 사람이야?"

"왜?"

"지난번에 문신이 들통 났을 때, '통증은 친구란 뜻인가'라면서 웃었다며? 그 말이 왠지 마음에 들었어."

"어디나 있을 법한 중간관리자야." 다오카가 웃었다.

"아이는?"

"없어."

"결혼은?"

"안 했어."

"몇 살?"

"이제 곧 서른다섯."

"아직 젊네."

"젊진 않지. 우리 회사는 서른다섯 살이 정년이니까."

물론 와코는 믿지 않았다. 번진 피를 닦아내고, 또다시 얇은 피부에 바늘을 찔렀다.

*

공항을 벗어나자마자, '여기는 이국이다' '정신 바짝 차려라'
라고 그곳의 기온이나 습기가 충고하는 나라가 있다. 이곳 방
콕의 수완나품 국제공항이 그중 하나인데, 초현대적인 공항에
서 한 발짝만 내디디면, 끈적끈적한 공기가 온몸을 휘감고, 땀
냄새 풍기는 하얀 택시 운전기사가 몰려들고, 싸구려 담배 냄
새가 코를 찌른다.

다카노는 운전기사를 따돌리고 도로에 섰다. 멈춰 선 순간,
조금 떨어진 곳에 서 있던 검은 레인지로버가 다가왔다.

"바로 준비할 수 있는 차 중에서 제일 큰 게 이거라서."

옆에 선 다오카가 그렇게 말하며 트렁크에 재빨리 짐을 싣
기 시작했다.

운전석에서 내린 사람은 아직 소년 같은 젊은이인데, 붙임
성도 없이 키를 내밀었다.

"전에도 만났었나?" 다카노가 영어로 물었다.

젊은이는 고개를 끄덕였지만, 그 이상 대화할 마음은 없는
지 키를 건네주고 공항 안으로 걸어갔다.

"방금 그 애, 톰이에요."

다오카가 조수석에 올라타면서 알려주었다.

"톰?"

"2년 전쯤 이곳에서 방콕텔레콤 안건을 했잖아요? 그때 이쪽 첩보원이 썼던 고아가 있었잖습니까. 그 애가 그대로 이곳 방콕 지국에서 일하게 됐나 봐요."

분명 망보는 역할로 썼던 소년으로, 그땐 입가를 더럽히며 아이스크림을 핥아 먹는 아이였을 텐데, 불과 2년 만에 입가에는 흐릿하게 수염까지 나 있었다.

"그럼, 저 녀석, 아직 자동차 면허를 딸 나이는 아니잖아." 다카노가 무심코 걱정하자, "면허라뇨……. 우린 위조 여권으로 입국했어요"라며 다오카가 웃음을 터뜨렸다.

그건 그렇군 하며 다카노가 운전석에 올라탔다. 좌석을 뒤로 밀고, 룸미러 각도를 올렸다. 어른스러워 보였지만, 톰의 몸이 여전히 자기보다 많이 작다는 걸 알고 나니, 왠지 더 애착이 갔다.

"호텔은 안 잡았는데, 이제 어떡하면 좋을까요?"

다오카가 물어서 "'더 시암'이라는 새 호텔이 있을 거야. 아야코가 거기 묵고 있는지 알아봐줘"라고 다카노가 말했다.

"으음, 역시. 메콩강에서 사라진 그 여자가 이곳 방콕에서 발견됐나요? '그 여자가 있는 곳에는 정보가 있다'는 뜻이군요."

다오카가 재빨리 단말기로 조사하기 시작했다.

수완나품 국제공항을 벗어난 차는 웬일로 막히지 않는 고속도로를 순조롭게 지나며 방콕 시가지를 향해 달려갔다.

고속도로 옆에는 거대한 광고 현수막이 남국의 바람에 펄럭이고 있었다.

한국의 가전제품 회사, 일본의 건설회사가 지은 고급 맨션, 중국의 자동차, 핀란드의 통신기기, 미국의 은행……

이 고속도로만 달려도 현재의 세계정세를 자세히 알 수 있다. 그리고 이들 기업의 광고가 남국의 뜨거운 바람에 흔들리면 흔들릴수록 우리에게는 끝없이 일이 들어올 거라고 다카노는 생각했다.

"……아야코라는 여자, 거기 묵고 있네요."

다오카가 불쑥 입을 열더니, "나흘 전부터 진춘연(陳春燕)이라는 이름으로"라고 알려주었다.

"확실해?"

"네. 지금 호텔 방범카메라를 해킹해서 얼굴도 확인했습니다. 그 여자가 틀림없어요."

"혼자야?"

"그런 것 같군요."

"숙박 예약은 언제까지 돼 있지?"

"으음, 잠깐만요…… 아, 내일까지예요. 내일 체크아웃."

앞쪽에서 차가 막히기 시작했다. 조금만 더 가면 출구가 나오는 곳이었다. 다카노는 통행금지인 갓길 구역으로 접어들려고 속도를 높였다. 그래서 자동차 흐름이 멈추기 직전에 가까스로 자동차 행렬을 벗어나서 일반도로로 내려갔다.

"저, 이제 와서 말하긴 좀 뭣하지만, 우리 일본에 없어도 괜찮나요? 일단 우리 일은 댐 폭파를 저지하는 거잖아요? 그리고 어느 댐이 폭파될지도 일단은 알고 있고. 그렇다면 어떻게든 인해전술로 각 댐을 감시하거나……."

다오카의 말을 자르듯이 "언제까지?"라며 다카노가 웃었다.

"……네 말대로 각 댐에 감시자를 붙여둔다 해도 언제까지 감시시킬 수 있지?"

"뭐, 그야 그렇지만."

"폭파되지 않게 감시하는 것보다는 폭파하려는 녀석을 막는 방법이 빠르잖아."

"그걸 아야코라는 그 여자가 알고 있다는 건가요?"

"그 여자, 메콩에서 사라질 때 분해하는 것 같더군. 속았다면서. 하지만 그건 거짓이야. 뭔가 꿍꿍이가 있어. 그런 여자는 무슨 일이 있어도 분한 표정을 짓지 않아. 아름다운 여자는 상대를 분하게 만들지언정 자기는 절대로 분해하지 않지."

*

숙박하고 있는 빌라에는 작은 프라이빗 풀이 있다. 제1거실이 옥외에 있고, 사방을 에워싼 높은 담장에는 남국의 강렬한 햇볕이 쏟아졌지만, 바닥에 깔린 대리석은 서늘했고, 어디선가 마른 바람도 불어와 스쳐 지나갔다.

서늘한 대리석을 맨발로 밟으며 아야코는 방으로 돌아갔다.

오디오에 벨리니의 오페라 〈노르마〉를 틀면서 감촉이 좋은 가운을 벗었다.

오전 중에 터키식 목욕 하맘을 이용한 스파에서 요가와 명상의 웰니스 프로그램을 받고 와서 몸에는 기분 좋은 땀이 나 있었다.

아야코는 발밑에 떨어뜨린 가운을 밟으며 천천히 풀 안으로 들어갔다. 어디에서 떨어졌는지 수면에는 희귀한 식물의 큰 잎이 떠 있었다. 손으로 들어보니 남국의 식물답게 푸릇푸릇했다.

물속에서 천천히 팔다리를 펼치고, 풀을 에워싼 방을 바라보았다. 아르데코 장식의 인테리어는 차분함이 느껴졌고, 최근 몇 년 전, 세계에 중국 부유층을 대상으로 잇달아 오픈하는 호사스러운 럭셔리 호텔로는 한 획을 그었다. 이곳에는 순금 오브제가 없는 대신, 나풀나풀 흔들리는 타이실크 커튼이 있다.

부드러운 수영장 물 위에 뜬 채로 아야코는 무심코 살며시 웃었다.

세계 어딘가에 마음에 드는 호텔이 하나 늘어난다. 이보다 더한 행복은 없다.

때마침 소프라노의 유명한 아리아 '정결한 여신이여'가 흘러나와서 아야코는 그 노랫소리에 귀를 기울였다.

마중하러 온 차가 도착했다는 소식을 들은 것은 그로부터 한 시간 후였다. 느긋하게 나갈 채비를 마치고 라운지로 향하자, 포마드로 머리를 손질한 남자가 서 있었다.

"이쪽입니다."

틀림없이 차를 세워둔 곳으로 가겠지 예상했는데, 남자는 호텔 뒤에 흐르는 짜오프라야강의 잔교로 안내했다.

잔교에는 지붕이 달린 작은 보트가 정박해 있었다.

"어디로?" 아야코가 물었다.

"리영선 님의 배가 지금 짜오프라야강을 내려오고 있으니, 그 배까지 안내해드리겠습니다."

뜨거운 햇살을 피하듯 아야코가 잔교에서 보트 안으로 들어갔다.

호텔 잔교를 떠난 보트는 낡고 작았지만, 내부 장식은 가죽 소파와 대리석 모자이크로 상당히 공을 들였다.

햇빛을 들쑨 짜오프라야강에서 이 보트가 옆에 댄 것은 30미터는 될 성싶은 이탈리아제 크루즈로 백조 같은 그 자태가 누렇고 탁한 강에 비춰졌다.

크루즈로 이동하자, 강건해 보이는 남자들이 맞아주었다. 아야코는 주눅 들지 않고, '어느 쪽?'이라고 묻듯이 양손을 펼쳤다. 리더 격으로 보이는 남자가 곧바로 "이쪽으로 오시죠"라며 선내 살롱으로 안내해주었다.

통유리로 둘러싸인 살롱에서는 짜오프라야강과 맞은편 기슭의 황금빛 사원 등이 한눈에 보였다.

곧이어 리영선이 나선계단을 내려왔다. 정면으로 바라보기에는 참혹한 상처가 여전히 얼굴에 남아 있었지만, 아야코는 절대 시선을 돌리지 않았다. 첫 대면을 했을 때, 리영선이 "내 얼굴을 보고 눈을 돌리지 않는 여성은 오늘 처음 만났습니다"라고 아야코에게 말했다.

"그런 걸로 여자를 겁주려고 해도 소용없어요." 아야코가 받아쳤다.

리영선은 그것이 마음에 들었던 모양이다.

나선계단을 내려온 리영선의 손에는 샴페인이 들려 있었다. "딱 맞게 시원해졌어요." 악센트가 강한 영어로 말을 건넨 그가 바로 뚜껑을 따고 잔에 따라주었다. 아야코는 하얀 가죽 소파에 앉았다.

"향이 좋군요. 향수 이름이 뭔가요?"

리영선이 물어서 "조말론. 그런데 프레이그런스는 아니에요" 하며 아야코가 잔을 받아 들었다.

리영선의 시선이 따가운 햇살을 들쓴 강 너머의 왓 아룬(새벽 사원)으로 향했다.

"으음, 당신 영어, 악센트가 희한하네요. 싱가포르풍이기도 하고, 영국풍이기도 하고……." 아야코가 말을 건넸다.

"여러 곳에서 배웠으니까." 리가 미소를 지었다.

"……아야코 씨의 영어는 완벽해."

"설마. 나도 여러 곳에서 배웠어요."

아야코는 새삼 다시 리영선을 바라보았다. 일그러진 뺨, 영양불량인 듯한 피부, 그러나 체구는 단단하고 근육질임에 틀림없다. 그리고 어찌 된 영문인지 남국에 있는데도 그 몸에서는 혹독한 눈보라 냄새가 났다. 흡사 산에서 수렵하며 살아가는 밀렵꾼의 냄새 같다.

"이제 슬슬 이번 건의 전모를 들려주시겠어요? 오늘은 그 얘기를 들으려고 찾아뵀는데."

빈 잔을 내밀며 아야코가 말했다.

샴페인병을 쥔 리영선의 손가락이 울툭불툭하고 거칠어서 병은 알몸인 여자로 보였다.

"물론 다 얘기해드리죠. 앞으로는 아야코 씨의 협력이 더 필요해질 테니."

"그럼 먼저 한 가지 물어봐도 될까요?"

"뭐든지."

"왜 나였어요?"

"아름다우니까."

"그것뿐인가요?"

"그리고 유능하니까."

"그것뿐?"

"아름답고 유능한 여성…… 다른 조건이 뭐가 필요한가?"

리영선이 샴페인 잔을 비웠다.

"그럼 비즈니스 얘기를……."

어디서 두툼한 문이라도 닫혔는지, 쾅 하는 소리가 귀에 울렸다.

"……일단 중단됐던 일본의 댐 폭파를 결행한 사람은 바로 나입니다. 그렇다면 그것이 어떻게 가능했는가. 그것은 현재 실질적으로 V. O. 에퀴 사 주식의 과반수를 내가 보유해서 경영권을 장악하고 있기 때문입니다. 정확히 말하면, 내가 단독으로 했다고는 할 수 없어요. 임시로 X라고 해둡시다. 이번 일련의 흐름은 그 X의 막대한 자금력이 있었기에 가능했던 겁니다."

"저." 아야코가 끼어들었다.

"……그 X라는 건 개인? 아니면 조직?"

"개인이면서 조직이라고 말할 수밖에 없군요. 계속해도 될까요?"

"네."

"장기적으로 X는 일본의 수도사업 독점을 노리고 있어요. 간단히 말하면, 이번에 일본의 주손지 노부타카가 동양에너지와 손잡고 도모했던 걸 계획째 가로챈다는 의미입니다. 다만, 주손지 측에서도 이미 손을 쓴 것 같고, 그들에게는 AN 통신이라는 산업스파이 조직이 붙은 것 같더군요."

"그 조직이라면, 잘 알아요. 조직으로서도 따분하고, 개인으로서도 따분한 사람들이에요."

"그 말을 들으니 마음이 든든하군요. 그래서 이번에 당신에게 부탁하고 싶은 역할은 스파이. 우리에게 AN 통신의 정보를 흘려주길 바랍니다."

아야코는 입가에 미소를 머금었다. 귓가에 아리아 '정결한 여신이여'가 되살아났다.

*

"좀 나은 보트는 빌릴 수 없었나."

다카노는 흔들리는 배 바닥에 양발을 벋디디며 망원경을 들여다보고 있었다. 내리쬐는 햇볕에 이마에서 솟구친 땀이 망원경을 바짝 붙인 눈가로 흘러들었다.

"빌린 것만으로도 칭찬 좀 해주세요."

서툰 조종으로 애를 먹으면서도 다오카가 입을 삐죽거렸다.

다오카가 잔교에서 빌려 온 것은 마치 툭툭(서민들의 교통수단인 삼륜차)을 그대로 배로 만든 것 같은 관광용 보트인데, 햇볕을 가리는 천장 시트에는 전구 장식까지 붙어 있어 부끄러울 정도였다.

"아야코와 같이 있는 남자, 리영선이 틀림없는 것 같죠."

간신히 뱃머리를 하류로 돌린 다오카가 옆에서 똑같이 망원경을 들여다봤다.

"……그보다 왠지 이번 일, 빨리 정리될 것 같은데요. 수수께끼 남자로 남을 것 같았던 리영선이 이렇게 시원스럽게 나타나줬으니."

다오카가 목젖을 울리며 캔 콜라를 비웠다. 마시지도 않은 다카노의 입안까지 그 단맛이 번졌다.

다오카가 조사한 바에 따르면, 현재 아야코가 타고 있는 크루즈의 소유주는 태평양개발공사라는 싱가포르의 리조트 개발 기업으로 되어 있다.

리영선과 태평양개발공사의 관계는 아직 알 수 없지만, 이렇게 조심스러운 것 같으면서도 실은 전혀 무방비한 상태로 아야코를 만나는 걸 보면, 다오카의 말대로 리영선이라는 남자가 그다지 강적은 아닐지도 모른다. 좀 더 말한다면, 그 정도 남자에게 배신당해서 우왕좌왕하는 주손지나 동양에너지 측까지 멍청해 보였다.

"어, 벌써 나오는데요."

다오카의 목소리에 다카노도 다시 망원경을 들여다봤다. 눈에 바짝 붙이자, 또다시 땀이 흘러들어 불쾌했다.

렌즈 속의 아야코는 호텔 보트로 막 옮겨 타려는 순간이었다. 리영선은 배웅하러 나오지는 않았다. 아야코를 태운 보트가 멀어지고, 크루즈도 서서히 속도를 높였다.

"다오카, 넌 지금 저 크루즈를 쫓아. 무리할 건 없어."

때마침 가까이 다가온 작은 정기선 조종사를 향해 다카노가 지폐를 흔들어 보였다. 조종사도 바로 이해했는지 배가 접근해 왔다. 정기선이 스쳐 지나는 순간, 몸을 날려 그 배로 옮겨 탄 다카노가 햇볕에 그은 조종사의 어깨를 가볍게 두드렸다.

다카노가 탄 정기선은 다음 잔교에 정박했다. 조종사에게 1천 바트를 건네고, 야채 바구니를 품에 안은 아줌마에게 손을 내밀어주며 배에서 같이 내렸다.

잔교에서 아야코가 묵고 있는 호텔까지는 금방이었다. 그늘이 많은 뒷골목을 골라 걸어갔지만, 뜨거운 태양을 받으며 보트에 서 있었던 몸에서는 땀이 솟구치듯 흘러내렸다.

골목길 모퉁이에 과일을 파는 포장마차가 보여서 다카노는 망고를 샀다. "잘라줘요"라고 주인에게 부탁하자, 투박한 손놀림으로 두 쪽으로 갈라주었다.

다카노는 망고를 한 입 베어 물었다. 달콤한 과즙이 메마른 목을 타고 흘러내렸다. 남은 망고가 손과 턱에 묻는 것도 개의치 않고 마구 베어 먹었다.

호텔에 도착했을 때는 손도 입도 다 끈적거렸다. 마침 라운지 테이블에 세팅해둔 냅킨이 있어서 다카노는 그걸로 입을 닦고 접시에 팁을 올려놓았다.

"좀 더 품위 있게 행동할 순 없나?"

별안간 등 뒤에서 소리가 들렸다. 돌아보니 아야코가 서 있었다.

"……벌써 내가 그리워진 거야? 메콩강 크루즈에서 헤어지고 얼마 안 지난 것 같은데."

곧장 라운지를 벗어난 아야코가 수영장 쪽으로 가서 짙은 그늘이 드리워진 안락의자에 앉았다. 다카노는 웨이터를 불러 시원한 샴페인을 주문하고 아야코를 따라갔다.

옆 의자에 앉으려 하자, "흐음, 당신에게 내 거처가 들통난 걸 보니, 내가 무슨 실수를 했단 뜻이네?"라며 아야코가 자조했다.

"익명의 정보 제공자가 있었지. 당신을 싫어하는 녀석은 이 세상에 수도 없이 많을 텐데."

"나를 싫어하고 당신들을 좋아하는 밀고자가 이곳 방콕에 있다는 말이네."

"본인이 눈에 띄지 않는 여자라고 생각하나?" 다카노가 웃으며 옆자리에 앉았다.

샌들을 벗은 아야코가 오렌지색 페디큐어를 바른 맨발을 수영장에 담갔다. 물속에서 작은 조개껍데기가 춤추는 것처럼 보였다.

"리영선, 어떤 남자였어?" 다카노가 단도직입적으로 물었다. 아야코가 지금 상황을 이해하지 못할 리가 없다.

"그 질문에 내가 대답할 의무가 있나?"

"의무는 없지."

"전에도 말했을지 모르지만, 난 당신들 AN 통신 쪽 사람이 아니야. 단, 목적이 같으면 협력할 수 있을 뿐이지."

샴페인을 들고 온 웨이터도 물속에서 춤추는 작은 조개껍데기에서 눈을 떼지 못했다.

샴페인은 더할 나위 없이 시원했다. 그리고 아야코는 정말 맛있게 샴페인을 마신다. 샴페인 잔이 마치 나이프처럼 그 하얀 목을 찔러버릴 것처럼 보였다.

"리영선이 어떤 남자였느냐……."

잔을 내려놓은 아야코가 얘기를 되돌렸다. 다카노는 얼음 속에서 샴페인병을 꺼내 아야코의 잔에 따라주었다.

"……여기서 당신을 만나기 전이랑 후랑 인상이 확 달라졌어."

"어떤 식으로?"

"처음에는 같은 편이 돼도 손해 볼 건 없는 남자라고 생각했어. 그런데 비밀리에 진행되었어야 할 오늘 크루즈 만남이 이토록 쉽게 당신들에게 발각 난 걸 보면, 과대평가했을지도 모르겠네."

"당신 판단이 잘못된 것 같진 않군. 실제로 나도 김이 좀 빠졌어. 이번 안건, 예상보다 빨리 정리될 것 같군."

샴페인을 마실 기분마저 사그라졌는지, 아야코는 잔으로 손을 뻗지 않았다.

"리영선한테 무슨 부탁을 받았지?" 다카노가 또다시 단도직입적으로 물었다.

아야코는 동요하는 기색도 없이, "당신은 나한테 뭘 부탁하고 싶어?"라고 오히려 되물었다.

"그럼 확실히 얘기해두지. 리영선이 AN 통신을 이길 가능성은 낮아. 빠르든 늦든 그들의 계획은 우리에게 저지당해. 당신에게 부탁하고 싶은 역할은 스파이야. 그쪽 정보를 우리에게 몰래 팔아줬으면 해."

만만찮은 아야코도 주저하는 것처럼 보였다.

조직에는 소속되지 않고 돈 냄새를 찾아 세계를 누비고 다니는 아야코 같은 여자에게 가장 필요한 것은 경험과 직감이겠지. 그리고 그 경험과 직감이 이번에는 리영선은 불리하다고 판단했음에 틀림없다.

비밀 만남이 발각 났다. 옆에서 보면 단지 그것뿐일지 모르지만, 이 세계에서 오래 있다 보면 그런 어수룩함이 생명을 앗아 간다는 걸 누구나 다 안다.

"그럼 이번 안건은 서둘러 정리하는 걸로 하자. 리영선의 배후에 어느 정도 규모의 조직이 붙어 있는지는 아직 모르지만, 그쪽 의뢰인은 주손지와 동양에너지겠지?"

"어, 맞아. ……그런데 리영선에게는 무슨 부탁을 받았어?"

성급한 다카노의 질문에 아야코가 코웃음을 쳤다.

"……당신은 나한테 뭘 부탁했어?"

*

눈을 감자, 깊은 바닷속에 가라앉은 것 같았다.

벽과 천장은 모두 커다란 아크릴유리가 붙어 있고, 그 너머로 열대어 떼가 무리 지어 헤엄치고, 커다란 바다거북이 신지의 머리 위를 유유히 지나갔다.

옆에 서 있는 스미레도 그 박력 앞에서 말문이 막혀버려서 아까부터 "아, 거북이 님이다……"라고 바다거북이 헤엄쳐 올 때마다 되뇔 뿐이다.

이 수족관에 이미 여러 번 와본 듯한 어린 형제가 아크릴유리에 찰싹 달라붙어서 "저건 블랙 버터플라이고, 이건 에인절피시지"라며 경쟁하듯 물고기 이름을 댔다.

정신을 차려보니 신지와 스미레도 남자아이들의 목소리에

이끌려서 두 아이 옆에서 수족관을 들여다보고 있었다.

"······저기 봐, 흰동가리가 말미잘 속에 숨었어."

형으로 보이는 남자아이의 목소리에 이끌려 신지도 시선을 돌리자, 유명한 애니메이션의 주인공이었던 열대어가 꽃처럼 활짝 핀 말미잘 속에서 이리저리 헤엄치고 있었다.

"봐, 저게 말미잘이래."

찾지 못하는 스미레에게 신지가 손가락으로 유리를 짚으며 알려주었다. 자기 설명을 어른인 신지가 진지하게 귀 기울여 줘서 기뻤는지, "다른 물고기였으면 말미잘한테 다 잡아먹혀. 그런데 흰동가리만 괜찮아"라고 남자아이가 가르쳐주었다.

신지는 "호오" 하고 고개를 끄덕이고, "근데 왜?"라고 되물었다.

"왜냐하면······."

남자아이는 신지의 질문에 대답하지 못했다.

"친구라서?"

옆에서 스미레가 끼어들었다.

"그런 건 아냐. 좀 더 과학적인 이유가 있겠지."

남자아이가 어이없다는 듯이 웃음을 터뜨렸고, 그에 이끌려서 신지와 스미레도 즐거운 웃음소리를 냈다.

아이들을 찾는 엄마의 목소리를 듣고, 형제가 뛰어갔다. 가다가 멈춰 선 형이 "이 앞에 일본 강을 재현한 수조가 있어. 별써 봤니?"라고 물었다.

"아직"이라고 대답한 쪽은 스미레였다.

"재밌어. 민물고기는 양식하기 힘들어서 좀처럼 보기 힘들거든."

남자아이는 뽐내듯 그렇게 말하고, 엄마 곁으로 달려갔다.

흰동가리라는 열대어가 말미잘의 긴 촉수 속을 헤엄치는 광경을 신지와 스미레는 말없이 바라보았다. 다른 물고기였으면 잡아먹혔을 거라는 소년의 말이 귓가에 남아 있어서 촉수가 조금이라도 움직이면 섬뜩했다.

신지는 두툼한 아크릴유리에 이마를 바짝 붙이고 옆에 서 있는 스미레를 바라보았다. 아마 수족관은 난생처음이겠지, 그 눈은 즐기기보다는 긴장한 것처럼 보였다.

"이거 더 볼래?" 신지가 말을 건넸다.

퍼뜩 정신을 차린 스미레가 "이젠 됐어"라며 고개를 저었다.

"시간은 충분해."

"이젠 됐어."

"그럼 바다사자 쇼 시작할 때까지 시간 있으니까 일본 강을 재현해놨다는 곳에 가볼까?"

신지가 걸음을 내딛자, 스미레가 바로 손을 잡았다. 분명 손을 잡고 싶어서가 아니다. 손을 잡고 있으면, 두 사람의 관계를 의심받지 않는다고 아이 깐에도 아는 것이다.

거의 발작적으로 스미레의 손을 이끌고 나고야에서 도망친 지 어느새 닷새가 지났다.

실제로 나고야에서 전철을 탔을 때, 역무원이 이상한 눈길로 쳐다보았다. 아빠치고는 너무 젊은 남자와 엉망으로 기른 머리에 지저분한 옷차림의 소녀.

"벌써 점심시간이네. 배고프지?"

먹음직스러운 음식 견본이 늘어선 레스토랑 앞에서 신지가 물었다.

"호텔 아침밥, 많이 먹어서 아직 배 안 고파."

스미레는 레스토랑에는 눈길도 주지 않고, 빨리 다음 물고기를 보고 싶다며 신지의 손을 끌어당겼다.

그런데 공교롭게도 '일본의 강' 코너는 개장 공사 중이라 닫혀 있었다.

다음 바다사자 쇼까지는 아직 시간이 좀 남아 있었지만, 좋은 자리에서 보려고 먼저 가 있기로 했다. 지금은 배가 안 고파도 쇼가 끝날 때까지는 못 견딜지 모른다며 도중에 매점에서 핫도그와 주스를 샀다. 바다사자 쇼 따윈 흥미조차 없었는데, 왠지 신지까지 들떠서 안절부절 어쩔 줄을 몰랐다.

풀장으로 향하자, 객석은 이미 절반이나 차 있었다. 앞쪽은 만석이라 하는 수 없이 뒤쪽 자리에 앉았다.

"좀 더 빨리 올걸."

스미레에게 시선을 돌리자, 아직 아무도 없는 무대를 신기한 듯이 바라보고 있었다.

어젯밤에도 스미레는 침대에서 소리 죽여 울었다. 이를 악물고, 오열을 애써 삼켰다.

신지는 소리 죽여 우는 스미레를 모른 척했다.

일부러 코를 골며 깊이 잠들었으니 소리 내서 울어도 된다는 뜻을 전하고 싶었지만, 전해지지 않았다.

처음으로 둘이 좁은 비즈니스호텔에 묵었던 밤에도 스미레는 울었다.

"돌아가고 싶니? 가고 싶으면, 바로 데려다줄게." 신지가 말을 건넸다.

스미레는 눈물로 범벅이 된 얼굴로 "안 가, 안 가" 하며 고개를 가로저었다.

그러면서도 신지가 "그런 엄마라도 그리운 거구나?"라고 묻자, 더는 참을 수 없다는 듯이 흐느껴 울었다.

엄마와 같이 살면, 이유도 없이 호되게 야단을 맞는다. 거기에 애정 따윈 없다. 엄마는 나를 미워한다.

그걸 알면서도 그리워서 견딜 수가 없다. 호되게 야단을 맞아도 좋으니 엄마 곁으로 돌아가고 싶어진다.

그런 스미레의 마음을 신지는 안다. 자기가 그랬기 때문이다. 지금 낯선 호텔의 침대에서 소리 내어 흐느껴 우는 스미레의 모습이 20년 전의 자기 모습과 똑같았기 때문이다.

바다사자 쇼 풀장에서 앞줄에 앉아 있던 가족들이 엄마가 싸 온 도시락을 먹기 시작했다. 계란말이에 비엔나소시지, 틀에 찍은 주먹밥…… 딱히 특별할 것도 없는 내용물이지만, 그렇기에 더더욱 온갖 색깔이 맛있어 보였다.

"핫도그, 식기 전에 먹을까?" 신지가 묻자, 똑같이 앞줄 도시락을 바라보던 스미레도 "응" 하고 고개를 끄덕였다.

신지는 소시지에 케첩을 뿌려서 스미레에게 건네주며, "아, 지금 생각났다"라고 혼잣말을 흘렸다.

"……그때도 어디선가 바다사자 쇼를 봤어."

"그때라니?"

케첩이 묻은 스미레의 입가를 신지가 휴지로 닦아주었다.

"나도 너랑 같아, 쓰레기장 같은 비좁은 베란다에서 큰 거나 다름없지."

스미레는 신지의 고백을 일부러 무시하듯 핫도그를 베어 물었다.

"……옆집에 혼자 사는 아줌마가 있었지. 어, 그때는 아줌마라고 생각했는데, 사실은 젊었을지도 몰라."

무대에 바다사자 쇼 스태프들이 나타났다. 아직은 준비 중인 듯했지만, 성격 급한 관객들 사이에서 박수 소리가 일었고, 호스로 물을 뿌리기 시작한 스태프가 "아직이에요! 전 바다사자가 아니에요!"라며 웃겼다.

신지도 웃으려고 했지만, 뺨이 굳어서 움직이지 않았다. 지난 20년 동안 자기 입으로는 누구에게도 얘기한 적 없었던 어머니와의 체험을 지금 왜 스미레에게는 자연스럽게 얘기할 수 있는지 신기했다. 신지는 핫도그를 베어 물었다. 그러나 아무 맛도 안 났다.

"그 옆집 아줌마가 왜?"

마치 마중물을 붓듯이 스미레가 처음으로 신지의 고백에 흥미를 보였다.

"어?"

"옆집에 살았다며? 아줌마가⋯⋯."

"어, 그랬지. 내가 베란다에 있으면, 과자나 주먹밥을 줬어. 그런 변두리 아파트에 살았으니 그 아줌마에게도 보나 마나 무슨 사정이 있었겠지. 그게 언제쯤이었을까⋯⋯ 아줌마 짐이 어딘가로 옮겨지는 모습을 베란다에서 지켜봤어. 그랬더니 아줌마가 '도련님도 같이 갈래?'라고 물었고, 난 지난번의 너랑 똑같이 '갈래'라며 베란다를 넘어갔어. 봐, 내 왼손 약손가락, 구부러졌지? 그 무렵에 같이 살았던 남자가 부러뜨렸어."

핫도그를 먹던 스미레의 손이 멈춰 있었다. 이 이야기의 결말이 자기의 결말이 될 거라는 걸 이미 헤아린 듯했다.

"⋯⋯그 아줌마랑 얼마나 같이 있었을까. 좁은 호텔에 묵기도 하고, 아침까지 패밀리레스토랑에서 시간을 보내기도 하고……. 그게 어디였을까…… 그때 아줌마가 이렇게 수족관에 데려와서 바다사자 쇼를 봤어. 신기하지, 분명 즐거웠을 텐데, 방금 전까지 까맣게 잊고 살았어."

"저……."

스미레가 갑자기 끼어들었다.

"……그 아줌마, 떠났어?"

신지는 스미레를 바라보았다. 아직 어린데도 그 눈동자는 자신의 운명을 받아들일 준비가 되어 있었다.

"어, 떠났어. 나를 복지시설에 맡기고."

무대에서 쇼가 시작되었다. 사랑스러운 바다사자들이 잇달아 풀에서 무대로 뛰어올랐다.

5장
고(Go) 사인

"이봐, 재난 지역 사진, 이젠 준비됐어?"

갑자기 등 뒤에서 고함을 질러서, 구조는 "네, 금방 돼요!"라며 허둥지둥 돌아보았다. 마감이 코앞에 닥친 이 시간, 책임자인 오가와가 늘 그렇듯이 불그레한 얼굴로 부하 직원들의 상황을 살피며 돌아다녔다.

구조는 사진을 급히 담당자에게 넘기고, 다시 자기 책상으로 돌아왔다. 'AN 통신'을 검색해보았다. 최근 며칠, 이미 몇 번이나 하고 있지만, 검색 결과에는 변화가 없다.

화면에 뜨는 내용은 아시아의 리조트 지역을 중심으로 소개한 홈페이지와 여행 가이드다.

구조는 'AN 통신'과 관련해서 사내 각 부서에 문의도 해봤다. 그 결과, 등기나 세무 관계 쪽에도 수상한 점은 없었고, 지극히 건전한 중견 통신사였다. 세쓰코 마담의 가게에서 일한 여성이 소중하게 간직했던 자료를 보고 구조가 의심했던 것 같은, 예를 들면 아동 인신매매 같은 암흑세계와의 연결 고리 따위 전혀 없었다.

"어이, 가까운 시일 안에 전국적으로 지명수배령이 떨어질 것 같은데."

돌아보니 오가와가 서 있었고, "……아다치 건설의 사장과 와카미야 신지 말이야"라고 말을 이었다.

"그럼 경찰도 세쓰코 마담의 증언을 믿는다는 뜻이네요?" 구조가 확인했다.

"그렇겠지. 아다치 사장에게 접근한 '노나카'라는 남자도 서둘러 수사하는 것 같은데, 그 지역 방범카메라가 모조리 떼내려간 판국이라……."

구조는 다시 컴퓨터 앞으로 돌아앉았다. 화면에는 AN 통신이 전송한 보라보라섬의 아름다운 바다가 펼쳐져 있었다.

"저……."

자리를 뜨려는 오가와를 구조가 불러 세웠다.

"……이 AN 통신과 와카미야 신지에 관해 좀 더 조사해보고 싶어요."

"이번 댐 폭파와 무슨 관계가 있어 보이나?"

"아뇨, 이번 건과는 관계없을 것 같지만……."

그럼 안 된다는 듯이 고개를 젓고 자리를 뜨려던 오가와가 마음을 바꾼 듯이 돌연 멈춰 섰다.

"사가라 댐 건이 조금 안정될 때까지 기다릴 수 있겠나?"

"물론 그쪽도 최선을 다할게요."

"뭐 하긴, 이번 세쓰코 마담 건으로 큰 특종을 따왔으니, 잠깐 동안이면 허락하지. 자유롭게 움직여봐."

"정말요?" 구조가 기쁨을 순순히 드러냈다.

"으음, 나도 신경은 쓰여. 그냥 장난치고는 복사 서류에 공을 너무 들였어."

"아, 그리고…… 이번 특종 기사로 받은 금일봉으로 내일 다 함께 먹기로 한 곱창전골 말인데, 취소해도 될까요?" 구조가 미안해하듯 물었다.

"자네, 어디 갈 생각인가?"

"교통비는 자비로, 그게 아니라 이 금일봉으로……."

"어디 가려고?"

"와카미야 신지가 자란 복지시설에 가볼까 해요."

"복지시설이라면, 도쿄?"

"……교외인 것 같지만요."

오가와는 가도 된다는 말도 가지 말라는 말도 없이 자리를 떴다. 구조는 허락을 받은 걸로 해석하고, 그 등을 향해 "고맙습니다"라고 감사 인사를 했다.

노후화로 인한 붕괴로 여겨졌던 이번 사가라 댐의 결궤 사고가 실은 누군가의 폭파 테러가 원인일 가능성이 있다는 기사를 〈규슈신문〉이 특종으로 내보내자, 순식간에 전국지와 주간지까지 덤벼들었다. 처음에는 행방불명된 아다치 사장과 와카미야 신지의 이름이 경찰의 함구령과 〈규슈신문〉의 협력이 기능했는지 매체에 전혀 나오지 않았는데, 정보라는 건 역시 살아 있는 생물이라 이번 주로 접어들면서 아다치 사장임을 내비치는 기사가 주간지 등에 언뜻언뜻 나오기 시작했다.

　그 주간지 기사에 따르면, 아다치의 아내로 보이는 여성이 인터뷰에 응했는데, 아주 최근에 경찰이 회사 창고의 다이너마이트 등의 재고를 확인하러 왔다고 얘기했다.

　실제로 댐이 붕괴되기 5주 전쯤에 아다치의 회사에서 평소보다 상당히 많은 양의 다이너마이트를 업자에게 매입했는데, 그 재고와 매입 기록의 수량이 안 맞는다는 사실을 경찰이 은밀하게 〈규슈신문〉에 알려주었다. 세쓰코 마담의 증언을 정보로 제공해준 데 대한 답례인 것 같기도 했다.

　날이 갈수록 댐 폭파범에 대한 다양한 추측이 텔레비전과 인터넷, 잡지를 떠들썩하게 만들었다. 신흥종교 단체나 이슬람 원리주의 조직에 의한 테러 가능성…… 반사회적인 세력에 의한 항의 활동…… 고독한 단독범 등등 여러 가지 가설이 세워졌지만, 결국 경찰이 아다치 사장과 와카미야 신지에게 전국 지명수배령을 내리면, 세간의 이목은 그 두 사람에게 집중될 것이다.

그저께 무렵부터 텔레비전이나 신문의 보도도 조직적인 범죄를 의심하던 지금까지의 여론에서 완전히 바뀌어서 단독 범행 혹은 광신적인 사상으로 맺어진 소수에 의한 범행이 아닐까 하는 견해가 강해졌다.

그러면서 각 신문사와 잡지 및 방송국은 1995년에 발생한 오클라호마시티 연방정부 빌딩의 폭파 사건과 많이 비교했다. 그 사건은 지상 9층 건물인 연방정부 빌딩이 폭파되어, 2층에 있던 탁아소 아이들을 포함해 사망자 168명, 부상자 600명 이상을 낸 대참사였다.

범인 측 성명이 나오지는 않았지만, 이번 사가라 댐 폭파 사건과 마찬가지로 처음에는 이슬람 과격파의 조직적인 범행으로 여겨졌는데, 실제로 체포된 사람은 미국에 사는 티머시 맥베이라는 백인 남성이라 온 나라에 충격을 안겼다.

그 후, 협력자로 테리 니컬스라는 남자가 체포되었는데, 맥베이와 함께 개별 무장 집단에 소속되어 있었다.

조사 결과, 폭파와 관련해 니컬스의 직접적인 관여는 발견되지 않아서 맥베이의 단독범행으로 결론 났다. 그러나 과연 그 정도로 주도면밀하게 계획된 테러를 맥베이 혼자 실행할 수 있었을까 하는 의문은 여전히 풀리지 않는 미스터리다.

구조를 태운 비행기는 오후 1시 45분에 하네다 공항에 도착했다.

대학 시절을 도쿄에서 보낸 구조는 지리 감각도 있어서 예약해둔 렌터카를 몰고 곧장 다마 지구에 있는 복지시설로 달려갔다.

물론 와카미야 신지가 살았던 복지시설에 가면, 뭔가를 알아낼지 모른다는 확신은 없었다. 다만 자기 눈으로 직접 그곳을 보면, 세쓰코 마담 가게에서 일했던 마사미라는 여성이 결코 행복하다고는 할 수 없었던 방랑 인생에서 왜 그토록 그 자료만 소중히 간직했는지 알 것 같은 기분이 들었기 때문이다.

구조가 도착한 곳은 언덕에 자리 잡은 단순한 건물이었다.

병원이나 노인 요양원이라고 하면 그렇게도 보이고, 낡은 맨션이라고 해도 그렇게 보이는 이상한 구조였다.

주위에 녹음이 우거진 것은 골프장과 가까운 까닭인데, 시설 앞에서 차를 내린 순간, 바람에 실려 온 잔디 냄새가 떠다녔다.

입구는 구불구불한 언덕길을 다 올라간 막다른 곳이었고, 건물 부지가 수목으로 둘러싸여 있어서 전망이 좋지는 않았지만, 그만큼 머리 위로 파란 하늘만 펼쳐져 있어서 오히려 드넓은 인상을 풍겼다.

구조는 곧바로 시설 안에 있는 접수처로 갔다.

회사 기록보관실에 예전에 이 시설을 취재한 기사가 남아 있었다. 기사 자체는 전국의 아동복지시설의 노력과 분투를 순서대로 소개하는 릴레이식 기사였는데, 이 시설을 담당했던 사람이 당시 〈규슈신문〉의 도쿄 지사에 근무했던 사람이라 출발하기 전에 그에게 소개받았다고 연락을 하자, 견학이라면 언제든 와도 상관없다고 답변해주었다.

접수처에는 아무도 없었다. 딱히 경비가 엄중하지는 않은지, 작은 현관홀에서 안으로 이어지는 복도는 개방되어 있었다.

구조는 아무도 없는 접수처에 "실례합니다"라고 말을 건넨 후, 망설이는 척을 하며 복도 안쪽으로 걸어갔다.

복도를 따라 햇볕이 잘 드는 방들이 늘어서 있었다. 방은 모두 유리벽인데, 유아실인지 파란 매트가 깔린 방에는 호빵맨 그림 등이 걸려 있었고, 다음 방은 학습실인지 벽 한 면에 '꿈' '하늘' '희망'이라고 쓴 붓글씨가 진열되어 있었다.

복도에서 방을 살펴보고 있는데, 갑자기 등 뒤에서 소리가 들렸다. 분명 벽인 줄 알았던 장소에 미닫이문이 있었고, 탕비실인지 안에서 커피 향과 함께 두 여성의 대화 소리가 흘러나왔다.

"……야스다 씨는 몰랐지?"

"그야 난 여기 온 지 고작 5년째니까."

"나도 다는 몰라. 하지만 다카코 선생님이 허둥지둥 원장님한테 간 것 같으니 틀림없을 거야."

"그 신타니 요스케 군이 데려온 여자애가 스미레라고 했나? 그 애, 우리가 이대로 맡게 될까?"

그쯤에서 구조가 "어?" 하는 소리를 흘렸다. '신타니 요스케'라는 이름이 귀에 익었다. 여덟 살에 죽은 걸로 된 와카미야 신지가 바로 이 '신타니 요스케'로 개명했던 것이다.

신타니 요스케 = 와카미야 신지가 데려온 여자애? 와카미야 신지가 이 시설에 왔다?

구조는 당장이라도 미닫이문을 열고 캐묻고 싶은 충동을 꾹 억눌렀다.

"뭐, 원장님 혼자만의 판단으로는 어쩔 수 없는 문제겠지만, 일단은 절차를 밟아서 우리가 맡을 방침이 아닐까. 그래서 신타니 군도 납득하고 돌아간 것 같은데."

"그나저나 자기랑 똑같은 처지의 아이를 여기로 데려오다니. ……자기가 살았던 아파트의 옆집 아이랬지? 못 본 척할 수 없었겠지. 생각만 해도 가엾어서 눈물이 나."

"그건 그렇고, 다카코 선생님은 정말로 기쁜 것 같더라. 중학교 졸업하고 여기서 나간 후로 한 번도 못 만났다잖아?"

"그랬나 봐. 심장이 안 좋았던 것 같은데 연락도 없으니 어쩌면 이미 죽었을지 모른다고 내심 걱정했던 모양이니까……."

문득 인기척이 느껴져서 구조가 접수처 쪽을 돌아보았다. 언제 나왔는지 대여섯 살쯤 되는 여자아이 하나가 물끄러미

밖을 내다보고 있었다.

구조는 직감을 느끼고, 여자아이 곁으로 다가갔다. 구조가 다가가도 여자아이는 꼼짝 않고 건물 입구에서 이어지는 내리막길만 바라보았다.

"안녕?" 구조가 말을 걸었다.

놀란 여자아이의 얼굴이 눈물에 젖어 있었다.

"스미레 맞지?" 구조가 물었다.

여자아이는 대답을 해도 좋을지 망설였다.

"와카미야 신지 씨랑 같이 왔지?"

구조가 그렇게 말한 순간이었다. 경계하던 여자아이의 눈에 순식간에 안도하는 빛이 감돌았다.

"언니, 신지 오빠 알아?"

구조는 무릎을 꿇고, 여자아이와 눈높이를 맞췄다.

"으음, 신시 오빠랑 언제 여기 왔어?" 구조가 일부러 친숙한 말투로 물었다.

"어제."

"어제? 그럼 신지 오빠는?"

"이제 없어. 이젠 여기 안 와. 올 수 없어."

"왜?"

여자아이는 무슨 얘기를 들은 듯했다. 어린아이인데도 최선을 다해 비밀을 지키려 했다.

"신지 오빠, 도망치고 있지?" 구조가 말했다. 아이는 깜짝 놀랐는지 노골적으로 시선을 피했다.

"안심해. 난 신지 오빠 편이야. 신지 오빠를 도와주고 싶어."

자연스럽게 그런 말이 나왔다. 그 마음은 분명 거짓이 아니다. 다만 도와주고 싶어서 이렇게 도쿄까지 찾아온 것은 지금의 신지가 아니라 죽은 걸로 돼 있는 여덟 살짜리 신지다.

"진짜?"

여자아이가 뚫어져라 쳐다봐서 구조는 "응" 하며 고개를 끄덕였다.

"나란토……."

여자아이의 입술이 움직였다.

"응? 뭐라고?"

"'나란토'라는 섬이 있어. 신지 오빠가 거기 간댔어. 한 번쯤 가보고 싶었대."

복도에서 소리가 들렸다. 탕비실에서 나온 두 사람이 "무슨 일이에요?"라며 당황한 기색으로 달려왔다.

구조는 "고마워. 비밀은 지킬게"라고 빠르게 말했다.

뛰어온 직원들이 "스미레, 이런 데서 뭐 해?"라고 걱정스러운 듯이 말을 건넸다.

"저는 〈규슈신문〉 기자인데, 오늘 견학하러 찾아뵀어요. 접수처에 아무도 안 계셔서 이 아이에게 누구 없느냐고 묻는 중이었어요."

직원들은 구조의 거짓말을 믿는 것 같았다.

"스미레는 일단 원장 선생님에게 돌아갈까. 할 얘기가 많다
고 했잖니."

스미레가 직원 한 명에게 이끌려서 계단을 올라갔다. 몇 번
이나 돌아보는 스미레에게 구조는 고개를 살짝 끄덕여주었다.

시설 내부를 안내해줄 선생님을 데려오겠다는 말을 남기고
다른 직원도 모습을 감춘 후, 구조는 재빨리 휴대전화로 '나란
토'를 검색해보았다.

바로 '나란토'가 떴다.

나란토는 오키나와현 이시가키섬의 남서쪽 60킬로미터 지
점에 떠 있는 서양배 모양의 외딴섬으로 대부분이 융기산호초
로 이뤄져 있다고 나왔다.

섬에는 리조트가 개발된 서쪽의 아오토 지구와 남쪽에 위치
한 구시가지가 있고, 그 두 지구를 통칭 선셋 거리가 이어준다.

"안녕하세요?"

인사를 건네는 목소리에 구조가 얼굴을 들었다. 서 있는 사
람은 수녀복이나 수간호사 차림이 어울릴 것 같은 은발 여성
이었다.

구조는 명함을 꺼냈다. 기자의 견학은 드문 일이 아닌지, '노
다 다카코'라고 이름을 밝힌 여성이 바로 시설 안의 설비를 소

개하기 시작했다. 그녀가 바로 와카미야 신지를 줄곧 걱정했다는 다카코 선생님이겠지.

"저, 실례합니다……." 구조가 설명을 중단시켰다.

"……갑자기 엉뚱한 질문이겠지만, 나란토를 아시나요?"

한순간 다카코 선생의 눈동자 색깔이 변하는 것 같았다. 자기가 당황한 것을 필사적으로 감추려 했다.

"글쎄요…… 들어본 적이 없는데요."

다카코 선생은 아무 일도 없었다는 듯이 시설 설명을 다시 시작했다.

*

시동을 끄고 얼마쯤 켜져 있던 차 실내등이 꺼지자, 차는 통째로 어둠에 삼켜진 것 같았다.

바깥 기온은 영하라 난방을 틀어뒀던 차 안에도 시동을 끄자마자 만만찮은 냉기가 스며들었다.

다카노는 차에서 내렸다. 목덜미로 얼어붙은 머플러를 휘감는 듯한 한기가 훑고 지나갔다. 소리란 소리는 모두 누군가가 훔쳐 가버린 것 같은 가루이자와의 숲속, 자갈을 밟는 자기 발소리만 울려 퍼졌다.

이미 한밤중이었지만, 가자마의 집에는 불이 켜져 있었다.

부엌도 환하니 후미코 씨도 아직 깨어 있을지 모른다.

다카노는 초인종을 눌렀다. 마치 그 자리에 서서 기다리고 있었던 것처럼 후미코 씨가 바로 문을 열어주었다.

자기를 올려다보는 후미코의 시선이 쑥스러웠던 다카노는 "계속 열어두면 추워요"라며 밀어젖히듯 안으로 들어갔다.

"다행이야. 밥은 잘 챙겨 먹는 것 같네. 지난번에 왔을 때는 너무 말랐던데."

"네, 잘 챙겨 먹어요."

마음이 놓인 듯한 후미코의 얼굴에 주름이 두드러져 보였다. 아마 방금 목욕을 하고 나왔겠지. 스킨을 바른 얼굴이 반질반질 빛나고, 어렴풋이 장미 향이 났다.

문득 이 사람은 줄곧 아줌마였다고 깨달았다. 여기에서 신세를 졌던 초등학교, 중학교 시절부터 계속 아줌마로 남아 있어서 마치 후미코는 안중에도 없이 시간이 흘러가버린 것 같았다.

"가자마 씨는?" 다카노가 물었다.

"오늘은 컨디션이 좋아서 조금 전까지 거실에서 다카노 군을 기다렸는데, 아무래도 좀 피곤했는지 지금은 침실에 계셔."

다카노는 고개를 끄덕이고, 가자마의 침실로 향했다. 문을 노크하자, "들어와" 하는 탁한 목소리가 들렸다.

들어선 순간, 다카노는 가자마에게서 시선을 피했다. 이불

속의 몸이 또다시 훨씬 왜소해진 것처럼 보였다.

"건강은 어떠세요?" 다카노가 말을 건넸다.

"그보다 리영선의 동향은?"

가자마가 가냘픈 팔꿈치를 짚으며 몸을 일으키려 했다. 다카노는 일부러 도와주지 않고, 그냥 가만히 기다렸다.

"……각각의 댐 폭파 계획은 진행되고 있다고 보는 게 좋을 것 같고, 리영선이 고(Go) 사인을 내리는 것만 남았습니다."

"리영선이 다음 댐 폭파에 고 사인을 내릴 것 같나?"

질문을 한 후, 가자마가 심하게 기침을 했다. 소리를 내면, 목에 통증이 느껴지는 모양이다.

다카노가 가까이 있던 휴지 상자를 건네주었다. 가자마가 구역질을 하며 고통스럽게 가래를 뱉었다.

"반반이라고 생각합니다."

뜸을 꽤 들인 후에야 다카노가 대답했다.

"……리영선 혹은 그가 속한 조직이 최종적으로 노리는 건 일본의 수자원 이권이고, 그러기 위해 댐을 폭파하는 겁니다. 그렇다면 만약 그 수자원 이권을 얻을 수 있다는 확약이 있다면, 굳이 위험을 무릅쓰면서까지 댐을 폭파할 필요는 없겠죠. 물론 그 이권을 주손지나 동양에너지가 쉽게 내줄 리는 없겠지만……."

"리영선이라는 남자가 그 교섭에 응할 것 같나?"

"아마도. 폭파가 취미인 사이코는 아닌 것 같으니까."

"아야코라는 여자한테 들어온 정보인가?"

"네."

"그 여자는 믿을 만해?"

"아뇨, 믿을 만한 여자는 아닙니다. 다만, 이 세계에 오래 있었지만 믿을 만한 인간은 지금껏 한 번도 만나본 적이 없습니다."

그때 문 너머에서 소리가 들렸다.

"후미코 씨겠지, 열어줘." 가자마가 말했다.

다카노가 문을 열었다. 후미코가 홍차 포트가 담긴 쟁반을 들고 서 있었다.

"두고 갈 테니 드세요."

쟁반을 내려놓은 후미코는 바로 방에서 나갔다.

"주손지 쪽과의 교섭은 이쪽에서 한다."

가자마의 말에 다카노는 말없이 고개를 끄덕였다.

*

부엌 쪽 출입문의 말다툼 소리가 서재에 있는 주손지의 귀에까지 들렸다. 무엇 때문에 소란을 피우는지는 모르겠지만, 좀처럼 끝나지 않았다.

동양에너지의 이시자키를 불러들여, 수자원 이권을 방기하면 어떻겠냐는 AN 통신의 의사 타진에 관한 얘기를 한창 듣던 중이라 주손지의 짜증은 한계를 넘어섰다.

복도로 나가, "어이, 왜 이리 시끄러워!"라고 고함을 쳤다. 그러나 아무도 나타나지 않았다. 주손지는 거친 발소리를 울리며 부엌 출입문으로 향했다.

출입문에서는 비서와 가정부들은 물론이고, 경비원까지 달려와 뭐라고 고함을 쳐대는 남자를 에워싸고 있었다.

"웬 소란이야?" 주손지가 큰 소리로 꾸짖었다.

주인의 고함 소리에 빙 둘러섰던 사람들의 울타리가 스르륵 갈라졌다. 그 안에 있는 사람은 작은 개를 품에 안은 초로의 남성인데, 찬찬히 살펴보니 축 늘어진 개는 피로 얼룩진 붕대를 감고 있었다.

"저……."

가까이 다가온 비서가 "우리 재키가 저쪽 개를 문 것 같은 데……"라고 귀엣말을 했다.

"재키가?"

주손지는 초로의 남자를 바라보았다. 학자거나 좌파 성향 기자 출신이거나, 어쨌든 주손지가 가장 싫어하는 타입이었다.

"어이, 당신이 이 집 주인이야? 어떡할 거야?"

흥분한 남자의 입에서는 침이 튀었고, 목소리는 울먹거렸다. 주손지는 "죽었나?"라고 작은 소리로 비서에게 물었다.

"아뇨……."

"재키가 확실해?"

"산책을 데리고 나갔던 도우미가 끈을 잠깐 느슨하게 풀었나 봅니다."

"잠깐 와봐."

주손지는 비서를 복도로 데려간 후, "시끄러워지면 곤란해. 상대가 제시하는 가격으로 마무리 지어"라고만 말하고, 혀를 차며 서재로 돌아갔다.

서재 앞에서 이시자키가 기다리고 있었다.

"아무 일도 아니야."

주손지는 또다시 혀를 차고, 서재로 들어갔다.

널찍한 서재 소파에 앉은 주손지가 "계속해"라고 이시자키에게 명령했다.

자리로 돌아온 이시자키가 AN 통신에서 보냈다는 타협안을 계속해서 읽어 내려갔다.

주손지는 바로 얼굴의 혈관이 실룩거리는 느낌을 받았다. 재키에게 물려 죽을 뻔했다는 조금 전 개처럼은 아니지만, 마치 자기 혈관까지 찢어질 것 같았다.

리영선과 그가 속한 조직은 이쪽의 제안을 받아들일 의향이 있다. 제안이란, 앞으로 일본 국내에서 수도사업이 자유화될 경우, 그 이권을 확약하는 것.

조건은, 이번에 주손지와 동양에너지가 도모했던 록필 계획
이 성공해서 일본 국내에서 수도사업이 자유화될 경우, 긴급조
치로써 무조건적으로 동양에너지가 개발하게 되어 있던 각종
사업의 70퍼센트를 V. O. 에퀴 사와 공동으로, 나머지 중 20퍼
센트를 V. O. 에퀴 사가 단독으로 개발할 수 있게 하는 것.

"멈춰!"

분노로 몸의 떨림이 멈추지 않는 주손지가 이시자키에게 고
함을 질렀다.

"70퍼센트가 공동이고, 나머지 3분의 2를 그쪽에서 가져가
면, 이쪽이 자유롭게 할 수 있는 건 고작 10퍼센트야! 말이 공
동이지 이미 물 메이저 기업으로 세계에 군림하는 V. O. 에퀴
사와 비교하면 동양에너지의 기술 따윈 한참 떨어져서 실질적
으로는 그쪽의 하청 업체나 다름없어!"

주손지는 딱히 누구에게랄 것도 없이 고함을 쳤다. 마치 자
기가 있는 서재에게 고함을 치는 것 같았다.

"계속하겠습니다."

그러나 이시자키가 냉정하게 끼어들었다.

"……아무튼 이쪽이 불리한 건 분명합니다. 저쪽은 우리가
만든 '록필' 계획서를 갖고 있어요. 그것이 세상에 밝혀지면,
100명이 넘는 희생자가 나온 사가라 댐의 폭파 사건 주모자가
선생님과 우리 동양에너지라는 사실이 드러납니다. 저쪽은 계

획서뿐만이 아니라 관련된 모든 자료, 주고받은 이메일과 통신 기록까지 모든 걸 확보했습니다."

"그건 나도 알아!"

냉정한 이시자키가 미워서 주손지가 고함을 쳤다.

"……그래서 AN 통신에 일을 맡겼잖아! 증거를 다시 빼앗고, 적이 어떤 조직인지는 모르지만 박살 내버리라고. 난 녀석들에게 은근하게 그걸 부탁했어. 그런데 뭐야? 이래서야 저쪽 편이나 다름없어!"

주손지가 고함과 함께 테이블을 내려친 순간, 문을 두드리는 소리가 들렸다.

"뭐야?" 주손지가 짜증을 냈다.

이시자키가 재빨리 일어나서 문을 열자, 비서가 서 있었고 "재키 건, 치료비와 위자료 형태로 마무리 지어질 것 같습니다" 라고 보고했다.

"그 노인네, 얼마나 터무니없이 불러댔어?" 주손지가 물었다.

"500만 엔입니다."

"뭐 하던 사람이야?"

"의료 계통 대학의 연구원이었던 것 같습니다."

"성가신 쪽이랑 연관은 없나?"

"성가신 쪽이라면?"

"매스컴 말이야."

"아마 없을 것 같은데……."

"그럼, 100만부터 교섭해서 150만에 마무리 지어. 그 이상이면, 변호사를 불러야겠다는 식으로 말하면 돼."

비서가 목례를 하고 방에서 물러났다. 주손지는 이시자키를 보며 혀를 찼다.

"……결국 사랑하던 반려견의 고통을 돈으로 청산하는군. 그 조그만 개, 보나 마나 재키한테 물렸을 때보다 주인한테 배신당한 지금이 더 아프고 비참하겠지."

내뱉듯이 말한 주손지가 "……그런데 자네 쪽 보스는 이번 건에 관해 뭐라던가?"라며 재빨리 얘기를 되돌렸다.

"회장님, 사장님 모두 AN 통신이 보낸 제안을 받아들이는 게 좋겠다는 판단입니다."

"더 이상 위험한 다리를 건널 생각은 없단 뜻인가?"

"댐 폭파. 본인들이 하려고 했던 일이 실제로 일어났을 뿐인데……."

"호오. 자네는 반대 의견인 것 같군."

오랜만에 미소를 지은 탓인지, 웃음 주름에 익숙지 않은 주손지의 얼굴이 경련이 이는 듯 굳었다.

"저는 하게 놔두면 된다고 생각합니다."

이시자키가 단호하게 말했다. 그 표정에는 허세도 두려움도 없었다.

"하게 놔둬? 뭘?" 주손지가 물었다.

"폭파 말입니다. 그쪽도 분명 위험한 다리는 건너고 싶진 않을 겁니다. 이쪽에 양심이라는 게 싹터서 모든 걸 폭로해버리는 일도 없다고 단정할 순 없어요. 게다가 어쨌든 간에 일본의 법률을 바꿔서 수도사업 방향의 키를 완전한 자유화 쪽으로 돌릴 수 있는 사람은 그자들이 아니라 선생님, 당신이니까요."

주손지는 불현듯 이시자키라는 이 남자의 성장 과정을 묻고 싶어졌다.

*

밤에 수도 고속도로에 늘어선 붉은 후미등 행렬이 움직이지 않았다.

"저 녀석 무리하네. 분명히 부딪치겠죠?"

조수석의 다오카가 시선을 던진 앞쪽에 빠듯한 갓길 주행으로 출구를 빠져나가려는 포르쉐 카이엔이 보였다.

"……봐요. 핸들을 미처 못 꺾어서 트럭 옆구리를 처박을 것 같아요."

운전석의 다카노에게도 그 상황은 보였다. 푸르께한 라이트에 비쳐서 이미 사고를 일으킨 것처럼 보였다. 하얀 카이엔에는 중년 남자가 타고 있었는데, 핸들을 좌우로 돌리긴 하지만,

이미 앞으로도 뒤로도 갈 수가 없다. 트럭이 움직이면 타이어에 말려들고, 그렇다고 해서 후진할 여유도 없었다.

가자마에게 연락이 온 것은 바로 그때였다. 목소리 상태가 좋게 느껴지는 것은 화상이 끊긴 탓에 쇠약한 가자마의 모습이 보이지 않기 때문일까.

"주손지와 동양에너지에서 온 답변을 전달한다."

인사도 없이 가자마가 본론으로 들어갔다. 다카노는 스피커 음량을 높였다.

"……답변은 노다. 리영선 측에 제안은 하지 않는다."

"네?"

다카노는 무심코 소리를 흘렸다. 갓길에서 오도 가도 못하는 카이엔과 마찬가지로 주손지와 동양에너지 측에 이제 와서 움직일 여유 따윈 없었다.

"……노라니, 무슨 뜻이죠?" 다카노가 조급하게 물었다.

"노는 노야." 가자마가 답했다.

"제안하지 않는다는 건 어딘가의 댐이 또다시 폭파된다는 의미인데……."

"그것을 저지해달라는 게 주손지 측에서 우리에게 의뢰한 일이지."

"아니, 그렇지만……."

"아무튼 이쪽에서도 어떤 대책을 강구해서 다시 연락하겠다."

　일방적으로 통신이 끊겼다.

　"대책을 강구하겠다니…… 그런 건 경찰에 맡겨버리면 그만이잖아요. 난 싫어요. 이렇게 추운데 밤새도록 댐 망이나 보긴."

　다오카가 꼬맹이처럼 입을 삐죽 내밀었다.

　"경찰에 알릴 수 없으니까 우리에게 부탁했겠지."

　"왜요? 어느 댐인지는 우리가 조사하고, 그다음은 '자, 여기 있습니다' 하고 경찰한테……."

　"폭파범이 붙잡히면, 고구마 덩굴 캐기 식으로 주손지 일당의 이름도 나오게 돼 있어."

　"뭐, 물론 그렇겠지만……."

　막혀 있던 자동차 행렬이 움직였다. 다카노가 조금 전 카이엔으로 눈을 돌리자, 트럭 운전기사가 짜증스러운 얼굴로 차에서 내렸고, 상대는 휴대전화로 누군가에게 연락을 하며 정중하게 사과했다.

　"무리인 건 무리예요."

　다오카가 누구에게랄 것도 없이 혀를 차며 말했다.

　또다시 바로 차 행렬이 멈춰서 다카노는 브레이크를 밟았다. 붉은 후미등이 줄줄이 늘어서서 마치 도쿄 거리가 붉은 리본으로 묶인 것 같았다.

　다카노는 방콕의 아야코에게 연락을 했다. 한참을 기다린 후에야 간신히 연결이 됐는데, 목욕탕에서 막 나왔는지 목욕 가운 차림이었고, 가슴 언저리에는 희미하게 땀이 맺혀 있었다.

"별로 좋은 소식은 아니야." 다카노가 일단 입을 열었다.

선명한 화면 너머에서 갓 목욕을 하고 나온 아야코의 향기가 전해지는 것 같았다.

"……주손지와 동양에너지가 리영선 측에 제안하는 걸 거절했어."

"조건을 조금 풀어주면 응할 것 같은 느낌?"

"아니, 그런 분위기는 아니야."

"그럼 어쩌겠다는 거지? 댐 폭파는 보고도 못 본 척한다?"

"폭파는 우리가 막아."

"어떻게?"

"언제 어디서 어떻게 폭파되는지 알면 누구라도 막을 순 있잖아."

"그걸 어떻게 알지?"

얼굴에 깃든 미소를 화면에 슬쩍 남기고, 아야코가 카메라에서 멀어졌다. 뒤쪽은 긴 복도인데 그 안쪽이 욕실인 듯했다. 아야코가 맨발로 밟는 대리석의 냉기가 전해졌다.

"그나저나 민낯을 드러내다니, 자신감이 대단한 모양이네. ……저런 여자는 거부하기 힘들다는 아저씨들이 많겠죠. 난 전혀 흥미 없지만."

그러면서도 뚫어져라 화면을 바라보는 다오카에게 "꼬맹이한테는 아직 빠르겠지"라며 다카노가 웃었다.

"아니, 나이가 아니라 세대겠죠." 웬일로 다오카도 물러서지 않았다.

꾸물꾸물 움직이던 자동차 행렬이 하마자키바시 분기점에서 단숨에 풀렸다.

다카노가 액셀러레이터를 밟자, 아야코가 다시 화면으로 돌아왔다. 목이 말랐는지 손에는 탄산수가 담긴 물잔이 들려 있었다.

잔에 담긴 물을 한 모금 마신 아야코가 "그 리영선이라는 남자, 우리가 예상한 것보다 일 처리가 빨라"라고 말했다.

다카노는 차를 순조롭게 하네다 공항으로 운전하면서 그녀의 이야기에 귀를 기울였다.

"……주손지 측의 답변을 전달한 시점에서 바로 움직일 게 틀림없어. 그쪽이 조건을 받아들이면 폭파는 중지됐겠지만, 조건을 받아들이지 않으면 폭파까지의 유예 시간은 거의 없을 거야."

"당신 예상은?" 다카노가 물었다.

"여섯 시간, 길어봐야 열두 시간 이내라고 생각해." 아야코가 대답했다.

그렇다면 일본 어딘가의 댐에는 이미 폭파 준비가 끝났고,

스위치를 켜는 순간만 기다리는 상태일지도 모른다.

"그쪽 대답은 내가 지금 리영선에게 전달할게. 그 순간부터 카운트다운이 시작된다고 생각해."

"만에 하나, 당신이 폭파될 댐 위치를 알아내지 못한다면?"

"그런 여자가 이 세계에서 살아남을 것 같아?"

"과연, 남자들의 교섭이 꼬이면 꼬일수록 당신한테는 득이지."

"그렇지만 남자들이 화해하면, 그들은 날 죽이겠지."

"글쎄, 어떨까."

"남자란 게 그래."

통신이 끊기고, 다카노는 액셀러레이터를 더욱 세게 밟았다. 150킬로미터 정도로 달리고 있던 옆 차선 차가 나뭇잎처럼 뒤로 날아갔다.

다카노 일행이 하네다 공항에 도착하고 40분이 지난 후, 아야코에게서 연락이 왔다.

"후쿠이현의 도야 댐이야."

아야코는 그 말만 전했다. 다카노는 일단 다오카에게 도야 댐까지 가장 빨리 가는 방법을 알아보라고 명령하고, "다른 정보는?" 하고 아야코에게 물었다.

"일단 그쪽으로 출발해. 지금 알 수 있는 건 장소뿐이야. 폭파되면 후쿠오카 사가라 댐 규모의 피해가 날 거야."

아야코의 목소리에서도 초조함이 묻어났다.

"고마쓰 공항으로 가는 비행기 편은 이미 끊겨서 25분 후에 나고야로 가는 표를 끊었습니다. 주부 국제공항에서부터 도야 댐까지는 헬리콥터 전세기를 준비하겠습니다."

이미 걸음을 내디딘 다카노를 다오카가 따라왔다.

"댐에는 몇 시에 도착할 수 있지?" 다카노가 물었다.

"두 시간 반이나 세 시간 후."

두 사람은 곧장 탑승 게이트로 뛰어 들어갔다.

6장
오지 마! 돌아가!

주부 국제공항에 도착한 다카노 일행은 가까이 위치한 헬리포트로 서둘러 갔다. 민간 회사지만, AN 통신과는 오랜 교류가 있어서 행선지나 비행 루트 등이 외부로 새어 나갈 염려는 없었다.

헬리포트 접수처에 선 다오카를 바라보면서 다카노가 아야코에게 연락했다.

비행기를 타고 오는 사이에 폭파될 댐의 장소 외에 새로운 정보라도 들어왔을까 기대했지만, 아야코는 전화를 받지 않았다.

그러는 중에 다오카가 달려왔다.

"저 헬리콥터예요!"

다오카가 등 뒤에서 이미 회전날개를 돌리고 있는 헬리콥터를 가리키며 큰 소리로 말했다.

다카노 일행은 지면에서 솟구치는 강풍에 맞서며 헬리콥터로 달려가 좌석에 올라탔다.

문을 닫는 동시에 헬리콥터가 떠올랐다.

조종석을 보니 낯익은 조종사였고, "급한 거지?"라며 미소를 건넸다.

"아, 부탁해!" 다카노가 대답했다.

단숨에 하늘로 떠오른 헬리콥터는 눈 깜짝할 새에 주부 국제공항을 벗어나 나고야 시가지의 상공으로 접어들었다.

다카노는 헤드폰을 끼고 조종석 뒷자리에 자리를 잡은 후, "되도록 눈에 띄지 않게 도야 댐에 가고 싶은데"라고 조종사에게 말했다.

"도야 댐? 도야초의 헬리포트까지 가라고 지시받았는데."

"그럼 변경하지."

"뭐, 아무튼 당신들을 어디로 데려다줬는지는 누설 금지 규칙이 있으니까. 난 어디든 상관없어."

"다행이군."

"흐음, 보나 마나 알려주진 않겠지만, 당신들 대체 뭐 하는 사람들이야?"

장난기 섞인 눈빛으로 돌아본 조종사가 "……경찰? 설마 세무관은 아닐 테지"라고 멋대로 떠들며 웃음을 터뜨렸다.

"훨씬 지저분한 일이야." 다카노도 웃었다.

옆에서 아야코에게 계속 연락을 시도하던 다오카가 "메일이 왔어요"라며 태블릿을 보여주었다.

보내준 이미지에는 도야 댐의 설계도가 첨부되어 있었고, 제방과 배수문 여섯 군데에 붉은 표시가 되어 있었다.

"이 표시가 다이너마이트를 장착한 장소인 것 같습니다." 다오카가 말했다.

헬리콥터가 서서히 방향을 전환했고, 나고야 시내의 야경으로 몸이 떨어질 것 같았다.

다카노가 좌석을 움켜쥐며 "폭파 조작은 어디서 해?"라고 다오카에게 물었다.

"아직까지 그 정보는 안 왔습니다."

"아야코와 통화할 수 없나?"

"힘들 것 같은데요. 분명 그쪽 정보를 훔쳐서 바로 이쪽으로 보내고 있을 테니, 여력이 없을 겁니다."

다카노는 헤드폰 마이크의 전원을 켜고, "도야초에서 댐까지 차로 가면 얼마나 걸리지?"라고 조종사에게 물었다.

"고갯길이니까 45분, 아니 한 시간은 걸릴까."

"그렇게 오래……."

"도야 댐에 가고 싶은 거지? 댐에도 헬리포트가 있어."

"아니, 거긴 좀 곤란해."

"아, 비밀리에 움직여야 하나……. 그럼 댐 하류에 넓은 하천 부지가 있는데, 거긴 어때? 거기면 이 헬리콥터도 착륙할 수 있어.”

“댐에서 보이는 곳인가?”

“아니, 조금 떨어진 장소고, 강이 굽이쳐 흐르는 곳이라 댐에서는 산에 가려져. 뭐, 헬리콥터 소리 정도는 주의 깊게 귀를 기울이면 들리겠지만.”

“거기서 댐까지는 걸어서 얼마나 걸리지?”

“짐승들 다니는 오솔길이 있으니 산을 넘을 생각이면 고작해야 10여 분이야. 뭐, 내가 꼬맹이일 때는 그 정도 걸렸으니까.”

다카노는 또래로 보이는 조종사의 옆얼굴을 새삼 다시 바라보았다. 난폭한 말투 때문에 분명 인생도 서툴게 살아온 남자일 테지만, 눈가의 깊은 웃음 주름은 그런 남자를 이해해주는 누군가가 있음을 알려주었다.

“당신, 도야초 주변 출신이야?” 다카노가 물었다.

“어, 중학교 들어갈 때까지. 그 후에는 부모님 일 때문에 나고야에서 살았고.”

눈부신 나고야의 야경은 이미 뒤로 사라지고, 전방에는 웅대한 산맥이 달빛에 푸르게 떠올랐다.

“도야에는 지금도 여동생 부부가 살아.”

남자의 말에 “당신, 아내는?” 하고 다카노가 물었다.

"난 이 헬리콥터랑 같이 언제 추락해도 상관없는 자유로운 몸이야." 남자가 웃었다.

남자를 유일하게 이해해주는 사람은 아마도 여동생일 거라고 다카노는 생각했다.

도야 댐이 폭파되면, 여동생 부부가 사는 도야초가 괴멸된다. 댐과 이어진 강이 범람해서 인구 3천 명이 사는 마을을 탁류가 휩쓸어버린다.

만에 하나 폭파 저지에 실패할 경우, 댐 결궤에서 강의 범람까지는 시간이 얼마나 있을까.

다카노 일행이 실패한 시점에서 상황을 지켜보던 가자마가 바로 움직일 게 틀림없다. 그러나 소방서나 경찰에 신고하고, 그것이 자치단체로 내려가서 실제로 주민들에게 전해지기까지는 수십 분이 걸린다. 그때부터 피난한다고 가정하면, 미처 도망치지 못하는 주민들의 수는 지난번 후쿠오카 사가라 댐 정도는 아니더라도 상당한 수가 될 것이다.

그리고 당연히 자기와 다오카의 구조 따윈 뒷전일 게 틀림없다.

헬리콥터가 서서히 고도를 낮추기 시작했다.

"저쪽 하천 부지야."

조종사가 말을 건네서 다카노는 아래를 내려다보았다. 달빛을 들쓴 푸른 숲이 펼쳐지고, 그곳으로 금이 간 것처럼 강이 흘러갔다.

회전날개가 일으키는 바람에 숲의 나무들이 크게 흔들리는 모습이 보이기 시작했을 즈음, 다오카가 "연결됐어요"라며 통신 단말기를 내밀었다.

다카노는 헤드폰을 빼고, 단말기를 받아 들었다.

"여보세요! 들려?"

단말기 이어폰에서 아야코의 목소리가 들렸다.

"어, 들려! 뭐 좀 알아냈어?" 다카노도 고함으로 받아쳤다.

"다이너마이트 설치 장소는 조금 전에 보낸 그대로야. 그런데 누가 어디에서 폭파 장치를 조작하는지는 아직 몰라."

"폭파 예정 시각은?"

"그것도 아직 몰라."

들려오는 아야코의 목소리도 매우 초조했다.

"지금 어디야?" 다카노가 물었다.

"리영선의 크루즈야."

"크루즈라면, 지난번의 그 배?"

"항구에 정박했을 때 몰래 숨어들었는데, 패스워드 시간제한이 있었는지, 도중에 셧다운됐어."

"우리는 일단 지금 도야 댐으로 간다."

헬리콥터는 상당히 많이 하강한 상황이었다. 회전날개의 강풍으로 하천 부지의 낙엽들이 솟구쳐 올랐다.

"우리를 내려주고, 곧장 댐 반대 방향으로 돌아가!"

다카노가 조종사에게 말했다. 그와 동시에 헬리콥터가 하천 부지에 내려앉자 발바닥에 진동이 느껴졌다.

헬리콥터에서 뛰어내린 다카노와 다오카는 환한 달빛 아래 하천 부지를 달려 숲으로 몸을 숨겼다. 헬리콥터는 바로 떠올라서 눈 깜짝할 새에 밤하늘 저편으로 멀어졌다.

헬리콥터의 굉음이 다 사라지자, 주위에는 강물 소리만 남았다.

"간다." 다카노가 벼랑을 올라가기 시작했다.

"어떤 장치인지는 모르겠지만, 여섯 군데에 설치된 다이너마이트를 분담해서 해제하고 다닌다고 가정하면, 15분에서 30분. 시간 안에 할 수 있을까요?"

낙엽과 나뭇가지를 짓밟는 바스락거리는 소리와 함께 다오카의 목소리가 뒤에서 따라왔다.

"후쿠오카의 사가라 댐이랑 같다면, 정밀한 시한폭탄은 아니야. 발견하면 그대로 댐에 던져버려."

"다카노 씨, 전 지금 반야심경 문신을 하는 중이에요."

급경사를 올라가고 있어서 다오카의 숨이 차올랐다.

"……문신해주는 여자가 그러더군요. 내가 이 문신을 완성하기 전에 죽을 것 같다고. 그러니 반드시 돌아와서 자기가 그 문신을 완성하게 해달라고. 이 문신은 내 평생의 부적이 될 거라면서."

다오카가 긴장을 떨쳐버리려고 그러는 건 안다. 다카노 자신도 호흡이 심하게 흐트러졌고, 손발을 움직이지 않으면 자기 몸이 다이너마이트에 날려 산산조각 나는 이미지를 떨쳐낼 수가 없었다.

"그럼 그게 완성되면, 넌 불사신이야?" 다카노가 웃었다.

"글쎄요, 지금도 불사신이니까 그 이상이겠죠!" 다오카가 받아쳤다.

다카노는 굵은 담쟁이덩굴을 움켜잡고 몸을 팽팽히 당겼다. 다 올라선 낭떠러지 위에서는 물이 가득 찬 댐 호수가 내려다보였다. 댐 호수 한가운데에서 달이 흔들거렸다.

어깨를 들썩이며 거친 숨을 몰아쉬는 다오카에게 "가자"라고 말을 건넨 다카노는 낭떠러지를 뛰어 내려갔다.

"제길! 가자!" 스스로 기합을 넣은 다오카도 곧바로 따라왔다.

바로 그때 귀에 꽂은 이어폰에서 아야코의 목소리가 들렸다.

"여보세요! 연결됐어? 폭파 시간을 알아냈어! 그런데 시간이 거의 없어. 남은 시간은 12분이야!"

들려온 아야코의 목소리에 "알았어!"라고 다카노가 고함을 쳤다.

"지금, 어디야!"

아야코의 질문에 "2분 후면 댐에 도착해!"라고 소리쳤다.

"그럼 이젠 무리야!"

그쯤에서 통신이 끊겼다. 다카노는 뒤따라오는 다오카에게 "들었나?"라고 물었다.

"12분 후! 아니, 11분 20초 후잖아요!"

"나는 서쪽으로 들어간다. 넌 곧장 내려가서 동쪽으로 들어가!"

다카노는 급경사에서 방향을 틀어 댐 제방 위를 목표 지점으로 정했다. 아야코가 보내준 도면에 따르면, 다이너마이트는 절벽 같은 댐의 콘크리트 제방에 여섯 개가 나란히 설치되어 있다.

수문 조작실, 상용 배수로, 비상용 배수로, 제방 비상계단, 예비 수문, 기본 수문.

다카노는 멧돼지 저지용 울타리를 타고 올라가 댐 관리실 지붕으로 뛰어내렸다. 그대로 배수관을 타고 지면으로 내려갔다.

제방 위에 일직선으로 뻗은 길을 전속력으로 달렸다. 오른쪽은 댐 호수, 왼쪽 벽 너머는 나락이었다.

그 기세를 몰아 벽을 타고 올라가서 그 위를 내달렸다. 바로 밑에는 빨려들 것 같은 어둠이 뻐끔히 입을 벌리고 있었다.

댐 끝자락까지 달려간 다카노는 급경사의 미끄럼틀 같은 제방을 향해 계단을 뛰어 내려갔다. 정반대편에서 똑같이 계단을 뛰어 내려간 다오카가 수문 조작실로 들어가려 했다.

마지막 남은 계단 열 개쯤을 몸을 날려 뛰어내렸다. 콘크리트 바닥에 나뒹굴었고, 곧바로 일어서서 다시 뛰었다. 아야코가 보내준 도면대로 먼저 비상계단을 올라갔다. 밖으로 드러난 철제 계단을 보니 거대한 댐 위에서 줄타기를 하는 기분이었다.

다이너마이트 폭파 장치는 그 비상계단에 감겨 있었다. 그야말로 아마추어 솜씨인지, 휘감아둔 테이프가 벌써부터 벗겨지고 있었다.

다카노는 있는 힘껏 테이프를 뜯어내고, 다이너마이트의 도화선을 뽑아낸 후, 그대로 발밑의 어둠 속으로 집어 던졌다.

손을 벗어난 몇 초 후, 앞댐 수면에 떨어지는 소리가 댐 제방을 타고 올라왔다.

다카노는 시계를 확인했다. 아야코의 정보가 정확하다면, 폭파까지 남은 시간은 3분이었다.

고개를 들자, 다오카가 반대쪽 수문 조작실에서 폭탄 장치를 앞댐으로 떨어뜨리는 모습이 보였다.

다카노는 비상계단에서 예비 수문 지붕 위로 몸을 날렸다. 발디딜 공간이 좁아서 자칫 헛디디면 어둠의 나락으로 삼켜진다.

폭이 30센티미터 정도인 가장자리를 천천히 걸어갔다. 계곡에서 불어 올라오는 바람이 앞으로 내디디려는 발목을 휘감았다.

다카노는 한 걸음씩 신중하게 앞으로 나아갔다.

다오카는 순조롭게 비상용과 상용 배수로로 나아가는 듯했다. 폭파 장치가 앞댐에 던져지는 소리가 들렸고, 지금은 다음 장치를 뜯어내기 시작한 모습이 보였다.

폭이 30센티미터쯤 되는 가장자리가 끊긴 것은 바로 그때였고, 폭파 장치가 있는 예비 수문까지 이어지지 않았다.

다카노는 또다시 시계를 확인했다. 폭파까지는 앞으로 1분 30초가 남아 있었다. 절벽 제방을 뛰어 내려가 예비 수문으로 뛰어내리면 어떻게든 된다. 그러나 그 후에 기본 수문까지 내려갈 시간이 과연 있을까.

그렇게 생각한 순간, 다카노의 발이 멋대로 움직였다. 도움닫기를 하며 거의 직각으로 치솟은 제방으로 뛰어내렸다. 뛰는 건지 떨어지는 건지 알 수가 없었다. 그런데도 다섯 걸음, 여섯 걸음 발끝으로 콘크리트 벽을 차냈을 즈음, 다카노는 필사적으로 손을 뻗어 예비 수문의 돌출부를 움켜잡았다. 그대로 몸을 추켜세워 수문 속으로 들어가자, 폭탄 장치가 보였다. 다카노는 똑같은 요령으로 도화선을 뜯어내고, 곧바로 앞댐으로 집어 던졌다.

그 바로 아래가 기본 수문이었다. 내려간다기보다 떨어지는 것에 가까웠다.

발을 내리려는 순간, 다오카의 목소리가 울려 퍼졌다.

"제가 갈게요! 올라가는 게 안전해요!"

분명 말이 맞지만, 이젠 시간이 없다. 아마도 남은 시간은 20여 초.

"오지 마! 돌아가!"

다카노가 소리쳤다. 그 소리가 댐 제방에 반향되어 어두운 숲으로 퍼져나갔다.

다카노는 보조 수문에서 발을 내디뎠다. 몸이 휙 떨어졌다. 그런데도 필사적으로 발을 움직였다. 발끝이 가까스로 콘크리트 제방을 잡았다. 그러나 거기서 힘을 주면 몸이 뒤집혀서 거꾸로 떨어져 내린다.

다카노는 미끄러지듯 급경사로 떨어졌다. 운 좋게 기본 수문에서 돌출된 기둥에 오른쪽 겨드랑이 사이로 격렬한 통증과 함께 걸쳐졌다. 눈앞에 폭파 장치가 보였다. 다카노는 손을 뻗었다. 그러나 좀처럼 닿지 않았다.

그러다 가까스로 손끝이 닿아 도화선을 잡아당겼다.

남은 시간은 5초, 4초, 3초…….

다카노는 무의식적으로 초읽기를 하며 다이너마이트를 잡아뗀 후, 등 뒤로 바로 집어 던졌다.

손을 떠난 장치가 포물선을 그리며 바로 밑 어둠 속으로 떨어졌다.

산을 뒤흔드는 폭발음이 울려 퍼진 것은 폭파 장치가 손을 떠난 몇 초 후였다.

댐 전체를 흔드는 것 같은 폭발음과 함께 높은 물기둥이 솟구쳤다.

다카노는 필사적으로 기둥에 매달렸다. 밤하늘까지 치솟은 물기둥이 무너져 내리며 다카노의 몸을 때렸다.

다카노는 온몸에 물을 흠뻑 뒤집어쓰면서도 왠지 우스워서 견딜 수가 없었다. 그제야 몸이 떨리기 시작했다.

눈 아래쪽으로 다오카의 모습이 보였다. 역시나 극도의 긴장감에서 해방되어 기운이 다 빠져버렸는지, 땅바닥에 주저앉아 이쪽을 향해 힘없이 손을 흔들었다.

다카노는 반동을 주며 기둥에서 기본 수문의 지붕으로 몸을 날렸다.

기어 올라가자, 흠뻑 젖은 몸에서 떨어진 물이 발밑으로 번져갔다.

다카노는 또다시 줄타기를 하듯 급경사면을 지나 비상계단으로 돌아갔다. 신기하게도 올 때는 아무렇지 않았는데, 임무를 마친 지금, 그 높이에 무릎이 더 후들거렸다. 자신이 어디에 있는지, 그제야 안 것 같은 느낌이었다.

다카노는 제방 위를 빙 돌아서 다오카가 기다리는 반대편으로 이동했다. 다오카는 이제 기력을 되찾고, 가자마에게 임무를 성공했다고 보고하는 중이었다. 그러나 다음 순간, 다오카의 얼굴이 파랗게 질렸다.

"왜 그래?" 다카노가 물었다.

"방금 효고의 지모리 댐이 무너졌답니다……."

*

"이런, 이런, 이런, 일본이 대체 어떻게 된 거야."

아까부터 자기 책상과 복사기 사이를 오락가락하는 상사 오가와의 목소리를 들으며, 구조는 작성하고 있던 원고를 서둘러 썼다.

어젯밤, 효고현의 지모리 댐이 무너졌다.

경찰에서 아직 상세한 발표는 하지 않았지만, 인터넷이나 텔레비전에서는 지난번 사가라 댐에 이은 제2의 폭파 테러라며 큰 소동이 일어났다.

어젯밤 지모리 댐 결궤의 첫 소식이 나온 직후, 구조는 오가와에게 불려 갔고, 한 시간쯤 잠깐 눈을 붙인 시간 외에는 보내온 현장 사진을 고르고 원고를 집필하느라 정신이 없었다.

급한 대로 조간에 첫 소식은 실었지만, 석간은 특집으로 구성하기로 결정돼서 회사 안은 사가라 댐이 결궤했을 때와 똑같은 혼란의 소용돌이였다.

구조는 지모리 댐과 하류에 펼쳐진 지모리초의 지도를 편집

167

한 후, 원고를 첨부해서 교열부로 넘겼다.

어젯밤부터 계속 틀어놓은 텔레비전에서는 조금 전까지 줄곧 지모리 댐 결궤의 특별 보도가 흘러나왔지만, 이 시간이 되자 몇몇 방송국은 옛 드라마 재방송 등으로 프로그램을 바꿨다.

아마 특별 프로그램이 중단된 이유는 이번 결궤에서는 기적적으로 사망자가 단 한 사람도 나오지 않아서일 것이다.

이런 결과에는 몇 가지 행운이 겹쳤다. 먼저 올해 들어서 강수량이 극단적으로 적어서 댐 호수의 저수량이 최저 수준이었다는 점. 그리고 지난번 사가라 댐과는 다르게 이번 지모리 댐은 하류의 지모리초까지의 거리가 상당히 멀다는 점. 마지막으로 지난번 사가라 댐을 교훈 삼아 불과 며칠 전까지 그 지역에서 방재훈련을 행한 덕분에 결궤 직후의 긴급 방송에서 주민의 피난까지가 거의 완벽한 형태로 이뤄졌다는 점. 물론 사가리 시와 비교하면 마을 규모가 5분의 1 정도로 작았던 요인도 있었다.

"어이, 오쿠니 총리의 긴급 방송이 시작한다!"

누군가의 목소리에 모두가 텔레비전 앞으로 모여들었다. 구조도 마시려던 커피를 손에 든 채로 그 뒤를 따라갔다.

오쿠니 총리의 담화는 3분 정도로 짧게 끝났다. 내용은 현재 온갖 억측이 떠돌고 나라 전체가 불온한 공기에 휩싸여 있지만, 어쨌든 냉정하게 행동하자는 흔해빠진 말이었다. 유일하게 평가할 만한 내용을 굳이 꼽자면, 이번 지모리 댐 및 지난번 사가라 댐의 결궤가 사고가 아니라, 누군가에 의한 폭파라는 경찰의 견해를 은근히 대변했다는 점이다.

다만 그렇게 되면 당연히 '그럼 누가 범인인가?'라는 얘기로 이어진다.

아무래도 총리 담화에서는 현재 경찰이 쫓고 있는 사가라 댐 폭파 용의자 노나카, 아다치 등의 이름이 거론되지는 않았지만, 말하는 태도로 보아 경찰이 이번 폭파도 동일 범죄 조직이 관련돼 있다고 추측하는 건 분명했다.

"그 후로 후쿠오카현 경찰에서 무슨 연락은 없었어요?"

구조가 옆에서 텔레비전을 보고 있는 상사에게 물었다.

"연락?"

"노나카나 아다치의 행방 말이에요."

"없어. 뭐, 만약 거처를 파악했어도 체포할 때까지는 정보를 흘리지 않겠지."

"이번 댐도 그들이 연관됐을 것 같아요?"

"아니, 난 그렇게 생각하진 않아. 그들은 이곳 후쿠오카의 사가라 댐 폭파 요원이고. 효고의 지모리에는 또 다른 노나카와 아다치가 있었겠지."

"그렇다면 우리가 생각했던 것보다 훨씬 큰 조직이 배후에 있다는 거네요?"

"그렇겠지."

지난번에 도쿄의 복지시설에서 돌아온 구조는 그길로 바로 와카미야 신지를 쫓아 나란토로 향할 작정이었다. 그러나 가면 반드시 찾을 수 있을 만한 작은 섬이 아니었다.

그보다는 일단 후쿠오카로 돌아가서 AN 통신이라는 조직을 샅샅이 조사해보기로 마음을 바꿨다.

아마도 이번 건에서 구조는 운이 좋다. 라쿠치에서 술집을 하던 세쓰코 마담의 뜻밖의 증언에서부터 시작해서 마사미가 남겼다는 와카미야 신지와 관련된 오래된 자료, 그리고 그 자료에 기대어 방문했던 도쿄의 복지시설에서 스미레라는 소녀와의 우연한 만남.

구조는 이런 좋은 기운의 흐름이 바뀌기 전에 끝내야겠다는 마음으로 일단은 신문사에 있는 자료는 물론이고 인터넷, 국회도서관, 공개 자료인 모든 아카이브에서 'AN 통신'이라고 나와 있는 건 모조리 검색했다.

그러나 아무리 뒤져봐도 나오는 내용은 아시아의 관광 정보를 전송하는 통신사인 AN 통신뿐이었는데, 거의 밤을 새우다시피 계속 찾던 사흘째 아침, 그와 다른 내용이 딱 하나 발견되었다. 그것은 지금으로부터 약 25년 전, 그 당시 NHK가 아시아의 CNN을 만들고자 했던 장대한 계획을 논하는 문서 속에 있었다.

"1982년에 개정된 방송법에 따라 NHK는 영리사업 출자를 인정받았다. 당시에 교육 방송 TV 개설 등의 업무 확대를 계속한 결과, 적자 체질에 빠져 있던 NHK에는 수신료에만 의지하던 종래의 경영에서 탈피하려는 기운이 높아져갔다. 신임 회장은 바로 조직 개편에 들어갔다. 교육 방송 TV나 오락프로그램 및 라디오 방송을 대폭 축소하고, 앞으로는 NHK를 24시간 뉴스 전문 채널인 '제1NHK'와 오락·스포츠를 중심으로 한 '제2NHK'로 분할할 방침이었다.

'제가 지금 중요하게 생각하는 것은 일본을 중심으로 아시아 정보를 우리 손으로 모으고, 그것을 미국이나 유럽으로 발신하는 시스템입니다. 그러기 위해서는 아시아 네트워크를 만들어야 합니다. 지구는 자전하니까 아시아의 정보는 NHK가, 유럽의 뉴스는 유럽 방송국이, 미국의 뉴스는 미국 방송국이 모아서, 매일 각각 여덟 시간씩 분담한다, 그렇게 하면 24시간 월드 뉴스가 완성됩니다. 저는 이것을 'GNN 계획'이라고 이름 붙였습니다.'

결과적으로 이 GNN 계획은 회장의 성 스캔들로 인해 좌절되었다.

회장은 직책에서 쫓겨났고, 신임 회장의 지휘 아래 그때까지의 경영방침은 전면적으로 부정당했다.

이 일련의 흐름이 거의 수습되어갈 무렵, 특종기사 하나가 세간을 떠들썩하게 만든다. 그것은 GNN 계획을 위해 설립된 기업이 여러 개 있고, 그중 AN 통신이라는 명의로 만들어진 해외 은닉 계좌의 존재를 밝히는 특종기사였다.

그러나 10억 엔이라고도 100억 엔이라고도 수군거려지던 은닉 계좌의 특종기사는 단발로 끝났고, 결국 불투명한 채로 유야무야되었다."

10억, 100억 엔의 은닉 재산. 그렇다면 AN 통신은 아시아의 관광 정보를 다루는 작은 통신사일 리 없다.

구조는 당장 정보 처리에 밝은 소꿉친구 아사코에게 연락해서 이 자료 데이터를 근거로 뭔가 다른 데로 연결될 만한 문서를 찾아낼 수 있겠냐고 의뢰했다. 한 시간이 지나자, 아사코에게 연락이 왔다.

발신지가 판명됐는지, 같은 시기에 쓰인 이 자료의 다음 내용인 듯한 자료 하나를 찾아냈다고 했다.

보내준 문서를 읽은 구조는 너무나 충격이 커서 바로 아사코에게 전화를 걸었다.

아사코는 대기업 제약 회사의 연구원으로 현재 히로시마의 연구소에서 콜라겐을 연구하고 있다.

"여보세요? 이 문서, 대체 뭐지……?"

구조는 단도직입적으로 그렇게 물었다.

"글쎄, 소설이나 일종의 구상 아닐까."

흥분한 구조와는 반대로 아사코는 별다른 흥미를 드러내지 않았다. 그보다도 얼마 전에 다녀온 듯한 동창회에 그 당시 좋아했던 테니스부 주장이 나왔다는 얘기를 시작했다.

"으음, 저기. 잠깐만……." 구조가 끼어들었다.

"……이거, 누가 어떤 목적으로 쓴 건지는 알 수 없겠지?"

"그건 무리야. 네가 처음에 보내준 NHK가 어쩌고저쩌고 하는 문서에 연관검색어 형태로 남아 있는 데이터고, 우연히 암호화 형식이 같아서 열긴 했지만……."

"애, 너도 읽었지?"

"읽었어."

"어떻게 생각해?"

"말했잖아, 소설이나 그런 비슷한 거 아닐까?"

그 문서에 쓰인 내용을 간단히 정리하면 다음과 같다.

GNN 계획이 좌절된 후, AN 통신은 막대한 은닉 재산을 자본으로 독자적으로 발전했다. 이미 NHK와 연관은 없지만, 당초 예정대로 아시아의 정보들을 풍부한 자금력으로 독자적으로 모아갔다. 다만 GNN 계획과는 달리 그렇게 수집한 정보가 공공의 이익이 되지는 않았다. 그들은 이른바 산업스파이 조직이 되어, 수집한 정보를 필요로 하는 기업이나 국가에 고가로 판매하기 시작한 것이다.

그리고 여기부터가 구조를 가장 놀라게 했던 부분인데, 그런 유익한 정보를 손에 넣기 위해 활동하는 산업스파이들, 소위 첩보원들이 고아나 부모에게 학대당해 보호받던 어린이들로 이뤄졌다고 쓰여 있었던 것이다.

AN 통신은 먼저 복지시설에 맡겨진 아이들을 병사 또는 사고사로 처리한다. 그런 다음 새 이름과 신분을 주고, 고등학교를 졸업할 때까지 전문적인 훈련을 시킨 후, 산업스파이로 활동하게 한다고 한다.

아사코가 소설 구상 메모라고 생각한 건 당연했다. 그 정도로 현실과 동떨어진 얘기였다. 그러나 구조는 그렇게 볼 수는 없었다.

왜냐하면 와카미야 신지라는 남자가 실제로 그 내용과 완전히 똑같은 성장과정을 거쳐왔기 때문이다.

텔레비전에서는 무너진 지모리 댐 영상이 여전히 흘러나왔다. 구조는 계속 들고 있던 커피를 그제야 마시고, 걸음을 막 내디디려는 상사 오가와를 붙들어 세웠다.

"저, 잠깐 오키나와에 가서 조사해보고 싶은 게 있는데요."

"오키나와?"

오가와가 걸음을 멈추지 않았지만 구조는 포기하지 않고, "와카미야 신지의 거처를 알아낼 수 있을 것 같아요"라며 따라갔다.

"그럼 경찰에 알려."

"하지만 얘기가 좀 더 커질 것 같은데."

"얘기가 커져? 무슨 뜻이야?"

복도로 나간 오가와는 곧장 남자 화장실로 들어가버렸다.

"아직 확실한 말은 못 하겠지만, 조직적인 아동 유괴 의혹이 있고, 그 조직과 이번 댐 폭파가 연관된 것 같은 기분이 들어요."

구조는 큰맘 먹고 남자 화장실로 들어갔다. 나란히 늘어선 소변기에는 오가와를 포함해 세 남자가 서 있었다.

"이봐, 소변 정도는 천천히 보게 해줘야지." 어이없어하는 오가와 옆에서 "우아, 사회부에 대단한 인물이 있었네"라며 다른 남자들도 웃음을 터뜨렸다.

"어디에서 얻은 정보야?"

"어디라기보다……. 아직은 제 개인적인 추측의 영역을 벗어나진 못한다고 할까……."

"지금은 무리야. 최소한 일주일만 기다릴 수 없겠나? 지금은 지모리 댐 사건으로 정신이 없어. 가뜩이나 일손이 부족하잖아."

오가와가 손을 씻고 화장실에서 나갔다. 복도로 나온 구조는 더 이상 따라가지 않았다.

하긴, 자기가 오가와 입장이라도 똑같이 말했을 것이다. 그리고 역시 자기가 오가와 입장이라면, 이대로 며칠 결근해도 만약 AN 통신을 특종기사로 만들면 전혀 탓하지 않고 흘려버릴 게 틀림없다.

구조는 자기 책상으로 돌아간 후, 오가와의 눈을 피해 외투와 가방을 집어 들고 몰래 복도로 나왔다.

돌아보고, 이리저리 정신없이 뛰어다니는 동료들에게 "미안합니다"라며 고개를 숙였다.

구조는 그길로 곧장 후쿠오카 공항으로 향했다. 지하철에서 오키나와행 티켓을 예약하고, 나란토로 가는 페리 경로를 알아봤다.

교통이 편한 섬은 아닌 모양인지, 환승이 원활치 않으면 내일 아침에 도착할 가능성도 있을 듯했다.

*

캄캄한 방이었다. 신지는 아주 멀리서 울리는 줄 알았던 자명종 시계가 베갯머리에 있는 것을 서서히 알아차렸다.

자명종을 끄고, 침대에 걸터앉았다. 숙면을 취했는지, 잠에서 깬 기분이 상쾌했다.

자리에서 일어선 신지는 커튼을 단숨에 열어젖혔다. 새파란 바다와 새파란 하늘이 잠이 덜 깬 눈으로 확 날아들었다.

신지는 엉겁결에 감았던 눈을 천천히 다시 떴다. 흐릿했던 가지각색의 푸른빛들이 서서히 형태를 맺어갔다.

눈앞에 펼쳐진 광경은 이곳 나란토에서 가장 큰 선셋 비치였다.

늦가을이긴 하지만, 바닷가 메인스트리트에는 포장마차가 늘어서 있고, 추위를 피해 온 티셔츠 차림의 관광객들로 활기가 넘쳤다.

창문을 열자, 바다 향기가 섞인 바람이 흘러들었다. 신지는 기지개를 켰다. 솜처럼 부드러운 호텔 침대에서 잔 탓에 몸이 뻣뻣했다.

신지는 다시 침대에 드러누웠다. 베갯머리에 있는 가방에 손을 찔러 넣고, 맨 처음 손에 닿은 지폐 다발을 끄집어내서 배 위에 올렸다. 차디찬 지폐의 감촉이 근지러웠다.

다시 한 다발을 끄집어내서 배에 올리고, 또 한 다발을 쌓아 올렸다. 근지러워서 배를 움직이자 쌓아 올린 지폐 다발이 금방이라도 무너져 내릴 것 같았다.

최근 며칠 동안 많은 일들이 있었다. 불과 며칠 전 일인데, 이렇게 리조트 호텔 침대에서 뒹굴며 창밖으로 새파란 하늘을 바라보고 있으니, 모든 게 아주 먼 옛날처럼 느껴졌다.

복지시설에서 헤어질 때, 스미레는 울지 않았다. 그러나 언제까지고 배웅하며 서 있었다.

이곳 나란토에 있으면, 모든 것이 멀다. 모든 기억은 얼어붙을 것 같은 추위와 이어져 있다. 그런 추위가 이 섬에는 없다.

언젠가 꼭 한번 와보고 싶었던 섬이었지만, 실제로 와보니 자기가 무엇 때문에 이곳에 왔는지 알 수가 없었다.

신지는 배 위의 지폐 다발을 가방에 다시 넣고, 침대에서 내려왔다.

어쨌든 가보기로 마음먹었다. 나란토의 도도로키 마을이라는 곳에.

신지가 아직 초등학생 무렵이었다. 복지시설에서 생활했던 신지는 안 좋은 기억이 떠오를 때면, 통풍구를 타고 천장 밑 다락방으로 숨어 들어가 홀로 시간을 보냈다.

몸을 숨기면, 5분 만에 잊히는 안 좋은 기억이 있는가 하면, 한 시간이 지나도, 하룻밤이 지나도 잊히지 않는 기억도 있었다.

숨어 있는 시간이 길어지면, 시설에서는 큰 소동이 벌어졌다. 경찰이나 소방대를 부른 적도 있다. 그런데도 신지는 안 좋은 기억이 사라질 때까지 다락방에서 나가지 않았다. 배가 고파서 꼬르륵 소리가 나고, 탈수증세로 현기증이 나도 나가지 않았다.

그 정도는 엄마나 동거남이 며칠씩 음식을 안 줄 때에 비하면 아무것도 아니었다. 그 정도는 엄마나 동거남에게 맞는 아픔에 비하면 아무것도 아니었다.

어느 날, 여느 때처럼 천장 밑 다락방에서 안 좋은 기억과 싸우고 있는데, 복지시설의 다카코 선생님이 어떤 남자와 얘기를 나누는 소리가 들렸다.

화제에 오른 사람은 자기 같았지만, 평소처럼 어디 숨었을까 추측하는 이야기가 아니었다.

신지는 천장 널빤지 틈새로 응접실을 엿보았다.

소파에는 다카코 선생님과 낯선 남자가 앉아 있었다. 남자는 말쑥한 양복 차림에 덩치가 좋았다.

"원래는 중학교에 들어가는 동시에 신타니 요스케를 우리 AN 통신에서 맡을 예정이었습니다."

남자의 목소리는 낮고 또렷했다.

신타니 요스케는 시설에 들어오고 몇 년이 지나서 붙여진 이름이었다. 자기를 학대했던 엄마나 그 남자로부터 지키기 위해서라고 설명해주었다.

와카미야 신지라는 본명에 애착이 있었던 건 아니다. 그러나 신타니 요스케라는 이름에 희망을 품은 것도 아니다.

"네, 저희도 그렇게 알고 지금까지 그 애를 보살펴왔어요…… 방금, 맡을 예정이었다고 말씀하셨나요? 그 말은 곧 맡을 수 없다는 뜻인가요?"

다카코 선생님의 목소리에는 초조함과 안도감이 뒤섞여 있는 것 같았다.

"결론부터 말씀드리면, 그렇습니다. 우리 AN 통신은 신타니 요스케를 맡지 않겠습니다."

"그건…… 무슨 이유 때문인가요?"

"신타니 요스케에게서 심장 이상이 발견됐습니다. AN 통신의 첩보원 임무를 견뎌낼 수 없는 몸으로 판단됐습니다."

또렷하게 울려 퍼지는 남자의 목소리를 신지는 다락방에서 숨죽여 듣고 있었다. 분명 자기 얘기를 하고 있는데도 마치 다른 사람 얘기 같았다.

"그렇다면 계획이 완전히 중지된다는 뜻인가요? 그 애는 AN 통신에 들어가지 않고, 다른 보통 아이들처럼 자유롭게 살아도 된다는 건가요?"

다카코 선생님의 목소리에서 초조함이 사라졌다. 진심으로 안도한 것처럼 들렸다.

"네. 그렇습니다."

다카코 선생님의 몸에서 순식간에 힘이 빠진 것 같았다.

"……이쪽에서 열심히 임해주신 교육에는 진심으로 감사드립니다. 지금까지의 신타니 요스케의 자료도 살펴봤는데, 학력, 지력, 무술, 모든 면에서 우수합니다. 아니, 이렇게 우수한 성적을 거둔 아이는 없었습니다."

"네. 그 애는 우수해요. 그리고 누구보다도 노력형이에요."

"그래서 우리는 이번 결과에 더더욱 낙담했습니다. 그러나 우리 임무를 견뎌낼 수 있는 몸은 아닙니다. ……원래대로라면 그 애가 중학교에 들어가기 전에 우리가 맡고, 고등학교부터는 오키나와의 나란토라는 섬에서 다시 훈련을 쌓아갈 예정이었습니다. 다른 첩보원들 대부분도 그곳에서 훈련을 받습니다."

"아무튼 그 아이는 그런 인생에서는 벗어난 거네요."

다카코 선생님이 조금 급하게 끼어들었다. 마치 그대로 대화가 이어지면, 남자의 얘기가 없었던 걸로 된다고 생각하는 것 같았다.

"그렇습니다. 제가 신타니 요스케 건으로 이쪽을 방문하는 일은 두 번 다시 없습니다. 그러니 그 아이에게만 특별한 커리큘럼으로 교육하실 필요도 없습니다. 중학교는 다른 아이들과 마찬가지로 공립학교에 보내고, 졸업 후에는 그 애가 희망하는 대로 살 수 있습니다."

신지는 천장 다락방에서 식은땀을 흘리고 있었다. 나는 어떤 코스에서 제외되었다.

그들은 자유롭게 희망하는 대로 살 수 있다고 했지만, 신지에게는 그저 또다시 버림받았다는 감각뿐이었다.

나는 낙제했다. 뭔가에 낙제했다. 그것은 분명 심장이 약한 탓이 아니다. 내가 엄마에게도 사랑받지 못한 아이였기 때문이다.

그때 신지는 천장 다락방에서 정신을 잃었다. 발견된 것은 이틀 후에 실수로 싼 오줌이 천장으로 샜기 때문이다.

7장
앙코르와트의 아침노을

아카사카의 요정(料亭)으로 향하는 좁은 골목에서 주손지가 탄 차는 옴짝달싹 못 하고 서 있었다.

좁은 길목으로 들어선 트럭이 좌회전을 못 했고, 게다가 손님을 기다리는 택시 등이 늘어서서 이러지도 저러지도 못 하는 상황이었다.

"이봐! 왜 안 움직여!"

뒷좌석에 버티고 앉아 있던 주손지가 운전기사에게 고함을 질렀다.

"이 앞에서 트럭이……."

운전기사가 허둥지둥 설명을 되풀이했지만, 주손지 귀에는 들어오지도 않는지, "감히 날 불러내다니, 대체 무슨 꿍꿍이야!"라며 분노는 본래의 초조함 쪽으로 돌아왔다.

오쿠니 총리의 비서로부터 '갑작스럽게 미안하지만, 오늘 밤 만날 수 있겠느냐'는 연락이 온 것은 한 시간 전쯤이다.

오쿠니 쪽에서 평소처럼 집으로 찾아오겠거니 믿어 의심치 않았던 주손지가 "그럼, 기다리죠"라고 대답하자, "아뇨, 번거롭게 해서 대단히 죄송합니다만, 지금 총리께서 아카사카의 요정 호라이에 계시니, 이쪽으로 와주실 수 있을까요?"라며 은근하게 무례한 부탁을 했다.

"그건 본인이 한 말인가?" 주손지는 놀랐다.

"무슨 말씀이신지?"

"그러니까 내 말은 날 부르라고 본인이 말했냐고 묻는 거야."

"아, 네. ……으음, 아니, 부르라는 말은…….."

"그만 됐네."

주손지는 수화기를 때려 부술 듯이 내려놓았다.

총리이긴 하지만, 주손지는 오쿠니에 관해 그가 반바지 차림으로 콧물을 흘릴 무렵부터 알고 있었다.

물론 항상 그의 편에 섰던 건 아니지만, 일찍 세상을 뜬 아버지를 대신해서 여러모로 보살펴준 시기도 있었다. 그 덕분에 이렇게 총리 자리까지 올라설 수 있었던 것이다.

그런데 무슨 용건인지는 모르겠지만, 자기 발로 찾아오는 거라면 몰라도, 그런 은인인 자기에게 만나러 오라고 지시한 것이다.

주손지는 여전히 움직이지 않는 차 안에서 "이봐!" 하고 또 다시 고함을 쳤다. 아까부터 잔뜩 움츠리고 있던 운전기사의 목은 더 이상 짧아질 수도 없었다.

"걸어가도 5, 6분이면 될 것 같은데요……."

옆에 있던 동양에너지의 이시자키가 입을 열었다.

자기 앞에서는 누구나 앞에 있는 운전기사처럼 주눅이 드는데, 이시자키라는 남자만은 언제나 배짱이 두둑했다.

주손지는 아무 말 없이 차에서 내렸다. 곧바로 따라 내린 이시자키가 "이쪽입니다"라며 더 좁은 뒷길 쪽으로 안내했다.

"그 녀석 입에서 무슨 얘기가 나올 것 같나?"

걸음을 내딛자마자, 주손지가 입을 열었다.

"그 녀석이라고 하시면?"

"오쿠니 말이야."

"……글쎄요, 저는 모르겠습니다."

"아무래도 이제 더는 모른 척할 수 없단 얘기겠지. 그 녀석도 이 나라의 수도사업 민영화 얘기에는 기꺼이 응할 마음이었으니, 이번 댐 폭파 건이 귀에 들어와도 눈감고 있었겠지만, 그게 이 주손지면 또 몰라도 정체를 알 수 없는 놈의 소행인 데다 이미 손을 쓸 수 없는 지경이라면, 일국의 총리로서는 자기는 처음부터 일절 관계없다는 언질을 내게 받아낼 수밖에 없겠지."

"그럼, 주손지 선생님은 그렇게 말해줄 생각입니까?"

"뭐, 그거야 상대가 어떻게 나오느냐에 달렸지만, 이렇게 늙은이를 자기 있는 곳까지 걸어오게 만드는 걸 보면, 은혜에 대한 생각이나 나에 대한 성의 따윈 이젠 없는 거겠지."

가파른 언덕길 중간에 요정 '호라이'가 있었다.

주손지가 언덕길로 접어들자, 도착을 기다리고 있던 안주인이 허둥지둥 뛰어 내려왔다.

"어머나, 선생님! 차는요?"

"어허, 그렇게 서두를 거 없어. 기모노 치맛자락이 펄럭여서 봐줄 수가 없군."

금방이라도 조리가 벗겨질 듯이 언덕을 내려오는 안주인을 보며 주손지가 나무랐다.

안주인과 여종업원들에게 둘러싸여 언덕을 올라간 주손지는 짜증이 난 상태로 객실로 안내받았다.

몹시 느리게 장지문을 여는 안주인의 동작이 답답했는지 참다못한 주손지가 "실례하겠네"라며 자기 손으로 열어젖혔다.

오쿠니는 일단 아랫자리에 앉아 있었다. 만에 하나 상석에 있었으면, 주손지는 먼저 용건부터 묻고, 얘기 내용에 따라서는 자리에 앉지 않으려고 마음먹고 있었다.

"주손지 선생님, 오늘은 여기까지 나오시라고 해서 죄송합니다."

주손지가 일어서려는 오쿠니를 말리고 방석 위에 앉으며, "별로 좋은 얘기는 아니겠죠. 살날이 얼마 남지 않은 늙은이입니다. 에두르지 말고 단도직입적으로 말씀 부탁합니다"라고 말했다.

이시자키가 뒤에 무릎을 꿇고 앉으며, 안주인에게 자리를 비켜달라고 눈짓을 보냈다.

"그럼 원하시는 대로 안부 인사도 생략하고……."

얘기를 시작한 오쿠니의 모습을 보며 주손지는 반바지 차림으로 정원을 뛰어다니던 그의 소년 시절을 떠올렸다.

아마 이 남자도 많은 걸 손에 넣은 대신 더 많은 걸 잃어왔겠지. 손에 넣은 것이 크면 클수록 잃는 것도 커지는 게 세상 섭리니, 잃기 싫으면 얻는 걸 포기하면 된다. 그러나 살아남는다는 것은 그 잃는 것에 둔감해진다는 의미이기도 하다.

"주손지 선생님, 꼭 그렇게 나쁜 얘기는 아닙니다. 오늘은 선생님께 소개하고 싶은 사람이 있어서 여기까지 와달라고 부탁드렸습니다."

"호오. 꼭 그렇게 나쁜 얘기는 아니다? 국내 댐이 두 군데나 폭파된 총리의 입에서 그런 말이 나올 줄은 상상도 못 했습니다. 뭐 하긴, 댐 폭파가 총리의 예상 밖이 아니었어도 그걸 하는 건 우리가 아니에요. 우리 힘으로는 버거운 어떤 누군가지."

주손지는 웃으려 했지만, 목소리가 갈라졌다.

"……주손지 선생님이 지금 무슨 말씀을 하시는지, 저는 전혀 모르겠습니다만."

화가 날 정도로 냉정한 오쿠니의 대응에 주손지도 치켜 올라가던 양어깨에서 힘을 빼고 "……그래, 나를 만나게 해주고 싶은 사람은?"이라며 얘기를 되돌렸다.

"바로 데려오겠습니다."

웬일인지 오쿠니가 일어서서 방에서 나가려고 했다.

"어허. 당신은 벌써 돌아가나?" 주손지가 말을 건넸다.

오쿠니는 웃음기 하나 없이 "내가 있으면 방해만 될 테니까"라며 물러났다.

주손지는 굳이 붙잡지는 않았다. 만약 자기가 그의 입장이라도 분명 똑같이 행동했을 것이다.

"실례하겠습니다."

그를 대신해서 나타난 남자는 그야말로 지위가 낮은 분위기였고, 긴장한 탓인지 벌써부터 이마에 구슬땀을 흘리고 있었다.

일단 맹장지문 문턱은 넘어섰지만, 앞으로 나오지도 않고 그 자리에서 무릎을 꿇더니 불안한 눈빛으로 주위를 두리번거렸다.

"자, 무슨 얘기인지 해보게. 자네처럼 말단으로 보이는 심부름꾼을 보낸 걸 보면, 어떤 제안인지는 몰라도 우리에게 선택의 여지는 없겠군."

화도 나고 한심하기도 해서 주손지는 무리하게 몸을 젖히며 앉았다.

"그, 그럼…… 바, 바로 말씀을 올리도록 하겠습니다……."

무릎을 꿇은 남자가 들고 온 자료를 꺼내려고 했지만, 손이 너무 떨려서 좀처럼 나오지 않았다.

"……저는 JOX 파워의 시게마쓰라고 합니다. 지금부터 주손지 선생님께 어떤 제안을 올리고자 합니다."

"허 참, 답답하긴. 빨리 결론만 말해!" 주손지가 고함쳤다.

"아, 네. 그, 그럼……. 이번에 저희는 주손지 선생님과 동양에너지가 국내 수도사업 민영화에서 완전히 손을 떼주셨으면 합니다."

"무, 무슨 소리야!"

당장 달려들려고 하는 주손지를 "선생님, 일단 얘기부터 들어보시죠"라며 이시자키가 말렸다.

"……그, 그럼, 계속하겠습니다. 먼저 저희에게는 주손지 선생님을 구해낼 용의가 있습니다. 그 말은 이 상황이 계속되면, 이번에 발생한 후쿠오카와 효고 두 곳의 댐 폭파 계획이 원래는 주손지 선생님과 동양에너지 및 프랑스의 V. O. 에퀴 사가 획책한 일이라는 사실이 세상에 드러납니다. 실제로 그 증거를 뒷받침할 내부 자료를 리영선이라는 남자가 이미 우리에게 보냈습니다."

"그래서?" 주손지가 냉정하게 다음 얘기를 재촉했다.

"……이번 두 번째 댐 폭파의 여파로 정부는 수도사업 민영화의 속도를 올릴 겁니다. 타격을 입은 지방자치단체의 부흥을 후원하는 게 목적이니, 법안은 여론의 반대도 없이 원활하게 통과될 게 분명합니다. 그리고 민영화는 지방자치단체 단위에서 그대로 국가 단위로 확대됩니다."

"그렇지. 우리가 계획했던 대로야." 주손지가 끼어들었다.

"그렇지만 저희 제안은 그 모든 것에서 주손지 선생님 측이 완전히 물러나는 겁니다. 저희가 왜 그런 거친 제안을 하는지 말씀드리자면, 그것이 이번 사안의 주도권을 쥔 리영선 측에서 제안한 두 가지 조건 중 하나이기 때문입니다. 앞으로 일본의 수도사업 민영화는 주손지 선생님 대신 다케다 미치오 선생님이 이어받고, 동양에너지 대신 저희 JOX 파워가 맡겠습니다."

다케다 미치오 중의원은 학창 시절부터 오쿠니의 집에서 보살핌을 받은 남자였다.

"만약 내가 거절하면?" 주손지가 물었다. 그러나 물론 그 답도 알고 있었다.

"선생님 쪽의 계획서가 폭로돼서 선생님은 구속됩니다."

주손지는 기미투성이 손을 내려다봤다. 이제 장기간의 구금을 이겨낼 나이는 아니었다.

"조금 전에 자네는 분명 나를 구해낼 용의가 있다고 했지?"

주손지가 얘기를 바꿨다.

"그것이 리영선 측에서 제시한 두 가지 조건 중 다른 하나입니다. 그들은 AN 통신이라는 산업스파이 조직의 궤멸을 원합니다."

"AN 통신의 궤멸?"

주손지는 엉겁결에 목소리가 높아졌다.

"네, 그렇습니다."

남자가 아무렇지도 않게 고개를 끄덕였다.

"자네는 AN 통신을 아나?" 주손지가 물었다.

남자는 "아뇨, 저는……"이라며 고개를 저었다.

"그러니 그렇게 쉽게……."

기선을 제압당했는지, 남자는 또다시 주뼛주뼛 어쩔 줄을 몰랐다. 주손지는 "계속해"라며 턱짓을 했다.

"아, 네. 그럼……. 이번 건으로 주손지 선생님은 그 AN 통신에 일을 의뢰하셨습니다. 그리고 지금까지도 그들과 함께했던 일이 있습니다."

"나더러 AN 통신의 진정한 모습을 세간에 폭로하라는 건가?"

"네, 간단히 말하면 그렇습니다."

"내가 누군지 알고는 있나?" 주손지가 진지한 표정으로 물었다.

"네. 물론입니다."

"그럼 알려주지. 그런 내가 AN 통신을 배신하는 건 무섭다고 한다면 어떡하겠나?"

"네?"

"나를 반드시 지켜내겠다는 확약을 자네들이 할 수 있느냐고 묻는 거야."

"그, 그야 물론입니다. ……저희로서는 그때가 되면, 앞으로 수도사업 민영화를 맡을 다케다 선생님의 후견 역할로 주손지 선생님의 힘을 빌릴 생각입니다."

"한번 쫓아낸 나를 다시 불러들이면, 리영선 측에서는 아무 말이 없겠나?"

"그 부분은 문제없습니다."

"흐음, 과연. 나를 쫓아내는 게 목적이 아니라, 폭파 계획서를 폭로하겠다고 이 늙은이를 협박해놓고 끝까지 혹사시키겠단 말이군. ……그렇다면 한 가지만 묻지. 이건 오쿠니의 생각인가?"

"주손지 선생님이 지금까지처럼 수도사업 민영화에 전력을 다해주길 바라는 것이 오쿠니 총리의 의향입니다."

남자의 말에 주손지는 코웃음을 쳤다.

"AN 통신은 그렇게 쉽게 무너뜨릴 순 없어."

남자는 정말로 무지한지, "네. 그건 이미 알고 있습니다"라며 가볍게 고개를 끄덕였다.

*

해가 기울고, 살짝 쌀쌀해졌다.

다카노는 찜닭 뼈를 발밑에 버리고, 끈적끈적해진 손을 닦지도 않은 채 얇은 가죽 재킷 지퍼를 올렸다.

광둥요리 식당 '바이룽왕'은 홍콩 최고의 유흥가 란콰이퐁으로 가는 언덕 중간에 있고, 그 주변에는 세련된 이탈리아 레스토랑과 카페가 늘어서 있지만, 이 '바이룽왕'만 홀로 그 흐름에 뒤처져 홍콩 반환 전의 분위기를 자아냈다.

야외 테이블 자리에서 일어선 다카노가 가게 안으로 들어갔다. 저녁 식사를 하기에는 조금 이른 시각이라 휑하니 비어 있었다. 냉장고에서 산미구엘을 꺼냈다.

주방에서 얼굴을 내민 가게 아주머니가 "새우후추볶음 해줄까?"라고 물어서 "네, 다오카도 금방 와요"라고 알려주고 바깥 테이블로 돌아가려 하는데, 어느새 다오카가 와서 서 있었다.

"다카노 씨의 광둥어는 여전히 서툴군요." 다오카가 광둥어로 말하며 웃었다.

주방 아주머니에게도 그 말이 들렸는지, "많이 늘었어. 난 처음에는 다카노 씨가 광둥어를 하는데도 계속 '아, 이게 일본어

192

구나' 생각했다니까"라며 웃었다.

"다카노 씨도 이 가게, 오래 다니셨나 봐요."

다오카도 자유롭게 냉장고에서 산미구엘을 꺼내 마셨다.

"아직 십대 때였지. 다카노 군이 우리 가게에 처음 온 게."

옛날을 추억하듯 대답하는 아주머니의 얼굴을 다카노가 지그시 바라보았다. 가게도 아주머니도 처음 왔을 때랑 전혀 변함이 없는 줄 알았지만, 그 세월의 길이만큼 이 가게에도 먼지가 쌓이고, 아주머니의 포동포동한 손에도 검버섯과 주름이 늘었을 게 틀림없다.

먼지는 세월의 살이자 피라고 말했던 사람은 분명 러시아의 망명 시인이었던가.

야외 테이블로 돌아오자, 주방에서 새우를 볶는 후추와 산초 향기가 감돌기 시작했다.

"다카노 씨는 조금만 여유가 생기면, 홍콩에 계시네요."

찜닭으로 손을 뻗는 다오카의 말에 다카노는 "그런가?"라며 맥주를 한 모금 마셨다.

"왠지 그런 이미지가 있는데…… 이 일 그만두면 홍콩에 사실 거예요?"

다오카의 질문에 다카노는 찜닭으로 뻗으려던 손을 문득 멈췄다.

이 일 그만두면 홍콩에 사실 거예요?

다오카도 분명 진지하게 묻는 건 아닐 것이다. 그러나 진지하지 않기에 더더욱 '그래, 나도 언젠가는 이 일을 그만두겠지. 그만두면 어디서 뭘 하든 상관없는 거야' 하고 기억을 떠올렸다.

"이거 먹어도 돼요?"

멍하니 생각에 잠겨 있던 다카노 앞에서 다오카가 마지막 남은 찜닭으로 손을 뻗었다.

"열일곱 살 때, 처음 홍콩에 왔지."

다카노는 갑자기 추억 얘기를 하고 싶어졌다.

"임무였나요?"

"어, 아직 나란토의 고등학교에 다닐 때라 최종 시험 같은 임무였지."

다오카는 전혀 흥미가 없는지 후추와 산초 향기가 나는 주방 쪽으로 고개를 늘어 빼고 있었다. 하긴, 추억 얘기는 원래 상대가 흥미를 보이지 않을수록 풀어놓기 쉽다.

"……주룽 쪽 호텔에 혼자 묵으면서 계속 연락이 오기만 기다렸어. 며칠씩 방에서 나오지도 못했고, 배도 안 고픈데 룸서비스로 치즈버거니 볶음밥이니 계속 주문하고…….

그쯤에서 아주머니가 큰 접시에 담긴 새우후추볶음을 내왔다. 이미 찜닭을 절반 정도나 먹었는데도, 강렬한 양념 향기에 또다시 식욕이 자극되었다.

다카노는 뜨거운 새우로 손을 뻗었다.

껍질을 까서 살을 베어 물고, 후추와 산초가 묻은 손가락을 핥았다.

둘이 얼마나 그렇게 먹고 있었을까, 다오카가 불현듯 생각이 떠오른 듯이 "아참, 오늘 아침 신문을 가져왔어요"라며 배낭에서 신문을 꺼냈다.

다카노는 손도 닦지 않고, 그 자리에서 서둘러 펼쳤다.

1면에 대문짝만 하게 댐 폭파 테러범이 체포됐다는 속보가 실려 있었다.

"참 나, 어이가 없다고 해야 할지 맥이 빠진다고 해야 할지, 이런 식으로 막을 내릴 거면 딱히 우리가 나설 필요도 없었잖아요?"

어금니에 껍질이라도 끼었는지 다오카가 입을 크게 벌리고 손가락을 밀어 넣었다.

실제로 뭐가 어떻게 움직인 건지 다카노 일행에게까지 정보가 내려오진 않았지만, 두 번째 댐이 폭파된 직후, 주손지 노부타카에게서 이번 의뢰를 중지하겠다는 취지의 연락이 AN 통신으로 왔다고 한다.

다카노를 비롯한 AN 통신 측은 의심 없이 주손지 측이 전의를 상실하고, 스스로 계획을 세간에 밝힐 결심을 굳혔다고 판단했다.

그도 그럴 것이 이대로 간다면, 다카노 쪽에서 제아무리 애를 써도 세 번째, 네 번째 피해가 생길 가능성이 있고, 주손지 역시 양심의 가책을 느꼈을 거라는 견해였다.

그러나 실제로 뚜껑을 열어보니, 상황은 전혀 달랐다.

흐름으로 보자면, 폭파범들이 먼저 거론되고, 이어서 주손지 노부타카와 동양에너지의 간부들이 체포되는 순서여야 할 테지만, 이 신문의 헤드라인에도 나와 있듯이, 댐 두 곳의 폭파를 도모한 폭파범들이 체포되었는데도 불구하고, 그 후 주손지는 물론이고 동양에너지의 이름도 수사선상에는 일절 떠오르지 않았다.

아마도 주손지 일당이 누군가와 뒷거래를 해서 수도사업 민영화와 관련된 막대한 이권을 방기하는 대신 이번 폭파 계획의 존재를 말소해주겠다는 약속을 받아냈을 게 틀림없지만, 그 거래 상대가 어디의 누구이며, 어떤 조건이었는지는 전혀 드러나지 않았다.

"……그렇다기보다 댐을 두 군데나 폭파한 범인이 이슬람 과격파에 경도된 일본인 패거리라니, ……그것도 이제 막 생긴 조직인데, 이건 너무 억지잖아요?"

어금니에 낀 껍질을 빼낸 다오카가 고개를 갸웃거렸다.

"……게다가 붙잡힌 자들도 그래요. 아무리 봐도 자기들이 왜 잡혔는지도 모르는 피라미나 이젠 목매는 수밖에 없어 보이는 채무자들이잖아요. 게다가 그 녀석들은 단순한 심부름꾼 폭파범이라 무거워도 무기징역, 가벼우면 10년 남짓이면 나온 단 말입니다. 그런데 실제로 폭파를 계획한 주모자는 해외로 도망쳐서 행방불명이라는 겁니다. 요즘 세상에 이런 말은 애들도 안 믿어요."

다오카가 기가 막힌다는 듯이 밤하늘을 올려다보았다.

"하지만 신기하게도 어린애나 속일 법한 그런 얘기를 믿잖아. 일본 경찰이나 매스컴이나." 다카노가 말을 받았다.

요컨대 주손지가 거래한 상대는 그런 인간인 것이다. 다오카의 말대로 어린애나 속일 법한 이런 해결책을 경찰이나 매스컴에 믿게 만들 만한 힘이 있는 자, 아니 그들의 입을 막을 수 있는 누군가다.

"그건 그렇고, 그 후에 아야코라는 여자한테서는 연락이 없어요?"

자리에서 일어선 다오카가 가게 안의 냉장고에서 맥주를 또 꺼냈다. 다카노가 자기에게도 한 병 던지라는 듯이 신호를 보내자, 다오카가 아이처럼 던지는 척 장난을 치고는 재밌어했다.

"······아야코라는 여자, 사실은 알고 있었던 거 아닐까요? 우리를 도야 댐으로 보내놓고, 실은 지모리 댐도 동시에 폭파한다는 걸."

자리로 돌아온 다오카에게 "그건 아니겠지"라고 다카노가 부정했다.

"왜요?"

"……그 여자는 속일 거면 훨씬 교묘하게 속여. 이번에는 그러지도 못했고, 오히려 도움이 못 돼서 웬일로 침울하기까지 했잖아."

다카노의 휴대전화가 울린 것은 바로 그때였다.

다카노는 아야코의 번호가 뜬 화면을 다오카에게 보여주었다.

"설마 우리 대화를 들은 건 아니겠죠."

당황한 다오카가 혹시 발신기라도 붙어 있나 자기 몸을 더듬거렸다.

"그 여자가 처음으로 사과할지도 몰라." 다카노가 기쁘게 전화를 받았다.

"여보세요? 미리 말해두지만, 사과할 생각은 없어."

전화기 너머에서 아야코의 그 말이 가장 먼저 들렸고, 그쯤 되자 다카노도 주위에 도청기가 없나 찾아보았다.

"여보세요. 듣고 있어?"

아야코의 목소리에 다카노가 "보고 있지?"라며 웃음을 건넸다.

"보고 있다니?"

"지금 막 당신 얘기를 하던 중이야."

"내 뒷말이야 전 세계에서 하지."

"여전히 자신만만하군."

"뭐, 그런 자신감이 이번 일로 아주 조금, 정말로 아주 조금 흔들린 건 인정해."

"오호, 웬일로."

다카노는 여전히 발신기를 찾고 있는 다오카에게 그럴 필요 없다고 고개를 흔들어 보였다.

"변명은 하지 않겠어. 지모리 댐이 폭파된 건 분명 내 상황 파악 능력이 허술해서야."

"그건 됐어. 더 이상 댐 경비를 할 필요는 없어졌으니까."

"그러게. 주손지가 손을 뗀 것 같던데."

"역시 귀신 뺨치는 소식통이군."

"그게 일인걸."

"그런데 용건은?"

가게 아주머니가 갓 쪄낸 중국식 만두를 내왔다. 다카노는 눈으로 인사를 건네고, 바로 손을 뻗었다. 만두 사이에 부드럽고 달콤한 고기 조림이 끼워져 있었다.

"지모리 댐 건으로 사과할 생각은 없지만, 나 나름대로는 반성이랄까 후회는 해."

귀에 아야코의 목소리가 되살아났다.

"호오." 다카노가 웃었다.

"그만 놀리지? 그 대신 좋은 정보 하나 알려주려고 했는데,

마음이 바뀌잖아."

"흥미로운데."

다카노는 만두를 베어 물었다. 고기 조림의 육즙이 입가로 흘러넘칠 것 같았다.

"최근에 데이비드 김이랑 JOX 파워가 한패가 돼서 움직이는 것 같아."

"데이비드 김이랑 JOX 파워?"

다카노가 일부러 소리 내어 되물었다. 앞에 있던 다오카가 가방에서 재빨리 단말기를 꺼내 조사하기 시작했다.

JOX 파워라고 하면, 이번 댐 폭파 건에서 주손지와 같은 편이었던 동양에너지보다 규모가 작은 전력회사로, 굳이 말하면 국내 사업을 전개하는 기업이기도 해서 해외로 발을 넓히고 있는 동양에너지와는 뚜렷하게 성격이 다르다.

"데이비드 김과 JOX 파워의 조합은 왠지 와닿질 않는군." 다카노가 솔직한 심정을 밝혔다.

아야코도 같은 생각이었는지, "그렇지. 데이비드가 흥미를 가질 만한 기업은 아니야"라며 얘기를 이어갔다.

"……다만 데이비드 김이 돈이 안 되는 일에 머리를 들이밀 리는 없지. 그렇다면 JOX 파워가 크게 변한다는 뜻일 테고. 게다가 일본 국내가 아니라 세계를 향해 나서려는 거야. 그렇지 않다면, 데이비드 김이 JOX 파워 같은 국내 기업에 흥미를 가질 리가 없어."

짧은 침묵 후, 아야코가 전화를 끊으려 했다.

"그 데이비드 김이 지금 어디 있는지는 알려주지 않겠지?"
다카노가 웃었다.

"남자는 한번 좋아한단 말을 들으면, 계속 좋아할 거라고 믿
는다더니 그 말이 정말이네. ……어리광 부리지 마."

매몰차게 전화가 끊겼다.

다카노는 숨을 훅 내쉬고, "뭐 좀 알아냈나?"라고 다오카에
게 물었다.

"JOX 파워와 데이비드 김이 이어졌다는 정보는 아직 안 들
어왔지만……."

"안 들어왔지만?"

"으음, 지금…… JOX 파워의 본사 총무부가 이용하는 여행
사 데이터를 해킹했는데, 웬일인지 최근 서너 달 사이에 간부
들이 상당히 여러 번 캄보디아 출장을 갔는데요."

다카노도 옆에서 데이터를 들여다보았다. 분명 간부들이 프
놈펜 출장을 몇 차례나 다녀왔다.

"JOX 파워와 캄보디아의 관계는?" 다카노가 물었다.

"아직까지는 별다른 건 없어요. 캄보디아에는 일본 정부의
요청으로 많은 일본 기업들이 인프라 정비 지원을 하는데, 거
기에도 JOX 파워의 이름은 없고요."

"일본무역진흥기구(JETRO) 자료에도 안 올라갔나?"

"으음…… 제트로 자료에는…… 지금 확인 가능한 범위에서는 없는 것 같아요. 검색해도 안 나와요."

"그렇다면 정규 루트의 캄보디아 진출은 아닌 것 같군."

다카노는 시계를 봤다. 지금 홍콩에서 출발하면, 오늘 밤 안에 프놈펜에 도착할 수 있다.

*

툭툭이 짙은 초록빛 물이 찰랑이는 수로를 따라 한가롭게 달려갔다.

수로 물빛보다 짙은 푸르른 나무들 너머로 앙코르와트의 장엄한 불탑이 보였다 사라졌다 했다. 아침 안개 속에 서 있는 이끼 낀 석탑은 무슨 이야기를 들려주는 것처럼 보였다.

앙코르와트로 건너가는 다리 앞에서 툭툭이 멈춰 서자, 데이비드 김이 가볍게 뛰어내려 동승자인 맥그로에게 공손히 손을 내밀었다. 이른 아침의 상쾌한 바람이 붉은 흙을 감아올리며 스쳐 지나갔다.

툭툭에서 내린 맥그로가 다리 너머의 앙코르와트를 바라보고, "나 지금 굉장히 감동했어……"라며 연극 같은 표정으로 눈물을 글썽였다.

"그렇다면 무리해서 데려온 보람이 있군요."

이브생로랑 드레스를 입은 맥그로와 넥타이를 풀어 헤친 턱시도 차림의 데이비드가 툭툭에서 내려서자마자, 관광객들이 그곳 분위기와는 어울리지 않는 두 사람을 신기한 듯이 에워싸기 시작했다.

개중에는 사진을 찍으려는 사람도 있었고, 중국인 단체 관광객 사이에서는 유명 모델들이 잡지 촬영을 한다는 얘기까지 나왔다.

"갑시다." 데이비드 김이 맥그로의 손을 끌어당겼다.

돌다리를 건너서 천천히 신들의 장소로 다가갔다.

"이것이 세월의 모습이라고 하면 믿겠어요?" 데이비드 김이 물었다.

아침 햇살을 받아 옅은 분홍빛으로 물든 불탑을 바라보는 맥그로는 시선을 돌리지 않고, "예스(Yes)"라며 고개를 끄덕였다.

어젯밤, 프놈펜의 래플스 호텔 파티에서 두 사람은 만났다.

캄보디아 정부와 재계 인사가 주최하는 그 파티에는 캄보디아 진출을 노리는 세계 각국의 투자가들이 모여들었다.

파티가 끝나갈 무렵, 데이비드 김은 처음부터 줄곧 따분해보이던 맥그로에게 접근했다. 아버지는 영국의 투자회사 '로열 런던 그로스'의 대표고, 외동딸인 그녀도 이미 중역을 맡고 있었다.

한국의 투자회사에서 일한다고 자기소개를 한 데이비드에게 "난 아시아에는 별 흥미 없어요"라고 그녀가 쌀쌀맞게 받아쳤다.

"그래도 아시아에 대한 좋은 이미지가 한 가지쯤은 있을 텐데요?" 데이비드가 물고 늘어졌다.

한참 생각에 잠겼던 맥그로가 문득 생각이 난 듯이 대답한 것이 마르그리트 뒤라스 원작의 영화 〈연인〉이었다.

"틴에이저 무렵에 오래된 영화관에서 재개봉한 영화를 봤어요. 그런 걸 두고 마음을 빼앗겼다고 표현하는 거겠지. 뭘 해도 영화의 장면들이 자꾸 떠올랐고, 베갯머리에는 늘 뒤라스의 원작을 놔뒀죠."

추억을 그리워하듯 얘기하는 그녀에게 데이비드가 시원한 샴페인을 건넸다.

"그런데 그 영화는 베트남에 사는 가난한 프랑스 소녀가 유복한 화교 청년에게 몸을 파는 얘기잖아요. 당신 인생과는 아주 동떨어졌는데."

"그렇죠. 항상 메이드들에게 둘러싸이고, 리무진으로 학교에 다니는 여자아이에게는 미지의 세계였고 미지의 감각이었어."

"그런데도 끌렸다?"

"으음, 그랬죠."

데이비드는 그녀의 등을 감싸 안으며, 테라스로 나가자고 청했다.

테라스에서는 조명이 밝혀진 수영장이 내려다보였고, 파티장의 소란도 멀어졌다.

눅눅한 남국의 밤공기와 벌레 소리는 샴페인에 달아오른 몸에 상쾌하게 와닿았다.

데이비드는 맥그로의 눈을 똑바로 바라보았다. 파란 눈동자에 별이 총총한 밤하늘이 비치는 것 같았다.

"만나자마자 바로 이런 얘기를 하면, 예의에 어긋나는 건 알지만……." 데이비드가 입을 열었다.

맥그로가 살짝 피곤한 듯이 웃으며, "'우리 회사와 함께 일해보시겠습니까? 좋은 얘기가 있어요'라는 거겠지?"라며 시선을 떨어뜨렸다.

"아니, 그런 얘기가 아니에요." 데이비드가 그녀의 손을 잡았다. 가늘고 나긋나긋한 그 손은 젖어 있는 것 같았다.

"……얼마를 내면, 오늘 밤 당신을 살 수 있죠?"

귓가에 속삭인 순간, 맥그로의 무언가가 꿈틀거렸다.

"새로운 수법의 영업인가? 아니면 아시아에서는 보통 이런 건가?"

도망치려는 그녀의 손을 힘껏 잡았다. 그 얼굴에 머뭇거림이 보였다. 이 놀이에 어울려줄까, 아니면 따분한 파티로 돌아갈까.

"……그럼 2달러. 아까 포터에게 준 팁이랑 같은 액수야."

그녀는 놀이에 어울려주는 쪽을 선택했다.

그 후, 자리를 바꿔 호텔 바에서 다시 마셨다.

맥그로는 바에서 자기를 줄곧 '세계에서 가장 값싼 매춘부'라고 부르며 한껏 신이 났다.

슬슬 마무리하려는 바텐더에게 넉넉하게 팁을 건네고, 조명을 낮춰달라고 부탁하고 바 안에 둘만 남았다.

부드러운 소파에서 얼굴을 가까이 붙이고, 첫사랑 얘기, 첫키스의 경험을 서로에게 털어놓았다. 얘기를 나누는 건지 끌어안고 있는 건지 판단이 서지 않는 상황이었다.

결국 문을 닫겠다며 바텐더가 돌아왔고, 그녀가 묵고 있는 로열스위트로 올라가려 했을 때, 데이비드가 제안했다.

지금 헬리콥터를 타고 시엠레아프로 가서 앙코르와트의 아침놀을 보자고.

그녀는 그 제안을 기뻐했다.

"지금 방에 올라가서 마법이 풀려버리는 게 무서웠어"라며.

데이비드는 바로 헬리콥터를 준비했다.

"정말 투자회사의 평범한 직원이야?"

공항으로 가는 리무진 안에서 맥그로에게 질문을 받은 데이비드가 "정체는 스파이라고 해두면, 훨씬 재미있어질까요?"라며 웃었다.

눈앞에 아침 햇살을 받아 옅은 분홍빛으로 물든 앙코르와트의 불탑이 우뚝 솟아 있었다.

그 아름다움 앞에서 감정 제어를 도무지 할 수 없게 된 듯한 맥그로가 이제는 흘러넘치는 눈물을 닦으려 하지도 않았다.

데이비드는 그 눈물을 새끼손가락으로 닦아주었다. 뜨거운 눈물이었다.

"런던 오피스에 틀어박혀서 줄곧 돈 벌 생각뿐이야. 그게 모두가 부러워하는 내 인생의 실체지."

맥그로가 불쑥 입을 열었다.

데이비드가 그 손을 힘껏 움켜쥐자, 그녀도 손가락으로 휘감았다.

"만약 내가 진짜 매춘부였으면, 날 여기에 데려왔을까?"

그녀는 불탑만 지그시 올려다보고 있었다.

데이비드는 그 옆얼굴을 바라보며, "아니, 안 데려왔지"라고 고개를 저었다.

"그럼 날 좋아하긴 했을까?"

데이비드는 그 말에도 고개를 가로저었다.

"……정직하네."

맥그로가 시선을 떨어뜨렸다.

"소개해주고 싶은 사람이 있어요."

맥그로는 마치 헤어지자는 말이라도 들은 것처럼 "알고 있었어"라며 고개를 끄덕였다.

데이비드는 건너온 다리를 돌아보았다. 조금 전 툭툭으로 지나온 수로 변 길로 시간 맞춰 리무진이 달려왔다.

"마중하러 왔군요." 데이비드가 말했다.

"그런데 난 누굴 만나는 거지?"

마중하러 온 리무진을 바라보는 맥그로의 옆얼굴은 짧은 이메일 한 통으로 수백만 달러를 거래하는 투자회사의 중역으로 돌아가 있었다.

"싱가포르 국적의 리영선이라는 남자입니다." 데이비드가 말했다.

"리영선? 들어본 적 없는데."

"바깥 무대로 나서게 된 건 최근 1, 2년이에요. 현재는 프랑스의 물 메이저 기업 V. O. 에퀴 사의 최대주주이기도 합니다."

"그 명문 V. O. 에퀴를 점령한 아시아인이 있다는 소문은 들었는데, 그런 그가 이번에 나한테 무슨 용건일까?"

"동남아시아 대부분의 나라들은 수자원을 메콩강에 의지하고 있어요. 다만 메콩강의 상류는 중국 티베트 자치구고, 거기에는 많은 댐들이 건설돼서, 실질적으로 이 지역의 물은 중국 수중에 있습니다. 그로 인해 하류에 위치한 나라들에서는 물 부족이나 염해 등의 문제가 발생하기 시작했죠."

"그러니까 홍콩을 우리 영국인에게 맡겨뒀으면 좋잖아. 그랬으면 아시아는 좀 더 나아졌을지도 몰라."

어디까지가 진심인지, 맥그로가 웃음을 터뜨렸다.

"리영선은 그 실패를 교훈 삼아 물 부족 문제가 훨씬 심각한 중앙아시아에서 선수를 치려는 겁니다. 구체적으로는 신장 위구르 자치구를 포함한 키르기스스탄, 타지키스탄, 우즈베키스탄 등의 지역을 V. O. 에퀴가 주도하는 형태로 개발할 생각을 갖고 있어요."

맥그로에게는 이미 이번 건의 주요 취지가 전달된 듯했다.

"V. O. 에퀴 사와 합작하는 전개라면 나쁜 얘기는 아니네."

맥그로가 곧바로 누군가에게 휴대전화로 연락을 하려 했다.

"……으음, 그 리영선이라는 사람은 어디서 만날 수 있지?"

"그는 이 근처에 삽니다."

"아하, 역시. 그래서 날 여기로?"

맥그로가 새삼스레 낙담했다.

"아니, 그건 아니에요. 앙코르와트의 아침노을을 당신과 함께 보는 건 계획에 없었습니다."

맥그로는 데이비드의 그 말을 믿는 것 같았다.

8장
리영선

　나란토의 메인스트리트인 선셋 거리를 달려온 스쿠터 한 대가 곧장 길가에 있는 주유소로 들어갔다.

　단지 그것뿐이었지만, 웬일인지 길을 지나던 관광객들이 그 모습을 눈으로 좇았다.

　딱히 신기할 것 없는 그 광경에 위화감이 든다면, 아마도 스쿠터를 탄 이시자키가 양복 차림이라는 점일 것이다.

　새파란 바다와 하얀 모래사장, 뜨거운 햇볕 속에 야자수가 짙은 그림자를 드리운 거리에서의 양복 차림은 왠지 조화가 안 맞는 인상이다.

　이시자키도 그건 아는지 급유기 앞에 스쿠터를 세우고 내린 후, 일단은 넥타이부터 난폭하게 풀어 헤치고, 등에 땀 얼룩이 생긴 웃옷을 벗었다.

급유가 끝나자, 이시자키는 제일 가까운 포장마차로 향했다. 섬 이름이 새겨진 트로피컬 티셔츠를 파는 가게에서 이시자키는 맨 앞에 있는 파란 티셔츠를 집어 들었다.

"그건 사이즈가 좀 작아요. 손님 체격 정도면 이쪽이 낫지 않을까요."

긴 레게 머리를 한 젊은이가 이시자키에게 새빨간 티셔츠를 펼쳐 보였다.

이시자키는 뭐든 상관없다는 듯이 고개를 끄덕이고, 봉지에 담아주려는 점원의 손에서 화려한 티셔츠를 가로챘다.

주유소로 돌아가면서 하얀 와이셔츠를 벗고, 티셔츠의 가격표를 뜯어내고 입었다.

가죽 구두와 양복바지에 티셔츠였지만, 그래도 조금 전보다는 이 섬의 풍경에 녹아들었고, 무엇보다 바람이 잘 통해서 기분이 좋았다.

이시자키는 한나절 동안 뭔가를 물으며 섬 곳곳을 돌아다녔다. 섬 주민들은 양복 차림 남자를 형사로 오해했는지, "무슨 사건이라도 생겼나요?"라고 하나같이 물었다.

이시자키는 스쿠터에 올라탄 후, 휴대전화로 전화를 걸었다.

대여점에서 빌린 스쿠터에는 '나란토'라고 적힌 큼지막한 스티커가 붙어 있었다.

꽤 오랫동안 신호음이 울렸다.

"여보세요?"

수화기 너머에서 들려온 주손지 노부타카의 언짢은 목소리에 "연락이 늦었습니다. 이시자키입니다"라고 말했다.

"어떻게 됐어? 나란토와 AN 통신의 관계가 조금 밝혀질 것 같나?"

성급한 주손지의 질문에 "아, 네, 아직 자세한 건 전혀 모르지만, 한 가지 마음에 걸리는 점"이라고 이시자키가 대답했다.

"내가 자네를 동양에너지에서 빼 온 이유를 이미 말했던가?"

"아뇨, 못 들었습니다만……."

원래 이시자키는 동양에너지의 직원으로 주손지 밑에서 일하기 시작했다. 그런데 V. O. 에퀴의 뒤부아 일행과 도모한 댐 폭파 계획이 실패로 끝난 지금, 주손지와 동양에너지의 관계는 필연적으로 끊어졌지만, 왠지 이시자키라는 이 남자가 마음에 들었던 주손지가 자기 쪽에서 거둘 테니 오지 않겠느냐고 제안했던 것이다.

"갑갑해 보여서야." 주손지의 목소리가 돌아왔다.

"갑갑해 보여요?"

"그래, 자네가 항상 그 거구에 꽉 끼는 양복을 입고 있듯이, 동양에너지 같은 회사에 있다간 자네는 언젠가 질식했을 거야. 아니, 일본같이 작고 보잘것없는 나라에 있어도 자네는 질식하겠지."

이시자키는 아무 대답도 하지 않았다.

하얀 오픈카가 주유소로 들어왔다. 대학생 그룹이 타고 있는 모양인데, 남쪽 섬에서 흥에 겨워 도가 지나친 건 이해하겠지만, 일곱 명이나 탄 차는 흘러넘칠 것 같았다.

"그건 그렇고, 마음에 걸리는 게 있는데……." 이시자키가 입을 열었다.

"뭐야?"

"섬 주민들에게 'AN 통신'이라는 회사 이름을 들은 적이 있느냐고 물어보고 다녔는데, 하나같이 들은 적이 없다고 입을 모으는 상황입니다. 그런데 그중 몇 사람이 '똑같은 질문을 받은 지 얼마 안 됐다'고."

"똑같은 질문?"

"네, 신문기자인 젊은 여성인데, 우리와 마찬가지로 섬 주민에게 닥치는 대로 똑같은 질문을 하고 돌아다니는 것 같습니다."

"언제 얘기야?"

"그게 최근 며칠간. 어쩌면 오늘도 아직 섬에 있을지 모릅니다."

"여자 신문기자…… 신문이라…… AN 통신의 내막을 세간에 폭로하자면, 신문 특종만큼 충격적이고 신뢰가 가는 건 없겠지."

주손지의 얘기를 들으면서 이시자키는 조금 전 섬 주민에게 들었던 그 젊은 신문기자의 외모를 그려보았다.

그쪽도 자기처럼 이 남쪽 섬을 정장 차림으로 돌아다녔다고 한다.

"이봐, 이시자키. 일단은 그 기자를 찾아내. 협력적으로 접촉해서 그쪽이 뭣 때문에 AN 통신을 조사하는지부터 알아내."

"알겠습니다. ……그리고 그 기자에 관해서인데."

이시자키는 기자와 대화를 나눴다는 섬 주민에게 들은 얘기를 주손지에게 전했다.

들자 하니 기자는 일단 "AN 통신이라는 회사 이름을 들어본 적이 있나요?"라고 물은 후, 이런 질문을 했다고 한다.

"이 섬에 고아들이 보호되어 있는 시설이 있나요? 혹은 그런 얘기를 들어본 적이 있을까요?"

섬 주민들은 양쪽 다 들어본 적 없는 얘기라 "아니, 미안하지만 모르겠는데"라고 대답했다고 한다.

그러자 기자는 이어서 어떤 젊은 남자의 사진을 휴대전화로 보여주고, "이 남성을 본 적이 있나요?"라고 물었던 모양이다.

섬 주민들의 말에 따르면, 사진 속의 남자는 선셋 비치에 가면 얼마든지 넘쳐날 만한 요즘 젊은이였고, 굳이 말하자면 그 눈빛이 어딘지 모르게 어두웠다고 한다.

이시자키의 이야기를 주손지는 말없이 듣고 있었다. 그리고 "과연, AN 통신과 고아란 말이지······"라고 중얼거렸다.

"그 둘 사이에 무슨 관계가 있습니까?" 이시자키가 물었다.

"예전에 나도 들은 적이 있어. 그때는 어떤 정보를 뺏느냐 뺏기느냐 하는 갈림길이라 그런 데 신경 쓸 경황이 아니었는데······."

그쯤에서 말을 머뭇거린 주손지의 입에서 뒤이어 나온 얘기에 제아무리 이시자키라도 할 말을 잃었다.

"AN 통신은 아무래도 고아들을 첩보원으로 키우는 것 같더군······."

나라를 움직이는 위치에 있는 사람의 말치고는 너무나 가볍게 남의 일처럼 얘기했다.

그런 아이들보다는 자신에게 이익이 되는 정보가 더 소중했다고 주손지는 정직하게 말한 것이다.

이시자키는 자동판매기에서 페트병에 든 옥수수차를 사서 단숨에 들이켰다.

지도로 현재 위치를 확인하고, 개발된 서쪽이 아니라 섬의 동쪽을 돌아보기로 마음먹었다.

주손지에게 전해 들은 정보에 따르면, AN 통신에서 일하게 될 젊은이들이 이 섬에서 훈련을 받는다는 소문도 있었던 모양이다.

이시자키는 그 이야기를 듣고 거기에서 실제 정경을 떠올릴 순 없었지만, 이 나란토에 자기 발로 서 있게 되자, 직감이라고 해야 좋을지, 이 숲 어딘가에 '그들'이 있어도 이상하지 않을 것 같은 생각이 들었다.

스쿠터로 달리기 시작하자마자, 이시자키는 급브레이크를 밟았다.

주스를 파는 포장마차 앞에 젊은 여자가 서 있었는데, 마치 다른 그림 찾기 놀이처럼 왠지 주위와 겉도는 느낌이었다.

바로 그 이유를 알았다. 자신과 같았던 것이다.

여자는 야자수가 그려진 티셔츠를 입었지만, 밑에는 회색 정장 치마였고, 역시나 가죽 구두를 신고 있었다.

여자는 포장마차에서 주스를 주문하고, 옆에 있는 하얀 벤치에 앉더니 많이 걸어서 지친 듯한 종아리를 주무르기 시작했다.

이시자키는 들키지 않게 여자를 사진에 담고, 시치미 뗀 얼굴로 스쿠터를 출발시킨 후, 포장마차 거리 밖에서 여자가 움직이길 기다렸다.

컵에 든 주스를 건네받은 여자는 곧바로 포장마차 거리에서 나와 바닷가 호텔로 들어가려 했다.

말이 호텔이지 민박에 컬러풀한 페인트를 덧바른 정도였고, 방 숫자도 별로 많지 않았다.

216

여자가 입구로 이어지는 계단을 올라가려 했을 때, 입구에서 나온 안주인이 "어머, 구조 씨, 지금 들어와요? 점심은 벌써 끝났는데"라고 말을 건넸다.

"아니, 괜찮아요. 오늘 아침에 식사를 늦게 했으니까……. 고맙습니다."

여자는 부드럽게 웅하고, 호텔 안으로 모습을 감췄다.

이시자키는 안주인이 계단을 내려올 때까지 기다렸다 우연을 가장하며, "어…… 실례합니다. 지금 저분, 구조 씨 맞죠?"라고 방금 들은 이름을 되풀이했다.

이시자키와 함께 입구 쪽을 바라본 안주인이 "네, 그런데요"라며 순순히 고개를 끄덕였다.

"예전에 취재로 신세를 졌는데. 가만있자…… 신문, 어느 신문사였더라……."

"〈규슈신문〉 아니에요?"

"아, 맞다. 〈규슈신문〉이었지. 구조 씨가 이 섬에 여행하러 오셨나요?"

"글쎄요…… 근데, 혼자 있으니 일이지 않을까요. 하루 종일 온 섬을 걸어 다니는 것 같던데."

"일이었군요. 여기 얼마나 계셨나요?"

"벌써 네댓새 됐을까. 뭐라더라, AN인지 뭔지 하는 회사를 조사하는 것 같던데."

"뭔가요, 그게?"

"우리도 모르겠어요. 이 섬이랑 무슨 관계가 있는 회사인데, 여행 정보 같은 걸 전송한대요."

안주인이 달려온 스쿠터를 세웠다. 타고 있는 사람은 햇볕에 그은 소년이었고, 행선지와 가격을 흥정하기 시작했다.

이 섬에서는 이런 스쿠터 택시를 아르바이트로 하는 소년이 많아서 이시자키도 페리로 도착했을 때 호텔까지 이용했었다.

급해 보이는 안주인을 배웅하고, 이시자키는 바로 〈규슈신문〉을 인터넷으로 찾아봤다. 당장 대표전화로 연락해서 부서명은 잘 모르겠지만 구조라는 분과 통화하고 싶다고 부탁하자, 아무런 문제 없이 전화는 사회부로 돌려졌다.

이시자키는 적당한 회사명과 가명을 밝혔다.

"공교롭게도 구조 씨는 지금 휴가 중입니다."

이시자키는 나중에 다시 걸겠다며 전화를 끊고, 곧바로 주 손지의 비서에게 연락했다.

"〈규슈신문〉 사회부의 구조라는 여성 기자에 관해 조사해주 십시오."

다음 순간, 발밑으로 그림자가 쓱 뻗어 왔다.

눈앞에 바로 그 구조라는 여자가 서 있었다. 제아무리 이시 자키라도 너무 놀라 얼버무릴 방법조차 떠오르지 않았다.

여자는 험악한 눈빛으로 이쪽을 뚫어져라 쳐다봤다.

"저……."

다행히 그 목소리에는 적개심이 없었고, 굳이 말하자면 호기심으로 가득했다.

이시자키는 안정을 되찾았다.

"죄송합니다. 자기소개를 제대로 드리겠습니다. 수상쩍은 사람은 아닙니다. 뭐 하긴, 수상한 자가 자기 입으로 수상하다고 말하진 않겠지만."

이시자키의 순발력 있는 농담이 구조의 마음에 들은 듯했다.

"저는 주손지 노부타카라는 중의원의 개인 비서로 일하고 있습니다. 이시자키라고 합니다."

정직하게 신분을 밝힌 이시자키가 명함을 내밀었다.

구조도 당연히 주손지의 이름은 알고 있던 터라 몹시 놀랐다.

"으음, 저는 〈규슈신문〉 사회부에 있습니다. 구조라고 합니다."

하얀 모래사장을 뛰어다니는 아이들의 활기찬 목소리가 들려왔지만, 두 사람은 고지식하게 인사를 주고받으며 명함을 교환했다.

"저…… 조금 전에 어느 분에게 전화해서 저에 관해 물어보시는 것 같던데……."

그쯤에서 문득 생각이 떠오른 듯이 구조가 의아한 표정을 지으며 말했다.

"아, 네. 죄송했습니다. 실은……."

이시자키는 어디 조용한 장소가 없을까 주위를 둘러보았다.

근처에 카페가 있었지만, 음악이 시끄러운 데다 단체 손님으로 북적거렸다.

"으음, 혹시 괜찮으시면, 호텔에 작은 라운지가 있는데……."

기미를 눈치챈 구조가 자기가 묵고 있는 호텔 쪽으로 시선을 돌린 후, "가시죠"라며 바로 걸음을 내디뎠다.

라운지라고는 해도 프런트데스크 앞에 소파와 의자 몇 개가 놓여 있을 뿐이었다. 그래도 바다 쪽으로 난 커다란 창이 모두 열려 있어서 깜박 졸고 싶어질 만한 바람이 불어왔다.

여행 잡지가 어수선하게 쌓인 낮은 테이블을 사이에 두고, 이시자키와 구조가 마주 앉았다.

"일단 아까는 실례가 많았습니다."

이시자키가 먼저 말문을 열었다. 여기까지 걸어오는 잠깐 동안, 얘기할 줄거리는 어느 정도 머릿속에 짜놓았다. 되든 안 되든 시도해볼 가치는 있었다.

"……아무래도 구조 씨가 이 섬에서 조사하는 내용과 저희가 조사하는 내용이 동일한 것 같습니다."

"동일하다고요?"

구조의 표정이 바뀌었다. 경계하는 것 같기도 하고, 동료를 만나 기뻐하는 것 같기도 했다.

"AN 통신."

이시자키는 그 말만 했다.

구조의 표정이 더 변했다. 스스로도 어떤 표정을 지으면 좋을지 알 수 없는 모양이다.

"우리는 인도적인 견지에서 이 AN 통신을 조사하는 중입니다. 중대한 법률 위반이 있지 않나 의심하기 때문입니다."

그쯤에서 또다시 구조의 얼굴빛이 달라졌다. 경계심이 차츰 풀려갔다.

"……그래서 저희와 구조 씨가 서로 협력할 점이 있지 않겠나 생각합니다. 물론 이쪽에서 확보한 정보도 있고, 구조 씨가 확보한 정보도 있겠죠. 그리고 이건 추측입니다만, 저희와 구조 씨의 목적이 같지 싶은데."

이시자키는 천천히 그렇게 말했다.

조용히 얘기를 듣고 있던 구조가 불현듯 호흡하는 걸 떠올렸다는 듯이 숨을 몰아쉬었다.

"으음…… 이시자키 씨는 주손지 선생님의 개인 비서라고 하셨죠?"

"네, 그렇습니다."

"그렇다면 지금 말씀하신 내용은 주손지 선생님이 조사하고 있다고 받아들여도 될까요?"

"네, 그렇습니다."

"그럼 주손지 선생님도 알고 계시겠네요? AN 통신이 학대당해서 시설에 맡겨진 아이들에게 무리한 일을 시키는 걸."

이시자키는 필사적으로 무표정을 유지했다. 주손지가 말했던 내용은 사실이었던 것이다.

"슬픈 일입니다." 이시자키가 눈을 내리떴다.

"그래서 주손지 선생님은 어떻게 하실 의향인가요?"

완전히 믿어버린 듯한 구조가 낮은 테이블로 몸을 내밀었다.

"만약 사실이라면, 심각한 인권침해고, 사회를 뒤흔들 엄청난 사건입니다. 그렇기 때문에 더더욱 소문이나 추측만으로는 움직일 수가 없어요. 확고한 증거를 찾고, 그것을 뒷받침할 만한 증언을 확보해서 백일하에 드러낼 필요가 있습니다. 그리고 물론 주손지 선생님은 제일 먼저 그들…… 자기 의사에 반하는 인생을 살아온 그들을 구해내는 게 목적입니다."

그때 갑자기 바닷바람이 불어왔다. 창틀에 장식된 조개껍질 오브제가 흔들리며 소리를 냈고, 프런트데스크에 있었던 메모지가 휘날렸다.

"제가 이 건을 알게 된 건 우연이었어요. 지금도 여전히 마음 한구석으로는 믿지 못하는 면도 있어요. 그렇지만 주손지 선생님 같은 분이 이미 이렇게 움직이고 있다면, 역시나 틀림없다고 생각해요. 제가 협력할 수 있는 거라면 뭐든 하겠습니다."

바람이 잦아들었고, 구조는 흐트러진 머리칼도 매만지지 않고 진지한 눈빛으로 쳐다보았다.

"구해냅시다, 그들을."

이시자키도 고개를 깊이 끄덕여 보였다.

*

붉은 흙이 깔린 외길을 랜드로버가 흙먼지를 날리며 질주
했다.

조금 전에 타이어가 잠길 정도로 깊은 강을 건너온 탓에 앞
이나 옆이나 유리창은 온통 진흙투성이였다.

외길은 야자수 원시림과 바나나 나무로 둘러싸여 있었고,
마치 깊은 숲이 정확히 반으로 절단된 그 붉은 상처 속으로 자
동차가 달려가는 것처럼 보였다.

"좀 나은 길은 없나?"

아까부터 문 위 손잡이를 줄곧 움켜잡고 있던 맥그로가 급
기야 지친 기색으로 약한 소리를 흘렸다.

"미안하지만, 이게 가장 좋은 길입니다. 그리고 가장 안전한
길이기도 하고요. 이 길에서 조금만 벗어나면, 아직도 곳곳에
지뢰가 남아 있으니까."

데이비드 김은 한쪽 손으로 핸들을 잡고, 다른 한 손으로는
안심시키듯 맥그로의 허벅지를 부드럽게 어루만졌다.

"그건 그렇고, 리영선은 왜 이렇게 불편한 곳에 살지?"

"아마도 방금 말한 것과 같은 이유겠죠."

맥그로의 질문에 데이비드가 대답했다.

"……아직 곳곳에 지뢰가 남아 있는 이 주변이 그 같은 인간에게는 가장 안전하니까 그렇겠죠."

그렇게 대답한 순간, 길가에서 닭 몇 마리가 튀어나왔다.

데이비드가 재빨리 핸들을 꺾었다. 크게 휘청거리는 차 안에서 맥그로가 비명을 질렀다.

"미안해요, ……괜찮아요?"

"으음, 닭은 지뢰를 안 밟나?"

난폭한 운전에 화가 난 듯한 맥그로에게, "그런 농담은 별로 안 좋아하는데"라고 데이비드가 차갑게 받아쳤다.

"미안해요. 지금 얘긴 못 들은 걸로 해줘. 그렇지만 설명을 좀 더 해줬어도 좋았잖아? 리영선을 만나게 해준다고 해서 난 의심 없이 시엠레아프에 있는 어느 호텔로 데려갈 줄 알았어."

"음, 조금만 참으면 돼요. 곧 도착할 리영선의 저택은 틀림없이 시엠레아프에 있는 어느 호텔보다 쾌적할 테니까."

외길 가에는 고상식(高床式, 마루를 높게 만든 형태) 민가가 띄엄띄엄 서 있었다. 농사일을 하러 가는 물소가 느릿느릿 걸어갔다. 차가 달리는 경치와는 전혀 다른 경치에서 걷고 있는 것처럼 보였다.

무성하게 우거진 나무들이 높고 굵어지면서 외길은 더욱 좁아졌다.

커다란 나뭇잎들이 앞 유리에 부딪치며 소리를 냈다. 높은 나무들이 하늘을 덮어 내리쬐던 햇볕을 차단했다. 흡사 동굴에라도 들어온 것 같아서 무릎에 닿는 에어컨 바람이 갑자기 싸늘하게 느껴졌다.

우거진 숲을 헤치듯이 한참을 달려가자, 별안간 시야가 탁 트였다. 또다시 뜨거운 햇볕이 내리쬐어서 데이비드 일행은 무심코 실눈을 떴다.

시야가 탁 트인 앞쪽은 나지막한 언덕이었고, 사원 유적이 마치 천년이나 비바람을 맞은 듯한 자태로 서 있었다.

앙코르와트 유적지에는 끼지도 못했는지 물론 관광객도 없었고, 그저 천년의 시간만이 그 유적을 지켜봤다는 게 이끼 긴 돌계단과 담쟁이덩굴에 뒤덮인 불탑에서 전해졌다.

"무서울 정도로 아름답다……."

조금 전까지 불평만 해대던 맥그로의 입에서 그런 말이 흘러나왔다.

"리영선의 집은 이 안쪽이에요."

데이비드는 천천히 차를 몰았다. 유적을 반 바퀴쯤 돌아들자, 그곳부터는 포장된 길이 뻗어 있었다.

유적을 지나 숲속으로 더 나아가자, 돌로 쌓은 담과 하얀 콘크리트가 대조적인 건물이 눈에 들어왔다. 햇볕이 강한 만큼 그늘도 짙었다.

건물까지는 띠처럼 연못이 뻗어 있고, 키 큰 야자수가 늘어서 있었다.

정문은 따로 없어서 데이비드는 곧장 차를 몰고 들어갔다. 연못 수면에 새하얀 구름이 비쳤고, 바람이 만드는 파문에 흔들거렸다.

"그쪽 말대로 취향이 고상한 집이네."

정글 속에 있는 게 믿기지 않을 정도로 호화로운 저택 외관에 맥그로도 감탄의 한숨을 내쉬었다.

"……프랭크 로이드 라이트가 낙수장(落水莊, 미국 펜실베이니아주의 베어런에 세운 별장 건축으로, 라이트의 걸작 중 하나)을 남국풍으로 만들면 저럴지도 모르겠어."

"분명 그렇겠죠? 그렇다면 이 집도 언젠가는 세계유산이 될까요?" 데이비드도 동의했다.

"리영선이 그걸 바라면 그렇겠지. 그런데 아마도 그는 그걸 바라는 타입의 인간은 아닐 것 같은데."

건물 입구 주차장에는 1940년대식 검은 캐딜락이 서 있었다.

캐딜락 앞에 데이비드가 차를 세우고는 운전석에서 내려 조수석으로 돌아와서 문을 열어주었다. 진흙투성이 자동차의 조수석에서 크리스찬 루부탱의 빨간 구두창이 밖으로 나왔다.

데이비드가 맥그로의 손을 잡아주었다.

"기다리고 있었습니다."

그 순간 등 뒤에서 소리가 들렸다. 입구에 리영선이 서 있었다.

데이비드는 상처투성이인 리영선의 얼굴을 보고 맥그로가 놀라지 않도록 살며시 그녀의 허리를 감쌌다. 그리고 "저 사람이 리영선이에요"라며 안심시키듯 그 허리를 부드럽게 끌어안았다.

"여성이 기뻐할 만한 얼굴이 아니라는 건 익히 아는데도, 눈앞에서 놀라는 모습을 보면 여전히 괴롭죠."

리영선이 일부러 가벼운 말투로 인사를 건넸다.

"미안해요. 지금 놀란 건 인정해요. 그렇지만 난 겉모습으로 사람을 판단하는 인간은 아니에요."

"네, 그래서 같이 일하고 싶은 겁니다."

정중하고 겸손한 리영선의 태도는 맥그로의 경계를 차츰 풀어주었다.

"안뜰에서 차라도 한잔하시겠습니까?"

리영선이 짧은 계단을 내려와서 맥그로에게 손을 내밀었다.

맥그로는 주저 없이 그 손을 잡았다.

바깥 햇빛이 너무 강렬한 탓에 실내는 몹시 어두웠다. 그러나 그 앞쪽 안뜰에서는 햇빛을 받은 감청색 수영장이 반짝반짝 빛나고 있었다.

어디선가 달콤한 홍차 향기가 났다.

"그건 그렇고, 당신들은 어디서 알게 됐죠?"

리의 손에 이끌려 앞서 걸어가던 맥그로가 돌아보았다.

데이비드가 대답하려고 하자, "남자끼리는 알게 되진 않아요"라며 리가 웃었다.

"⋯⋯같이 있거나 없거나, 둘 중 하나뿐이죠."

안뜰에는 상쾌한 바람이 불고 있었다. 리는 맥그로를 커다란 파라솔 밑 소파로 데려갔다. 어디선가 나타난 웨이터가 그녀에게 시원한 물수건을 건네주었다.

데이비드는 2층 테라스로 올라갔다. 테라스에는 파라솔이 설치되어 있고, 편안해 보이는 긴 소파가 놓여 있었다.

바로 밑 안뜰에서 들리는 맥그로와 리의 웃음소리가 남국의 새 울음소리와 뒤섞이며 울려 퍼졌다.

데이비드가 난간으로 다가갔다. 저 멀리 지평선까지 야자수 원시림이 이어졌다. 긴 소파에 누워 셔츠 단추를 풀자, 땀이 밴 가슴으로 바람이 훑고 지나갔다.

"마실 거라도 좀 드릴까요?"

어느새 등 뒤에 서 있던 메이드에게 "짜릿하게 차가운 진이랑 라임 좀 갖다줄래요?"라고 부탁했다.

부탁하는 순간, 메마른 목을 타고 흘러내리는 뜨거운 진의 감촉이 떠올랐다.

데이비드는 눈을 감았다.

이곳 캄보디아에 온 후로 거의 잠을 안 잤다. 조금 전에 리영선이 "남자끼리는 알게 되진 않아요. 같이 있거나 없거나, 둘 중 하나뿐이죠"라고 했던 말이 불현듯 떠올라 쓸쓸한 미소가 번졌다.

실제로 그 말이 맞는다고 데이비드도 생각한다.

절반은 은퇴했던 데이비드를 이 세계로 또다시 끌어낸 사람이 리영선이었다.

어떤 여자를 알게 되어 조용히 살아가던 데이비드에게 "따분하지 않나?"라며 리영선이 연락을 했다.

"따분하면 행복하다는 거야." 데이비드가 웃었다.

"들은 바에 따르면, 한때 잘나갔던 데이비드 김이 방콕에서 바텐더를 한다던데."

어이없다는 듯이 말하는 리영선에게 "술이 좋아. 진이든 보드카든 버번이든 하나같이 욕망이 없거든"이라고 데이비드가 응했다.

"데이비드 김한테서 그 '욕망'을 빼버리면, 대체 뭐가 남지?"

"그러니 따분한 시간이지."

"바꿔 말하면, 행복한 시간이란 뜻인가?"

이번에는 리영선이 웃었다.

스스로도 이번에 왜 리영선의 제안을 받아들였는지 알 수가 없었다. 물론 제안은 많았다. 아르헨티나의 차기 대통령 선거와 연루된 에너지 사업, 국제연합이 주도하는 동아프리카의 의료사업…… 이권이 얽힌 안건은 세계 어디에나 널려 있다. 다만 그것은 모두 데이비드에게는 한번 갖고 논 장난감이었다.

그런 시기에 리영선에게 제안을 받았다.

중앙아시아의 물 전쟁에서 승리를 거둔다.

아르헨티나나 동아프리카 등의 다른 안건들과 큰 차이는 없었다. 다만 왠지 모르게 끌리는 점이 있었다.

"얘기만이라면 들어보지."

정신을 차려보니 데이비드는 그렇게 대답하고 있었다.

그리고 뒤이어 리영선의 입에서 나온 이름이 AN 통신의 다카노 가즈히코였다.

"당신, 다카노라는 녀석과 친하다던데."

리영선의 말에 데이비드가 웃었다.

"뱀과 몽구스가 친하다는 의미랑 같다면."

"난 AN 통신이라는 조직을 뭉개버릴 생각이야."

리영선의 말에 데이비드는 무심코 웃고 말았다.

"당신 지금, CIA나 MI6 같은 조직을 뭉개버리겠다는 말을 하는 거야."

"흥미 없나?"

"없어."

"그럼 다카노라는 녀석을 뭉개볼 생각은 없나?"

없어, 라고 바로 받아치려던 데이비드는 왠지 모르게 말을 머뭇거렸다.

다카노와는 오랜 세월을 알고 지냈다. 같은 산업스파이. 적이자 아군이며 배신하고 배신당하면서 이 세계에서 함께 살아왔다.

"다카노를 뭉개버리는 얘기라면, 내가 혹할 거란 생각은 왜 했지?" 데이비드가 물었다.

"감이야." 리영선이 웃었다.

"다카노와는 오랜 세월을 알고 지냈어."

"그런 것 같더군."

"맨 처음 만난 건 둘 다 십대 무렵이었고, 다카노는 분명 아직 훈련생이었을 거야. 사춘기 꼬맹이가 좋아하는 여자를 두고 싸우듯이 처음부터 서로 기업 정보를 가로챘지."

"처음에 서로 빼앗으려 했던 정보는 뭐지?"

"분명 일본의 수자원 이권이었지. 아, 이번 건이 중앙아시아의 물 전쟁이면 묘한 우연이군."

"그때 무슨 일이 있었어?"

"무슨 일은, 늘 똑같지. 정보를 서로 뺏고 서로 속이고. 그러고 보니 다카노랑 함께 훈련받았던 야나기라는 녀석도 있었지. 그 녀석은 결국 도망쳐서 AN 통신에 들어가지는 않았지만, 지금쯤은 이미 어딘가에서 객사했겠지."

데이비드의 추억 얘기를 리영선은 말없이 듣고 있었다.

데이비드는 양쪽 다리가 얼어붙은 강으로 빠지는 꿈에서 깨어났다.

어느새 해가 기울고, 파라솔 밑으로 뻗은 다리에만 따가운 햇살이 쏟아지고 있었다. 땀처럼 물방울이 맺힌 유리잔 속의 진도 미지근해진 지 오래다.

데이비드는 라임을 입에 물었다. 끈적거리던 입안이 상쾌해지며 잠이 깼다.

안뜰에서 들려오던 리영선과 맥그로의 목소리가 어느새 사라지고 없었다. 소파에서 일어서려는 순간, 리영선이 테라스로 올라왔다.

"얘기는 거의 대부분 마무리됐어. 맥그로가 예상 외로 흥미를 보이더군."

리영선이 등나무의자에 앉았다.

"그녀는?" 데이비드가 물었다.

"저녁 식사에 초대했어. 지금은 게스트하우스로 안내해주고, 잠깐 쉬라고 했고."

"꿈을 꿨어."

데이비드가 별안간 얘기를 바꿨다.

"남의 꿈에는 흥미 없는데." 리가 웃었다.

"그러지 말고 들어봐. AN 통신의 다카노를 만났을 무렵을 떠올렸지. 우리는 서로 정보와 돈을 가로채면서 최종적으로 한겨울을 맞은 한국에 있었지. 조금만 더 북상하면 휴전선이 나오는 얼음 세계. 얼어붙은 강이었지. ⋯⋯그때 나랑 다카노, 야나기는 같은 편이었어. 그런데 우리를 지휘하던 남자가 우리를 배신하고, 차디찬 강물 속으로 빠뜨리려 했지. 자동차가 폭파됐어. 얼음이 깨지고, 우리는 강에서 죽을 뻔했지."

"그런데 세 사람 다 죽지 않았다?"

"어. 최소한 나랑 다카노는 지금까지 끈질기게 살아남았지."

"그게 당신들 청춘 시절의 즐거운 추억인가?"

"하하, 그렇지. 사진이라도 있으면 방에 걸어두고 싶군."

데이비드는 새삼 다시 리영선의 얼굴을 바라보았다. 밝은 햇빛 속에서 × 표시를 그린 것 같은 상처는 너무나 생생해서 오그라든 피부가 선명하게 드러났다.

"이봐, 당신도 우리처럼 즐거운 청춘 시절을 보냈을 텐데." 데이비드가 웃었다.

"이 상처의 원인을 알고 싶다면, 언제든 말해주지."

"어차피 거짓말이겠지."

"진실을 알고 싶나?"

"아니, 흥미 없어."

데이비드는 드높은 하늘을 향해 기지개를 켰다.

"그보다 일본 쪽 동향은 어때?"

데이비드가 난간에 걸터앉았다.

야자수 숲에서 노란 새들이 하늘을 향해 일제히 날아올랐다.

"JOX 파워와 주손지 노부타카를 엮는 건 간단했어. JOX 파워도 이번 건은 진지하게 임하는 걸로 보이고, 그야말로 사운을 걸고 오쿠니 총리까지 내세웠지. 이제 남은 건 주손지 두목의 솜씨가 어떤지 구경하는 거야."

"주손지, 믿어도 되는 녀석인가?"

"설마. 가장 믿어선 안 되는 녀석이지. 그래서 사귀기도 쉬워."

"피차 비슷한 사람이란 뜻인가."

웨이터가 리영선에게 시원한 홍차를 내왔다.

데이비드도 차가운 물 한 잔을 달라고 부탁했다.

"주손지처럼 안팎을 속속들이 아는 남자라면, AN 통신에 관한 정보도 상당히 확보하고 있을 게 틀림없어."

홍차를 한 모금 마신 리가 천천히 얘기하기 시작했다.

"……지금까지는 뭘 알고 있든 일단은 자기 이익이 우선이라 AN 통신에 불리한 일은 하지 않았을 게 틀림없어. 하지만 댐 폭파 주모자로 목이 내걸릴 갈림길에 선 지금 상황이라면,

그놈은 부모 자식도 팔아넘기겠지."

"그건 그렇고, AN 통신을 어떻게 무너뜨리지?"

"여론이야. 거대한 코끼리를 무너뜨리는 데는 개미 떼가 달려드는 게 최고야. 예상 시나리오는 이거야. 주손지가 알고 있는 혹은 앞으로 조사해낼 AN 통신의 실상을 어느 매스컴에 특종으로 내보낸다. 그렇게 되면, 지금까지는 AN 통신과 잘 지내왔던 일본 정부로서도 그 대응에 압박을 받을 수밖에 없지. 경찰이 움직이거나, 아니면 자위대라도 출동시키거나."

"AN 통신이라는 조직은 틀림없이 무산되겠지. 필시 그런 조직이야. 어딘가에 군사기지가 있는 게 아니라고. 그야말로 통제되는 개미들이 전 세계에 퍼져 있을 뿐이지."

"그렇다면 훨씬 더 유리하지. 난 짓뭉개버린 AN 통신을 가로챌 거야. 그리고 전 세계의 개미들을 고스란히 쓸 테고."

"당신이 AN 통신에 그렇게까지 집착하는 이유가 뭐지?"

"솔직하게 대답해주길 바라나?"

"대답할 의향은 있나?"

"나도 스파이 놀이를 하고 싶은 건지 모르지."

그렇게 말하며 리영선이 웃음을 터뜨렸다.

데이비드는 웨이터가 가져온 물을 단숨에 들이켰다.

빈 잔 밑바닥으로 새파란 하늘을 올려다봤다.

"흔히 '마지막 만찬으로는 뭐가 좋으냐?'는 질문을 하잖아."

데이비드가 혼잣말처럼 말했다.

"죽기 전에 뭘 먹고 싶으냐는 질문 말인가?" 리도 흥미를 보였다.

"난 항상 '물'이라고 대답해. 어쨌든 그 어떤 호화로운 식사보다 시원하고 맛있는 물을 마시고 싶거든. 어쩌면 이번에 당신 제안을 받아들인 이유는 그런 게 아닐까 싶군. 그 메마른 중앙아시아에 아름다운 물이 넘쳐흐른다. 상상만 해도 기분이 좋아. ……당신의 마지막 만찬은 뭐야?"

"난 죽을 때 생각은 안 하는 주의야."

"왜? 두려운가?"

"죽기 직전의 한순간에 무슨 의미가 있지?"

어이가 없다는 듯이 리가 웃었다.

"인생이란 건 그 한순간에 응축되어 있는 거 아닌가?" 데이비드가 받아쳤다.

"인생관의 차이지." 리도 양보하지 않았다.

눈 아래 펼쳐진 야자수 숲이 바람에 크게 휘청거렸다. 야자수라기보다 지표면이 출렁출렁 파도치는 것 같았다.

"나도 방에서 잠깐 쉬어야겠어. 머리가 아프군."

빈 잔을 내려놓은 데이비드가 "……캄보디아에 온 후로 잠을 못 잤어"라며 여전히 웃고 있는 리에게 말했다.

"수면제는?"

"안 들어."

"강한 약도 있어."

"그것도 소용없어."

데이비드는 천천히 테라스 계단을 내려갔다.

"당신, 대체 어떤 인생을 살아왔지?"

"강한 수면제도 안 듣는 인생이지." 데이비드가 혼잣말을 흘렸다.

9장

프놈펜의 밤

"그러고 보니 저는 프놈펜이 처음이네요."

택시 뒷좌석에서 밖을 내다보고 있던 다오카가 문득 생각난 듯이 중얼거렸다.

프놈펜 국제공항에서부터 순조롭게 달려온 택시가 시내 정체에 발목이 잡혀서 포장마차가 늘어선 시장 같은 작은 골목에서 꼼짝없이 오도 가도 못 하고 있었다.

"……아니, 역시 와본 적이 있었나? 흐음, 늘 여기저기 정신없이 다니다 보니 내가 어딜 갔었는지도 모르겠네요."

다오카의 혼잣말을 들으며 다카노도 다시 창밖으로 눈을 돌렸다.

흙먼지가 이는 비포장도로에는 구형 트럭, 진흙투성이 승용차, 부모와 아이 셋이 탄 스쿠터, 행상하는 여자들을 가득 태우

고 달려가는 툭툭, 신차 렉서스, 닭을 잔뜩 실은 리어카…… 온
갖 교통수단들이 정체에 발이 묶여 있었다.

골목에 늘어선 포장마차도 다양하기 이를 데 없어서 콜라병
에 휘발유를 담아 파는 가게가 있는가 하면, 최신형 아이폰 판
매점, 처마 끝에 붉은 고깃덩어리를 매달아둔 가게, 쓰레기장
같은 잡화점, 김이 피어오르는 국수 가게에는 긴 줄이 늘어서
있었다.

"방콕의 20년 전 느낌일까요?"

20년 전 방콕은 알지도 못하는 다오카가 제법 아는 듯이 말
하더니, 또다시 차 안의 모기를 찾아내서는 손으로 내리쳤다.

"이런 거에 물려서 뎅기열이니 말라리아니 걸리면, 정말 못
참죠."

공항에서 탄 이 택시에는 왜 그런지 모기가 많았다. 다오카
와 둘이 보이는 대로 때려잡았지만, 그런데도 여전히 남아 있
었다. 젊은 운전기사는 전혀 개의치 않는지, 죽어라 모기를 쫓
는 다카노 일행을 재미있다는 듯이 바라보았다.

"호텔에 안 들르고, 곧장 JOX 파워가 시내에 임대한 사무실
로 간다."

다카노의 지시에 또다시 모기 한 마리를 짓이긴 다오카가
"샤워할 시간은 줘야죠"라며 혀를 찼다.

"할 일만 끝내면, 빠져 죽을 만큼 샤워해도 돼."

다오카의 불평 따위 듣은 척도 않고, 다카노가 단말기로 현재 위치를 확인했다.

홍콩에서 이쪽으로 오는 동안 다오카가 조사해둔 바에 따르면, JOX 파워는 프놈펜 시내의 벙껭꽁이라는 지구에 출장소 명목으로 사무실을 임대했다. 그러나 주재원이 있는 것 같지는 않고, 간부들이 이쪽으로 출장 올 때마다 본사와 연락을 취하는 용도로만 사용하는 것 같았다.

이 벙껭꽁이라는 지구는 외국인용 아파트가 많고 부유층이 모여 사는 지역으로, 최근에는 세련된 카페와 레스토랑이 잇달아 오픈해서 프놈펜에서는 최첨단 장소가 되었다.

실제로 정체를 벗어난 택시가 이 지역으로 들어서자마자, 마치 다른 나라에 온 것처럼 분위기가 완전히 달랐다.

아름다운 가로수가 늘어선 거리에는 식민지 양식의 건물들이 줄지어 있고, 카페와 고급 레스토랑 앞에는 고급 차들만 줄줄이 서 있었다.

운전기사에게 부탁한 주소에서 택시를 내리자, 바로 앞에 갓 새로 지은 10층짜리 건물이 우뚝 서 있었다.

사무실 건물이라기보다는 고급 맨션에 가까웠고, 입구에는 도어맨도 서 있었다.

옆에서 같이 건물을 올려다본 다오카가 "흐음, 어떻게 들어가야 하나……"라며 고개를 갸웃거렸다.

"간단해. 지하 주차장으로 들어갈 수 있어." 다카노가 곧바로 걸음을 내디뎠다.

빌딩 뒤쪽으로 돌아가자, 예상했던 대로 지하 주차장으로 이어지는 슬로프 바로 앞에 비상문이 있었다.

디지털 잠금장치였지만, 다오카의 손에 걸리면 비밀번호쯤은 3초면 해독된다.

문을 통과해 아무 어려움 없이 지하로 내려가면, 남은 것은 주민들과 마찬가지로 엘리베이터를 이용해 8층까지 올라가면 끝이다.

도중에 방범카메라에 찍혀도 상관없도록 둘 다 마스크를 썼다. 제작 회사로 봐서는 그리 성능이 좋은 카메라는 아니었다.

8층에 도착한 후, 복도를 걸어갔다. JOX 파워가 임대한 사무실은 막다른 위치에 있었고, 명판도 붙어 있지 않았다.

다오카가 서모그래피(몸 표면의 온도를 측정하여 이를 화면으로 나타내 진단에 사용하는 방법)로 실내 상황을 살피고, "아무도 없네요"라며 고개를 저었다.

"자물쇠는 어때? 열릴 것 같나?" 다카노가 물었다.

역시나 디지털 잠금장치였지만, 주차장 입구의 비상문과 비교하면 확실히 정교했다.

문 여는 작업에 들어간 다오카를 놔두고, 다카노는 복도 창으로 아래를 내려다봤다.

프놈펜 거리가 저녁놀에 물들어 있었다. 다오카가 조금 전에 말했던 정도는 아니지만, 이렇게 아시아의 거리를 바라보고 있으면, 자신이 지금 어디에 있는지 순간적으로 알 수 없을 때가 있다. 안다고 해도 그곳이 처음 밟아보는 땅인지, 아니면 몇 번이나 왔던 땅인지 알 수가 없다.

필시 늘 다른 이름과 경력으로 여러 도시를 방문했기 때문일 것이다.

같은 도시라도 다른 이름으로 가면 그곳은 다른 도시가 된다.

"열렸어요."

소리가 들려서 돌아보니, 마치 자기 방으로 불러들이듯이 다오카가 이미 문을 열고 기다리고 있었다.

실내는 휑뎅그렁했다. 아마 같은 층에서는 면적이 가장 넓은 방이라 더더욱 그렇게 보였을지 모르지만, 커튼도 블라인드도 없는 커다란 창으로 강한 석양이 비쳐 들어 먼지가 반짝거리며 춤을 추었다.

실내에서 눈에 띄는 게 있다면, 커다란 사무용 책상 세 개, 바닥에 어지럽게 엉켜 있는 전기기구 코드뿐이라 마치 암호라도 쓰여 있는 것처럼 보였다.

재빨리 책상 컴퓨터로 달려든 다오카가 전원을 켜고 패스워드를 훔쳐내려 했다.

"이 JOX 파워라는 회사, 허술하다고 해야 할까, 아무튼 정보가 술술 새네요. 도쿄에서 잠깐 조사했을 때도 다양한 자료들을 쉽게 훔쳐봤는데."

실제로 그런지 패스워드도 단번에 알아낸 모양이라, "어떡할까요? 내용물, 일단은 전부 복사할까요?"라고 물었다.

"지난번에 네가 도쿄 본사에서 빼낸 거랑 같은 것뿐이지?"

"으음…… 아마 그렇겠죠……. 이쪽에서 만들어진 파일은…… 아, 몇 개쯤 있긴 한데…… 어라, 이건…… 우아, 아가씨들 나오는 이쪽 가게 정보예요."

"일단 그 컴퓨터를 어디서든 볼 수 있게 해놔."

다카노는 그렇게 지시를 내린 후, 감시카메라를 설치할 장소를 찾기 시작했다.

그날 밤, 다카노는 아름답게 조명이 밝혀진 호텔 수영장에서 시원한 맥주잔을 비웠다.

아까부터 옆얼굴이 아름다운 소녀가 하얀 팔다리와 몸으로 수영장에 둥둥 떠 있었다.

호텔 안뜰에서는 한 달에 한 번 개최하는 듯한 '와인과 영화의 밤'이라는 이벤트를 한창 진행하는 중이라 야외 스크린에 비치는 영화 음향이 수영장에까지 희미하게 들렸다.

대사 중에는 왠지 기억나는 내용도 있었다.

다카노는 옆에 있던 웨이터에게 "오늘 밤에는 뭘 상영하죠?"라고 물었다.

"〈카사블랑카〉입니다."

"험프리 보가트 목소리였군."

"네, 그리고 지금은 잉그리드 버그만."

"여기서 인기 있나요?"

"이 주변에 체류하는 미국과 유럽 사람들은 저런 영화를 좋아해요."

다카노는 웨이터에게 팁을 건네고, 시원한 화이트와인을 갖다달라고 부탁했다.

눈을 감고 〈카사블랑카〉를 들으려는 순간, 얼굴 위로 그림자가 쓱 뻗어 오더니, "다카노 씨, 아침까지 안 들어올 건데, 별다른 일이 있나요?"라며 다오카가 들여다보았다.

"아니, 없어." 다카노가 고개를 저었다.

"자, 그럼"이라며 막 걸음을 내딛던 다오카가 갑자기 멈춰 서더니, "으음, 새삼스레 이런 말 묻는 건 좀 그렇지만, 다카노 씨는 대체 어디서 터뜨려요?"라고 진지한 표정으로 물었다.

"터뜨리다니?"

"아니, 그러니까 뭐 자랑은 아니지만, 난 이렇게 밤이 되면, 기회 있을 때마다 그 지역 클럽에 가서 춤추고 여자한테 작업도 걸고…… 그리고 이래저래 성가시게 해서 이런 말 하긴 뭣하지만, 제 경우는 이따금 약도 하면서 망가질 땐 확실하게 망

가져서 스트레스를 해소하는데, 다카노 씨가 정신 줄을 놔버린 모습은 본 적조차 없고……."

진심으로 묻는 듯한 다오카에게 "난 됐어, 그런 건"이라고 다카노도 진지한 표정으로 대답했다.

"됐다니…… 그건 대답이 안 돼요."

어이없다는 듯이 웃음을 터뜨린 다오카가 수영장 옆으로 걸어갔다.

그런데 다음 순간, 혀를 차며 멈춰 선 다오카가 신호가 들어온 듯한 단말기를 확인한 후, "……운이 안 좋네. 지금 JOX 파워 사무실에서 변화가 감지됐어요" 하고 어깨를 떨어뜨리며 말했다.

"변화?"

다카노가 몸을 일으키며 물었다.

"JOX 파워 간부 두 명이 방콕에서 출발한 비행기로 이제 곧 프놈펜에 도착합니다. 이와미 겐고와 후루야 노리카즈라는 두 간부인데, 프놈펜을 여러 차례 방문했었고, 아마도 데이비드 김을 직접 만나는 건 그들일 겁니다."

"갑작스럽군."

"그러게요. 극비인지 늘 이용하던 여행사도 통하지 않았습니다."

"데이비드 김도 오늘 밤에 이 도시에 있나?"

"글쎄요, 그것까진 알 수 없지만, 오늘 밤에 사무실을 지켜볼 가치는 있을 것 같습니다."

다카노는 손목시계를 봤다. 막 10시를 지난 시간이었다.

"비행기는 몇 시 도착이야?"

다카노의 질문에 "으음…… 곧 도착합니다. 사무실 도착까지 남은 시간은 한 시간 정도예요"라고 다오카가 대답했다.

호텔 정문 주차장에 재규어 SUV가 서 있었다.

"프놈펜은 희한하게, 아직 개발도상 중인 분위기인데도 고급 수입차들은 풍부하게 갖추고 있네요."

다오카가 고개를 갸웃거리며 말했다.

다카노는 운전석에 올라타 차를 급히 출발시켰다.

호텔 현관에서 일반도로로 들어서자마자, 줄줄이 늘어선 툭툭을 잇달아 추월하며 달려갔다. 프놈펜에 도착한 지 아직 한나절도 안 지났지만, 시내 지도는 이미 머릿속에 들어 있었다. 다카노는 막히는 큰길을 피해 골목에서 골목으로 차를 몰았다. 땀과 비와 양념 냄새가 뒤섞인 듯한, 남국의 밤 냄새가 차 안까지 깊숙이 스며들었다.

다카노는 JOX 파워의 사무실이 있는 빌딩 뒷길에 차를 세웠다. 먼저 조수석에서 내린 다오카를 보며 들개가 짖어댔다. 배가 고픈 건지, 아니면 공포를 느낀 건지, 들개 주둥이에서는

246

침이 뚝뚝 떨어졌고, 그 포효는 오렌지색 조명으로 밝혀진 뒷길에 울려 퍼졌다.

들개를 발로 걷어찬 다오카가 빌딩 뒷문으로 침입할 때까지 기다렸다가 다카노도 차에서 내렸다. 걷어차여 전의를 상실했는지, 들개는 바닥에 드러누운 채 움직이지 않았다.

"배고프니?" 다카노가 별생각 없이 말을 건넸다.

말이 통할 리 없고, 들개는 그저 헉헉거리며 뜨거운 혀를 늘어뜨렸다.

그때 이어폰에서 다오카의 목소리가 들렸다.

"8층에 도착했습니다. 어떡할까요? 사무실 안으로 들어가는 게 좋을까요?"

"거기 말고 달리 몸을 숨길 만한 장소가 있나?"

"옆 사무실이 비어 있어서 그쪽 천장을 타고 들어가는 방법이 있긴 한데······."

"그럼 너는 그쪽에서 천장 안으로 들어가. 난 여기 있겠다."

"알겠습니다. 그쪽에 무슨 변동이 있으면 연락 주세요."

다오카와 통신이 끊기고, 지직거리는 불쾌한 소리가 귓속에 남았다. 그와 동시에 빌딩을 올려다보려던 다카노의 등 뒤로 뭔가 단단한 물체가 와 닿았다.

자기 등에 권총을 들이댄 남자의 그림자가 오렌지색 길가에 드리워져 있었다.

다카노는 저항할 의사가 없음을 표시하듯 양팔을 올렸다.

그런데 돌아보려 하자, 난폭하게 팔을 비틀었다.

"움직이지 마."

들려온 목소리는 아시아 계열 억양이 있는 영어였다. 며칠째 목욕을 하지 않은 듯한 냄새가 풍겼다.

"……움직이지 마."

그 말을 다시 되풀이한 남자가 서툰 손놀림으로 수갑을 채우려 했다. 다카노는 몸의 중심을 아래로 내리며 그대로 남자안면에 돌려차기를 시도했다.

어안이 병병해진 남자가 수염이 수북한 얼굴로 눈을 휘둥그레 떴다. 몇 센티미터면 남자의 안면에 발차기가 먹히려는 순간, 이번에는 반대편에서 "움직이지 마"라며 다른 남자가 옆구리에 권총을 들이밀었다.

두 번째 남자는 이런 상황에 익숙한 사람이 틀림없었다.

다카노는 순순히 다리를 내렸다.

등 뒤에 서 있던 남자는 외모가 독특했다.

아시아 사람으로도 보이고, 유럽 계통으로도 보였다. 머리칼과 눈동자 색깔은 옅고, 피부는 갈색이었다. 흡사 아시아와 유럽이 그 남자의 얼굴에서 충돌한 것 같았다.

"얌전하게 굴면, 해치진 않아."

남자가 권총을 더 바짝 옆구리로 들이밀었다.

"누구야?"

다카노가 남자에게 얼굴을 가까이 댔다.

남자는 주눅 들지 않고, "그렇게 서두를 거 없어"라며 미소를 지었다.

"그건 어디 억양 영어지?" 다카노가 물었다.

"당신 영어랑 똑같잖아. 돈을 찾아 전 세계를 휘젓고 다니는 녀석의 형편없는 영어지." 남자가 웃었다.

남자가 턱짓으로 가리킨 길 반대편에 어느새 밴 한 대가 서 있었다.

다카노는 자기 발로 걸어갔다.

남자도 다카노의 옆구리에서 권총을 거둬들였다.

다카노를 뒷좌석에 밀어 넣은 후, 남자는 조수석에 올라탔다. 다른 한 남자가 허겁지겁 운전석으로 뛰어올랐다.

남자가 크메르어로 지시를 내리는 모습을 보니, 운전기사 쪽은 동료라기보다는 현지에서 급하게 구한 심부름꾼인 것 같았다.

운전이 난폭해서 차가 심하게 흔들렸다.

"당신이 만나야 할 사람이 있어."

"내게 선택의 여지가 있는 얘기인가?" 다카노가 말을 이었다.

"무슨 뜻이야?"

"뭔가 부탁이 있으니까 그 녀석이 날 만나고 싶어 하겠지?"

"그렇지."

"그러니 내가 그 부탁을 거절할 수 있느냐고 묻는 거야."

다카노의 말에 "거절할 수 없다면, 어쩔 생각이지?"라며 남자가 소리 내어 웃었다.

"이 차에서 도망칠 방법을 필사적으로 고민하겠지." 다카노도 웃었다.

차는 메콩강을 향하고 있는 듯했다. 붉은 보름달이 따라왔다.

다카노는 몰래 다오카와 연결된 통신기의 송화구를 손가락으로 튕겼다. 간단한 모스 신호로 '따라오지 말라'고 보냈다. 이쪽 대화는 다오카에게 고스란히 다 들렸을 게 틀림없다.

*

천장 안쪽의 비좁은 통풍관에서 다오카는 포복으로 앞뒤로 기며 바쁘게 움직이고 있었다.

다카노가 어떤 자들에게 붙잡혀 차에 실려 가는 상황은 시시각각 전해졌고, 처음에는 구하러 가려 했는데, 바로 다카노에게서 쫓아오지 말라는 신호가 왔다.

실제로 차 안에서 나누는 대화를 들어본 바로는 다카노에게도 여유가 있었고, 일부러 상대 분위기에 맞춰주는 기미도 느껴졌다.

그래도 다오카는 일단 현재 상태만이라도 전해두려고 가루이자와의 가자마에게 연락했다.

그런데 웬일인지 연결된 사람은 가자마가 아니라, 본부의 교환원이었고, 억양 없는 목소리로 아이디를 확인했다.

머뭇거리며 확인을 끝내자, "현재, 가자마 씨에게 보내는 정보는 모두 이쪽에서 받습니다"라고 말했다.

다오카는 다카노가 현재 처한 상황을 설명했다.

얼마쯤 지난 후, "다카노 가즈히코가 갖고 있는 통신기로 이쪽에서 그의 현재 위치를 파악하고 있습니다"라는 대답이 돌아왔고, "다른 보고 사항이 있습니까?"라는 사무적인 질문이 던져졌다.

"아뇨……." 통신을 끊으려던 다오카가 갑자기 "저…… 가자마 씨의 건강이 또 안 좋아졌나요?"라고 물었다.

물론 교환원이 알 리가 없지만, 일단은 상부와 연결하는지 "잠시만 기다려주세요"라며 목소리가 멀어졌다.

다오카는 통풍구를 기어가며 답변을 기다렸다.

"말씀하신 대로 건강 상태가 좋지 않다고 합니다."

갑자기 교환원의 목소리가 돌아왔다.

"지금까지도 좋진 않았는데, 급기야 위급한 상황인가요?"

다오카가 거리낌 없는 말투로 물었다. 그러자 상대도 기계는 아니라, 살짝 스스럼없는 말투로 "지금은 안정된 것 같아요.

그렇지만 어젯밤에 전격성 간염이 의심돼서 긴급 이송된 것 같습니다"라고 알려주었다.

"고마워요."

다오카는 통신을 끊었다.

물론 다오카는 지금까지 교환원 누구와도 얼굴을 마주한 적이 없다. 하물며 AN 통신의 본부가 어떤 장소고, 어디에 있는지조차 모른다. 다만 그곳은 천국이나 지옥과는 달라서 확실하게 이 세상 어딘가에 존재한다.

다오카는 가끔 AN 통신의 본부는 어떨까 공상하곤 한다.

떠오르는 이미지는 왜 그런지 만국기가 늘어선 뉴욕의 국제연합 빌딩이고, 분명 AN 통신도 그런 빌딩이겠지 상상한다. 물론 그렇게 크지 않을지도 모른다. 그래도 안에는 간부들이 모이는 대회의실이 있고, 그곳으로 세계 각국에서 정보가 모여든다.

예를 들어 다오카가 어딘가에서 공을 세우면, 자기 얼굴이 거대한 모니터에 뜨고 참석자들에게 박수를 받는 것이다.

그러나 생각하면 할수록 거기 떠오른 장면은 영화나 텔레비전 드라마에서 봤던 어떤 광경임을 깨닫는다. 결국 진정한 AN 통신의 모습은 다오카도 전혀 상상할 수조차 없었다.

복지시설에서 철이 들기 시작할 무렵, 장래에 AN 통신의 사람이 될 거라고 인식하고 있었다. 다른 아이들과는 다른 커리큘럼으로 훈련을 받았고, 신분을 감추고 나란토에서 고등학교 시절을 보낸 후에는 당연하다는 듯이 AN 통신에서 일하기 시작했다. 신기할 정도로 아무런 의문도 품지 않았다.

그러나 감정이 바로 멈춰버렸다. 명령을 받아 몸을 움직이는데도 감정만은 움직이지 않게 된 것이다.

자기 자신도 아무런 의문 없이 AN 통신에서 일하는 주제에 아무런 의문 없이 일하는 다른 첩보원들을 보면 별안간 막연한 불안이 느껴지곤 했다.

정신을 차려보니 약에 손을 대고 있었다. 임무를 하기 위해 가는 나라에서는 그 정도는 손쉽게 구할 수 있었다.

그 무렵, 만약 다카노가 아니라 다른 누군가의 밑에 배속되었다면, 자기는 분명 이미 산목숨이 아닐 거라고 다오카는 생각했다.

다카노는 약으로 엉망이 된 다오카를 한 번도 버리지 않았다. 일어서지 못하면, 기어서라도 걷게 만들었다. 먹지 못하면, 강제로 입에 음식을 밀어 넣었다.

그 과묵한 모습에서는 오로지 '살아야 해!'라는 다카노의 메시지만 전해졌다.

천장 속으로 숨어들어 얼마쯤 지난 후, JOX 파워의 간부들이 사무실로 들어왔다. 기내에서부터 꽤나 마셨는지, 목소리에서 거나하게 취한 기분 좋은 기운이 느껴졌다. 그런데 당연히 그들뿐일 거라 예상했는데, 놀랍게도 각자 데리고 온 여자가 있었고, 마치 긴자 술집에서 2차를 나가는 듯한 분위기였다.

"이와미 씨, 이제 일은 아무래도 상관없어요!"

거의 곤드레만드레 취한 음색으로 기분 좋게 떠들어대던 사람은 후루야 노리카즈 상무였고, 그 팔로는 젊은 여자의 어깨를 감싸고 있었다.

"아니, 잠깐만. 일단 여기서 이것만 해치우면, 이번 출장은 완료되니까."

마찬가지로 술에 취한 이와미 겐고 전무가 금고에서 무슨 서류를 꺼내려 했다. 방콕에서 데려온 듯한 여자들은 아직 젊었고, 아마도 난생처음 1등석을 탄 흥분이 채 가라앉지 않았는지 남자들은 무시하고 기내식과 기내에서 본 영화 얘기를 타이어로 신나게 나눴다.

"이와미 씨, 얼른 해요. 밑에 차가 기다리니까 이제 그만 호텔로 가자니까요."

"잠깐, 잠깐만, 5분이면 돼."

이와미라고 불린 남자가 금고에서 꺼낸 서류에 뭔가를 기입하는 모습이 천장 속에 숨은 다오카에게도 또렷하게 보였다.

"그나저나 모든 게 너무 순조로워서 웃음이 멈추질 않는군요."

"그러게 말이야. 우리 같은 후발 전력회사가 미래 일본의 수도사업을 독점으로 맡도록 결정 났어. 그리고 그 배경에는 오

254

쿠니 총리에 주손지 노부타카. 게다가 또 물 메이저인 V. O. 에퀴와 대등한 입장이 됐고."

"역시 이와미 씨의 선견지명이 대단하십니다."

"아냐, 아냐, 자네가 여러모로 애써준 덕분이지. 아무튼 이젠 아무 걱정 할 거 없어. 모든 게 궤도에 올랐으니까. 오쿠니 총리 쪽에서 얼른 법률을 만들어주는 일만 남았어. 이 열차는 앞으로 끝도 없이 달려갈 거니까."

"정말로 칙칙폭폭, 칙칙폭폭이죠."

후루야가 낸 기차 소리가 우스웠는지 여자들이 흉내를 내며 웃음을 터뜨렸다. 흥이 오른 후루야까지 여자들과 다시 하나가 되어 "칙칙폭폭, 칙칙폭폭" 떠들어대서 이루 말할 수 없이 기묘한 광경이었다.

그러나 실제로 그렇게 될 거라는 건 다오카도 안다.

일본 수도사업의 미래와 관련해 뭔가가 결정 난 것이다. 그리고 이 나라에서는 그야말로 '칙칙폭폭' 달리기 시작해버리면, 이젠 누구도 그것을 멈출 수 없다.

*

독립기념탑, 국립박물관, 왕궁을 본체만체 지나치고, 정체에 걸린 차는 가까스로 강변도로를 북상하기 시작했다.

이 거리는 프놈펜에서도 최고의 관광지인지, 화려한 네온사인을 밝힌 카페와 레스토랑은 이 시간에도 수많은 관광객들로 북적거렸다.

남국의 밤에 들떠서 상당히 취한 듯한, 독일인으로 보이는 청년들이 거리로 튀어나와 상반신을 드러내고 춤을 추었다.

다카노는 거리를 내다보던 눈을 차 안으로 되돌렸다.

이미 차 안에서는 오랫동안 대화가 오가지 않았다.

크메르어로 얘기하는 운전기사는 막히는 길에 짜증이 나서 손가락으로 핸들을 두들겼고, 조수석에 앉은 아시아인으로도 유럽인으로도 보이는 남자는 아까부터 눈을 감고 있다.

"당신, 얼굴 생김새가 신기하군." 다카노가 남자에게 말을 건넸다.

그러나 남자는 눈을 뜨려고도 하지 않았다.

"……태어난 곳이 어딘지 정도는 알려줘도 되잖아."

다카노가 포기하지 않고 계속하자, 룸미러 속에서 천천히 눈을 뜬 남자가 "스파이는 좀 더 과묵할 줄 알았는데"라며 웃었다.

남자의 웃음소리에 숨이 막힐 것 같았던 차 안 분위기가 조금은 누그러졌고, 다카노가 "과묵한 스파이는 시대에 뒤처진 것 같던데"라고 받아쳤다.

창문을 다 닫아둔 차 안까지 거리의 소란함이 또렷하게 들렸다. 어느 가게에서 흘러나오는 격렬한 댄스음악이 정체로

256

꼼짝 못 하는 차를 흔들었다.

"내가 태어난 곳은 중앙아시아의 키르기스스탄이야."

남자가 불쑥 대답했다.

"키르기스스탄?"

"가본 적 있나?"

"아니, 없어. ……그래도 이식쿨호(湖), 부라나 탑, 수도에 있
는 바자 이름이 뭐였지?"

"오쉬 바자."

"아름다운 나라라고 들었어."

"으음, 아시아의 스위스라고도 불리지."

다시 차가 움직이기 시작했고, 창밖으로 환한 네온사인이
흘러갔다.

"아시아의 스위스에서 태어난 키르기스스탄 사람이 왜 이런
더운 나라에 있지?" 다카노가 말을 이었다.

일부러 뒤를 돌아본 남자가 "당신을 찾으러 온 거야"라며 웃
었다.

남자의 얼굴은 정말로 신비로운 분위기였다. 보는 각도에
따라 다양한 인종의 이목구비로 보였다.

"키르기스스탄 사람은 일본 사람이랑 똑같다는 얘기를 들었
는데." 다카노가 말했다.

"어, 키르기스스탄에 유명한 얘기가 있지. 키르기스스탄인

과 일본인은 옛날에 형제였다. 생선을 좋아하는 녀석은 일본으로 가고, 고기를 좋아하는 녀석은 키르기스스탄에 남았다."

"그런데 당신 얼굴은 일본인으로 보이진 않아."

"일본인도 얼굴 생김새는 다양하잖아. 키르기스스탄인도 다양하고."

"이름 정도는 알려주지." 다카노가 말했다.

"아지스야."

남자는 망설임 없이 알려주었다.

아무런 근거도 없었지만, 다카노는 왠지 그 아지스라는 남자에게 호의를 품었다.

차가 멈춰 선 곳은 번화한 거리에서 안쪽으로 한 블록 들어간 골목이었다. 그러나 골목이라고는 해도 큰길의 흥취는 보랏빛 밤하늘에 선명하게 울려 퍼졌다.

차에서 내린 아지스가 "여기야"라며 눈앞의 건물을 올려다보았다. 이른바 식민지 양식의 오래된 건물은 아파트로 사용되는지, 해가 저문 지금도 테라스에 이불이나 세탁물이 그대로 널려 있는 집도 보였다.

건물 1층은 이미 문을 닫았지만, 식당 여러 군데가 영업 중인 듯했다.

"이쪽이야."

아지스가 좁고 어두운 계단을 올라갔다. 여기까지 운전했던 남자는 내리지 않는지, 운전석에 앉은 채로 휴대전화를 만지작거렸다.

다카노는 아지스를 따라갔다. 어느 집에선가 식욕을 자극하는 양념 냄새가 났다. 다카노는 무심코 군침을 삼켰다.

아지스가 멈춰 선 곳은 2층 맨 안쪽에 있는 문 앞이었다. 등 뒤에 서 있는 다카노를 확인하며 커다란 문을 몇 번 두드렸다.

다카노는 반사적으로 경계 태세를 취했다. 여기까지 와서 상황이 돌변해 거칠게 맞진 않겠지만, 몸이 저절로 반응했다.

그때 문이 천천히 열렸다. 놀랍게도 문을 연 사람은 어린 소녀였다. 살짝 놀란 듯이 눈을 휘둥그레 떴다가 금세 아지스의 다리로 달려들려 했다.

"딸이야." 아지스가 아이를 안아 올렸다.

아지스 딸의 파란 눈동자는 무척 아름다웠다. 키르기스스탄이 자랑하는 이식쿨호의 빛깔도 저럴까 하는 생각이 들었다.

아지스의 품에 안긴 소녀는 아빠의 귀가를 예상하지 못했는지, 이루 말할 수 없이 기뻐하며 품으로 파고들더니 떨어질 줄을 몰랐다.

"원래는 다른 장소로 당신을 데려갈 예정이었는데, 오는 길에 마음이 바뀌었어." 아지스가 말했다.

"다른 장소?"

"그래. 스파이를 상대로 얘기하기 딱 좋은 어스름한 창고지."

아지스가 웃었다.

그러는 중에 안에서 아지스의 아름다운 아내가 나왔다. 어린 딸은 엄마를 닮은 듯했다.

아지스가 키르기스스탄어로 아내에게 뭐라고 말했다. 아내는 당황하면서도 "네, 안으로 들어오세요. 저녁 식사 하고 남은 음식뿐이지만, 어쨌든 지금 바로 준비할게요"라고 영어로 말하며 다카노를 맞아들였다.

"자, 들어가지."

아지스가 딸을 안은 채로 다카노의 등을 밀었다.

아마도 장기임대아파트인 듯, 실내는 살풍경하지만 생활에 필요한 도구들은 그럭저럭 갖춰져 있었다.

들어가자마자 다이닝룸이 있고, 둥그런 테이블에는 딸이 놀고 있었는지 탁상 게임이 펼쳐져 있었다.

"일단 좀 앉아."

딸을 안쪽 방으로 데려다준 후, 아지스가 다이닝룸으로 돌아왔다. 그 손에는 보드카병과 작은 유리잔 두 개가 들려 있었다.

다카노는 다이닝룸 의자에 앉아 아지스가 따라준 보드카를 단숨에 마셨다.

얼얼한 통증이 목을 타고 흘러내리고, 강한 향이 코로 흘러나왔다.

"그건 그렇고, 날 만나게 해주고 싶은 녀석은 어디 있어?" 다카노가 물었다.

똑같이 보드카를 단숨에 들이켜고 뜨거운 숨결을 내쉬던 아지스가 "나야. 당신을 만나고 싶었던 사람은 나라고"라며 쓸쓸하게 웃었다.

"그럼 처음부터 그렇게 말하면 되잖아?"

"당신이 어느 정도 되는 남자인지 가늠해보고 싶었어. 만약 대단한 놈이 아니었으면, 차에서 밀어버렸지."

"그럼 여기서 보드카까지 마시게 해주는 건 내가 당신 눈에는 들었단 뜻인가?"

"거짓말한 건 사과하지."

그때 부엌에서 아지스의 아내가 양고기 요리를 내왔다.

"혹시 괜찮으시면, 좀 드세요."

아지스의 아내가 내온 요리는 양고기를 강한 양념으로 조린 음식으로 조림 국물이 붉었다.

"고맙습니다."

다카노가 감사 인사를 하자, 아지스가 선반에서 꺼낸 바게트를 뜯어주었다.

다카노는 순순히 받아 들었다.

"낮부터 아무것도 못 먹었어."

그렇게 중얼거린 아지스가 양고기를 입이 미어지도록 베어 물고, 거기에 바게트까지 밀어 넣었다.

아내가 안쪽 방으로 들어가려 하자, 딸의 웃음소리가 들렸다. 아마도 열쇠 구멍으로 이쪽을 엿보고 있었던 모양이다.

"일을 의뢰하고 싶다. 그래서 당신을 찾으러 여기까지 왔고."

아지스가 아무런 전조도 없이 말하고는 그 입으로 다시 바게트를 베어 물었다.

다카노는 안쪽 방으로 시선을 돌렸다.

"아내와 딸을 여기까지 데려온 건 단순한 가족 여행으로 보이기 위해서야. 여기로 당신을 데려온 건 계획에 없었던 일이고."

아지스의 목소리에 안쪽 방에서 울린 딸의 웃음소리가 겹쳐졌다.

"일단 먼저 한 가지 묻고 싶은 게 있다." 다카노가 말했다.

"……내 얘기는 누구한테 들었지?"

아지스가 음식을 씹던 동작을 멈췄다.

"그건 말하지 않기로 약속했어. 다만 믿어줘. 당신들 AN 통신에 절대로 나쁜 얘기는 아니야."

다카노는 용건을 말하라는 의미로 턱짓을 했다. 그러나 착각한 아지스가 양고기 접시를 다카노 쪽으로 밀었다.

"……중앙아시아의 수자원 개발에 관한 정보가 필요해."

아지스가 보드카를 두 잔에 따르고, 한 잔을 단숨에 들이켰다.

"우리의 물을 누군가에게 뺏기고 싶지 않아."

보드카 탓인지 아지스의 눈이 살짝 붉어졌다.

그 후, 아지스의 말에는 열기가 감돌았다.

현재, 아지스의 고향인 키르기스스탄을 비롯해 타지키스탄, 우즈베키스탄 등의 중앙아시아 여러 나라에서는 물 확보를 둘러싸고 국경을 초월한 경합이 계속되고 있다. 이것은 경제적인 대립을 심화시켜서 정치적인 긴장을 내포한 '물 전쟁' 양상을 드러내기 시작했다고 한다.

다행히 키르기스스탄은 중앙아시아 중에서도 물이 풍부한 상류 지역에 위치해서 하류 지역에 비하면 혜택받은 땅이다.

다만 키르기스스탄 국내에서도 상류, 하류의 차이는 있어서 물이 부족한 하류 지역에서는 심각한 사태가 벌어지고 있다.

원인으로는 구소련 시대의 유물인 수도 설비 노후화를 들 수 있지만, 키르기스스탄 국내에 그것을 단번에 개설할 수 있는 재정적인 여력은 없다.

그에 덧붙여서 13억 인구를 떠안은 중국이 신장 위구르 자치구에 댐 건설을 가속시키고 있다.

"……그런 와중에 중앙아시아의 수자원을 노린 리영선이라는 남자가 프랑스의 V. O. 에퀴 사를 이용해 움직이고 있다는 소문이 귀에 들어왔지. 만약 그자들이 진심으로 빼앗으려 들면, 보나 마나 우리의 물은 잠시도 못 버티고 그들의 수중에 들어가. 우리의 아름다운 물의 주도권을 배금주의 외국 기업에 빼앗긴다고."

아지스는 거기까지 단숨에 얘기를 풀어놓고, 다시 보드카 한 잔을 들이켰다.

"상황은 이해했어. 그래서 당신은 우리 AN 통신에 뭘 의뢰하고 싶은 거지?" 다카노가 물었다.

"정보가 필요해. 리영선이라는 남자가 지금 현재 어떻게 움직이고 있는지. 누구와 손을 잡았고, 누구를 적대하고, 무엇보다 우리의 아름다운 물을 어쩌려는 건지."

"당신을 키르기스스탄 정부의 대리인으로 받아들여도 되겠나?" 다카노가 물었다.

"아니, 반대 입장이라고 생각해줘. 현재 키르기스스탄 정부의 관리들은 우리의 물을 놈들에게 팔아넘기려 해. 사리사욕만 채우려고."

아지스의 대답에 다카노는 마시려고 했던 보드카 잔을 내려놓았다.

아지스의 의뢰를 감정적으로는 이해하지만, AN 통신이라는 조직은 감정론으로는 움직이지 않는다.

"얘기는 이해했어. 단, 보수는 싸지 않아."

다카노는 일말의 타협도 허용하지 않는 강한 말투로 뜻을 전했다.

"그건 알아……."

그쯤에서 아지스가 말을 머뭇거렸다.

다카노는 다음 말을 가만히 기다렸다.

"……그런데 우리에겐 그걸 지불할 여유가 없어."

"그렇다면 우리는 움직일 수 없지."

더 이상 말 붙일 엄두도 못 낼 정도로 다카노가 바로 받아쳤다.

마음 한구석으로 온정을 기대한 듯한 아지스의 표정에서 여유가 사라졌다.

"나중에 지불하는 방법은 없나?"

아지스의 말에 다카노가 "안타깝지만 전례가 없군"이라며 고개를 가로저었다.

"뭐든 처음 하는 건 전례가 없어." 아지스가 매달렸다.

"후불 방법은?" 다카노가 은근슬쩍 떠보았다.

그 말이 끝나기가 무섭게 활기를 되찾은 아지스가 침을 튀기며 그 방법을 설명하기 시작했다.

요약하자면, 앞으로 수자원개발과 관련해서는 외국 자본에 의지할 수밖에 없지만, 주도권은 키르기스스탄인이 잡아야 마땅하며, 그때 수도사업으로 얻는 이익 중 몇 퍼센트를 AN 통신에 계속 지불하는 계약을 맺고 싶다는 내용이었다.

"나 혼자만의 판단으로는 아무런 답변도 할 수 없어." 다카노가 정직하게 말했다.

"어, 알아. 단, 당신에게 기대도 해." 아지스가 말했다.

"다시 한번 질문하지. 내 얘기는 누구한테 들었지?"

다카노의 질문에 "글쎄, 그건 말하지 않기로 약속했어"라며 아지스가 미안해하는 표정을 지었다.

"알려주면, 이번 얘기도 쉽게 진행될 텐데." 다카노가 거짓말을 했다.

그러나 아지스는 일말의 망설임도 없이, "그래도 약속은 약속이야. 말 못 해"라고 대답했다.

호텔로 돌아오는 택시 안에서 다카노는 바로 가자마에게 연락했다. 그런데 웬일인지 전화는 본부로 연결되었고, 가자마의 용태가 악화되어 입원했다고 알려주었다. 다행히 지금은 안정되어 오늘내일에 어떻게 될 위험한 상태는 아닌 듯했다.

다카노는 사무적으로 아지스 건을 보고했다. 돌아온 대답은 "전달하겠습니다"라는 기계적인 말뿐이었다.

10장
여자들

"오쿠니 총리 기자회견, 곧 시작할 것 같아."

사회부 사무실에 그런 소리가 울려 퍼져서 오늘 아침 시내에서 발생한 화재 기사 원고를 다시 읽고 있던 구조가 고개를 들었다.

가까이에서 역시나 원고를 읽고 있던 상사 오가와도 "어, 시작하는군"이라며 얼굴을 들었다.

"어떤 발표가 나올까요?"

구조가 뻣뻣하게 굳은 고개를 돌리며 오가와에게 물었다.

"흠, 글쎄, 총리 본인이 너무 깊은 얘기까지는 안 할 테지만, 부흥 지원책과 관련해서는 어느 정도까지는 본인 입으로 얘기하지 않을까?"

"예의 그 수도사업 민영화에 관련된 얘기도 할까요?"

"글쎄, 구체적인 얘기는 아직 이르겠지만, 후쿠오카의 사가라 댐, 효고의 지모리 댐이 잇달아 그 정도 피해를 입었잖아. 국가가 선도하는 모양새로 시작해서 그대로 민영화 흐름으로 이어진다면, 좁은 곳에서도 회전이 잘되는 덤프카인 셈이니, 피해 지역으로서는 그쪽이 더 도움이 되겠지."

"소문은 들으셨죠?"구조가 끼어들었다.

"소문?"

"이번 사가라 댐과 지모리 댐의 복구 작업에 민영화의 일진으로 JOX 파워라는 중견 전력회사가 참여하기로 결정 났다는 소문."

"그런 것 같더군. 원래는 수도사업 하면 일단은 동양에너지 이름부터 나왔어야 할 텐데, 그곳을 제치고 JOX 파워인 걸 보면, 배후에서 뭔가가 움직이고 있단 뜻이겠지."

"그걸 무사태평하게 봐도 되나요? 그렇잖아요, 만약 배후에서 뭔가가 움직이고 있다면, 그건……."

"뭐, 보통은 그렇지. 이런 긴급사태가 아니라면. 하지만 잘 생각해봐. 댐 결궤로 그렇게 무지막지하게 파괴된 지역 사람들 입장에서는 뒷거래든 뭐든 상관없으니 어쨌든 작업부터 진행해주길 바라는 게 본심이겠지. 그러지 않으면 생활이 안 되니까."

텔레비전 앞으로 모여드는 다른 스태프들에 섞여서 오가와도 자리에서 일어섰다.

구조는 메마른 목을 가라앉히려고 서랍에서 꺼낸 허브 사탕 한 알을 입안에 넣었다.

누군가는 거짓말을 하는 것이다. 무엇보다 두 댐을 폭파한 범인이 이슬람 과격파에 어중간하게 경도된 장난 같은 그룹이라는 점이 이상하다.

게다가 사가라 댐을 폭파했다는 범인들 중에 댐 보수공사를 하청받은 회사의 2대째 사장인 아다치가 없다는 점이 결정적이기도 하다.

라쿠치에서 술집을 했던 세쓰코 마담의 얘기에 따르면, 아다치 사장이 그 지역 사람이 아닌 노나카라는 남자와 댐 폭파에 필요한 다이너마이트양이나 보수 얘기를 나눴다고 했다. 구조의 회사에서는 그 얘기를 확실하게 경찰에 전했다. 그런데 그것은 없었던 일로 치부되었다.

한때는 중요 인물로 경찰에게 쫓기던 아다치가 사라져버린 것이다.

물론 댐 폭파 범인이 전격 체포된 후, 오가와를 비롯한 상사들이 지금까지와는 너무나 다른 수사 방침에 관한 설명을 들으려고 매일같이 담당 경찰서를 드나들었다.

그러나 오가와 측의 질문에 정확하게 답해주는 사람은 없었고, 그들의 그런 분위기로 보아 이 건과 관련해 훨씬 윗선에서 뭔가가 비밀리에 결정됐으며, 설령 경찰이라도 이미 관여할 수 없게 됐다는 것만 알아냈다고 오가와가 말했다.

아무도 납득할 수 없었지만, 지금은 '일단 상황을 좀 지켜보자'는 선에서 회사 내부의 의견이 일치되었다.

세쓰코 마담의 증언은 맞다. 아다치 사장과 노나카라는 남자는 분명 사가라 댐 폭파와 관련이 있다. 그렇기 때문에 아다치는 그날 밤 와카미야 신지를 데리고 이곳 후쿠오카에서 도망친 것이다.

텔레비전에서 오쿠니 총리의 기자회견이 시작된 듯했다.

텔레비전 앞에 진을 친 스태프들 사이에서 작은 술렁임이 일었다.

조금 전 오가와의 예상과는 달리, 일단은 전국의 선두 주자로 후쿠오카 및 효고의 수도사업 자유화 관련 법안을 매우 신속하게 정비하겠다고 언명한 모양이다.

구조는 텔레비전에 나온 오쿠니 총리의 기름진 얼굴을 바라보며 나란토에서 만났던 이시자키를 떠올렸다.

이시자키는 중의원인 주손지 노부타카 밑에서 일한다. 그 주손지 노부타카와 생전에 재무대신 자리까지 차지했던 오쿠니 총리의 아버지는 한때 붕우로서 일본을 함께 움직였을 게 틀림없다.

와카미야 신지. 고아. AN 통신. 첩보원. 아동 유괴. 댐 폭파.

나란토. 이시자키. 주손지 노부타카. 오쿠니 총리. 그리고 수도 사업 자유화.

아직은 무엇 하나 연결되지 않지만, 그것들이 어떤 커다란 소용돌이를 일으키기 직전이라는 것만은 구조도 이제는 알 수 있었다.

구조가 텔레비전 앞에 모여 있는 스태프들에게서 벗어나듯이 휴대전화를 들고 복도로 나갔다. 복도 막다른 곳에 문이 있고, 그 문으로 나가면 비상계단이 나온다.

계단이 훤히 드러난 그곳은 절대 마음이 편한 장소는 아니지만, 그곳에서는 번화한 덴진의 대로가 내려다보인다.

구조는 어떤 번호로 전화를 걸었다.

꽤 오랫동안 신호음이 울린 후, 소곤거리듯이 "여보세요?"라고 대답하는 목소리가 들렸다.

"와카미야 씨? 구조예요."

대답이 없었다. 그러나 이쪽의 다음 말을 기다리는 기미만은 전해졌다.

"어때요, 그 호텔? 혹시 필요한 게 있으면 말씀하세요."

"……딱히."

"오늘 밤 7시에 데리러 갈게요. 이시자키 씨는 지금쯤 하네다에서 비행기를 탔을 거예요."

또다시 대답이 끊겼다.

"자, 그럼, 이따."

구조가 전화를 끊으려고 했다. 그때 희미하게 "어……"라고 대답하는 소리가 들렸다.

바람이 솟구쳐 올랐다. 하얀 풍선 하나가 바람에 날려 하늘 높이 올라갔다.

구조는 나란토에서 운이 좋았다. 와카미야 신지를 찾으러 가서 체류한 지 닷새째에 주손지 노부타카의 개인 비서인 이시자키를 먼저 만났고, 둘이 협력해서 신지를 찾아다녔다.

끝내 후쿠오카로 돌아갈 수밖에 없게 된 밤, 구조는 로가이라 불리는 포장마차 거리에서 섬의 명물인 소고기 국수를 먹고 있는 젊은 남자를 발견했다.

직감이라고밖에 말할 수 없다. 그를 본 순간, 그동안 찾아다닌 신지라는 생각이 들었다. 즐거워 보이는 관광객들로 붐비는 광장에서 그의 주변에만 소리가 없었다.

구조는 단도직입적으로 말을 걸었다. "당신이 와카미야 신지 씨인가요?"

신지는 바로 그 자리를 뜨려고 했다. 그 얼굴에는 아무런 감정도 없었다.

"AN 통신에 관해 묻고 싶은 게 있어요." 구조가 허둥지둥 말했다.

만약 그때 사가라 댐에 관해 묻고 싶다고 했으면, 신지는 발걸음을 멈추지 않았을 게 틀림없다.

멈춰 선 신지에게 구조가 잇달아 말했다.

"AN 통신이라는 조직과 당신의 관계를 알고 싶어요. 협력해 주실 수 있나요?"

*

맥그로는 살짝 큰 하이힐의 뒤축을 신경 쓰며 런던에 있는 자택에서 나왔다.

고전적인 화이트스투코(하얀 회반죽 벽) 저택은 벨그라비아 지구의 체스터스퀘어에 있다.

이 주변은 원래 웨스트민스터 공작 가문이 소유했던 장소로 인접한 곳에는 대처 전 총리가 살았던 집이나 여배우 비비언 리가 살았던 저택 등도 있고, 언뜻 보기에는 평범한 아파트 물건이 40억 엔이 넘는다.

현관 밖으로 나온 맥그로가 가까이 다가온 운전기사에게 "만다린 오리엔탈까지 부탁해요"라며 차에 올랐다.

역시나 사이즈가 커서 오른쪽 뒤꿈치가 자꾸 쓸렸다.

"어디 안 좋으세요?"

문을 열어준 운전기사가 물어서 "흔하지 않은 디자인이라 무리해서 샀더니, 아무래도 좀 큰 것 같아요"라며 웃었다.

"갈아 신으시겠어요?"

"됐어요. 점심 약속밖에 없으니까."

뒷좌석에 올라탄 맥그로는 새 가죽 좌석의 향기를 맡았다.

서서히 달리기 시작한 차창 밖으로 가로수가 스쳐 지나갔다.

이 주변 나무들은 가로수 한 그루까지 세련됐다고 맥그로는 생각했다.

버킹엄 팰리스 가든스, 하이드파크와 인접한 지구이기도 해서 곳곳에 공원이나 나무가 우거진 광장이 많다.

물론 정기적으로 손질을 하겠지만, 그 손질 방식은 거칠고, 어느 나무나 멋대로 자라게 내버려둔 것처럼 보인다.

그럼에도 불구하고 이 주변 나무들에는 품위가 있고, 똑같이 제멋대로 자라게 놔둔 캄보디아 나무들의 조야함은 없다.

맥그로도 물론 그건 그 나름대로 아름답다고 생각한다. 다만 그것은 여행지에서 바라보는 나무고, 같이 살게 된다면 도저히 참을 수 없을 듯한 기분도 든다.

조용한 주택가를 서서히 빠져나온 자동차가 하이드파크 옆에 서 있는 붉은 벽돌 호텔에 도착했다.

맥그로는 "2시에 데리러 와줘요"라고 운전기사에게 말하고 차에서 내렸다.

낯익은 웨이터의 안내를 받으며 호텔 메인다이닝룸으로 향하자, 이미 창가 자리에 앉아 있던 데이비드 김이 차분한 미소를 지으며 맞아주었다.

창 너머 길에는 복장을 갖춰 입은 기마대가 지나갔다. 무슨 행사라도 있나. 맥그로는 한순간 넋을 잃고 그 모습을 바라보았다. 햇빛을 받아 반짝반짝 빛나는 검은 말들의 가지런한 털과 근육이 저절로 숨이 삼켜질 만큼 아름다웠다.

"아름다운 말이네." 맥그로가 창밖을 가리켰다.

"어……"라고 대답한 데이비드 김은 돌아보려고도 하지 않고, "말은 좀 거북한데"라며 웃었다.

"왜? 저렇게 아름다운 생물은 없잖아?"

"말의 눈이 거북해요."

"어째서?"

"언제나 슬퍼 보이잖아요."

"그런가? 난 그렇게 안 보이는데."

"니체가 발광한 이유는 알죠?"

"마부에게 학대당하는 말을 봤기 때문이라는 얘기?"

"네. 니체는 아마 학대당하는 말의 눈을 봤을 거예요."

"그 얘기는 신화처럼 떠돌긴 하지만, 신빙성이 없어."

"설령 꾸며낸 얘기라도 니체가 발광한 것과 말의 눈이 슬픈 건 사실이에요."

데이비드는 그렇게 말하고, 옆에 서 있던 웨이터를 불렀다.

맥그로는 비둘기 찜 요리와 피노누아를 잔으로 주문하고,

"아빠가 이번 계획을 추진해도 된다고 허가해줬어"라고 서둘러 비즈니스 얘기를 시작했다.

"다행이군요. 자, 그럼, 축하합시다."

데이비드도 생선 요리와 화이트와인을 주문했다.

"중앙아시아의 물 전쟁 참전은 내가 모두 맡기로 했어. '계획을 알게 되면, 이 일대에서만도 투자가들 여러 명이 단물을 빨아먹고 싶어 하겠지'라는 게 아빠의 견해야. 그렇지만 어떤 비즈니스든 좋은 면만 있진 않지. 그러니 정직하게 말해주면 좋겠어. 우리가 뭘 주의해야 할지."

맥그로의 질문에 데이비드는 아주 살짝 눈썹을 꿈틀거렸다.

"리영선이 내놓은 계획서는 놀라울 정도로 정확하고, 미래 예측도 포함해서 매우 신뢰할 만하다고 봅니다. 분명 상당히 오랫동안 고민해서 도출한 계획일 겁니다." 데이비드가 말을 받았다.

"으음, 나도 실제로 리영선과 얘기를 나눠보고, 그가 꽤 클레버한 남자라는 건 알았어."

"그러니 계획 자체에는 주의할 점이 없다고 봐도 될 것 같은데."

"하지만 그런 만점짜리 계획은 있을 수 없을 텐데."

"그렇다면 유일하게 그 동향을 지켜봐야 할 것은 키르기스스탄의 국민감정일지도 모르겠습니다."

"키르기스스탄?"

"중앙아시아에서는 수자원이 가장 풍부한 국가입니다. 리영선에 따르면, 현재 키르기스스탄 정부는 이번 계획에 찬성하는 입장을 취하고 있어요. 아니, 찬성 정도가 아니라 양자는 거의 한 팀이라고 해도 좋죠. 다만 어느 나라의 어느 계획이나 그렇지만, 그것을 안 좋게 보는 반대파 집단은 나오게 마련이죠."

"구체적으로 있나? 분명 이슬람교 국가였던 것 같은데, 정치적인 성향이 강한 문제도 있단 뜻인가?"

"아뇨, 구체적으로 있는 건 아니고, 종교적인 면도 그다지 걱정할 필요는 없을 겁니다. 키르기스스탄은 이슬람교 국가지만, 소위 말하는 원리주의적인 국가는 아니에요."

"그렇다면 뭘 주의하면 되지? 어느 나라의 어느 계획에나 반대파 집단이 있다는 말은 맞아. 하지만 그런 문제는 지금까지도 컨트롤해냈어."

"그래서 아까부터 말하잖습니까. 이건 완벽한 계획이라고."

데이비드가 어이없다는 듯이 웃었다. 그 말을 기다렸다는 듯이 맥그로도 그제야 표정을 풀었다.

때마침 와인이 나와서 맥그로가 건배할 몸짓을 취했다.

"싸지 않은 투자야." 맥그로가 말했다.

"네, 나쁘지 않은 투자죠." 데이비드도 고개를 끄덕였다.

두 사람은 잔을 부딪쳤다. 그리고 서로 한 모금씩 마신 후,

맥그로는 곧바로 들고 온 투자 회수 계획서를 펼쳤다.

데이비드와 회의를 끝낸 맥그로는 호텔 수영장으로 향했다.

큰일을 떠안고 있을 때 이런 수영장에서 느긋하게 수영하다 보면, 얽히고설킨 복잡한 사안들이 명료해진다.

탈의실에서 수영복으로 갈아입은 맥그로가 수영장으로 갔다. 실내 수영장 물은 어스름한 공간 속에서 파란 조명을 받아 마치 고래가 떠 있는 듯한 환상적인 분위기로 가득했다.

맥그로는 덱체어에 목욕 수건을 내려놓고, 아무도 없는 수영장으로 뛰어들었다.

뛰어든 순간, 싸늘한 물이 온몸을 휘감았다. 맥그로는 뭔가를 움켜쥐듯이 팔을 천천히 앞으로 뻗었다.

물살을 헤치며, 몸을 앞으로 쓱 밀었다. 흡사 자기 자신이 물이 된 느낌이었다.

그렇게 어느 정도 거리를 헤엄쳤을까, 살짝 지친 맥그로는 수영장 한가운데에서 천장을 향해 누웠다.

고글 너머로도 천장 조명이 눈이 부셨다.

한동안 물 위에 떠 있던 맥그로가 수영장에서 나왔다. 언제 왔는지 덱체어에 아시아 계통 여자가 앉아 있었다.

맥그로는 사교적인 인사만 건네고, 자기 덱체어에서 목욕 수건을 집어 들었다. 머리의 물기를 닦고 있는데, "수영하는 모습이 예쁘네요."라며 여자가 말을 건넸다.

살짝 성가시긴 했지만, 무시하긴 미안하다 싶어서 "학창 시절에 수영부였어요."라며 맥그로가 미소를 건넸다.

"그래서 폼이 그렇게 예쁘군요."

"고마워요."

맥그로가 자리를 뜨려 하자, "저……"라는 여자의 목소리가 따라왔다.

맥그로는 내심 귀찮아하며 뒤를 돌아봤다.

"네?"

"내가 당신에게 도움이 될 것 같은데."

여자가 불쑥 그런 말을 했다.

"무슨 의미지?" 맥그로가 고개를 갸웃거렸다.

"말 그대로예요."

맥그로는 얽히고 싶지 않아서 바로 걸음을 내디디려 했다.

"오늘 당신이 신고 나온 크리스찬 루부탱, 사이즈가 좀 크지 않나요?"

여자의 말에 맥그로가 멈춰 섰다.

"조금 전에 로비에서 봤을 때, 그런 생각이 들어서."

덱체어에서 일어선 여자가 천천히 다가왔다.

비키니를 입은 그 모습은 여자인 맥그로가 봐도 매력적이라 그 피부를 손가락으로 쓱 만져보고 싶어질 정도였다.

"아야코라고 해요."

여자가 자세를 살짝 바로잡았다.

"날 아나?" 맥그로가 물었다. 젖은 머리칼에서 물방울이 떨어졌다.

"캐서린 맥그로. 투자회사 '로열 런던 그로스'의 임원."

아야코라고 이름을 밝힌 여자가 명함을 꺼내려 했다.

맥그로는 "비즈니스 얘기면, 회사로 전화해줄래?"라며 거부했다. 그러나 아야코는 물러나지 않고, "당신도 이미 알고 있겠지만, 데이비드 김이라는 남자는 매력적이고 신용할 수도 있어요. 하지만 100퍼센트로 신용할 순 없죠. 왜냐하면 그는 남자니까. ……당신도 이미 그건 알고 있겠죠?"라고 말을 이었다.

아야코라는 여자는 그렇게 말하고, 다시 명함을 건네려 했다.

신기한 감각이었지만, 맥그로는 이번에는 그 명함을 순순히 받아 들었다. 눈앞에 있는 아시아인 여자가 자기와 같은 연애를 해온 것처럼 여겨졌기 때문이다. 좋은 연애든 어리석은 연애든.

"당신, 데이비드랑 아는 사이야?"

"네. 하지만 지금 당신이 상상하는 관계는 아니에요."

"나도 그와 단순한 비즈니스 파트너였을 거라고 생각했는데."

"현명해요."

맥그로는 새삼 다시 명함을 봤다. 거기에는 AYAKO라는 이름과 휴대전화 번호뿐이었다.

이 계통의 비즈니스 코디네이터를 알게 되는 경우는 많지만, 아야코라고 이름을 밝힌 여자의 풍만한 육체에서는 왠지 모르게 돈 냄새가 풍겼다. 그것도 거금의 냄새였다.

"그래서? 당신은 날 위해 뭘 할 수 있지?" 맥그로가 단도직입적으로 물었다.

"안타깝지만, 데이비드 김은 크리스찬 루부탱 구두가 아름답다는 칭찬은 해줘도 사이즈가 아주 살짝 큰 건 알아채지 못해요."

"사소한 거지만, 치명적이지." 맥그로가 미소를 머금었다.

＊

아까부터 가까스로 가지에 붙어 있던 나뭇잎이 결국 더는 못 버티고 떨어졌다. 바람에 날린 나뭇잎은 유리창에 한 번 부딪혔고, 멍하게 바라보는 가자마와의 이별을 아쉬워하듯 천천히 떨어져 내렸다.

가자마는 나뭇잎이 시야에서 사라지자, 묘하게 감상적으로 변하는 스스로에게 웃음이 났다.

바로 그때, 열어둔 문으로 막 들어온 후미코가 "무슨 일이에요?"라며 살짝 기쁜 듯이 물었다.

"아니, 아무것도 아니에요." 가자마가 또 웃었다.

"어머, 왠지 오늘 기분이 좋아 보이네요."

후미코가 그렇게 말하며 카네이션이 꽂힌 꽃병을 테이블에 내려놓았다.

"내일 검사 결과를 보고 퇴원 날짜를 정하자네요. 좀 전에 의사 선생님께서."

후미코의 말에 "네, 조금 전에 선생님이 여기도 다녀갔어요"라며 가자마가 고개를 끄덕였다.

"그나저나 새벽까지 일하셨다면서요. 아까 간호사님이 그러던데."

후미코가 사이드테이블 위의 컴퓨터로 눈을 돌렸다.

"요 며칠 확인하지 못한 안건을 살펴보다 보니 그만 늦어져서. 간호사님한테도 야단맞았어요."

"그야 당연해요. 일이 마음에 걸리는 건 이해하지만, 일단은 원기를 되찾아야죠."

"글쎄요, 되찾아질까요?"

가자마의 말투에 살짝 장난기가 섞여 있어서 후미코도 웬일로 "저도 마찬가지지만, 나이는 못 이기니까요"라며 농담을 던졌다.

문득 시선을 느낀 가자마가 입구를 쳐다보았다. 언제부터 있었는지, 거기에 다카노가 서 있었다.

후미코와 미소를 주고받던 가자마는 "캄보디아에 있는 거 아니었나?"라며 위엄을 갖추듯 음색을 바꿨다.

"오늘 아침에 돌아왔습니다."

안으로 들어온 다카노를 "어서 와"라며 맞아들인 후미코가 "……아참, 병원에서 '어서 오라'고 할 건 아니네"라며 웃음을 터뜨렸다.

"얼른 차 준비할게요." 후미코가 자리를 뜨자, "앉아"라며 가자마가 벽에 세워둔 파이프 의자 쪽으로 턱짓을 했다.

"몸은 좀 어떠세요?"

여전히 무뚝뚝하지만, 그 눈빛은 진심으로 걱정하고 있었다.

"보는 대로 난 아직 안 죽었어"라며 웃은 가자마가 곧이어 "키르기스스탄 건이지?" 하고 화제를 바꿨다.

"벌써 소식이 들어왔나요?"

다카노는 앉지 않고 여전히 우뚝 서 있었다.

"오늘 아침에 자료를 읽었지. 위에서는 이번 의뢰를 승인할 의향인 것 같더군."

"보수를 후불하겠다는 조건도?"

"어, 그래."

"그렇군요, 다행이네요……. 의뢰인인 아지스라는 남자를 만났는데 뭐랄까, 묘하게 마음이 맞는 남자라……."

웬일로 다카노의 말이 빨라졌다.

*

"이봐! 차는? 빨리 가져와!"

연못 위에 만든 응접실에서 주손지가 심기가 불편한 듯이 고함을 쳤다.

텔레비전에서는 토론 프로그램에 출연한 오쿠니 총리가 수도사업 민영화가 얼마나 중대한 과제인지에 관해 애써 진지한 표정을 짓는 개그맨들을 앞에 두고 자상하게 설명하고 있었다.

"뭐 해!" 주손지가 또다시 소리를 질렀다.

소파 뒤에 서 있던 이시자키는 당장이라도 '차는 이미 그쪽 테이블에 있습니다'라고 알려줄까 했지만, 이럴 때 주손지란 사람은 실제로 차를 마시고 싶어서가 아니라, 누군가에게 고함을 치고 싶을 뿐이라는 걸 잘 알기 때문에 굳이 끼어들지 않았다.

주손지의 고함에 비서들이 복도를 달려오는 발소리가 들렸다.

"네, 선생님, 죄송합니다. 무슨 문제라도?"

"무슨 문제냐니! 아까부터 빨리 차를 내오라고 했잖아!"

분노로 떨리는 주손지의 목소리에 두 비서는 마냥 움츠러들며 어쩔 줄을 몰랐다.

테이블에는 아까 내온 차가 있었다. 그러나 두 사람은 그 말을 하지 못했다.

이시자키는 그 모습을 말없이 지켜보았다.

"……저, 바로 뜨거운 차로 바꿔드리겠습니다."

연장자인 비서가 가까스로 돌파구를 찾아낸 후, 조심스럽게 다가가 찻잔을 치우려 했다.

"어라? 있었네. 됐어, 바꿀 거 없어. 있으면 있다고 말을 해! 아, 정말, 이놈이나 저놈이나 내가 뭐라고만 하면 '죄송합니다. 죄송합니다'. 너희들이 사과하면, 난 용서할 수밖에 없잖아. 비겁하긴!"

차를 입에 머금은 주손지가 "앗, 뜨거워!"라며 내뿜었다.

"바로 행주를." 성인 남자 둘이 복도를 뛰어갔다.

텔레비전에서는 여전히 오쿠니 총리의 설명이 이어졌다. 가끔 미소를 섞으며 얘기하는 말투는 온화했고, 그 말투에서는 댐 결궤로 생긴 이재민에 대한 배려는 보여도 돈 냄새는 전혀 느껴지지 않았다.

"역시 대단하군요." 이시자키가 무심코 끼어들었다.

주손지도 같은 생각이었는지, "정말 화를 돋우는 인간이야"라며 혀를 찼다.

"……저렇게 수도사업 민영화가 착착 진행되는 걸 국민에게 설명하면서, 동시에 한편으로는 이 흐름을 타고 돈을 벌고 싶은 녀석들은 내 발밑에 납작 엎드리라고 말하는 거라고."

미소를 머금은 텔레비전 속의 오쿠니 총리를 주손지가 증오하는 눈빛으로 노려보았다.

"그런데 선생님." 이시자키가 끼어들었다.

"……우리는 그 흐름을 타고 있는 거 아닌가요? 실제로 민영화가 될 경우, 선생님은 JOX 파워의 슈퍼바이저라는 입장에 서게 될 테니까."

이시자키의 질문을 듣고, 주손지가 코웃음을 쳤다.

"슈퍼바이저? 그런 서양어 직책만큼 취약한 건 없어."

주손지가 내뱉듯이 말했다.

"……그보다 AN 통신을 무너뜨리는 방법은 어떻게 됐나? 어쨌든 그쪽이 진행되지 않으면, 슈퍼바이저는커녕 정계 추방, 아니 그걸로 끝나면 다행이지, 여생을 교도소에서 보내야 해."

행주를 가지러 갔던 신입 비서가 돌아와서 주손지가 내뿜은 차를 닦고 갔다.

이시자키는 그가 나가길 기다렸다가 "순조롭게 진행되고 있습니다"라고 보고했다.

"자네도 잘 알겠지만, 난 지금 목이 간당간당해. 그 리영선이라는 자가 희망하는 대로, 아니 리영선보다 JOX 파워나 오쿠니가 시키는 대로 AN 통신을 무너뜨리지 못하면, 바로 지옥행이야. 그러나 만약 AN 통신을 무너뜨리고 이번 수도사업에 매

달려 있으면, 아직은 반격할 기회가 얼마든지 있지."

"네, 알고 있습니다."

이시자키가 조용히 대답했다.

"그건 그렇고, 나란토라는 섬에서 찾아낸 그 젊은 남자는 쓸모가 있겠나?"

"네. 이름은 와카미야 신지. 스물네 살 남자입니다."

"그가 AN 통신의 스파이로 자랐단 말이지?"

"네, 그렇다고 했습니다."

"믿을 만한 녀석이야?"

"아직은 반반이지만, 유용성이 있다고 판단되는 것은 녀석이 결국 AN 통신에는 들어가지 못했고, 자기를 거부한 조직을 원망하고 있다는 점입니다."

"원망해?"

"네. 고아였던 와카미야 신지는 그 당시 맡겨졌던 시설에서 여덟 살 때 병사한 걸로 처리됐습니다. 다시 말해 현재 법적으로는 존재하지 않는 사람입니다."

"호오……."

제아무리 냉정한 주손지지만, 신음을 흘리며 "고아를 첩보원으로 쓴다는 말은 들었지만, AN 통신이라는 조직이 그렇게까지 했단 말인가" 하고 고개를 저었다.

"……그런데 AN 통신에서는 왜 와카미야 신지라는 남자는 내쳤지?"

주손지가 문득 생각이 난 듯이 입을 열었다.

"네, 바로 그 점인데, 와카미야 신지는 심장에 이상이 있었다고 합니다."

"심장에 이상이?"

"네, 그래서 AN 통신의 임무를 견뎌낼 수 없다는 판단이 내려진 모양입니다."

"본인에게 그걸 직접 알렸나?"

"아뇨, 그는 천장 속에 숨어 있다 그 얘기를 훔쳐 들었다고 했습니다."

"훔쳐 들어?"

"우연히 응접실 천장 속에 숨어 있었는데, 그곳에서 AN 통신 사람과 시설 직원이 대화하는 내용을."

이시자키가 거기까지 얘기했을 때, 주손지가 불현듯 무슨 생각이 떠오른 듯한 표정을 지었다. 그러나 그것은 아직 어렴풋한 기억인지 바로 말로 나오지는 않는 것 같았다.

"그러고 보니……."

시간이 꽤 지난 후에 주손지가 말을 이었다.

"……그러고 보니, 전에 이런 얘기를 들은 적이 있어. 그 얘기를 들었을 때는 누군가가 웃기려고 부풀렸겠지 했는데, 지금 그 얘기를 들어보니 꼭 거짓말은 아니었을지도 모르겠군."

"무슨 얘기죠?"

"AN 통신의 첩보원은 어떤 조건하에서 일하는 모양이야."

"어떤 조건하에서?"

"어, 24시간에 한 번, 어떤 상황에 놓였더라도 본부로 반드시 연락해야 한다. 만약 하지 않으면 조직을 배신한 것으로 판단해서 심장에 심어둔 폭탄을 작동시킨다."

"네?"

이시자키는 너무 놀라 엉겁결에 소리를 높였다.

"AN 통신에 들어갈 때, 첩보원들은 가슴에 폭탄 장치를 심는데……."

"자, 잠깐만요. 그럼 AN 통신 첩보원들은 모두 가슴 속에 폭탄이 설치되어 있단 말인가요……."

"어, 그렇지."

"어떻게 그런……."

제아무리 이시자키라도 할 말을 잃었다.

"하지만 생각해봐."

주손지가 조용히 이야기를 이어갔다.

"……AN 통신이 다루는 일이 어떤 일인가. 이번 수도사업 민영화만 해도 국가사업이야. 그런 기밀정보를 누구보다 빨리 다루는 게 AN 통신의 일이란 말이지. 그리고 물론 그 기밀정보를 다루는 주체는 인간이야. AN 통신의 첩보원들이지."

"그 녀석들이 조직을 배신하려고 마음먹으면 간단하겠군요?"

"으음, 그렇지. 그 정도 규모면 기밀 하나만 갖고 튀어서 매수자를 찾아내면, 억대의 돈이 들어와."

"그러나 AN 통신의 첩보원들은 그런 위험한 도박은 하지 않는다."

"어, 그렇지. 그런 짓을 했다간 자기가 어떻게 되는지 너무나 잘 알고 있기 때문이지."

주손지가 자기 가슴에 손을 얹고 천천히 일어섰다.

연못 위에 지은 응접실에서는 멋진 일본식 정원이 내다보였다.

이시자키도 별생각 없이 정원으로 눈을 돌렸다. 가사도우미 아가씨가 연못의 비단잉어에게 먹이를 뿌려주고 있었다. 도우미의 발밑에서 수면이 흔들리며 무수한 비단잉어들이 먹이를 향해 입을 벌렸다.

그 모습이 흉하고 한심했다. 무늬가 아름다운 비단잉어일수록 더더욱 흉하고 한심했다.

11장
최고의 카드

호텔 창으로 내려다보이는 시가지에 특징은 없었다.

편도 2차선 도로는 정체 중이고, 거리에는 편의점이 있고, 작은 부동산이 있고, 화려한 간판을 내건 갈비집이 있고, 치과 병원이 들어 있는 임대 빌딩이 있다.

와카미야 신지에게는 이곳이 도쿄로도 하마마쓰로도 나고야로도 오사카로도 오카야마로도 보였다.

지금까지 살아본 적이 있는 도시나 가본 적이 있는 도시, 그 어디와도 비슷했다.

막혀 있던 자동차 행렬이 조금씩 움직이기 시작할 무렵, 신지는 창가를 떠났다. 마침 약속 시간이 되어서 방 열쇠를 뒷주머니에 찔러 넣고 방에서 나왔다.

1층 프런트에는 이미 구조 마이코의 모습이 보였고, 호텔 레스토랑의 메뉴 간판을 진지하게 읽고 있었다.

신지는 그 등 뒤에 섰다. 기척을 느끼고 돌아본 구조가 놀라서 간판을 넘어뜨릴 뻔했다.

"아, 정말, 무슨 말이라도 좀 걸어주세요!"

허둥거리는 구조 대신 신지가 간판을 잡았다.

일단 안정을 되찾은 구조가 "배고프죠? 오늘 미즈타키(영계 백숙 전골 요리) 식당 예약해놨어요"라며 미소를 지었다.

신지를 위해서라기보다 자기가 더 기대돼서 어쩔 줄 몰라하는 표정이었다.

오늘도 구조는 하얀 셔츠를 입고 있었다. 단추를 두 개 풀어놓은 가슴팍에서 늘 보던 펜던트가 흔들거렸다.

나카스에 있다는 미즈타키 식당으로 향하는 택시 안에서 "언제까지 그 호텔에 있어야 돼요?"라고 신지가 불쑥 물었다.

휴대전화로 뭘 찾아보고 있던 구조가 "그러게 말이에요. 예정도 모른 채로 갇혀 있는 셈이니까"라며 살짝 당황했다.

"그렇지만 지금으로서는 조금만 더 기다려달라는 말밖에 할수 없어서……."

"난 단지 만날 수만 있으면 돼요. AN 통신이란 데서 일하는 녀석들을. 당신이나 그 이시자키라는 남자처럼 AN 통신을 무너뜨리는 데는 흥미 없어요."

운전기사가 들을까 걱정스러웠는지, "그 얘기는 식당에서"

라며 구조가 말을 가로막았다.

구조가 예약해둔 식당은 유명한 노포인지 거의 만석이었고, 테이블마다 왁자지껄한 웃음소리가 들려왔다.

벽 쪽의 작은 테이블로 안내받은 신지와 구조는 생맥주를 주문했다. 냄비 요리도 곧바로 나왔고, 뽀얀 국물이 보글보글 끓어올랐다.

"이 집 국물 진하고, 아무튼 엄청 맛있어요."

구조가 사기그릇에 국물을 떠서 양념까지 넣어주었다.

신지는 말없이 한 모금을 떠먹었다. 말 그대로 농후해서 걸쭉하게 목을 타고 내려갔다.

"맛있네." 무심코 중얼거린 신지에게 "내 말이 맞죠!"라며 구조가 마치 자기 일처럼 기뻐했다.

신지는 뜨거운 국물을 신중하게 먹으려 하는 구조의 입가를 바라보았다. 신지는 여자가 뭔가를 먹는 모습을 별로 좋아하지 않는다. 그러나 구조가 음식을 먹는 모습은 성욕을 불러일으켰다.

"조금 전 얘기 말인데……"

국물을 한 모금 떠 마신 구조가 입을 열었다.

"……이시자키 씨랑 이래저래 상의해봤는데, AN 통신에 다카노 가즈히코라는 사람이 있나 봐요."

"그럼 난 그 다카노 아무개라는 녀석을 만나게 되나요?"

"아, 네. 물론 최대한 빨리 만날 수 있도록 할게요."

구조의 말에 신지는 조금 안심하고, 다시 뽀얀 국물을 마셨다.

대체 얼마나 뛰어난 녀석들이야, 라는 생각에 신지는 부아가 치밀었다. 대체 얼마나 유능한 녀석들이냐고. 내 이 두 눈으로 똑똑히 확인하겠다.

어린 시절, 자기가 어떤 레일에서 제외됐다는 걸 알게 된 후로 그것이 줄곧 마음속에 있었던 생각이다. 그리고 그 생각 때문에 지금까지 아무것도 못 하고 살아왔다. 자기는 계속 이류 인간처럼 여겨졌다. 그래서 더더욱 언젠가는 그 일류 녀석들을 만나보고 싶었다. 자기가 살 수 없었던 세계를 두 눈으로 확인하고 싶었다.

구조는 배가 고팠던 모양이다. 냄비 속에서 끓어오르는 완자와 간과 배추를 왕성하게 그 작은 입안으로 넣었다.

신지의 시선을 눈치챈 구조가 "왜요?"라며 당황했다.

"아니, 맛있게 먹는 것 같아서."

"난 이 일을 시작하면서부터 빨리 먹는 습관이 완전히 몸에 배어버렸어요. 집에서 엄마한테 야단맞아요. 보기 흉하다고."

구조가 젓가락을 내려놓으려고 해서 신지는 냄비에서 가슴살을 떠서 그녀의 그릇에 담아주고, "보기 흉하진 않은데"라며 미소를 지었다.

"으음, 개인적인 얘기를 물어봐도 될까?"

구조가 살짝 허물없는 말투로 물었다. 전에 얘기했을 때, 그녀가 자기보다 조금 연상이라는 말은 들었다.

"……와카미야 씨는."

말문을 연 구조에게 "신지라고 불러도 돼요"라며 끼어들었다.

"성으로 부르면, 왠지 좀 근질거려서."

"음, 그럼, 신지 씨. ……시설에서 나올 때, 뭔가 받은 게 있나요? 그렇잖아요, 신지 씨에게는 법적 신분이 없으니까 일을 찾으려고 해도……."

"아."

구조의 당돌한 질문을 가까스로 이해한 신지가 대답했다.

"받은 건 전혀 없어요. 준비 자금 30만 엔, 그것뿐. 그래도 시설이 신원보증인임을 증명하는 서류는 받았죠. 그것만은 지금도 소중하게 배낭 속에 넣어뒀어요."

"그 증명서 하나로 지금까지……."

시설에서 소개해준 지바의 선반 공장에서 반년 일하고, 갑자기 일이 싫어져서 기숙사에서 도망쳤다. 그 후에는 일용직이나 인부 합숙소처럼 신원 확인이 까다롭지 않은 일을 해왔다. 사정은 달라도 자기와 마찬가지로 신원이 불분명한 사람들은 얼마든지 많았다. 그 덕분에 자기가 살아갈 장소를 알았다. 자기의 인생이라는 게 보였다. 그리고 그 장소와 자기 인생을 찾아낸 순간, 그것들을 짓밟아버리고 싶어졌다.

"구조 씨에게도 개인적인 질문을 해도 되나요?"

생맥주 잔을 비운 신지가 말했다.

구조가 살짝 경계 태세를 취했다.

"……남자 있어요?"

단도직입적인 신지의 질문에 "남자?"라며 눈을 휘둥그레 뜬 구조가 "남자 친구를 의미하는 거라면, 없어요"라며 웃음을 터뜨렸다.

"어떤 남자가 좋아요?"

"어? ……어어?"

구조가 이번에는 몸을 뒤로 젖히며 놀랐다.

"어떤 남자라니……."

몹시 놀라 당황하는 구조에게 "난 어때요?"라고 신지가 물었다.

더더욱 동요된 구조가 더는 가만히 있을 수 없다는 듯이 국자로 냄비 안을 휘저었다.

신지는 대답을 기다렸다.

"아니…… 어떠냐니, 갑자기 그런 말을 하면……."

"나 같은 사람은 안 되나요?"

"아니, 그게 안 되느니 어쩌느니 하는 문제가 아니라……."

"그럼 나라도 괜찮나요?"

"아, 글쎄, 그런 얘기가 아니고……."

"그럼 생각해보세요."

신지는 그렇게만 말하고, 냄비에 남아 있던 건더기를 긁어 모아 그릇에 담더니 뼈에 붙은 닭다리 살을 게걸스럽게 물어 뜯었다.

*

다오카는 시미치 뗀 얼굴로 평소 이용하는 대학 도서관에 들어갔다. 이 사립대학은 다오카가 도쿄에서 체류할 때 자주 이용하는 호텔 근처에 있다.

몇 년 전에 유명한 건축가가 설계한 이 도서관은 우주선을 본떠 만든 듯한 외관이 호평을 받아서 여러 매체에 소개되었고, 유럽의 작은 건축상도 수상했다.

물론 외관도 일류고 소장된 서적도 일류인데, 왠지 도서관은 늘 휑하니 한산했고, 이따금 학생들의 목소리가 들리는가 싶으면, 바깥 더위나 추위를 피하기 위해서 들어왔을 뿐이라 책을 읽는 사람은 없었다. 다오카는 이 도서관에 올 때마다 어린 시절에 봤던 〈세븐〉이라는 영화를 떠올린다. 영화 속에서 어느 베테랑 형사가 밤중에 대학 도서관으로 조사하러 간다. BGM은 분명 바흐의 'G선상의 아리아'가 흘러나왔다. 베테랑 형사는 야근하는 경비원들에게 말을 건넸다.

"이보게, 이유가 뭔가? 이런 서적과 지식의 산에 둘러싸인 자네들이 밤새도록 포커만 치다니……."

이 도서관에 올 때마다 다오카는 영화 속에서 그렇게 한탄했던 베테랑 형사의 말을 떠올린다.

여느 때처럼 위조 학생증으로 들어와서 늘 앉는 창가 자리에 진을 친 다오카는 서둘러 필요한 책을 찾으러 갔다.

조사해보고 싶은 내용은 일본뿐만 아니라 세계적인 수도사업 민영화의 흐름이었다.

물론 다카노가 지식을 머릿속에 넣어두라고 명령한 건 아니다. 좀 더 말하면, 다카노에게 그런 말을 듣는 시점이 오면, 산업스파이로서는 이미 삼류다.

필요한 것을 조사하면 이미 늦다, 필요할 때 그것을 알고 있어야 한다는 세뇌 교육을 다오카는 물론이고 AN 통신의 첩보원들은 모두 어릴 때부터 줄곧 받아왔다.

가져온 책들을 속독하고, 도서관 단말기로 세계 각국의 최신 기사를 찾아봤다.

점심때가 지나 들어가서, 사 들고 간 랍스터 샌드위치 2인분을 먹고, 대각선 뒤쪽에 앉아 있는 아가씨에게 윙크를 해서 그녀가 티가 나게 자리를 이동했을 때쯤 재미있는 기사를 발견했다. 남미의 최빈국인 볼리비아에서 시행된 수도사업 민영화기사였다.

기사 제목은 그야말로 직설적인 '빈민자는 물을 마시지 마라'였다.

다오카는 볼리비아에 가본 적은 없지만, 아르헨티나, 브라질, 콜롬비아에 도항한 경험이 있다. 그 남미 국가들의 풍경을 떠올리며 기사를 읽었다.

기사에 따르면, 글로벌하게 민영화를 추진하는 IMF는 재정적 곤란에 처한 볼리비아를 상대로, 공공사업 민영화를 진행하면 공공요금은 싸지고 나아가 서비스도 충실해진다는 감언으로 세계은행에서 돈을 빌리게 했다.

그때 민영화를 추진하기 위해 들어온 회사가 이른바 다국적기업이다. 볼리비아나 그 밖의 개발도상국에는 없는 기술을 갖고 있기 때문이었지만, 이 시스템이 비극을 낳는다.

세계은행에서 융자를 받은 볼리비아는 어떤 의미에서는 순조롭게 공공사업의 거의 대부분을 민영화한다. 그중에는 인간이 살아가는 양식인 수도사업까지 포함되었다.

이 민영화 결과, 현재 볼리비아에서는 다음과 같은 현상이 일어나고 있다.

공공요금이 싸지기는커녕 오히려 네 배나 뛰어올랐고, 서비스 향상 같은 건 없으며, 제공된 물은 전보다 더 비위생적이기까지 하다.

참고로 볼리비아의 수도사업을 통째로 맡은 회사는 미국의 벡텔 사. 이 기업의 주주가 부시 전 대통령 일가를 비롯한 네오콘(공화당을 중심으로 한 미국의 신보수주의자들을 일컫는 용어) 정부 사람이라는 건 유명한 이야기다.

볼리비아 제3의 도시인 코차밤바 시에서는 이로 인해 폭동까지 일어났다. 급등한 수도 요금을 내지 못해 물을 마실 수 없게 된 가정들이 속출한 것이다.

이 도시에서는 요금을 못 낸 사람에게는 가차 없이 물 공급이 중지됐고, 게다가 값쌌던 우물물 요금까지 인상됐다고 한다.

또한 아시아의 필리핀에서도 똑같은 사태가 발생했고, 이곳에서는 놀랍게도 공공 공원에 있는 수도까지 유료화되었다고 한다.

다오카는 거기까지 읽자 왠지 몹시 목이 말랐다. 늘 들고 다니는 생수 페트병을 배낭에서 꺼내서 메마른 목으로 흘려 넣었다.

원래부터 다오카는 언제든 마실 수 있는 물이 옆에 없으면 가벼운 공황에 빠진다. 예를 들어 영화관이나 연극 공연장에 들어갈 때도 페트병 물을 반드시 들고 간다. 다 볼 때까지 한 모금도 안 마실 때가 더 많다. 그런데도 수중에 물이 없다고 생각하면, 갑자기 갈증이 나고, 심할 때는 식은땀까지 흘릴 때가 있다.

다오카는 메마른 이미지에서 도망치듯 또다시 페트병 물을 마셨다. 한 모금으로는 부족해서 절반 정도를 단숨에 마셨다.

키르기스스탄의 이번 임무가 썩 내키지 않는 이유는 분명 이 목마른 이미지 탓이라고 깨달았다. 아직 한 번도 가본 적이 없는 중앙아시아 나라들에 부는 모래 섞인 메마른 바람에 벌써부터 목이 바짝바짝 타는 것이다.

다음 순간, 다카노에게 연락이 왔다.

"지금 바로 스위스로 떠난다."

들려온 다카노의 목소리에 "제네바로 가면 되나요?"라고 다오카가 물었다.

"아니, 취리히로 알아봐. 발스의 스파 리조트에 묵고 있는 뒤부아와 연락이 닿았다."

"뒤부아? V. O. 에퀴 사의?"

"어, 맞아. 현재, 회사에서는 추방당한 몸이지만, 조건에 따라서는 이쪽에 붙어서 V. O. 에퀴 사의 내부를 탐색해줄 것 같다."

"지금쯤은 분명 폐인이 됐을 줄 알았는데."

"어, 폐인이야. 다만 폐인도 기회만 있으면 다시 일어설 수 있지."

"생각해보면 리영선에게 가로채이긴 했지만, 현재도 V. O. 에퀴 사에는 그의 친족이 남아 있으니까요."

스트레스를 받으면 두드러기가 난다는, 털이 수북한 뒤부아의 몸을 다오카는 떠올리고 있었다.

*

취리히 공항에서 준비한 아우디 A8은 오베르제와 발렌제 호숫가 고속도로를 순조롭게 남하하며 새파란 하늘과 풍요로운 방목지와 눈 덮인 알프스산맥의 절경 속으로 달려갔다.

일란츠 역을 지난 언저리부터 가파른 산길이었다. 계곡으로 뻗은 길은 좁고, 커브를 돌 때마다 깎아지른 듯이 치솟은 산들이 눈으로 달려들었다.

일란츠에서 출발한 버스 한 대가 느긋하게 다카노 일행 앞에서 달리고 있었는데, 무리해서 추월하려 마음먹으면 할 수는 있겠지만, 다카노는 왠지 같은 속도로 버스 뒤에서 달려갔다.

"뒤부아의 촉은 어때요?"

다오카가 말을 건네서 "촉?"이라고 다카노가 되물었다.

"협력해줄 것 같나요?"

"그야 물론 하겠지. 그것 말고는 그자가 부활할 길이 없어."

버스가 멈췄다. 축구공을 든 형제가 내렸다. 버스에서 내린 형제는 곧장 숲속으로 들어갔다. 거침없는 발걸음을 보니, 안쪽에 집이 있는 듯하다.

다시 달리기 시작한 버스를 따라 다카노도 액셀러레이터를 밟았다.

"아마 뒤부아는 이미 뭔가를 쥐고 있겠지. 그 정보를 우리에게 팔아넘길 심산으로 이런 곳까지 불러들였을 테고."

다카노의 말에 "과연"이라며 다오카가 납득했다.

"얼굴 벌건 그 아저씨도 친구는 없겠죠."

다오카가 진지한 목소리로 중얼거렸다.

"……그렇잖아요. 형제와 친족 회사를 배신하고 혼자만 돈을 벌려고 했는데, 이번에는 그 형제들에게 빌붙어서 정보를 얻고, 그걸 다시 우리한테 팔려는 거잖아요? 없어. 틀림없이 친구가 없어."

어이가 없다는 듯이 고개를 흔드는 다오카를 보며, "그럼 넌 친구가 있나?"라며 다카노가 웃었다.

염소들이 가파른 경사면을 뛰어 내려왔다. 가족인지 친구인지, 즐거운 발걸음만 봐도 마음이 편안해졌다.

야외 온수 수영장에는 하늘에서 흘러가는 하얀 구름이 비쳤다. 햇살은 강하지만, 이따금 수영장을 휩쓸고 가는 바람은 알프스의 눈처럼 차가웠다.

"안 추워요?"

다카노가 옆 덱체어에 누워 있는 뒤부아에게 말을 건넸다.

두툼한 가운은 입었지만, 풀어 헤친 가슴팍이 추워 보였다.

"자네는 수영 안 하나?"

여전히 양복 차림인 다카노에게 뒤부아가 물었다. 그러나 그 얼굴에는 다카노가 수영을 하든 말든 관심 없는 표정이 어려 있었다.

"아직 십대 무렵에 여기 와본 적이 있어요." 다카노가 말했다.

뒤부아가 살짝 놀란 듯이 눈을 크게 뜨더니, "오호, 부잣집 도련님이었군"이라며 웃었다.

"어린 시절에 유럽 고급 리조트에 올 수 있는 아시아인은 부잣집 도련님인가요?" 다카노가 쓸쓸하게 웃었다.

"아니, 미안하군. ……세대 때문이야. 우리 세대는 아무래도 그런 감각이 아직 남아 있지. 미안하네."

그렇게 사과하는 뒤부아의 표정은 진지했다.

"유럽 밖으로는 안 나가니까 그렇죠." 다카노가 말했다.

"……당신뿐만이 아니에요. 자기 나라를 벗어나 다른 나라를 보려고 하지 않는 사람들은 다 그래요. 시간이 멈추는 겁니다."

다카노의 얘기에 흥미가 있는 건지 없는 건지, 뒤부아는 그저 조용히 귀를 기울이고 있었다.

"……도쿄에 있는 외국인에게 '도쿄는 물가가 비싸서 생활하기 힘들죠?'라고 묻는 일본인이 지금도 있어요. 그런 질문을 받은 외국인은 분명 깜짝 놀라겠죠. 지금 세계의 대도시 중에서 도쿄보다 물가가 싼 도시는 없어요. 그 사람만 시간이 멈춰버린 겁니다."

무심코 말이 많아진 걸 알아챈 다카노가 "실례했습니다"라고 사과했다.

"자네가 거래할 상대로는 내가 이미 시대에 뒤처진 인간이라고 말하고 싶은 건가?"

표현과는 달리 뒤부아의 표정은 온화했고, 털이 수북한 손으로 화이트와인 잔을 감싸 쥐었다.

"우리는 상대가 시대에 뒤처졌든 감각이 떨어지든 이쪽에 이익이 되면 거래합니다."

다카노가 덱체어에서 몸을 일으켰다.

"……최근에 V. O. 에퀴 사의 동향에서 뭔가 알아낸 게 있습니까?"

다카노가 단도직입적으로 물었다.

화이트와인을 한 모금 마신 뒤부아가 "어, 있지"라며 고개를 끄덕였다.

"그럼 정보 액수 얘기부터 먼저 마무리 지어도 될까요?" 다카노가 서둘렀다.

"으음, 좋아. 자네들이 부르는 값은?"

"물론 내용에 따라 다르겠지만……."

"이봐, 다카노 씨."

그쯤에서 뒤부아가 끼어들었다.

"……내가 손에 넣은 정보는 자네들이 원하는 내용이야. 자네들은 분명 높은 가격을 쳐주겠지."

"네, 그럴 생각으로 왔습니다."

서두르는 다카노에게 "잠깐만 기다려"라며 뒤부아가 씁쓸하게 웃었다.

"이제 와서 내가 굳이 고백하지 않아도 이미 누구나 다 알겠지만, 난 젊은 시절부터 욕심이 많았어. 돈을 위해서라면 친구는 물론이고 형제나 가족도 배신했지. 돈만 있으면 뭐든 다 손에 넣을 수 있다. 그렇게 생각하며 살았고, 지금도 그건 진실이라고 생각해."

다카노는 아직 입을 대지 않은 와인 잔으로 손을 뻗었다. 뒤부아가 과연 무슨 얘기를 하려는 건지 전혀 예측이 안 됐지만, 왠지 그다음 이야기에 흥미가 끌렸다.

"……그런데 이번에 자네들에게 넘길 정보를 손에 넣고, 문득 이런 생각이 들더군."

뒤부아의 표정에는 웬일인지 벌써부터 기쁨이 넘쳐흘렀다.

"……내가 이 정보를 자네들에게 넘기면, 상당한 돈을 받을 수 있다. 그러나 또한 그걸 방기할 수도 있다. 그래, 돈 따윈 필요 없다고 말할 수도 있지."

다카노는 진의를 탐색하듯 뒤부아를 바라보았다.

"……지금까지는 이 세상에 그런 선택지가 존재한다는 생각 조차 해본 적이 없어. 그런데 그런 생각이 드니까 그 선택이 더 없이 윤택하게 느껴지더군. 돈 따윈 필요 없다. 안 그래? 생각해보라고, 이렇게 윤택하고 강한 말이 있을까? 만약 카드 게임이었다면, 틀림없이 가장 센 패일 거야."

"그 방법을 쓰겠단 뜻인가요?"

다카노가 냉정하게 추궁했다.

"어, 그럴 생각이야. 난 모든 걸 잃었어. 내 인생은 그리 길지도 않아. 인생의 마지막 승부를 난 그 방법으로 이기는 거지."

뒤부아의 눈에는 색깔이 없었다. 마지막 승부에서 이긴 인간의 눈으로는 보이지 않았다.

핸들을 잡은 다오카의 운전은 거칠어서 아까부터 몇 번이나 위태롭게 커브를 돌다 골짜기 바닥으로 떨어질 것 같았다. 그러나 본인에게는 나름의 거리감이 있는지 더없이 태연한 얼굴로 아슬아슬한 지점을 타이어로 밟으며 지나갔다.

"인생의 대부분을 돈을 위해 살아온 남자가 그 인생의 최후에 깨달은 최고의 윤택함이 '돈 따윈 필요 없다'고 선언하는 거라는 말은 왜 그런지 여운이 남는군."

자기도 모르게 숙연하게 말하는 다카노를 보며 다오카가 어이없어했다.

"그야 물론 '난 돈 따윈 흥미 없어'라는 말이 멋지긴 하죠. 그게 아니라 뭐든 '흥미가 없다'는 말이 최고의 카드예요. 예를 들면 연애도 그렇잖아요? '당신한테 흥미 없어'라는 카드를 내민 녀석이 제일 강한 법이니까."

다카노는 다오카의 지론을 흘려들으며 창을 열었다. 차가운 바람이 뺨을 때렸다.

"……그보다 뒤부아에게 그런 얘기를 들으면서 저한테는 그런 지시를 내렸다고 생각하면, 이제 와서 하는 얘기지만, 다카노 씨의 냉정함에 소름이 끼쳐요."

다오카가 과장되게 몸을 부르르 떨어 보였다.

"뒤부아의 방에서 빼낸 자료는 여기 들어 있나?"

다카노가 가방에서 꺼낸 단말기를 열었다.

수영장에서 뒤부아와 얘기하는 중에 다오카에게서 연락이 왔다.

들어가려고 하면, 방에 침입할 수 있다고 했다. 앞으로도 협력을 받아야 하는 점을 생각하면 데이터를 전부 훔쳐낼 생각은 없었지만, 거래 중에 금액 교섭이 꼬일 경우를 대비한 비장의 카드로, 이미 확보한 정보를 늘려두는 게 나쁜 선택지는 아니었다.

다카노는 상대가 눈치채지 못하게 다오카에게 메시지를 보냈다. 모든 정보를 빼내도 상관없다고.

단말기를 연 다카노가 "호오" 하며 감탄사를 흘렸다.

데이터에는 V. O. 에퀴 사와 영국의 거대 투자회사인 '로열 런던 그로스'가 손을 잡은 내용이 상세하게 담겨 있었다.

그 두 회사가 나란히 서기만 해도 중앙아시아의 수도사업은 이미 견고한 비즈니스 모델로 확립되었다고 말할 수밖에 없다.

"이래서야 완전히 볼리비아의 전철을 밟는 셈인데요."

다오카가 난폭하게 핸들을 꺾으며 중얼거렸다. 타이어가 또다시 낭떠러지 끝자락의 잡초를 짓밟고 지나갔다.

"볼리비아?" 다카노가 물었다.

"조금 조사해봤어요. 이런 비즈니스 모델로 개발도상국의 공공사업이 실행된 경우, 어떤 결말을 맞는지. 아마 이번 키르기스스탄의 수도사업은 1990년대의 볼리비아와 같은 결말일 거예요."

다카노도 볼리비아의 수도사업은 기억하고 있었다. 그래서 아지스 쪽에서는 더더욱 필사적으로 저지하려는 것이다.

다카노는 아지스의 신비로운 생김새를 떠올렸다. 얼굴에서 유럽과 아시아가 서로 부딪친 것 같은 이목구비.

"그래서 앞으로의 흐름은 어떻게 되죠?"

다오카가 물어서 다카노는 평상시처럼 그 흐름을 설명하려다 갑자기 멈췄다.

"어떤 흐름으로 가면 좋을까?" 반대로 다오카에게 물었다.

핸들을 잡은 다오카의 손이 엉켰고, "네?"라며 동요를 감추지 못했다.

"너라면 어떤 식으로 끌고 갈 거냐고 묻는 거야."

더더욱 혼란스러운지, "저요? 저라면?"이라며 말이 빨라졌다.

다카노는 점점 재미있어져서 "내가 없다고 가정하고 생각해봐"라며 웃었다.

뜬금없이 머리를 거칠게 쥐어뜯은 다오카가 "……저라면"이라고 중얼거렸고, 거기서 말문이 막혔다.

"너라면?"

"저라면…… 하지만 역시 이젠 무리예요. 이렇게까지 굳혀졌으니."

다오카가 갑자기 자포자기식으로 나왔다.

"생각해봐."

다카노가 별안간 엄격하게 말했다.

"……다오카, 생각해. 어떤 일에나 돌파구는 있어. 그걸 생각해내야 해. 앞으로 네가 이 세계에서 살아남기 위해 필요한 건 단 한 가지. 생각한다, 그것뿐이야."

다카노의 말에 다오카가 또다시 머리를 마구 쥐어뜯었다.

"볼리비아에서는…… 결국…… 민중이 폭동을 일으켰어요. 물을 못 마시게 된 빈민층이 들고일어났죠……."

힘겹게 아이디어를 짜내려 애쓰는 다오카에게 "그렇지. 필사적으로 생각해야 해"라고 다오카가 말을 건넸다.

*

"왜 굳이 이런 장소까지 와야 해?"

레인보우 브리지(일본 도쿄 도와 도쿄만의 간척지 오다이바를 연결하는 다리)를 건너는 자동차 뒷좌석에서 주손지는 초조함을 감추지 않았다.

"일본을 방문한 리영선이 저녁 식사에 초대하겠다고……."

이시자키가 다시 설명하자, "알아. 그건 이미 안다고. 중화요리를 대접하겠다고 했다면서. 그럼 아카사카나 긴자에도 맛있는 가게는 얼마든지 널렸어"라며 고함을 쳤다.

보통은 누구나 다 이쯤에서 위축되게 마련인데, 이시자키라는 이 남자는 아무리 강하게 몰아붙여도 태도가 바뀌지 않는다. 그것이 기분이 좋은 면도 있어서 주손지는 이시자키 앞에서는 평상시보다 더 거친 목소리를 낸다.

"리영선의 크루즈가 마리나에 있다는데, 오늘 밤을 위해 홍콩에서 특별히 셰프까지 불러왔다고 합니다."

주손지는 더는 말이 없이 창밖으로 눈을 돌렸다. 도쿄만 인근 지역도 완전히 변해버렸다. 게다가 2020년 올림픽을 맞으

311

면, 이 일대의 경치는 더더욱 일변한다. 그리고 도시의 경치가 일변한다는 것은 거기에 막대한 자금이 움직인다는 뜻이다.

입맛을 다시듯 바라보고 있는 자기 얼굴이 차창에 비쳤다. 주손지는 그것을 부끄러워하지도 않았다.

차가 유메노시마의 마리나에 도착하자마자, 안내 역할을 맡은 리영선 측의 남자가 다가왔다.

주손지는 차에서 내린 후, 크루즈가 늘어선 마리나를 둘러보았다. 휘황찬란하게 불이 밝혀진, 다른 요트들보다 유달리 큰 크루즈 한 척이 보였다.

"저건가?"

무심코 소리를 흘린 주손지에게 "그렇습니다. 안내해드리겠습니다"라며 남자가 걸음을 내디뎠다.

주손지는 잔교를 몇 개쯤 건너서 그 크루즈로 다가갔다. 고요히 가라앉은 마리나에서 엔진 소리가 나지막하게 울려 퍼졌다.

공들여 견고하게 설치한 계단을 올라간 주손지는 갑판으로 나갔다. 드넓은 갑판에 체격이 좋은 남자가 서 있었다. 조명 각도 때문에 한순간 얼굴이 보이지 않았지만, 가까이 다가오는 남자의 얼굴에 주손지는 엉겁결에 화들짝 놀라고 말았다. 사진으로 보긴 했지만, 실제로 눈앞으로 다가오자, 상처투성이인 리영선의 얼굴은 역시나 섬뜩했다.

"많이 바쁘실 텐데, 여기까지 와주셔서 감사합니다."

예상치 못한 리영선의 일본어에 "일본어를 잘하네요"라며 주손지가 놀랐다.

"젊을 때는 훨씬 잘했는데, 이젠 다 잊어버렸습니다."

앞으로 내미는 리영선의 손을 주손지가 맞잡았다. 체격에 비해서는 작은 손이라, 지금은 체구가 이래도 젊은 시절에는 분명 날씬한 소년이었겠구나 하는 생각이 들었다.

"자, 우선 식사부터 하시죠. 홍콩 셰프에게 최고급 전복을 가져오라고 했습니다."

리영선에게 등을 떠밀린 주손지는 크루즈 선실로 들어갔다. 이쪽도 전면이 유리로 된 널찍한 장소였고, 중앙에 촛대에 불을 밝힌 디너테이블이 세팅되어 있었다.

주손지와 이시자키가 테이블에 자리를 잡자, 어디에 숨어 있었는지 젊은 여성 여러 명이 나타나서 각각의 잔에 샴페인을 따랐다.

"먼저 주손지 선생님 같은 분을 가까이서 뵙게 된 영광에 건배하고 싶습니다."

리영선이 과장된 표현을 쓰며 잔을 들었다.

주손지도 적당히 맞춰주는 정도로 잔을 기울이고, 시원한 샴페인을 입에 댔다.

테이블에 전채 요리가 나왔다. 로스트 덕, 해파리, 상어 지느러미, 하나같이 최고급 식재료임을 알 수 있었다.

"주손지 선생님, 조금 빠른 감이 없진 않지만, AN 통신 쪽은 어떻게 됐습니까?"

일단은 별 탈 없는 날씨 얘기라도 나누면서 식사를 이어가 겠거니 믿어 의심치 않았던 주손지는 살짝 당황했다.

다행히 주손지의 동요가 드러나지 않게 옆에 있던 이시자키 가 바로 대화에 끼어들었다.

"그 건에 관해서는 저에게 일임하셨으니, 제가 설명을 드리 고 싶습니다."

그쯤에서 처음으로 이시자키에게 그 예리한 시선을 돌린 리 영선이 "긍정적인 보고면 좋겠군요"라고 표정의 변화 없이 말 했다.

"아직은 기뻐하실 만한 보고일지 자신은 없지만……."

"서론은 생략하고."

리영선이 이시자키의 말을 끊었다.

"그럼…… 이쪽에서 세운 계획에 관해 보고하겠습니다. 현 재, 우리는 심장이 좋지 않아 AN 통신에 들어가지 못한 와카 미야 신지라는 남자와 접촉하고 있습니다. 계획을 말씀드리 면, 먼저 가까운 시일 내에 〈규슈신문〉이라는 지방신문사가 와 카미야 신지와 AN 통신에 관련된 진실을 특종으로 보도합니 다. 지방신문이지만, 홋카이도, 도쿄, 나고야, 오사카의 각 신문 과도 제휴하고 있어서 정보는 순식간에 퍼집니다. ……그렇게 되면, 일본 정부가 움직일 게 틀림없습니다. 정재계에는 AN 통신과 연관된 사람이 적지 않지만, 아무래도 보고도 못 본 척할 수 있는 상황은 아닐 테니까요."

이시자키의 얘기에 리영선은 전혀 반응을 보이지 않았다. 그저 촛대의 불꽃만 응시했다.

"리 씨." 그쯤에서 주손지가 처음으로 대화에 끼어들었다.

"……솔직히 말하자면, 난 이 계획을 밀고 나가도 AN 통신이 사라질 거라고 생각하진 않아요. 세상에는 필요악이란 게 있지. AN 통신이 바로 그거야."

주손지의 말에 퍼뜩 정신이 돌아온 듯한 리영선이, "그렇다면 AN 통신은 사라지지 않고 어떻게 될까요?"라고 물었다.

"물이랑 같겠지. 손바닥에서 흘러 떨어져도 지면에 다시 물 웅덩이를 만들어 증발해서 구름이 되고, 비가 되고, 또다시 손바닥으로 떨어지지. 그 누구도 절대 잡을 수가 없어."

주손지의 말을 잠시 음미하던 리영선이 뭔가를 납득한 듯이 고개를 끄덕였다.

"알겠습니다. 지금, 이시자키 씨가 말한 계획을 추진해주세요. 그걸로 AN 통신이라는 조직의 뭐가 드러나고 뭐가 드러나지 않는지, 그걸 알아내는 것만으로도 재미있으니까."

리영선은 그 말만 한 후, 식사 시중을 드는 직원들에게 다음 요리를 내오라는 지시를 내렸다.

이어서 나온 음식은 불도장이라 불리는 보양식인데, 작은 도자기 항아리에 전복, 조개관자, 상어 지느러미, 상어 입술, 인삼, 용안 등등 최고급 건어물이 가득 들어 있었다.

"호오, 이걸 만들려고 홍콩에서 셰프를 불렀습니까?" 주손지도 감탄하며 물었다.

"선생님 입맛에 맞을지 어떨지."

리영선이 자신만만하게 겸손한 태도를 취해 보였다.

"그건 그렇고, 리 씨, 당신의 일본어에는 정말로 별다른 억양이 없군요."

"고맙습니다. 귀가 좋은지, 어학은 자신 있습니다."

"이 세계에서 귀가 좋은 건 최고의 조건이죠."

그쯤에서 갑자기 젓가락질을 멈춘 리영선이, "그건 그렇고 선생님, 일본의 수도 이권과 관련해서는 걱정 마십시오"라며 당돌하게 화제를 바꿨다.

주손지는 일부러 천천히 시선을 돌렸다.

"……이번 AN 통신 건이 잘만 풀리면, 선생님이 JOX 파워를 자유롭게 쓰셔도 됩니다. 제가 드리는 감사 인사라고 생각하고 받아주십시오."

"하지만 JOX 파워에는 다른 의원이 붙어 있을 텐데……."

"그건 제가 어떻게든 처리하겠습니다."

"흐음, 역시. 당신이 싸우고 있는 세계의 추세로 보면, 일본

같은 나라의 공공사업쯤은 이미 대단한 가치도 없겠지."

주손지의 말에 리영선이 빙긋이 웃었다.

"그럴지도 모릅니다. 수도사업 건으로 얘기하자면, 우리는 지금 중앙아시아에 열중하고 있어요. 자, 식기 전에 불도장부터 드시죠. 이름 그대로 스님도 담장을 넘는다는 보양식이니까."

12장
특종

프놈펜의 톤레사프호(湖) 위를 정크선이 천천히 나아갔다. 배에는 소년들이 타고 있었고, 손에 든 그물망에는 작은 물고기가 걸려 있었다.

톤레사프 호숫가에 있는 오픈테라스 레스토랑 안으로 상쾌한 바람이 스치고 지나갔다. 점심으로는 늦고 저녁으로는 빠른 이 시각, 휑뎅그렁한 객석은 텅 비어 있고, 테이블에 덮어둔 테이블보가 이따금 바람에 날아갈 듯 펄럭여서 아직 소녀 같은 앳된 직원이 허둥지둥 누르며 돌아다녔다.

다카노는 시원한 바이욘 맥주를 비웠다. 바로 앞에서는 다오카가 "맛없어, 맛없어"라고 투덜거리면서도 분말을 녹인 듯한 냉커피를 마시고 있었다.

"이젠 어쩐지 프놈펜에 완전히 익숙해져서 내가 태어난 고향 같아요."

따분함을 떨치려고 그렇게 내뱉은 다오카가 또다시 냉커피를 한 모금 마시고는 "으윽, 맛없어"라고 되풀이했다.

"……그건 그렇고, 키르기스스탄의 아지스라는 녀석은 왜 가족을 데리고 여기에 체류하고 있을까요?"

다오카의 질문에 정크선을 바라보고 있던 다카노가 시선을 되돌렸다.

"이곳 캄보디아에서 성공한 키르기스스탄 사람이 있는 모양이야. 그가 이른바 패트런으로서 아지스 가족을 보살펴준다고 하더군."

"패트런? 어떤 녀석일까요?"

"글쎄, 어떤 녀석일지."

그쯤에서 입구에 아지스의 모습이 보였다. 다카노가 일어서자, 마치 옛 친구라도 발견한 것 같은 표정으로 가까이 다가왔다.

"한동안 연락이 안 돼서 조마조마했어. 만나서 다행이야."

당장이라도 끌어안을 것 같은 아지스에게 다카노는 일단 다오카부터 소개했다.

"이 친구는 다오카 료이치. 신뢰해도 돼."

갑작스러운 다카노의 소개에 당황한 다오카가 허둥지둥 일어나서 아지스와 악수를 주고받았다.

아지스는 별로 신경도 안 쓰고, 바로 다카노를 바라보며 얘기를 시작하려 했다.

"아지스, 내 얘기 먼저 들어줘." 다카노가 그런 아지스를 제지했다.

"……이번 안건에 대응할 AN 통신의 책임자는 여기 있는 다오카야."

아지스의 표정에 한순간 그늘이 드리워졌고, 그 옆에서 다오카가 허둥거렸다.

한눈에도 자기보다 젊은 다오카를 아지스는 말 그대로 머리끝부터 발끝까지 찬찬히 훑어보았다. 그리고 "무슨 의미지?"라며 살짝 화가 깃든 표정으로 물었다.

"이 친구가 아직 젊은 건 분명해. 하지만 이 친구는 내가 오랫동안 확실하게 키워왔어. 이번 안건도 아무 문제 없이 해낼 게 틀림없지. 날 믿어주면 좋겠군."

다카노의 설명에 "당신은 이번 안건에서 빠지겠단 말인가?"라며 아지스가 시비조로 나왔다.

"아니, 그렇진 않아. 나도 여기 있는 다오카와 마지막까지 함께 움직여. 다만 책임자는 어디까지나 이 친구고, 최종적으로 이 친구가 내린 판단이라면 나도 따른다는 뜻이지."

아지스가 새삼 다시 다오카를 쳐다보았다.

다오카의 시선이 이리저리 흔들렸다.

"뭐, 당신이 이번 일에서 손을 떼지만 않으면 상관없어. 책임자가 누구인가는 당신들 조직에서 결정할 일이지 내가 참견할 문제는 아니니까."

아지스가 다시 다오카에게 손을 내밀었다. 살짝 머뭇거리는 눈빛으로 바라보는 다오카에게 다카노가 "지금부터는 네가 책임자야"라고 말했다.

한동안 다카노의 말을 음미한 다오카의 표정이 순식간에 변해갔다. 다오카는 자기 안에서 어떤 결론에 도달했는지, 꽤 뜸을 들인 후이긴 했지만, "알겠습니다"라며 고개를 끄덕였다.

다카노도 그 말에 응하며, 고개만 함께 끄덕여주었다.

다오카와 아지스가 다시 악수를 주고받은 후, 세 사람은 자리에 앉았다. 강을 건너온 바람이 살갗에 솟은 땀을 식혀주었다.

"그럼 일단 우리가 현재 알아낸 정보를 전달하겠습니다."

다오카가 먼저 말문을 열었다.

"……이번 중앙아시아 수도사업과 관련해서 V. O. 에퀴 사의 리영선이 손을 잡으려고 하는 상대는 영국의 투자회사 '로열 런던 그로스(RLG)'입니다. V. O. 에퀴 사의 전 간부였던 뒤부아라는 남자에게 얻은 정보라 틀림없습니다. 참고로 이 RLG라는 투자회사가 지금까지 관여해온 개발도상국 개발을 우리가 쭉 훑어봤는데, 솔직히 말해 노골적인 배금주의고, 그 나라들의 국민을 위한 사업이라고는 말할 수 없습니다."

다오카의 설명을 들으며 아지스가 다카노에게 '오호, 이 젊은이, 제법인데'라고 말하듯 시선을 던졌다.

"……다만, 현실적인 문제로 RLG의 자금력이 절대적이라 그 자금력이 없으면, 제아무리 V. O. 에퀴 사라고 해도 중앙아시아 수도사업에 거액을 투자하는 건 불가능합니다. 물론 거기 말고도 투자회사는 있지만, 이 RLG 정도 규모에, 동족 기업이라 의사결정도 빠른 기업은 많지 않습니다. 게다가 이만한 모험이 가능한 곳도 적죠. 바꿔 말하면, 이 RLG가 가담하지 않는 한, 중앙아시아의 수도시설에는 지금까지의 구소련 유물이 계속 남을 거란 뜻입니다."

다오카의 이야기를 거기까지 들은 아지스가 깊은 한숨을 내쉬었다.

"그럼 만약 우리가 현재의 계획을 방해한다면, 앞으로 수십 년간 우리의 수도 설비는 개선될 수 없단 뜻인가……."

"안타깝지만 이번 기회를 놓치면, 키르기스스탄 재정으로 추측해볼 때, 앞으로 30년에서 50년 사이에는 극적인 변화가 어렵다고 봅니다."

"그럼 어떡하면 좋지?"

아지스는 순간적으로 다카노에게 시선을 돌리려다 그 눈을 다시 다오카에게 돌렸다.

"제 생각으로는……."

다오카가 조심스러운 눈빛으로 다카노를 바라보았다. 다카노는 '얘기해봐'라고 재촉하듯 턱짓을 했다.

"제 생각으로는…… 상당한 장기 계획이 되겠지만……."

다오카가 어휘를 고르듯 신중하게 얘기를 시작했다.

"지금까지 세계의 전례를 볼 때, 여기에서 이번 계획을 없애는 것보다는 일단 계획을 추진시킨 후에 모든 걸 엎는 편이 낫습니다. 간단히 말하자면, V. O. 에퀴 사와 RLG가 확립하는 수도 이권을 가로채는 게 더 현실적이죠. 볼리비아에서 이권 기업을 상대로 주민이 일으킨 폭동으로 시작된 일련의 흐름, 수도사업을 추진했던 당시 정권의 전복, 신정부의 기존 계약 파기, 그때 청구된 배상금 감액을 세계 여론에 의존하는 방법을 하나의 예로서 고려할 가치는 있다고 봅니다. 물론 최종적인 계약 시점에서 현 정부와 V. O. 에퀴 사, RLG와의 관계, 누가 이익을 얼마나 얻는가 하는 사실을 국민에게 폭로하는 방법도 가능합니다. 거기에 필요한 정보는 우리가 반드시 찾아낼 겁니다."

다오카의 얘기를 다 들은 아지스가 "어쨌든 현 단계에서 이 계획을 방해하는 건 우리에게도 도움이 안 된다는 뜻이군"이라며 고개를 숙였다.

소극적인 다오카의 아이디어에 다카노는 말참견을 하지 않았다.

*

　햇빛을 들쓴 잔디밭의 향기에 아야코는 숨을 깊이 들이마셨다. 흐린 하늘이 계속되는 런던에 체류하는 중에 오늘은 웬일로 아침부터 날이 맑게 개었다.

　오늘 아침에야 오랜 세월 알고 지낸 로버트에게서 연락이 왔고, 이곳 퀸스클럽에서 테니스라도 치자며 불러냈다.

　게임을 끝낸 아야코는 땀을 닦으며 코트에서 나왔다. 로버트에게 라켓을 맡기고, 벤치에 놔뒀던 수건으로 땀을 닦았다.

　"아야코가 코트 안에서 뛰는 모습은 여전히 아름다워."

　"말은 그러면서 하나도 안 봐주잖아."

　"테니스 치면서 봐주는 남자, 싫어하잖아?"

　"테니스뿐만이 아니라, 무슨 일이든 날 상대로 봐주는 남자는 정말 싫어."

　아야코는 로버트의 에스코트를 받으며 살롱으로 향했다.

　로버트와의 교제는 이래저래 15년 가까이 된다. 그는 이른바 영국 특권계층 일족의 상속자로 교외에서 작은 성과 사냥터를 관리하기도 하지만, 런던의 주요 지역에 10억 엔이 넘는 아파트도 소유하고 있다.

　아야코는 한때 스위스의 제네바에서 이 로버트와 동거를 한 적도 있지만, 내일 자기가 어디에 있고 어떤 일이 벌어질지 아는 생활이 도무지 익숙해지지 않아서 여름 한철도 못 보내고 도망쳐 나왔다.

살롱 의자에 앉자, 로버트가 카디건을 어깨에 걸쳐주었다. 아야코는 그 손을 가볍게 스쳤다.

"날 초대한 걸 보면, 뭔가를 알아낸 거지?"

기다리지 못하겠다는 듯이 묻는 아야코에게 "성급하긴" 하며 로버트가 쓸쓸하게 웃었다.

"아야코는 틀림없이 100캐럿짜리 다이아몬드보다 누군가를 앞지를 정보를 더 좋아하겠지."

"물론 100캐럿짜리 다이아몬드도 좋아해. 단, 내가 그걸 손에 넣었을 때 분해서 눈물을 흘리는 누군가가 있다는 가정하에서지만."

웨이터가 내온 홍차를 한 모금 마신 로버트가 "자, 받아. 105캐럿짜리 다이아몬드"라며 서류를 내밀었다.

아야코는 로버트에게 서류를 받아 들고, "리영선이 어떤 사람인지 알아낸 거지?"라며 미소를 지었다.

미소를 머금은 아야코를 보며 살짝 괴로운 표정을 지은 로버트가 "안타깝지만 어떤 사람인지까지는 못 알아냈어. 다만 재미있는 장소와 이어졌지"라고 말했다.

"재미있는 장소?"

아야코가 서둘러 서류를 들척였다.

분량은 그리 많지 않았지만, 그 내용으로 보아 조사 전문가가 한 일임을 한눈에 알아볼 수 있었다.

　"늘 그렇지만, 당신 친구의 조사 서류는 보기만 해도 기분이 좋아져."

　"그야 당연하지. 살인면허를 가진 우리나라의 공무원이니까."

　그때 아야코가 "어?" 하며 소리를 흘렸다. 허둥지둥 앞 페이지로 돌아가서 그 문장을 다시 한번 읽었다.

　"어때? 재미있는 장소랑 이어지지?"

　로버트가 꽤나 자신만만하게 미소를 건넸다.

　"리영선이 젊은 시절에 키르기스스탄에서 살았다?"

　아야코는 놀라움을 감추지 않았다.

　"어, 지금으로부터 15년쯤 전이지."

　"잠깐만. 그런데 15년 전에 스무 살 전후의 청년이었다고 쓰여 있어. 그렇다면 리영선은 아직 삼십대 중반이야?"

　"그렇겠지."

　아야코는 상처가 울퉁불퉁 도드라진 리영선의 얼굴을 떠올렸다. 그 관록은 도저히 삼십대로는 보이지 않았다. 좀 더 말하면, 그 남자가 갖춘 강인함은 죽음을 두려워하지 않는 자의 강인함이라 삼십대에는 절대 손에 넣을 수 없는 것이다.

　아야코는 다시 서류로 시선을 떨어뜨렸다.

지금으로부터 15년 전쯤, 리영선으로 보이는 청년이 중국의 신장 위구르 자치구에서 키르기스스탄으로 옮겨졌다.

그를 옮긴 사람은 위구르 자치구에서 장사를 하던 키르기스스탄인 가족이며, 리영선은 얼굴과 몸에 큰 부상을 입은 상태였다.

키르기스스탄인 가족은 몇 개월 동안 리영선을 지극정성으로 간병했다. 그 덕분에 얼굴과 몸에 끔찍한 상처가 남긴 했지만, 다행히 목숨을 건질 수 있었다.

"잠깐만. 그럼 그가 생명의 은인이 사는 나라를 엉망으로 만들려는 거야?"

아야코의 입에서 무심코 그런 말이 흘러나왔다.

"아무래도 그런 것 같진 않아. 으음, 너무 서두르지 말고, 그 다음을 읽어봐."

로버트가 재촉해서 아야코는 고개를 갸웃거리면서도 다음 페이지를 넘겼다.

"자, 잠깐만……."

아야코는 또다시 엉겁결에 소리를 흘렸다. 너무 당황해서 페이지를 넘기던 손이 미끄러졌다.

"아니, 이건 무슨 뜻이지? 15년 전에 리영선을 도와준 가족이 수도사업 민영화 추진에 반대하는 그룹에서 활동한다고 쓰여 있는데."

"나와 있는 그대로야. 이 자료를 곧이곧대로 읽으면, 리영선은 생명의 은인들을 배반하는 데서 그치는 게 아니라, 그들이 가장 싫어하는 일을 하려는 거지."

"그런데……." 그쯤에서 아야코가 끼어들었다.

로버트도 이미 알아챘는지, "어, 아마 그렇겠지"라며 고개를 끄덕였다.

"리영선은 키르기스스탄 사람들에게서 물을 훔치려는 게 아니야. 키르기스스탄 사람들의 물을 지켜주려는 거네."

떠오른 생각을 말로 뱉어도 실감은 전혀 나지 않았다. 그도 그럴 것이 아야코가 아는 리영선이라는 남자에게는 은혜를 갚으려는 마음이나 타인에 대한 애정 같은 걸 느껴본 적이 없었기 때문이다.

"으음, 리영선이라는 남자는 대체 어떻게 여기까지 성장한 거지?" 아야코가 물었다.

"그 부분은 거의 대부분 수수께끼야. 물론 리영선이라는 이름이 가명이라면, 출신지가 싱가포르라는 것도 수상하지. 그런데 그 리영선이란 남자가 관련된 것으로 보이는 안건이 MI6 자료에 딱 하나 있더군."

아야코는 기다리지 못하고 페이지를 넘겼다.

"러시아의 군사기밀을 중국에 팔았다?"

"응, 시기적으로는 키르기스스탄에서 상처를 치료한 다음이지. 키르기스스탄인으로 가장해서 러시아로 들어갔고, 그 당시 발생한 러시아의 원자력 잠수함 침몰 사고와 관련된 어떤 정보를 손에 넣었을 가능성이 있지."

"리영선이 혼자서? 고작 스무 살 남짓한 애가?"

"아마도 그게 가능할 만한 교육을 어디선가 받았을 가능성이 있지. 그리고 그는 그때 얻은 보수를 자본으로 비즈니스를 시작했어. 그리고 15년 후, 당신 앞에 나타났지."

아야코는 아무도 없는 잔디 코트로 눈을 돌렸다. 테니스공 한 개가 바람에 굴러갔다.

단체 관광객의 흐름이 잠깐 끊긴 순간, 아야코는 안드레아스 구르스키의 거대한 사진 앞에 서 있는 맥그로의 뒷모습을 발견했다.

맥그로는 화요일 오후에 몇 시간을 이곳 테이트 모던 미술관에서 보낸다.

아야코는 맥그로 뒤로 다가간 후, "신기하게도 그의 사진은 계속 바라보면 수묵화처럼 보이더군요"라고 말을 건넸다.

누가 왔는지 금방 알아챘는지, 맥그로는 돌아보지도 않고, "뭐든 다 아시아가 기원이라는 건 아시아인들의 나쁜 버릇이야"라며 웃었다.

"……좋은 소식?"

돌아선 맥그로가 무표정인 채로 물었다.

"처음 만났을 때, 내가 당신에게 도움이 될 거라고 말했을 텐데요?" 아야코가 대답했다.

"으음, 그랬지. 그래서 난 당신과 함께하기로 했고."

또다시 단체 관람객이 들어왔다. 아야코는 맥그로에게 홀 한쪽에 있는 벤치로 가자고 청했다.

"오늘 가져온 건 나쁜 소식이에요. 하지만 나쁜 소식은 빨리 알면 알수록 좋은 소식으로 바뀌죠."

에둘러 표현한 아야코의 말을 맥그로도 이해했는지, 그 긴 속눈썹을 살짝 흔들었다.

"리영선과 키르기스스탄은 연관이 있어요."

아야코의 말에 "연관? 무슨 소리야?"라며 맥그로가 눈썹을 치켜떴다.

"리영선은 V. O. 에퀴 사나 당신 회사에 들어올 막대한 이익을 위해 중앙아시아의 수도사업을 하려는 게 아니에요. 그는 V. O. 에퀴 사와 당신 회사를 이용해서 중앙아시아 사람들을 위한 수도사업을 하려는 거예요."

아야코의 말을 맥그로는 바로 이해할 수가 없었다.

"무슨 뜻이지?"

아야코의 눈앞에 보이는 맥그로의 얼굴에서 순식간에 핏기가 가셨다.

이른 아침인데도 불구하고, 사회부의 전화란 전화는 다 계속 울려댔다. 조금 전까지는 그 전화 하나하나에 응대하려 노력하던 기자들도 역시나 항복하고, 눈앞에서 계속 울려대는 전화와 휴대전화를 넋 놓고 바라보는 사람까지 있었다.

몇 시간 전에 갓 나온 조간 사회면을 책상에 펼치고 있는 구조도 그중 한 사람이었고, 계속 울려대는 전화 앞에서 자기가 쓴 기사를 다시 읽어보았다.

제목에는 '암거래 인신매매 조직인가?'라고 큼지막하게 쓰여 있었다.

그리고 '아시아네트통신(통칭 AN 통신), 산업스파이 조직 의혹' '고아를 첩보원으로 채용했나'라는 센세이셔널한 말들이 뒤를 이었다.

구조는 기사를 읽은 것만으로도 갈증이 나서 문의 전화가 계속 울려대는 와중에 복도 자동판매기로 향했다.

복도 막다른 곳에 있는 흡연실에서는 역시나 문의 전화에서 도망친 듯한 상사 오가와 일행이 담배를 피우고 있었다.

자동판매기에서 차를 사는 구조에게 "예상을 뛰어넘는 반응이군"이라고 오가와가 말을 건넸다.

"경찰 쪽은 어떻게 됐어요?" 구조가 물었다.

"지금 국장이 직접 가서 설명하고 있겠지."

구조는 자동판매기에서 꺼낸 차를 그 자리에서 마셨다. 어지간히 목이 탔는지 절반 정도를 단숨에 마셨다.

"증언해줄 와카미야 신지 쪽은 어때?"

오가와의 질문에 "지금 호텔로 이야기하러 가려고요"라고 구조가 대답했다.

AN 통신이라는 수수께끼 산업스파이 조직. 와카미야 신지 같은 처지에 놓인 아이들이 자기 자신의 의사와는 상관없이 첩보원으로 키워지고, 자기 자신의 의사와는 상관없이 일하고 있다.

나는 올바른 기사를 쓴 거라고 구조는 또다시 마음속으로 중얼거렸다. 누군가는 반드시 와카미야 신지 같은 처지에 놓인 아이들을 구해내야 한다고.

그러나 직감이라고밖에 말할 수 없지만, 그런 강렬한 마음으로 쓴 자기 원고가 어딘지 모르게 위선적으로 느껴지기도 했다. 그것은 증언해준 와카미야 신지의 말 한마디 한마디에서 '가능했다면, 나도 AN 통신의 일원으로 일하고 싶었다'는 뜻이 전해졌기 때문이다. AN 통신의 첩보원이라는 일이 와카미야 신지 같은 아이들의 희망이었던 것 같은 기분이 자꾸 들었기 때문이다.

아마 이제부터는 경찰이 움직일 것이다. 와카미야 신지의 증언으로 일단은 그가 맡겨졌던 도쿄의 아동복지시설을 수사

할 테고, 해당 시설과 AN 통신의 관계, 지금까지 아이들을 알선해온 사실 등이 백일하에 드러날 게 틀림없다.

이번에 와카미야 신지가 만들어준 아주 작은 균열에서 AN 통신이라는 거대한 조직으로 메스가 얼마나 깊이 들어갈지는 상상조차 할 수 없다.

이번 특종을 앞두고 몇 번이나 거듭한 편집회의에서 '만에 하나 이 AN 통신이 유력한 정치가나 재계 인사와 깊은 연결 고리가 있을 경우, 어디선가 반드시 압력이 들어온다'는 의견이 나왔고, 그 가능성은 거의 100퍼센트에 가깝다는 결론에 도달했다.

구조는 책상으로 돌아와서 핸드백을 집어 든 후, 신지가 묵고 있는 호텔로 향했다.

신지의 증언을 토대로 구조의 신문사에서 특종기사를 터뜨린 후에는 주손지 노부타카 중의원의 개인 비서인 이시자키가 움직이기로 했다.

이시자키는 안면이 있는 AN 통신의 다카노 가즈히코라는 첩보원에게 접촉해서 더욱 상세한 내부 사정을 조사한다. 그때 처음에 한 약속대로 구조는 신지를 AN 통신의 첩보원인 다카노와 만나게 해준다.

회사 앞에서 택시를 타자, 이미 조간을 훑어봤는지 "오늘 조간에 재미있는 기사가 실렸더군요"라고 운전기사가 말을 걸었지만, 구조는 "아, 네"라고 무뚝뚝하게 대답하고 끝냈다.

호텔에 도착하기 직전에 연락을 했는데, 신지는 받지 않았다. 아직 자고 있을지 몰라서 프런트로 다시 전화를 걸어 방으로 연결해달라고 부탁했다. 그런데도 받지 않았다.

구조는 살짝 안 좋은 예감이 들어서 신지의 방으로 급히 올라갔다.

그런데 문을 노크해도 대답이 없었다.

"미안, 문을 열게요."

구조는 만일을 대비해서 갖고 있던 스페어 키를 사용했다. 휑하니 빈 객실에 신지의 모습은 보이지 않았다. 조금 전까지 자고 있던 신지만 별안간 사라진 것처럼 방 안의 침대 시트만 흐트러져 있었다.

"신지 씨?" 구조가 불렀다.

그러나 화장실에서도 욕실에서도 대답은 없었다. 확연하게 이상한 분위기였다. 신지의 개인 소지품은 모두 남아 있었다. 다만 신지만 그 방에서 사라지고 없었다.

*

프놈펜 공항에서 다카노는 키르기스스탄으로 가는 다오카와 아지스를 배웅했다. 다오카는 그쪽에서 아지스와 함께 행동하는 동료들을 소개받기로 했다.

물론 지금까지도 다오카가 단독으로 행동한 적은 있다. 그러나 그것은 어디까지나 다카노의 명령에 따른 것이었고, 또한 임무상의 모든 판단은 다카노가 내리게 되어 있었다. 그러나 이번 안건은 다르다. 앞으로는 아지스와의 교섭에서 다오카가 AN 통신을 대표하게 된다.

두 사람을 배웅한 다카노는 혼잡한 라운지에서 벗어났다. 창 너머에 각국의 항공기가 나란히 늘어서 있었다.

햇볕이 내리쬐는 활주로의 기온은 아마 40도 가까이 되지 않을까. 아지랑이라고 부르기에는 너무나 짙은 흔들리는 열기 속에서 각국의 항공기가 풍경에 녹아들듯 번져 보였다.

가자마에게 연락이 온 것은 바로 그때였다.

"〈규슈신문〉 기사, 이미 읽었나?"

가자마의 질문에 다카노가 대답했다.

"읽었습니다. 단순한 억측 기사로 보이진 않던데요."

"아무래도 이번엔 본부도 술렁거려."

"그럼 실제로 밀고자가 있다는 건가요? AN 통신에 들어오지 못한 녀석이."

"이미 그 인물은 특정됐어. 와카미야 신지라는 자인데, 그와 관련된 자료도 이미 확인됐고."

"그렇지만 그런 녀석이 이제 와서 세간에 나와본들 뭘 할 수 있는 건 아니잖습니까."

"하지만 여론이란 게 있지. 수수께끼 산업스파이 조직에 수수께끼 인신매매 조직. 매스컴은 신이 나서 최대한 부채질을 해대겠지. 그렇게 되면 국가도 움직일 수밖에 없어. 다만 국가가 움직이면, 우리와 관계있는 중의원들은 물론이고 기업 관계자도 곤란해져. 분명 어느 정도 선에서 매듭을 짓겠지."

다카노는 솔직히 가자마가 이런 연락을 한 의미를 가늠할 수 없었다.

"……지금 바로 시엠레아프로 가줘야겠군."

그제야 간신히 임무 내용을 알려주었다.

"……와카미야 신지라는 자가 보호를 받던 후쿠오카 호텔에서 시엠레아프로 향했다는 정보가 들어왔어. 상세한 사항은 아직 밝혀지지 않았고. 아마 신변의 안전을 확보하기 위해서겠지만, 〈규슈신문〉과 캄보디아가 도무지 연결이 안 돼. 그렇다면 이번 특종에는 〈규슈신문〉의 배후에 흑막이 있었다는 거지."

다카노는 이미 발권 카운터로 향하고 있었다.

*

그늘진 벽에서 도마뱀붙이가 울고 있었다. 야자수 원시림을 훑고 지나온 바람이 수영장에 파문을 일으켰다.

리영선은 손을 뻗어 작은 도마뱀붙이를 잡았다. 대가리를 짓누르듯 움켜쥐고 코앞에서 바라보자, 꼬리와 양다리로 죽어라 발버둥을 치며 그 귀여운 입을 크게 벌렸다.

리는 도마뱀붙이를 그대로 자기 팔에 내려놓았다. 도마뱀붙이는 허둥지둥 부산을 떨며 팔을 기어 올라간다 싶더니 발밑으로 뚝 떨어져서는 햇빛이 쏟아지는 수영장 가에서 쏜살같이 서늘한 수풀로 숨어들었다. 우스꽝스러운 그 모습에 리는 무심코 미소를 머금었다.

도마뱀붙이가 숨어든 수풀을 한동안 바라보고 있자, 수영장 옆으로 걸어온 부하가 "준비됐습니다"라고 말을 건넸다.

리는 유리잔에 남아 있던 진을 비우고, '알았다'라고 응하는 대신 손사래를 쳤다.

자리에서 일어서서 드넓은 수영장을 바라보았다. 수영장을 감싸듯 세워진 저택은 멕시코인 건축가의 디자인으로, 어디로 눈을 돌려 어느 세부를 봐도 태양과 그림자의 콘트라스트가 선명했고, 언덕 위에 있어서 어느 창에서나 야자수 원시림이 내다보였다.

여기까지 오는 데 시간이 얼마나 걸렸을까.

리는 문득 그런 생각이 들었다.

이 경치를 손에 넣기까지 대관절 얼마나 피를 흘리고, 얼마나 먼 거리를 걷고, 얼마나 많은 사람을 배반했을까.

거기까지 생각하던 리는 쓸쓸하게 웃었다.

이건 마치 인생에서 성공을 거둔 녀석이 내뱉는 대사 같군.

난 아직 이런 풍경으로는 만족하지 않는다. 내게는 여전히 손에 넣고 싶은 것이 있다. 그러기 위해서는 지금보다 두 배는 더 피를 흘려야 한다. 지금보다 열 배는 더 걸어야 한다. 그리고 지금보다 백 배라도 더 남을 배반해야 한다.

리는 천천히 수영장 가로 걸음을 내디뎠다. 발밑으로 따라오는 자기 그림자를 수영장에서 넘쳐흐른 물이 낚아채듯 휩쓸고 갔다.

"이시자키가 일본에서 데려온 와카미야 신지라는 자를 이리 불러와."

리가 말하자, 뒤에서 대기하고 있던 메이드가 서둘러 부르러 갔다.

신지를 불러왔을 때, 리는 테라스에서 야자수 원시림을 바라보고 있었다.

메이드가 신지만 남겨두고 물러나자, 리가 말을 건넸다.

"무슨 불편한 점은 없나?"

"딱히."

신지가 무뚝뚝하게 대답했다.

"지금쯤 AN 통신은 혈안이 돼서 널 찾고 있겠지. 어때, 공포가 조금은 느껴지나?"

리의 질문에 신지가 서슴없이 대답했다.

"아니."

"호오." 리가 웃었다.

"난 AN 통신에게 버림받았을 때 이미 죽었어. 죽은 인간에겐 공포심이 없지." 신지가 말했다.

"버림받아? 해방됐다고 말할 수도 있을 텐데?"

"그건 선택의 자유가 있는 녀석의 사고방식이지."

"흐음, 과연. 그건 네가 옳아. ……그런데 AN 통신 쪽 인간을 만나서 뭘 하고 싶은 거지? 그게 네 목적이라며?"

"납득하고 싶어. 단지 그것뿐이야."

"납득?"

"그래, 과연 이 정도면 나 같은 놈은 배제되는 게 당연하다고, 이런 가혹한 세계에서 사는 건 내게는 무리라고. 그걸 알면 난 이 쓰레기 같은 내 인생을 받아들일 수 있어."

"만약 녀석들이 너의 기대에 부응하지 못한다면?" 리가 물었다.

"부응하지 못한다면……."

잠깐 망설인 신지가 입을 열었다.

"내 인생을 쓰레기로 만든 벌로 죽여버리겠어."

리는 신지의 눈을 뚫어져라 응시했다. 단 한 번도 자기 자신을 용서한 적이 없는 남자의 눈이었다.

13장
나란토의 숲

주손지 노부타카는 모니터 속 현관에 서 있는 여자를 핥는 듯한 시선으로 바라보았다.

주손지는 지금까지 아름다운 여자들을 수없이 만났다. 여배우들, 긴자의 여자들…… 물론 그들은 모두 저마다의 기품과 색기가 있었다.

그러나 지금 현관에 서 있는 여자는 그녀들보다 훨씬 탁월하다는 것을 모니터 너머로도 알 수 있었다.

1960년대의 일본 여배우들 같은 기품이 있었다. 그리고 동시대의 이탈리아 여배우들 같은 풍만함이 있었다.

"면회 약속은 없었지만, 이걸 지참하고 와서."

비서에게 건네받은 것은 주손지도 잘 아는 홍콩 주재 실업가가 써준 소개장이었다.

주손지는 간략하게 훑어보았다. 간단한 안부 인사 후, '만나서 손해가 될 여자는 아니다'라고 쓰여 있었다.

"들여보내."

주손지는 비서에게 명령하고, 연못 위에 지은 응접실로 향했다.

비서의 안내를 받으며 그 아야코라는 여자가 나타났을 때, 주손지는 왠지 뱃속 깊은 곳에서부터 웃음이 솟구쳐 올랐다. 오랜 세월의 직감이라고 말할 수밖에 없지만, 자신의 운명이 지금 이 시간을 경계로 크게 호전될 거라는 예감이 들었던 것이다.

정중하게 인사하는 여자에게 주손지는 무심코 이렇게 말했다.

"신기하게도 당신이 오길 기다린 것 같은 기분이 드는군."

여자는 주손지의 말에 알랑거리지도 않고, 새침한 표정으로 서 있었다.

"음, 일단 거기 앉지."

아야코가 소파로 향하면서 창밖의 일본 정원을 바라보았다.

"저기 있는 모래정원, 조동종(曹洞宗, 선종의 한 파)의 무슨 절이었나, 그곳 주지 스님이 직접 관리하는 정원이랑 비슷한 기분이 드네요."

주손지는 아야코의 심미안에 깜짝 놀랐다. 실제로 이 정원을 만든 사람은 조동종의 어느 절 주지로, 일본 정원 조형자로서는 세계적으로 유명한 인물이었기 때문이다.

"그의 작품을 어디서 봤을까?" 주손지가 물었다.

"분명 베를린에서……."

"아, 그럼 묵수원(墨水苑)이겠지."

창가로 다가간 아야코가 모래정원을 바라보았다. 주손지는 예쁘게 생긴 그 엉덩이를 넋 놓고 바라보았다.

"……리영선을 파멸시킨다. 혹시 그런 계획이 있다면, 흥미 있으신가요?"

아야코는 돌아보지도 않고, 모래정원을 바라본 채 물었다.

"리영선을 파멸시킨다?"

주손지가 그 말을 따라 했다.

"그래요."

돌아선 아야코의 얼굴에 처음으로 미소가 감돌았다.

"내가 싫어하는 얘기는 아닌 것 같군." 주손지도 그 미소를 받았다.

"무례하다는 건 충분히 알고 말씀드립니다만, 당신은 현재 리영선의 뜻대로 이용당하고 있죠. 아마도 뭔가 약점을 잡혔 겠지만……."

"무례하고 말 것도 없어. 실제로 그 말이 맞아. 나 주손지가 지금은 리영선의 가신이나 다를 바 없지."

"하지만 그 보상으로 당신은······."

"어, 그래. 일본의 수도사업이 민영화될 경우 뒤에서 전권을 잡게 되지."

"당신은 그걸로 만족하시나요?"

"무슨 뜻이지?"

"이미 설비가 갖춰진 일본 수도사업은 아무리 민영화돼도 크게 터질 게 없어요. 세계에서 가장 큰 호수를 아시나요?"

"글쎄, 어디였더라?"

"카스피해예요. 러시아 남부에서 카자흐스탄과 이란 북부까지 펼쳐진 호수인데, 비와호(일본 시가현 중앙부에 있는 일본 최대의 호수)의 몇 배 수준이 아니라, 그 면적이 일본의 국토와 거의 맞먹죠."

주손지는 자기 무릎이 떨려오는 걸 알았다. 옛날부터 이런 상황에 처하면 떨리기 시작했다. 물론 공포 때문이 아니다. 흥분으로 인한 설렘으로 떨리는 것이다.

주손지는 아야코와 나란히 뜰의 모래정원을 바라보았다.

"저는 영국 투자회사의 대리인이라고 여기시면 됩니다. 그리고 우리는 현재 리영선과 함께 중앙아시아 수도사업에 적극적으로 참여하려 합니다."

"리영선과 함께? 그럼 동료를 배신한다는 얘긴가?"

"정확히 말하면, 리가 우리를 배신하기 전에 우리가 움직이는 거죠."

"당신, 아야코 씨라고 했던가, 난 당신을 좋아하게 될 것 같군."

주손지는 아야코에게 소파 자리를 권했다.

정면에 앉을 줄 알았는데, 아야코는 정원을 등지며 대각선 맞은편 자리에 앉았다.

설마 자기 배경까지 신경 쓰며 움직이진 않았겠지만, 아야코의 얼굴이 햇빛을 들쓴 정원에 핀 모란꽃처럼 보였다.

"얘기를 좀 더 자세히 들어볼까." 주손지가 말문을 열었다.

"영국의 '로열 런던 그로스'라는 투자회사를 아시나요?"

아야코의 질문에 주손지가 "어, 이름은 들어본 적 있지"라며 고개를 끄덕였다.

"그 RLG와 리영선이 지휘하는 V. O. 에퀴 사가 이제 곧 중앙아시아의 수도사업 개발을 시작할 예정이에요. 물론 비즈니스인 만큼 양사 모두 이익을 얼마나 얻을 수 있느냐가 중요하고, 표면적으로는 어떨지 몰라도 본심을 털어놓자면, 중앙아시아 각국의 국민들 생각은 안중에 없어요. 극단적으로 말하면, '살 형편이 안 되면, 물은 마시지 마'라는 식의 상황을 만들어낼 가능성도 있죠. 하지만 그래서 더더욱 그 사업에서 막대한 이익이 생기죠. 그걸 예측하고, RLG는 이 계획에 참여했어요. 다만 리영선의 뒤를 캐보니 아무래도 좀 낌새가 이상해서……."

"낌새가 이상해?"

344

주손지가 무심코 끼어들었다.

"네, 상세한 내용은 생략하겠지만, 아무래도 리영선이라는 남자는 이 계획을 겉으로는 이익을 중시하는 것처럼 가장하면서 내막으로는 마치 자선사업을 하려는 것 같아요. 최소한 맨 처음 시작하는 키르기스스탄에서는 그런 의도가 틀림없어요."

"리영선이 왜 그런 일을?"

"간단히 말하자면, 리영선이 이익이 아니라 키르기스스탄의 민중 편에 섰기 때문이죠."

주손지는 좀 더 자세히 듣고 싶었지만, 그다음에 나올 돈 얘기를 서둘렀다.

"……만약 우리 RLG가 리영선을 잘라냈을 경우, V. O. 에퀴 대신 당신이 고문을 맡고 있는 동양에너지를 이 계획에 참가시키고 싶어요."

아야코의 말에 주손지의 입가에 경련이 일었다. 너무 기뻐서 솟구쳐 오르는 웃음을 필사적으로 참아냈기 때문이다.

"호오…… JOX 파워가 아니고, 동양에너지라. 그 말인즉슨 이 계획이 잘만 풀리면, 나는 리영선뿐만 아니라 오쿠니의 코까지 납작하게 만들 수 있단 얘기군."

주손지는 더는 참지 못하고 웃음을 터뜨렸다.

배를 잡고 한껏 웃어젖힌 후, 주손지는 애써 표정을 되돌렸다.

"아아 ─ 실로 유쾌하군. 유쾌하다는 말 말고는 달리 표현할 방법이 없어. ……하지만 그렇게 간단히 리영선이라는 자를 이 계획에서 밀어낼 수 있을까?"

주손지의 질문에 아야코는 동요하지 않았다.

"물론 간단하진 않아요."

"그럴 테지."

"가장 빠른 방법은 인터폴이나 CIA에서 리영선을 어떻게 해주는 건데."

"뭐 하긴, 털어서 먼지 안 나는 사람은 없지."

"먼지 정도가 아니겠죠. ……그런데 역시나 그쪽으로 상당히 조심해서 리영선이 그리 쉽게 꼬리를 잡히진 않을 거예요."

"그렇겠지."

아야코가 그쯤에서 의미심장한 미소를 지었다.

"그런데 꼬리 같은 게 정말 필요할까요?"

아야코의 말을 주손지는 한순간 이해할 수 없었다. 그러나 아야코가 무슨 말을 하는지 바로 알아챘다.

"호오." 주손지가 감탄사를 흘렸다.

"주손지 선생님은 일본 경찰에 얼굴이 통하죠. 아니, 얼굴이 통하는 수준이 아니죠."

"무슨 말을 하고 싶은 거지?" 주손지는 이미 다 이해했으면서도 물었다.

"이미 아시잖아요? 당신은 일본 경찰을 움직일 수 있어요."

그제야 아야코는 가장 환한 미소를 보여주었다.

"리영선이 꼬리를 잡히지 않으면, 이쪽에서 만들면 된단 말인가?"

주손지는 또다시 웃음이 터질 것 같았다.

"네. 게다가 완전한 거짓말도 아닐 거예요. 설마하니 그가 일본에서만 나쁜 짓을 안 했을 리도 없을 테고."

"리영선의 거처에 대한 정보는?"

주손지는 질문을 던지면서 회춘하는 듯한 흥분을 맛보았다.

"필요한 정보는 제가 제공하겠습니다. 일본으로 불러들이기보다는 해외 경찰과 공조해서 체포하는 게 현실적일지도 몰라요."

주손지는 새삼 다시 아야코라는 여자를 찬찬히 살펴보았다. 승리의 여신이라는 게 실제로 존재한다면, 틀림없이 이런 얼굴일 거라고 생각했다.

*

다카노가 시엠레아프에 도착했을 때, 날은 이미 저물어 있었다. 세계유산 앙코르와트의 거점이 된 이 도시에는 전 세계에서 관광객들이 찾아와서 그 북적임과 어수선함은 방콕의 팟

퐁 거리나 스페인의 이비사섬과 다르지 않다. 처마를 잇대고 늘어선 카페와 레스토랑은 전구 장식으로 휘황찬란하게 번쩍거리고, 거리를 뒤흔들듯 댄스뮤직이 흐르고, 큰길에서나 골목길에서나 샌들을 신은 백인들과 아시아인들의 발이 흙먼지를 일으켰다.

다카노는 소란스러운 어느 바로 들어가 카운터에서 시원한 맥주를 주문하고, 틀어놓은 텔레비전에서 중계하는 권투 시합을 봤다.

와카미야 신지라는 남자의 동향은 놀라울 정도로 간단히 알아냈다.

이번 도항을 위해 몹시 다급하게 위조 여권을 만든 듯했고, 그렇다면 뱀의 길은 뱀이 알기 마련이라 위조처의 정보를 바로 손에 넣을 수 있었다. 와카미야 신지가 이시자키 아무개라는 남자와 함께 리영선 소유로 보이는 개인용 제트기를 타고 이곳 시엠레아프에 도착했다는 사실을 알아냈다.

현지 탐문수사로 리영선으로 추측되는 남자의 저택이 정글 속에 있다는 정보도 이미 손에 넣은 상황이라 다카노는 당장 출발하려 했지만, 밤에 정글에서 라이트를 켠 자동차로 달리면 눈에 띄는 데다, 그 저택은 아직 지뢰가 남아 있는 지역에 있다고 했다.

권투 시합 결과를 걸고 바텐더와 내기를 한 다카노가 졌다.

판돈으로 건 100달러를 지불하자, "실은 당신이 선택한 선수는 발목 부상을 입은 상태야. 아나운서가 그렇게 말했어"라며 향이 좋은 스카치 한 잔을 대접해주었다.

다카노가 리영선의 저택으로 향한 것은 그로부터 몇 시간 후, 황금빛 아침 햇살이 정글로 쏟아지기 시작할 무렵이었다.

정글에 뻗은 붉은 흙 외길을 창문을 다 열어놓고 돌진하며 달려갔다. 이따금 물소를 이끄는 농부들과 엇갈리는 것 말고는 오로지 외길만 뻗어 있었다.

시내에서 얻어낸 정보대로 중간부터 정글로 들어서서 강을 건넜다. 물론 포장도로는 아니었지만, 확연하게 자동차가 오가는 길이 나 있었고, 차츰 기온도 올라가던 중에 안으로, 더 안으로 들어가자, 갑자기 시야가 탁 트였다.

다카노는 나지막한 언덕에 차를 세웠다.

시야가 닿는 곳은 모두 농지였다. 정글을 개간한 땅에서 망고와 오렌지 등이 가지가 휘어지도록 열매를 맺고 있었다.

완만한 비탈길 농로를 트럭을 타고 이동하는 농민들이 있었다. 그러나 조금 전에 외길에서 엇갈린 농민들과는 겉모습이 확연히 달랐다. 타고 있는 트럭도 포드 신형이었고, 작업복도 똑같이 맞춰 입었다.

한동안 바라보고 있으니, 트럭이 가까이 다가왔다. 딱히 다카노의 차를 경계하는 기색도 없이 스쳐 지나 마을 쪽으로 달려갔다. 작업복을 똑같이 맞춰 입은 농민들이 트럭 몇 대에 네 댓 명씩 타고 있었다.

트럭이 엇갈리는 순간이었다.

다카노는 "어?" 하는 소리를 흘렸다.

짐칸에서 들려온 소리가 일본 노래, 게다가 다카노가 다녔던 그리운 나란토 고등학교의 교가였기 때문이다.

엉겁결에 차에서 뛰어내린 다카노는 달려가는 트럭을 향해 "어이!" 하고 소리를 쳤다.

그러나 운전기사에게는 안 들리는지 트럭은 멈추지 않았다.

"야! 간타 맞지? 어이!"

다카노는 거의 부르짖듯 소리쳤다.

다카노는 고교 시절, 나란토라는 외딴섬에서 AN 통신에 들어가기 위한 극비 훈련을 받았다. 그때 같이 훈련을 받은 야나기 유지라는 동기가 있었다. 그 야나기에게는 지적장애가 있는 간타라는 남동생이 있었는데, 방금 막 엇갈린 남자의 얼굴에 그 모습이 남아 있었다.

짐칸에서 큰 소리로 교가를 부르던 남자가 일어섰다.

다카노는 여전히 혼란스러웠지만, 또다시 "어이!" 하며 손을 들었다.

교가를 부르던 남자가 물끄러미 이쪽을 쳐다봤지만, 다카노가 누구인지는 모르겠는지 고개를 갸웃거렸다.

옛날과 비교하면 햇볕에 타고 다박수염도 나서 많이 늠름해졌지만, 틀림없는 간타였다. 조직을 배신한 야나기와 함께 종적을 감춘 간타가 틀림없었다.

그러는 중에 트럭은 정글로 사라졌다. 나뭇가지가 타이어에 짓밟히는 소리가 들렸다.

다카노는 재빨리 차에 올라 트럭을 쫓아가려 했다. 그러나 다음 순간, 등 뒤에서 검은 그림자가 쓱 뻗어 왔다.

반응할 겨를도 없었다. 등에 소총을 들이댄 것을 그림자 형태로 알 수 있었다.

그대로 사설 군인인 듯한 남자들에게 연행된 곳은 간타로 보이는 남자를 발견한 언덕에서 정글 속으로 더 헤치고 들어간 장소였다. 다시 시야가 탁 트인 언덕에는 천년이 넘도록 비를 맞은 듯한 사원 유적이 있었고, 뒤이어 나타난 것은 돌을 쌓아 만든 벽과 하얀 콘크리트가 대조적인 모던한 대저택이었다.

다카노는 소총의 위협을 받으며 차에서 내렸다.

저택 안에는 야자수가 늘어서 있고, 바람에 파문을 일으키는 아름다운 연못이 따가운 햇살을 받아 반짝반짝 빛나고 있었다.

현관 앞에 세워둔 1940년대 캐딜락으로 다카노가 시선을 던지고 있을 때였다.

현관에서 나온 사람은 리영선이었다. 상흔이 남아 있는 일

그러진 피부의 그 얼굴로 강렬한 햇살이 쏟아져서 더더욱 참혹했다.

리영선은 말없이 다가왔다. 다카노는 그 얼굴이 아니라, 상처 없는 눈동자만 지그시 바라보았다.

"야나기야……?"

다카노는 그 눈동자에 물었다.

다음 순간, 그 눈동자가 조용히 고개를 끄덕였다.

"내막은 좀 더 나중에 공개할 예정이었는데."

리가, 아니 야나기 유지가 그렇게 말하며 웃음을 터뜨렸다.

"야나기…… 너…….."

"흠, 서두를 거 없어."

겉모습은 완전히 변해버렸지만, 그 말투는 그리운 야나기 그대로였다. 이 캄보디아 정글이 마치 나란토의 숲처럼 보였다.

*

산장에서 나오자, 냉랭한 바람이 맨발을 어루만졌다. 나무숲 너머로 아침 햇살에 핑크빛으로 물든, 요세미티 국립공원의 하프돔이라 불리는 바위산이 보였다.

아야코는 운동화 끈을 묶고, 청결한 아침 공기를 맡으며 천천히 하이킹 코스를 달리기 시작했다.

온 세상이 청결했다. 아침 이슬에 젖은 꽃과 풀, 나무들과 함께 나눠 마시는 숲의 공기, 그리고 유일하게 울려 퍼지는 자기 발소리. 아야코는 서서히 속도를 높였다.

미국 서부에 있는 이곳 요세미티 국립공원에 도착한 것은 어젯밤 늦은 시간이었다.

안내받은 산장에서 뜨거운 물로 샤워를 한 후, 테라스로 나갔다. 들리는 건 벌레 울음소리뿐이었다.

꽤 오랫동안 산장 테라스에서 어두운 숲을 바라보았다. 이따금 저 멀리서 짐승 울음소리가 들려왔다.

로스앤젤레스로 떠난 출장을 마친 후, '로열 런던 그로스'의 맥그로가 이곳 요세미티에서 주말 휴가를 보내고 있었다.

아침 햇살에 반짝이는 나무숲을 지나 계곡을 따라 난 길로 나갔을 즈음, 조금 앞에서 달리고 있는 맥그로의 모습이 보였다.

아야코는 속도를 높여 그 옆에 나란히 섰다.

아야코를 알아챈 맥그로가 거친 숨결로 "안녕?" 하며 미소를 지었다.

"호흡할 때마다 몸속이 깨끗해지는 기분이네요." 아야코가 말했다.

"어떤 안티에이징 화장품보다 이곳 공기가 몸에 제일 좋을 거야."

"특히 아침에는."

"정말 그래. 특히 모든 게 시작되는 아침에는."

"도쿄에서도 기분 좋은 아침을 맞을 것 같아요."

"기대했던 대로 풀렸단 뜻인가?"

"기대 이상. 우리 계획보다 일찍 날이 밝을 것 같아요."

"그래."

맥그로가 차츰 속도를 높였다.

아야코는 그 뒤에서 "나중에 아침 식사 할 때 봐요"라고 말을 건네고, 강을 따라 난 길을 떠나 험한 산길 코스를 선택했다.

길모퉁이를 돌자마자 비포장 길로 변해서 울퉁불퉁한 바위에서 바위로 건너뛰듯 달렸다. 숨이 차오르고, 이마에 살짝 땀이 번졌다.

호수를 바라보며 5킬로미터 정도 조깅을 마친 아야코는 산장에서 뜨거운 물로 샤워를 한 후, 맥그로와 약속한 레스토랑으로 향했다.

숲속, 널찍한 테라스에는 하얀 식탁보가 깔린 테이블이 늘어서 있었고, 청결한 아침 공기와 작은 새들의 노랫소리로 가득했다.

맥그로는 이미 식사를 하고 있었다.

아야코가 자리에 앉자, 곧바로 젊은 웨이트리스가 커피를 따라주러 왔다.

"고마워요."

인사를 건네는 아야코에게 "잘 어울려요"라며 웨이트리스가 미소를 지었다.

아야코는 고개를 갸웃거렸다.

"그 목걸이요."

웨이트리스의 말에 맥그로도 "나도 그 목걸이, 멋있다고 생각했어"라며 말을 보탰다.

"앤티크예요. 1930년대에 파리에서 아프리카로 건너갔던 물건 같던데."

아야코가 목걸이를 어루만졌다.

"틀림없이 아름다운 분이 걸었겠죠."

웨이트리스가 산뜻한 미소를 지으며 물러갔다.

"기분 좋은 아가씨네."

맥그로가 나지막이 중얼거려서 "그야 매일 이 숲에서 아침을 맞으니까"라고 아야코도 말을 받았다.

물을 한 모금 마신 맥그로가 표정을 바꿨다.

"리영선이 이번 계획에 AN 통신이라는 조직을 넣겠다는 소식을 보내왔어. 어떻게 생각해?"

"그 얘기는 나도 들었어요. 딱히 걱정할 건 없어요. AN 통신이란 곳은 이른바 산업스파이 조직이라 실질적인 경영에 개입하진 않아요. 간단히 말하면, 호위병을 고용하는 정도일 테니까."

"그래? 하지만 이익의 몇 퍼센트를 보수로 지불하겠다는 식으로 계약을 체결한 것 같은데."

"별문제는 없을 거예요. AN 통신을 이용하려면, 어쨌든 비싼 계약금이 필요하니까."

"그럼 나중에 귀찮아질 건 없는 건가? 우리가 리영선을 밀어낸 후에 그 AN 통신이 남아 있어도?"

"반대로 다양하게 사용할 방법이 있죠."

아야코가 바게트를 뜯었다. 갓 구워낸 고소한 향기가 피어올랐다.

"그건 그렇고, 우리 예상보다 주손지의 움직임이 빨라질 것 같아요." 아야코가 말했다.

"오히려 잘됐지."

맥그로가 베이컨을 접시 가장자리로 밀었다.

"최근에 일본에서 댐이 연속으로 폭파된 사건 알아요?"

"몰라. 난 아시아에는 흥미가 없어서."

"그 흑막이 리영선과 주손지예요."

아무래도 많이 놀랐는지, 맥그로가 쥐고 있던 포크를 떨어뜨려서 큰 소리가 났다.

"그래서 주손지는 그 주모자로 리영선을 팔아넘기려는 거죠."

"하지만 리를 팔아넘기면 자기도 물귀신처럼 끌려가지 않을까?"

"그러니까 그걸 피할 수 있는 방법을 고민해달라는 거예요. 그런 방법만 있으면 당장이라도 일본 경찰을 움직일 수 있다고."

"그래서? 당신한테 무슨 방법이 있긴 해?"

"조금 도움이 될 만한 정보가 없는 건 아닌데……."

식사를 마친 맥그로가 입을 닦은 냅킨을 내려놓고 자리에서 일어섰다.

"으음, 공항까지 갈 리무진 예약 부탁해도 될까?"

"네, 물론이죠."

아야코는 맥그로를 배웅했다.

바로 그때 조금 전 웨이트리스가 다시 나타났다. 아야코는 문득 궁금한 마음이 들어 물어봤다. "으음, 방금 전까지 여기 있던 여성의 목걸이가 내 것보다 몇십 배는 고가일 텐데?"

그런데 그녀는 "어울리질 않았으니까요"라며 웃었다.

"당신은 이 숲의 아침과 아주 잘 어울려요."

아야코는 기분이 좋아졌다.

14장
초조하면, 패배

리영선 저택의 수영장 가를 걷다 보니, 자신의 짙은 그림자가 발밑으로 쫓아왔다.

주변의 야자수 원시림을 흔드는 바람은 마치 더운물 같아서 목덜미를 스칠 때마다 온몸에서 땀이 솟구쳤다. 그때 클랙슨이 울렸다. 시선을 돌리자, 레인지로버 운전석 창에서 리영선이자 야나기 유지의 모습이 보였다.

"타."

리가 턱짓을 했다.

다카노가 조수석에 오르자, 리는 바로 차를 출발시켰다.

다카노는 새삼스레 리의 옆얼굴을 바라보았다. 자기가 알고 있는 야나기와는 전혀 다른 사람이었지만, 옆에 있는 사람이 야나기 유지라는 느낌이 확연하게 전해졌다.

"으음, 야나기…… 그 후에 대체 무슨 일이 있었어?"

다카노가 물었다. 마치 고등학생 야나기에게 말을 건네는 것 같았다.

"즐거운 인생을 보낸 것처럼 보이나?"

리가 상처투성이 얼굴을 다카노에게 돌리며 미소를 지었다.

"……내가 옛날에는 너보다는 괜찮은 남자였지? 학교 여학생들은 모두 나한테 반했어."

"야, 얼굴만이 아니고, 머리까지도 상처투성이냐?"

눈 깜짝할 새에 옛날 리듬으로 돌아갔다.

그것이 기뻐서 다카노도 엉겁결에 소리 내어 웃었다.

자동차는 열대 정글을 헤치듯이 달려갔다. 가끔 두툼한 식물 잎이 차창에 부딪쳤다.

정글을 빠져나간 차가 얕은 강물을 건너 곧바로 경사가 급한 비탈길로 올라갔다. 언덕 끝까지 올라서자 시야가 탁 트였다. 자기들이 있는 정글과 맞닿아 있는 땅이라는 게 믿기지 않을 정도로 언덕은 아름답게 개간되어 있었다.

그 언덕에서 간타가 직원 여러 명과 함께 열심히 농사일을 하고 있었다.

"간타!"

야나기의 목소리를 듣고, 간타가 일어서서 손을 흔들었다.

"이 주변 밭은 전부 저 녀석이 보살펴." 리가 자랑스러운 듯이 알려주었다.

"난 틀림없이……."

"우리 둘 다 진즉에 뒈진 줄 알았냐?"

간타와 직원들의 웃음소리가 바람에 실려 들려왔다.

"응? 그 후에 대체 무슨 일이 있었던 거야?"

다카노가 조금 전에 했던 질문을 또다시 되풀이했다.

리의 눈은 즐거워 보이는 간타를 바라보고 있었다.

"무슨 일이 있었을까…… 내가 생각해봐도 신기해. 그 무렵 일을 떠올리면, 내 기억이 틀림없는데도 낯선 어떤 녀석의 기억을 더듬어가는 기분이 들지. ……상상해봐. 배신한 놈은 가차 없이 없애버리는 조직에 쫓기는 신세야. 게다가 같이 도망치는 길동무는 저 녀석 간타라고. 살아남으려면 어두운 세계로 흘러들 수밖에 없지. 그런데 그런 세계에 들어서면, AN 통신에 우리의 거처가 밝혀질 테고. 그게 언제쯤이었을까, 한겨울에 어느 항구 창고에서 밤을 새운 적이 있었어. 추위가 심상치 않았지. 그날 입에 넣은 거라곤 딱딱하게 굳은 멜론 빵뿐이었어. 간타가 배가 고프다며 화를 냈지. 저 녀석 간타가, 개한테 물려도 그 개를 어루만지던 간타가 화를 낸 거야."

그날 밤부터 리는 빈집 털이를 시작했다고 한다. 가정집이나 상점에서 돈을 훔치고, 다시 다른 도시로 이동했다. 그렇게 모은 돈으로 리와 간타는 러시아로 밀항했다.

"지금 생각해보면, 엄청나게 바가지를 썼을걸. 그런데도 그 낡은 배가 동해로 출발한 순간, 강렬한 자유를 느꼈지. 이젠 뭐든 다 하겠다. 이젠 아무것도 두렵지 않다고."

리와 간타는 블라디보스토크에 도착한 후, 위조 여권으로 생활하기 시작했다고 한다.

다행히 같이 밀항한 일본 야쿠자를 알게 돼서 도망자 생활의 마음가짐을 배웠던 모양이다.

"……조직에서 배신당해 일본에서 하와이로 도망쳤고, 하와이에서도 붙잡힐 것 같아 블라디보스토크로 잠입한 야쿠자였는데, 왠지 우리를 아들처럼 아껴줬지."

리는 그 야쿠자와 함께 권총과 마약을 일본으로 보내는 일을 하기 시작했다고 한다.

"처음에는 순조롭게 잘 풀렸어. 하지만 그런 일을 하는 자들은 결국 다 맛이 간 녀석들이지. 어느 거래에서 난 실수를 했어. 적과 우리 편을 모두 배신한 걸 들켰지. 맛이 간 녀석들을 화나게 만들면 어떻게 되는지 잘 알잖아. 녀석들은 나에게 온갖 고통을 주면서 즐거워했지. 그 축제의 흔적이 바로 이 얼굴이야."

리가 자기 얼굴을 만졌다. 만지면 여전히 통증이 느껴질 것처럼 보였다.

"……산 채로 극한의 바이칼호에 던져졌지. 이젠 정말 끝이다 생각했어. 그런데 악운에는 지독하게 강한 모양이야. 어느 러시아인이 구해줬지."

리의 얘기에 따르면, 그 러시아인 남자가 전직 KGB 요원이었다고 한다.

"……그 친구의 도움으로 키르기스스탄으로 밀입국했어. 그곳에서 어느 가족이 날 도와줬지. 가까스로 상처도 나았어. 그러던 어느 날, 그 전직 KGB 요원 러시아인의 입에서 'AN 통신'이라는 말이 나왔지."

그래서 리는 일생일대의 연극을 한다.

"……'실은 나도 그 AN 통신의 첩보원이고, 극비리에 이곳에 있다'고 했지."

러시아인은 그 말을 믿었다고 한다.

"……실제로는 정말로 믿었는지 어떤지는 몰라. 다만 믿는 게 더 편했을 테고, 함께 위험한 외줄 타기를 하게 된 후로는 믿지 않으면 마음이 영 편치 않았겠지."

상처를 치유한 뒤, 신세를 졌던 키르기스스탄을 떠나 러시아로 돌아온 후, 리는 그 러시아인과 위험한 외줄 타기를 몇 번이나 시도하기 시작했다.

러시아의 군사기밀을 중국에 파는 게 주된 일이었지만, 그 중에서도 가장 돈이 되었던 건은 당시 세간을 떠들썩하게 만들었던 러시아의 원자력 잠수함 침몰 사건과 관련된 정보를 손에 넣은 것이었다.

"그 정보가 믿기지 않을 정도로 비싸게 팔렸어. 그래서 파트너인 러시아인과는 그쯤에서 헤어졌지. 녀석은 늘 동경하던 남국의 섬에서 느긋하게 여생을 보내겠다고 하더군."

파트너와 헤어진 리는 반으로 나눈 그 막대한 이익을 자금으로 하여 사업을 시작했고, 그때부터 스스로 리영선이라는 이름을 붙이고 싱가포르 국적을 취득했다.

"AN 통신의 첩보원이 되기 위해 필사적으로 공부했던 경험이 큰 도움이 됐지. 말하자면 뭐가 돈이 되는지, 오로지 그것만 철저하게 배운 셈이니까. 그 지식을 활용하면, 돈벌이는 간단했지. 이 세상을 움직이는 건 탐욕스러운 놈들이고, 탐욕스러운 놈들은 무엇보다 돈을 좋아한다는 것만 알고 있으면, 돈은 저절로 굴러 들어오게 마련이지."

"그렇게 해서 네가 세운 왕국이 이거로군."

그때까지 조용히 리의 이야기를 듣고 있던 다카노가 새삼 다시 눈앞의 언덕을 바라보았다. 뜨거운 햇볕이 쏟아지는 언덕에 과일나무들이 질서 정연하게 늘어서 있었다.

"아니. 이건 간타의 왕국이야. 내 왕국은 이 정도 규모가 아니야."

"어, 알아. 세계적인 물 메이저 기업인 V. O. 에퀴 사를 간단히 매입할 만한 규모의 왕국이지."

"음, 그래. 그리고 내 왕국은 앞으로도 훨씬 더 커질 거야."

나란토를 먼저 떠난 사람은 바로 이 야나기였다. 그때 어떻게 이별했는지, 다카노는 이제 기억나지 않는다. 다만 언젠가는 어디선가 다시 만날 수 있다고 믿었다.

"내 왕국은 앞으로도 훨씬 더 커질 거야."

리가 되풀이했다.

"……그 왕국에 너도 있어줬으면 해."

갑자기 들려온 리의 말에 다카노는 무심코 얼굴을 들었다.

"……그렇게 놀랄 건 없잖아? 너도 이제 곧 AN 통신에서 은퇴해. 그 후의 얘기를 하는 거야."

한순간 리와 함께 키르기스스탄의 수도사업을 이끌어가는 자기 모습을 상상했다. 그러나 거기에서 보이는 것이 정말로 자기 모습인지 아닌지 판단이 서지 않았다.

"이제 곧 서른다섯이잖아? AN 통신에서 뭘 받고, 그 후에는 어떻게 할 생각이지?"

"옛날이랑 다를 건 전혀 없어. 오늘 하루만 생각하면서 살아."

다음 순간, 강풍이 스쳐 지나갔다. 야자수 원시림을 뒤흔든 바람이 숲을 헤집었다.

땅울림 같은 소리가 들려온 것은 바로 그 직후였다. 흡사 산 자체가 움직이기 시작한 것 같은 소리라 다카노와 리는 엉겁결에 그 자리에 주저앉았다.

그리고 곧이어 검은 그림자가 두 사람을 뒤덮었다. 황급히 올려다본 하늘에 검은 무언가가 어른거렸다. 한순간 눈부신 태양 때문에 시야가 부옇게 흐려졌다. 그러나 그 검은 무언가가 태양을 가렸다.

군대나 경찰의 헬리콥터였다. 그것도 한 대가 아니고 두 대, 세 대가 잇달아 날아왔다.

리가 차를 급히 출발시켰다.

"경찰 헬리콥터야."

"경찰? 왜?"

"글쎄. 이 나라에서는 아무 이유 없이 무슨 일이 벌어지곤 해."

다카노는 언덕으로 눈을 돌렸다. 비상시 훈련이 잘돼 있는지, 인부들이 간타를 에워싸듯 감싸고 어딘가로 피난시켰다.

차가 급경사를 내려가려는 순간이었다. 경찰차가 마치 정글의 나무들을 잇달아 쓰러뜨리는 듯한 기세로 비탈길을 올라왔다.

"어, 이런……."

리가 저도 모르게 중얼거렸다.

그러면서도 리는 액셀러레이터를 밟으려고 했다. 그러나 다음 순간, 정글의 나무들 사이에서 수많은 남자들이 소총을 들고 나타났다. 정신을 차려보니 차는 소총에 둘러싸여 있었다.

"짚이는 건?" 다카노가 물었다.

"없어." 리가 고개를 저었다.

"어떡할래?"

소총을 든 남자들의 눈빛은 진지했다. 무슨 일이 있으면, 가차 없이 그 손가락을 움직일 것이다.

"목적이 뭔지는 모르겠지만, 일단은 녀석들이 시키는 대로 따르는 게 현명하겠지."

리가 핸들을 무사태평하게 톡톡 두드렸다.

"……으음, 안심해. 무슨 오해일 거야. 이 나라 경찰들과는 안면이 통해."

문을 연 리가 양손을 들고 차에서 내렸다. 소총들이 일제히 리를 겨냥했다.

머리 바로 위에서 헬리콥터가 선회했다. 몸이 송두리째 날아가버릴 것 같은 강풍이었다.

양손을 든 다카노와 리에게 소총을 든 경찰관들이 서서히 다가왔다.

그때 리가 크메르어로 뭐라고 소리쳤다. 책임자를 보내라고 말했는지, 바로 차 안에서 체격이 좋은 남자가 내렸다.

"본부장이 직접 납셨군."

리가 일본어로 중얼거렸다. 그 순간, 일제히 다시 소총을 거머쥐었다.

콧수염을 기른 본부장과 리가 크메르어로 한동안 대화를 주고받았다.

본부장의 표정에는 적의도 없었고, 이따금 미소까지 흘렸다.

"다카노, 너에 관해서는 지금 확실하게 설명했어. 넌 바로 우리 집으로 돌아가. 나는 일단 이 녀석들과 함께 가야 해."

"괜찮은 거야?"

"어, 괜찮겠지."

"이 녀석이 뭐래?"

"본부장도 자세한 내용은 못 들은 것 같아. 아무튼 같이 다녀올게. 걱정 마."

얘기를 나누는 중에 경찰관들이 리를 에워쌌다. 난폭하게 다루지는 않았지만, 결코 정중하지도 않았다.

경찰관들도 잇달아 트럭 짐칸에 올라타고, 리를 태운 차를 쫓아갔다.

결국 다카노만 우두커니 그 자리에 남았다. 이제는 리도 없고, 새파란 하늘에서는 맹렬한 햇빛만 쏟아져 내렸다.

문득 위를 올려다보니, 거목에 굵은 비단뱀이 똬리를 틀고 있었다. 순간적으로 불길한 예감에 휩싸였다.

다카노는 아지스와 함께 키르기스스탄에 체류하고 있는 다오카에게 연락했다.

"별다른 변동 사항은 없나?"

연결되자, 그렇게 물었다.

"별다른 변동 사항요? 아뇨, 딱히 없는데……."

무사태평한 목소리가 들렸다.

"지금 리영선이 이쪽 경찰에 연행됐어."

"경찰에? 왜요?"

"글쎄."

"이쪽은 순조롭게 진행되고 있어요. 로열 런던 그로스와 V.O. 에퀴가 만든 합작회사가 키르기스스탄 정부와 정식으로 조인할 겁니다."

다카노는 거목을 올려다봤다. 어느새 비단뱀은 자취를 감추고 없었다.

*

"앞으로 리영선의 신병은 어떻게 될 것 같아?"

런던으로 향하는 기내에서는 샴페인이 나왔다.

맥그로가 "크루그 말고 살롱으로 바꿔줘요"라며 술잔을 승무원에게 돌려준 후, 아야코에게 물었다.

아야코는 시원한 샴페인을 한 모금 마신 후, 가죽 좌석에서 다리를 바꿔 꼬았다.

이 봄바디어 사의 비즈니스 제트기는 '로열 런던 그로스'가 소유한 비행기로 아마 가격이 50억 엔은 족히 넘을 것이다.

"현재, 리영선은 캄보디아 경찰에 탈세 혐의로 신병이 구속됐어요. 다만, 이른바 별건구속이기 때문에 길어야 사나흘이 한계일 테고……. 그리 오래 잡아둘 순 없을 거예요."

"일본 측의 움직임은 어때?"

"시간 안에 할 수 있을 거예요."

"'할 수 있을 거예요'는 곤란해. 난 '할 수 있다'는 대답만 듣고 싶어."

다른 샴페인을 들고 온 승무원의 손에서 맥그로가 난폭하게 술잔을 받아 들었다.

아야코는 맥그로의 얼굴에서 시선을 피하고, 창밖에 펼쳐진 운해를 바라보았다.

우아함의 반대 지점에 있는 감정은 초조함이 아닐까 하고 아야코는 생각했다.

눈앞에 있는 맥그로를 보면 잘 알 수 있지만, 평소에는 누구나가 부러워할 만한 우아함과 기품을 갖춘 여자라도 이렇게 자기 이익이 걸린 상황을 맞닥뜨리는 순간, 여유는 온데간데없이 자취를 감춰버린다.

여유가 사라지는 순간, 여자의 가치는 떨어진다.

물론 연애도 마찬가지다.

초조하면, 패배.

"으음, 우리 계획대로 캄보디아에서 일본 측으로 리영선의 신병이 인도된다고 가정하자."

빈티지 샴페인도 성에 차지 않는지, 맥그로가 잔을 내려놓으며 말했다.

"……그럴 경우, AN 통신과는 어떻게 접촉해야 유리한 대책일까?"

"AN 통신은 본래 산업스파이 조직이에요. 경영에는 직접 관여하지 않을 테니, 소위 말하는 고문료만 지불하면……."

"그 고문료가 싸질 않잖아."

맥그로의 눈빛에서 또다시 여유가 사라졌다.

"그럼 어떻게 하고 싶은 거죠?"

"근본을 따지자면, AN 통신은 리영선이 단독으로 끌어들였어. 그런 그가 빠지게 되는 상황이니 AN 통신도 이쯤에서 물러나주길 바랄 수밖에."

"하지만 계약은 이미 주고받았고, 현 상황에서 계약을 해지하면 상당한 액수의 위약금이 발생할 텐데요."

"그러니까 그게 발생하지 않도록 물러나게 해야지."

"간단해요."

"어?"

먼저 말을 꺼낸 맥그로가 더 놀랐다.

"어떤 조건으로 AN 통신과는 일방적으로 계약을 해지할 수

370

있어요. 계약서에도 명기되어 있죠."

"어떤 조건?"

"AN 통신의 첩보원이 계약 안건의 기밀을 외부에 누설할 경우, 다시 말해 첩보원이 배신할 경우, 계약은 무조건적으로 파기되죠."

아야코는 표정을 바꾸지 않고 말했다. 반대로 맥그로의 얼굴에는 차츰 미소가 감돌기 시작했다.

"잘 풀릴 것 같은 계획이라도 있나?"

"네, 있어요. 사망자가 많이 나오겠지만, 그래도 상관없다면."

아야코는 눈썹 하나 까딱하지 않았다.

맥그로가 만족스럽게 웃으며 "난 늘 그런 간결한 대답만 듣고 싶어"라고 말했다.

아야코는 자리에서 벗어난 후, 어떤 남자에게 연락했다. 남자는 바로 전화를 받았다. 그런데 예상과는 다른 분위기였다.

"데이비드 김 맞지?" 아야코가 물었다.

"오랜만이군."

"지금, 리영선이랑 같이 일하지? 맥그로한테 들었어."

"아, 그 일은 그만뒀어."

"그만둬?"

"어. 또 나쁜 버릇이 고개를 쳐들어서."

"여자?"

"아니, 여자는 이제 익숙해."

"그럼 뭔데?"

"사사로운 행복이란 녀석이지."

"그게 무슨 소리야?"

"지금, 좋아하는 여자랑 몰타섬에 살고 있어."

아야코는 전화를 끊었다. 타인의 행복을 함께 나눠줄 여유는 없었다.

*

시엠레아프 공항의 오렌지색 기와지붕은 장엄한 사원을 떠올리게 만든다. 입구에서 차를 내린 다카노는 햇빛을 들쓴 지붕을 올려다보았다.

뒤따라온 왜건에서도 와카미야 신지와 주손지 노부타카의 개인 비서인 이시자키가 내렸다.

"리영선 씨는 이미 공항 안에 있나?"

이시자키가 물어서 다카노가 "어, 틀림없이 이미 비즈니스 제트기에 탔을 거야"라고 짧게 대답했다.

"그나저나 어떻게 됐나?"

이시자키가 뭘 묻는지 알았지만, 다카노는 "글쎄"라며 고개만 갸웃거릴 뿐이었다.

실제로 다카노도 뭐가 어떻게 된 건지 알 수가 없었다. 난데 없이 캄보디아 경찰에 구속됐던 리가 또다시 난데없이 석방되었다.

리의 말에 따르면, 이 나라에서는 그리 드문 일이 아닌 모양이지만, 아무리 그래도 무슨 목적이었는지조차 명확하지 않았다.

리는 석방되자마자 긴급하게 일본행을 결정했다. 본인은 일종의 예감이라고 말했지만, 어쨌든 신속하게 일본 측의 JOX 파워와 얘기를 마무리 짓고 싶은 듯했다.

일본 방문 준비가 부리나케 시작되었다. 비즈니스 제트기로 가기로 결정이 나서 와카미야 신지 일행도 동승하게 되었다.

다카노 일행이 비즈니스 제트기 전용 탑승구로 향하는데, 이시자키가 별안간 주저앉았다.

"왜 그래?"

이시자키의 얼굴을 들여다보니 심상치 않을 정도로 파랗게 질려 있었다. 어지간히 아픈지 비지땀을 흘리며 배를 움켜잡았다.

"왜 그래?" 다카노가 다시 물었다.

"글쎄, 아마 오늘 아침에 먹은 과일 때문일 거야. 방에 있어서 먹었는데, 상했는지도 모르겠군."

다카노가 화장실을 찾았다.

"먼저 가. 화장실에 간다고 가라앉을 통증이 아니야. 난 몸 상태를 좀 살펴보다 일반 비행기로 따라가지."

이시자키의 말에 다카노는 한순간 무슨 책략이 아닐까 의심했지만, 그러기에는 이시자키의 낯빛이 연기 수준을 완전히 넘어 있었다.

"잠깐이면 기다릴 수 있어." 다카노가 말했다.

그러나 이시자키는 고개를 저었다. 급하게 그런 대화를 주고받는 와중에 이시자키가 결국 참지 못하고 토했다. 실제로 과일이 원인인 듯했다. 바닥에 쏟아낸 토사물에 붉은 과육이 섞여 있었다. 비행을 견뎌낼 것 같진 않았다. 약을 먹고 몇 시간 누워 있는 게 낫다.

다카노는 그런 뜻을 전한 뒤, 이시자키를 남겨두고 탑승구로 향했다.

비즈니스 제트기에서는 리가 벌써 편안한 자세로 기다리고 있었다.

비행기에 오른 다카노를 보며, "이시자키는?"이라고 물었다.

"배탈이 났나 봐. 일반 비행기로 따라오겠다는군."

무슨 말을 꺼내려 하는 리에게 "괜찮아"라며 다카노가 끼어들었다.

"만약 그게 꾀병이라면, 지구가 거꾸로 돌기 시작할걸."

다카노의 말에 리도 더 이상 의심하지는 않았다.

신지라는 젊은이는 여전히 무뚝뚝한 표정이었고, 이미 착석해서 창밖으로 활주로를 노려보고 있었다.

다카노는 승무원이 건네주는 샴페인을 받아 들고 리의 뒷자리에 앉았다.

"……정말 괜찮은 거야?"

샴페인을 한 모금 마시고, 다카노가 물었다. 경찰에서 석방된 후로 제대로 얼굴을 마주하는 건 처음이었다.

"아직 나도 누가 무슨 목적으로 그런 짓을 했는지 전혀 몰라."

"세금 관계라는 말은 타당성이 있나?"

"불가능하진 않지. 단, 만약 그렇다면 갑자기 석방한 이유를 알 수 없지."

기체가 서서히 활주를 시작했다.

다카노는 창밖으로 터미널을 바라보았다. 아마 이시자키는 병원으로 실려 갔겠지. 단순한 식중독일지 모르지만, 증상은 좋지 않았다.

거기까지 생각하다 왠지 불현듯 주손지 노부타카의 얼굴이 떠올랐다. 바로 앞에 있는 리에게 뭔가를 전하려 했지만, 자기가 무슨 말을 전하고 싶은 건지 아직 알 수가 없었다.

그 직후, 기체가 이륙했다.

이시자키는 1.5리터짜리 물을 다 마셨다. 마지막에는 페트병 주둥이를 입에 문 채 목을 길게 늘어 빼고, 구역질이 올라오는 느낌을 필사적으로 참아내며 물을 끝까지 다 마셨다.

팽팽하게 부푼 배를 부여잡고, 변기로 얼굴을 들이밀고, 손가락으로 혀를 세게 눌렀다. 순식간에 위 속의 내용물이 목을 타고 올라왔다.

구역질을 몇 번씩 하면서 위장의 내용물을 완전히 토해낸 이시자키는 공항 터미널 화장실에서 나왔다.

밖에서 걱정스럽게 기다리고 있던 공항 직원이 새 수건을 건넸다.

"휴게실에서 잠깐 쉬시겠어요? 아니면 바로 구급차를 부를까요?"

몸집이 작고 귀여운 직원이 유창한 영어로 물었다.

"고마워요. 그런데 이젠 괜찮습니다."

이시자키는 정중하게 감사 인사를 한 후, 직원을 놔두고 걸음을 내디뎠다.

갑자기 복통을 일으키는 약을 써서 나름의 성과는 거뒀지만, 아무래도 여전히 발걸음이 휘청거렸다.

바로 토해내서 다행이지 만약 위에서 완전히 흡수해버렸으면, 이렇게라도 걷기는커녕 이삼일은 의식이 혼탁했을지 모른다.

이시자키는 일단 터미널 밖으로 나온 후, 심호흡을 했다. 공기는 *끈끈하고* 후텁지근했지만, 그래도 에어컨이 너무 센 공항 내부의 공기 속보다는 마음이 편해졌다.

심호흡을 하고 바로 휴대전화를 꺼냈다.

울타리 너머에서 때마침 리영선의 소유로 보이는 비즈니스 제트기가 날아오르는 모습이 보였다.

휴대전화를 귀에 대자, 바로 주손지의 목소리가 들렸다.

"계획대로 됐습니다. 리영선 일행이 탄 비행기가 지금 막 시엠레아프 공항을 출발했습니다."

"자네는 거기 남았지?"

"네, 공항입니다."

"지금 바로 일본으로 와. 자네가 일본에 도착할 무렵에는 리영선 일행을 태운 비행기는 이미 추락했을 테니."

"추락?"

"어. 갑자기 소식을 끊은 말레이시아 항공기 사고 기억나나? 이번에도 그때랑 비슷할 거야."

이시자키는 하늘을 올려다보았다. 리영선의 비즈니스 제트기가 선회하며 구름 속으로 사라졌다.

이시자키의 전화를 끊은 주손지는 곧바로 아야코에게 연락했다.

"방금 이시자키와 연락이 닿았어. 리영선 일행을 태운 비행기가 이륙한 것 같더군. 나머지는 계획대로 진행해주게."

수화기 너머에서 "알겠습니다"라고 사무적으로 대답하는 아야코의 목소리가 들렸다.

"그나저나 당신이란 여자는 참 대단한 사람이군. 고작 며칠 사이에 이런 계획을 세우고, 세우는 데서 그치는 게 아니라 실행까지 해내다니."

주손지가 소파에 앉았다.

"간단해요. 난 반드시 이기는 쪽에 붙어요. 그래서 계속 이길 수 있었죠."

"지금까지 진 적은 없었나?"

"설령 지더라도 반드시 복수는 하니까."

진심인지 농담인지, 수화기 너머의 아야코는 웃지 않았다.

"……그럼 앞으로의 계획을 말씀드리죠. 준비되셨나요?"

"으음, 부탁하네."

"리영선 일행이 탄 비즈니스 제트기는 공항을 이륙한 지 10분 만에 이쪽 프로그램의 작동으로 조종 불능 상태가 됩니다. 경로는 도쿄의 정반대인 타일랜드만 쪽으로 향할 거예요. 아마 그 시점에서 관제탑과 통신이 끊기고, 각국의 군사 레이더에서도 그 모습을 감출 겁니다. 그로부터 35분 후, 상공에서 급강하하기 시작해서 조정 불능인 채로 해상으로 추락합니다. 탑승객들의 생존 확률은 제로. 그 주변은 해류가 거세서 심하게 파손된 기체가 발견될 확률도 5퍼센트 미만입니다."

주손지는 아야코의 목소리를 말없이 듣고 있었다. 마치 원고라도 읽어 내려가듯이 감정이 배제된 말투라 눈앞에 떠오른 추락 장면도 조잡한 CG 화면을 보는 것 같았다.

"……소식이 끊긴 후, 아마 2주 정도는 각국의 수사가 이어질 것으로 예상합니다. 그동안 주손지 선생님은 일본에서 발생한 댐 연속 폭파 주모자를 리영선으로 지목하고 얘기를 진행해주세요. 본인이 없으니 간단할 거예요."

"으음, 알고 있네. V. O. 에퀴의 뒤부아와 동양에너지 간부에게는 이미 얘기를 해뒀어. 리영선의 단독행동이었던 걸로 법정에 설 준비도 시작했고."

주손지는 벽시계를 바라보았다.

아야코와 통화가 끝나자, 주손지는 큰 소리로 비서들을 불렀다. 달려온 비서들에게 "이봐, 조류가 곧 바뀔 거야"라며 미소를 건넸다.

"……이걸로 댐 폭파든 뭐든 전부 정리돼. 이제 두려울 건 하나도 없어. ……오쿠니 총리에게 흘러갈 예정이었던 돈이 이제는 전부 이쪽으로 들어온단 말이지. 당장 오쿠니를 끌어내릴 작업을 시작하겠어. 그 녀석에게는 최고로 비참한 결말을 준비해주지. 지극정성으로 보살펴준 나를 하인 다루듯 부린 죄야. 녀석이 여기서 무릎을 꿇는 모습이 벌써부터 눈앞에 선하군."

주손지는 잘 닦인 마룻바닥을 내려다보며 소리 높여 웃었다.

15장
경쟁자

창밖으로 아름다운 프놈펜 거리가 펼쳐졌다. 푸릇푸릇한 논에 남국의 태양이 반사되었다. 기체는 고도를 점점 높여갔다. 이따금 구름 속을 빠져나갔다. 다카노는 눈을 감았다.

"이봐."

눈을 감자마자, 리가 말을 걸었다. 다카노는 눈을 감은 채로 "응?" 하고 대꾸했다.

"이번에 키르기스스탄에서 시작하는 중앙아시아의 수도사업 말인데, 실제로는 이익이 별로 안 나."

다카노는 놀라서 눈을 떴다.

"……아니, 물론 막대한 이익을 내는 방법도 있지. 하지만 난 그걸 선택하지 않아."

"왜?"

"간단히 말하면, 이번 건은 내가 키르기스스탄에 은혜를 갚는 일이야. 지금 내가 여기에 있는 건 어느 키르기스스탄 가족이 목숨을 구해준 덕분이니까."

"은혜 갚는 것치고는 너무 과하지 않나?"

"그럼 은혜 갚는 데 적절한 시세는 어느 정도지?"

리의 농담에 다카노는 웃었다.

"······그래서 말인데, 그렇게 되면 '로열 런던 그로스'의 맥그로가 절대 가만있을 리 없어."

"그렇겠지. 어떡할 거야?"

"파산시킬 생각이야."

"그 '로열 런던 그로스'를? 어떻게?"

"아직 방법은 못 찾았어."

기체가 수평비행을 시작해서 승무원이 자리에서 일어서는 모습이 보였다. 창밖을 바라보던 리가 "어?" 하며 얼굴을 찌푸린 것은 바로 그때였다.

"왜 그래?"

"평소랑 경로가 달라······."

리가 창문에 얼굴을 바짝 붙였다. 다음 순간이었다. 방금 막 꺼진 안전벨트 착용 신호가 다시 켜졌다.

승무원이 허둥지둥 자리로 돌아가려 했다.

"왜 그래?"

신호를 무시하고 자리에서 일어선 리가 승무원에게 물었다.

"바로 기장에게 확인해보겠습니다."

승무원이 수화기를 들었다.

"왜 그래?"

몹시 당황하는 리가 조금 어이가 없어서 다카노가 물었다. 그러나 "정반대 방향으로 향하고 있어"라는 리의 대답에 다카노도 안 좋은 예감이 들었다.

기체가 흔들리는 건 아니지만, 뒷자리에 앉아 있던 신지도 이쪽 동향이 신경 쓰였는지 목을 길게 빼고 기색을 살폈다.

기장과 연락을 취하던 승무원의 얼굴이 서서히 굳어졌다.

리도 알아챘는지, "왜 그래?"라고 추궁하며 승무원에게 다가갔다.

"진정하세요."

그렇게 주의를 주긴 했지만, 승무원 본인의 목소리가 떨리고 있었다.

"글쎄, 어떻게 된 거냐고?"

"계기 장치에 이상이 생긴 것 같아요. 바로 공항으로 되돌리겠습니다."

"그 공항에서 점점 더 멀어지고 있잖아!"

리의 고함 소리에 승무원은 이제 대답이 없었다. 리가 조종실 문을 두드렸다.

다카노도 안전벨트를 풀고, 흔들리기 시작한 기내의 벽과 천장을 짚으며 걸어갔다.

"진정해."

그렇게 말을 건넸지만, 리는 노크를 멈추지 않았다. 다음 순간, 문이 열렸다. 표정은 냉정했지만, 부조종사의 눈빛만은 긴장되어 있었다.

"계기 장치에 이상이 생겨서."

"글쎄, 무슨 이상이냐고?"

리가 부조종사의 제지도 아랑곳 않고 조종실로 들어갔다.

"리 씨, 괜찮습니다. 조종 불능 상황이지만, 일정한 고도를 유지하고 있고, 관제탑과도 연락이 됩니다."

기장의 목소리가 들렸다. 그러나 그 말을 한 직후, 관제탑과 통신이 끊겼는지 "응답하세요! 응답하세요!"라고 외치는 초조한 기장의 목소리가 울려 퍼졌다.

다음 순간, 기체가 덜컹하며 하강했다. 승무원이 비명을 질렀고, 한순간 공중에 떠올랐던 다카노 일행의 몸도 바닥에 내동댕이쳐졌다.

일어선 순간, 다카노는 위화감을 느꼈다. 창밖으로 비행기의 왼쪽 날개가 보였다. 또다시 한순간 기체에 진동이 훑고 지나갔다. 다카노는 창에 얼굴을 바짝 붙였다.

왼쪽 날개 끝에 거의 본 적이 없는 검은 상자가 보였다. 나중에 갖다 붙인 상자가 분명했고, 빨간 램프가 깜박거렸다.

다카노는 조종실로 향했다.

조종실로 뛰어 들어가자, 리가 이미 부조종사 자리에 앉아 있었다.

"완전히 조종당하고 있어. 다만 본체 기기 자체의 작동은 아니야. 가끔 뭔가가 흐트러지면서 조종간이 자유롭게 움직여!"

리는 비지땀을 흘리며 그 조종간을 필사적으로 움켜쥐고 있었다.

"왼쪽 날개에 무슨 검은 상자가 붙어 있어. 그게 통상적으로 있는 건가?"

기장에게 물었다.

"검은 상자?"

기장이 고개를 갸웃거렸다.

"보고 와."

"내가 이 자리를 비울 수는……."

"잔말 말고!"

다카노는 기장을 밀쳐낸 후, 자기가 대신 그 자리에 앉았다.

봄바디어 사의 이 비즈니스 제트기는 몇 번인가 조정해본 적이 있다.

다카노는 생각할 수 있는 범위 내에서 자동조정 록이 풀릴 수 있는 방법들을 시도해갔다. 그러나 어떤 방법으로도 풀리지 않았다.

그때 "이것 봐"라며 리가 소리를 높였다.

"……이것 봐, 지금 잠깐 자유로워졌어. 너도 봤지?"

리의 말대로 한순간 조종간이 움직이며 모든 눈금이 정상적으로 작동했다.

"구름이야."

다카노가 말했다.

"……구름 속에서는 자유로워져."

"왜지?"

"본체에 프로그래밍이 된 게 아니라, 어떤 전파에 의해……."

다카노의 말이 채 끝나기도 전에, "본 적이 없어요. 저런 건 이 기종에는 붙어 있을 리가 없어요!"라며 왼쪽 날개를 확인한 기장이 돌아왔다.

"역시 그거야. 이 방해 전파의 정체."

다카노는 기장에게 자리를 내준 후, "최대한 고도를 낮춰줘"라고 리에게 부탁했다.

"야, 기다려. 뭘 어쩌려고!"

리가 허둥지둥 불러 세웠다.

"왼쪽 날개로 나간다."

다카노의 말에 한순간 모두 말문이 막혔다.

다카노는 누구의 반응도 기다리지 않고 조종실에서 나왔다.

"기다려!"라고 외치는 리의 목소리가 들렸지만, 때마침 구름 속으로 돌입했는지, "낮춰! 고도를 낮춰!"라는 다카노의 지시에 따랐다.

다카노는 승무원에게 구명 장비는 어디 있느냐고 묻고, 그 속에서 밧줄을 끄집어낸 후, 자기 몸에 휘감기 시작했다.

옆에서 멍하게 바라보는 신지라는 젊은이에게 "너도 도와. 스파이가 되고 싶었다며?"라고 미소를 건네자, "날개로 나가는 건 무리예요"라며 신지가 고개를 저었다.

"무리라도 한다. 해도 죽을지 모르지만, 하지 않으면 확실하게 죽어. 너라면 어느 쪽을 선택할래?"

큰 구름 속으로 들어섰는지, 고도가 급격하게 내려갔다. 다카노와 신지는 바닥을 기어갔다.

*

통칭 '더 거킨'이라 불리는 런던의 명물 고층 빌딩에서 아야코는 런던 시가지를 내려다보고 있었다.

장소는 RLG의 사무실이었고, 뒤에서는 맥그로가 수표를 끊고 있었다.

"일단은 이거 받아."

맥그로의 말에 아야코가 돌아보았다. 건네주는 수표를 보니, 100만 파운드라고 기입되어 있었다.

"이건?" 아야코가 물었다.

"물론 앞으로의 일은 나중에 다시……. 일단은 지금까지 일한 몫이야. 충분할 것 같은데, 부족해?"

맥그로가 빨리 받으라는 듯이 수표를 팔랑팔랑 흔들었다.

그러나 아야코는 받지 않았다.

"불만인가 보네. 물론 앞으로의 몫도 고려하고 있어. 나중에 당신을 중앙아시아 수도사업의 책임자로 고용할 생각이야. 보수는 당신이 부르는 대로 해도 좋아. 물론 상식의 범위 내에서지만."

아야코는 거기까지 듣고, 100만 파운드짜리 수표를 건네받았다.

"……당신은 욕심이 없는 건지 욕심이 많은 건지 잘 모르겠어."

쓸쓸하게 웃은 맥그로가 살짝 긴장한 표정으로 시계를 확인했다.

"이제 거의 다 됐지?"

맥그로의 질문에 아야코는 표정을 바꾸지 않고, "네, 거의 다 됐어요"라며 고개를 끄덕였다.

"리영선 일행이 탄 제트기는 이미 추락했나? 아니면 아직……."

"아마 지금 막 추락할 상황일 거예요."

무표정으로 대답한 아야코에게 맥그로는 불쾌감을 느낀 듯했다.

"당신은 정말……"이라고 입을 열었다가 "아냐, 됐어"라며 나가라고 재촉했다.

그러나 아야코는 "이 작전에서 고 사인을 내린 사람은 당신이에요"라고 말을 받았다.

"맞아, 그랬지. 지시를 내린 사람은 나야. 그리고 결과 보고를 받는 사람도 나고. 그렇지만 그 중간의 생생한 순간은 싫어."

맥그로는 조바심이 나 있었다.

"난 좋아요. 그 생생한 순간이." 아야코가 받아쳤다.

"……산다는 건 그런 거니까."

그러나 맥그로는 얼굴도 들지 않고, 서류를 훑어보았다.

"실례하겠습니다."

아야코가 사무실에서 나가려고 하자, "아, 잠깐"이라며 맥그로가 말을 걸었다.

"……오늘 밤 파티 준비, 문제는 없겠지?"

"네, 만다린 오리엔탈의 대연회장을 예약해뒀으니 성대한 파티가 열릴 거예요."

"이번 중앙아시아 수도사업 프로젝트를 정식으로 대내외에 보고하는 파티에서 파트너인 리영선 씨의 부고를 전한다. 전 세계적으로 동정을 살 테고, 그 이미지로 이번 프로젝트를 자선사업처럼 보이게 할 수도 있어."

"네, 물론 그런 쪽으로 진행하고 있습니다."

"파티에서 소개할 프로모션 영상도 완성됐겠지?"

"네, 완성됐어요. 확인했는데, 한 편의 단편영화를 보는 것처럼 만들어서 중앙아시아의 웅대한 수자원이 아름답게 표현됐습니다."

"아무튼 모든 걸 완벽하게 준비해줘."

맥그로가 다시 서류로 시선을 돌렸다.

복도로 나온 아야코는 하늘을 올려다봤다. 지금 저 하늘 너머에서 다카노와 리영선 일행이 탄 제트기가 추락하기 직전이다.

"자, 어떡할래? 당신들이 묵묵히 운명을 받아들일 것 같진 않은데……."

아야코가 하늘을 향해 미소를 지었다. 아야코가 유리창 위로 손가락을 미끄러뜨렸다. 하늘에서 뭔가가 낙하하듯 그 손가락을 스르륵 내려뜨리다 창틀에 거의 부딪힐 것 같은 시점에서 멈췄다.

"괜찮은 거지?"

그렇게 중얼거린 후, 손가락 끝을 유리창 위에서 다시 부상시켰다.

*

급강하하는 기내에서 다카노는 좌석을 움켜잡았다.

바닥에 내동댕이쳐지나 하는 순간, 갑자기 몸이 허공에 던져진 것처럼 무중력 상태가 되었다.

급격한 변화에 승무원이 필사적으로 구토를 참아냈다.

"이봐, 괜찮아?" 다카노는 역시나 좌석을 움켜쥐고 있는 신지에게 말을 건넸다.

신지는 새파랗게 질린 얼굴로 어금니를 깨물며 가까스로 제정신을 유지하고 있었다.

"고도가 조금만 더 낮아지면, 비상문을 열고 날개로 나간다. 넌 이 밧줄이 엉키지 않게 잘 살펴."

다카노는 그렇게 말하며, 자기 몸에 밧줄을 감았다.

"밖으로 나간다니, 그건 절대 무리야!"

신지는 어이없어하는 정도를 넘어서서 진심으로 화가 나 있었다.

"무리든 뭐든 나간다!" 다카노도 고함으로 받아쳤다.

기체가 안정되길 기다렸다가 이번에는 밧줄 끝을 좌석 다리에 휘감았다. 무리라고 하면서도 신지 역시 밧줄을 펼치는 작업을 도왔다.

"잘 들어, 나한테 무슨 일이 생기면, 다음에는 네가 한다!"

다카노가 소리를 질렀다.

"하라니, 뭘?"

신지가 당황했다.

"저기 있는 승무원을 네가 지켜야 해!"

"그건 무리야!"

"넌 입만 열면 '무리야'군. 무리인지 아닌지는 자기가 결정하는 게 아니야!"

다카노는 다시 한번 허리에 감긴 밧줄을 힘껏 동여맨 후, 좌석을 잡고 통로를 지나서 비상문 손잡이에 손을 얹었다.

창으로 내다보니, 고도는 상당히 낮아져서 햇볕을 받아 반짝이는 바다 표면이 또렷하게 보였다.

"준비됐나, 간다!"

다카노는 문을 열었다. 그 즉시 기압이 내려가며 기내의 공기가 뿜어져 나갔다.

다카노는 안정이 될 때까지 가만히 견뎌냈다.

"됐어, 밧줄을 풀어. 밧줄에 휘감기지 말고!"

다카노는 신중하게 얼굴을 내밀었다. 곧바로 바람이 귀를 후려치는 통증이 훑고 지나갔다. 밧줄이 엉키지 않게 가닥을 푸는 신지에게 신호를 보내고, 다카노는 몸을 더 밖으로 내밀었다.

발밑에는 아무것도 없다. 밖으로 살짝 내민 발끝이 불안하게 허공에 떠 있었다.

비상문에서 날개까지는 4, 5미터 떨어져 있었다. 고작해야 차 한 대 정도 거리지만, 상공 수백 미터 지점에서는 터무니없이 멀어 보였다.

타이밍만 어긋나지 않는다면, 날개로 뛰어오를 자신은 있었다. 날개로 뛰어오를 수만 있으면, 그다음은 납작 달라붙어 날개 끄트머리까지 이동해서 그 검은 상자를 걷어차버리면 끝이다.

눈대중으로는 그리 단단하게 고정된 것 같지는 않았다.

다카노는 일단 "하나, 둘, 셋" 하며 타이밍을 쟀다. 그 타이밍에 그립에서 손을 떼고, 밖으로 뛰어오르는 자기 모습을 상상해봤다. 이미지상으로는 몸이 제대로 날개에 도달했다. 그 후에는 납작 달라붙어 이동한다. 그리 긴 거리는 아니다.

다카노는 침을 삼켰다. 그리고 다시 타이밍을 재려 했다. 그런데 그 순간, 날개로 뛰어오를 방법은 있어도 돌아올 방법이 없다는 사실이 머릿속을 스치고 지나갔다.

물론 처음부터 알고 있었다. 다만 떠올리지 않으려 애썼던 생각이 불현듯 머릿속을 스치고 지나갔을 뿐이다.

다카노는 심호흡을 한 번 했다. 그리고 더는 아무런 생각도 않고, "하나, 둘……" 하고 카운트를 시작했다.

그립에서 손을 뗐다.

그 즉시 몸이 자유로워졌다. 기체는 수평비행을 유지하고 있었다.

다카노는 발끝을 차올리며 크게 발돋움을 했다.

한순간 하늘이 움직였다. 세상 전체가 움직였다.

허둥지둥 양손을 뻗어 날개를 잡으려 했다. 날개가 육박해 왔다. 이걸 못 잡으면 끝이다.

손끝에 닿은 날개를 다카노는 필사적으로 움켜잡았다. 왼손이 미끄러지면서 오른손에 체중이 모두 실렸다. 그와 동시에 몸을 반전시켰다.

크게 흔들거린 양쪽 발이 날개 위로 미끄러졌다. 다카노는 절벽이라도 오르듯 그 자세로 발버둥을 쳤다.

그러나 아무리 발버둥을 쳐도 신발 바닥만 자꾸 미끄러질 뿐 안정되지 않았다.

그러는 중에 왼손이 더 멀어졌다.

"제기랄!"

다카노가 외쳤다. 그와 동시에 유일하게 걸려 있던 오른손으로 날개를 짓뭉개듯 움켜잡았다.

그 순간이었다. 기체가 최고의 타이밍에 왼쪽으로 흔들렸다.

다카노는 그 기회를 놓치지 않고 왼손을 뻗었다. 이번에는 양손으로 견고하게 날개를 잡았다.

이제는 신중하게 날개 끝까지 가면 된다. 그러나 양쪽 발은 여전히 자유롭지 못해서 기체의 진동에 몸이 크게 휘청거렸다.

그런데도 다카노는 아주 조금씩 손을 미끄러뜨리며 날개 끝으로 향했다. 조금씩 길어진 밧줄이 바람에 휘날려서 중량감이 더해졌다.

돌아보니 신지가 비상문에서 이쪽을 내다보며 밧줄이 최대한 바람에 날리지 않게 필사적으로 길이를 조정하고 있었다.

기체는 여전히 수평비행을 계속하고 있었다.

그러나 누군가가 이 비행기를 추락시키려고 한다면, 수평비행이 언제까지고 계속될 리는 없다.

손을 뻗으면 검은 상자에 닿을 만한 곳까지 도달했다.

가까이서 보니 견고한 상자였지만, 역시나 허술하게 붙여놔서 볼트 네 개 중 하나가 살짝 떠 있었다.

이 정도면 발로 차낼 수 있다.

구름 사이에 있어 전파가 약해졌으니, 기체에서 상자를 떼버리면 다시 조종이 가능해진다.

다카노는 신중하게 몸을 끌어 올렸다. 강렬한 바람이 옷깃으로 파고들며 몸을 송두리째 휩쓸어 가버릴 것 같았다.

다리를 굽혀 상자 모서리에 대봤다. 감촉으로는 간단히 차낼 수 있을 것 같았다.

"하나, 둘……."

다카노는 숫자를 세며 있는 힘껏 걸어찼다.

신발 바닥에 감촉이 느껴졌다. 역시나 살짝 들떠 있던 볼트가 더 헐거워졌다.

다카노는 다시 한번 걷어찼다. 퍽 하는 강한 감촉이 느껴지고, 상자가 날개에서 떠올랐다.

이제 한 번만 더 차면 떨어뜨릴 수 있다. 다카노가 발을 들었다. 그런데 그 순간이었다. 별안간 기체가 급강하하기 시작했다.

지금까지는 날개에 매달린 듯한 자세였는데, 갑자기 앞으로 미끄러지며 떨어질 것 같은 상황이 되었다. 그런데도 다카노는 필사적으로 계속 상자를 걷어찼다. 그러나 자세가 안 좋아서 발에 힘이 들어가지 않았다.

급강하는 멈추지 않았다. 기체는 완전히 힘을 잃었다. 그런데도 다카노는 상자를 계속 걷어찼다. 볼트는 확실하게 헐거워졌다. 한 번만 더 차면 떨어질 것 같았다. 그런데 마지막 볼트가 도무지 풀리지 않았다.

그때였다. 기체가 고도를 더 낮췄다.

눈 깜짝할 사이였다. 날개를 움켜잡고 있던 다카노의 손이 떠오르며 그대로 멀어졌다.

다시 잡으려고 뻗은 손보다 뒤로 내동댕이쳐지는 쪽이 빨랐다.

달라붙어 있던 날개에서 몸이 떠올랐다.

그러나 이제 틀렸다고 생각한 순간, 마지막 볼트만 남은 상자를 손으로 움켜잡았다.

몸은 이미 날개에서 떨어져 나갔다. 모든 체중이 볼트 하나에 다 걸렸다.

조금 전까지 걷어차려 했던 볼트에게 조금만 더 버텨달라고 기원했다.

그러나 볼트는 슬금슬금 풀렸다.

다카노는 눈을 감았다.

이 볼트와 동반자살인가.

왠지 웃음이 솟구쳤다.

어느새 바다 표면이 매우 가까워져 있었다. 이젠 추락까지 시간이 거의 없다.

다카노는 상자를 잡아떼듯 팔을 힘껏 당겼다. 한 번, 두 번 끌어당기자, 볼트가 빠졌다.

한순간 시간이 멈춘 것 같았다.

기체에서 몸이 떨어져 나갔다. 이제 아무 생각도 없었다.

세상은 온통 푸르렀다.

이미 죽었나 생각했다.

다음 순간, 지독한 통증이 허리를 훑었다. 품에 안았던 상자가 손에서 떨어져 나갔다.

그리고 몸이 허리를 중심으로 꺾였다. 기체에서는 완전히 멀어졌다.

팽팽하게 당겨진 밧줄 끝으로 열어젖힌 비상문이 보였다.

거기서 죽어라 밧줄을 끌어당기는 신지의 모습이 보였다.

"무리야…… 그냥 놔." 다카노는 무심코 씁쓸하게 웃었다.

신지는 그럼에도 불구하고 최선을 다해 밧줄을 끌어당기려 했다.

기체는 또다시 고도를 낮췄다. 해수면은 바로 코앞이었다. 조종간은 이미 자유로워졌을 테지만, 여기서부터 과연 급상승을 할 수 있을지 없을지 아슬아슬한 상황이었다.

그때 또다시 허리에 격통이 느껴졌다. 신지가 다시 밧줄을 끌어당겼다.

다카노는 손을 뻗었다. 그러나 날개는 아직 멀었다.

신지가 또다시 밧줄을 당겼다. 배로 파고든 밧줄 때문에 격통이 훑고 지나갔다.

이 상황에서 밧줄을 1센티미터라도 끌어당기려 하다니, 얼마나 대단한 근성인가. 분명 신지의 손바닥은 이미 찢기고, 악다문 어금니는 깨졌을지도 모른다.

다카노는 그런 피 냄새를 맡았다. 똑같이 어금니를 악물며 밧줄을 움켜잡았다. 신지와 똑같이 자기도 밧줄을 잡아당겼다. 팔을 뻗어 잡아당겼다. 또다시 팔을 뻗어 잡아당겼다.

강풍에 몸이 회전되는 바람에 눈이 핑핑 돌았다. 숨을 쉴 수 없을 만큼 강한 바람이 얼굴을 때렸다.

그런데도 다카노는 팔을 뻗어 밧줄을 잡아당겼다.

밧줄을 움켜잡고 날개 위로 올라가 단숨에 달려갔다.

신지가 휘어진 밧줄을 필사적으로 끌어당겼다.

다카노는 날개 밑동까지 다다랐다. 비상문까지는 5미터. 그러나 바로 코앞으로 해수면이 육박해 왔다.

이미 여기서부터 급상승은 무리라고 판단했는지, 야나기 일행은 그대로 불시착시킬 의도인 듯했다.

그러나 바다 표면에 착수(着水)하기에는 속도가 너무 빨랐고, 강하 각도도 너무 가팔랐다.

게다가 다카노 자신은 이렇게 가만있다가는 만에 하나 제대로 착수한다 해도 그 충격으로 몸이 송두리째 날아간다.

다카노는 밧줄을 움켜잡았다. 비상문에 서 있는 신지와 눈이 마주쳤다.

왜 그런지 서로 미소를 주고받았다.

다카노가 '간다'라고 신호를 보내자, 마치 '으응'이라고 응하듯이 신지가 고개를 끄덕였다.

남은 거리는 5미터.

다카노가 밧줄을 당겼다.

이제 바다는 코앞이다. 역시나 속도는 줄어들지 않았다.

이 속도에 이 각도라면, 해수면과 격돌한 기체는 두 동강이 날 게 틀림없다. 안타깝지만 그렇게 될 것이다.

그러나 아직 1퍼센트의 가능성이라도 남아 있다면 기내로 돌아가겠다고 다카노는 생각했다.

나머지는 리를 믿을 수밖에 없다. 저기서 밧줄을 움켜잡고 있는 신지를 믿을 뿐이다.

*

교통체증에 묶인 리무진은 런던의 브롬프턴 로드부터 움직이지 않았다.

아야코는 해러즈 백화점에서 큼지막한 쇼핑백을 들고 나오는 중국인 관광객들을 바라보았다.

"리영선의 비즈니스 제트기의 행방은 여전히 밝혀지지 않은 모양이야."

오늘 밤 파티의 에스코트 역할을 맡은 로버트가 옆에서 단말기를 만지작거리고 있었다.

"당신은 어떻게 생각해?" 아야코가 물었다.

"어떻게? ……추락했느냐 마느냐를 묻는 거라면, 틀림없이 추락했지."

"그들이 살아남았을 가능성은?"

"99.9퍼센트 불가능하겠지."

아야코가 창을 열었다.

자동차 행렬이 서서히 움직이기 시작했다. 오늘 밤, 맥그로가 파티를 여는 호텔이 길 끝으로 보이기 시작했다.

호텔 입구에 멈춰 선 자동차에서 아야코는 로버트의 에스코트를 받으며 내렸다.

입구는 경제지와 가십지 기자와 카메라맨으로 북적거렸고, 크리스찬 디오르의 붉은 드레스 차림으로 내린 아야코에게 일제히 시선과 카메라가 집중되었다.

가슴 선이 배꼽 언저리까지 깊이 파인 참신한 드레스였고, 그 맨살 위에서는 해리 윈스턴의 시크릿 클러스터 목걸이가 반짝였다.

아야코는 취재진에게 가벼운 미소를 지어주며 파티장 안으로 들어갔다. 볼룸으로 향하는 중에 로버트가 갑자기 걸음을 멈췄다.

"왜 그래?" 아야코가 물었다.

"영국군에서 나온 정보라 아직 공표되진 않았는데, 타일랜드만 앞바다에서 비즈니스 제트기의 기체 일부가 발견됐나봐."

아야코는 무심코 가슴에 손을 얹었다. 그리고 가슴팍에서 흔들리는 다이아몬드를 잡았다.

"기체 일부……." 아야코가 되풀이했다.

"……으음, 오른쪽 날개의 일부가 발견된 모양이야. 다만, 현 상황으로 볼 때 추락한 기체는 산산조각이 난 것 같군. 지금 시점으로는 주변에 생존자는 없고."

커다란 문이 열렸다. 문 너머는 화려한 파티장이었다.

파티장으로 들어서자, 한가운데에 맥그로를 에워싼 그룹이 만들어져 있었다. 표정들이 다 차분하게 가라앉은 기색으로 보아 이번 사업의 파트너인 리영선의 사고 얘기가 나온 듯했다.

아야코가 가까이 다가가자, 맥그로가 바로 알아채고 그 그룹에서 빠져나왔다.

"어때? 그 후에 무슨 정보라도 들어왔어?"

몰아붙이듯 질문하는 맥그로에게 아야코는 "아뇨, 아직 아무것도"라고 거짓말을 했다.

"그래도 어쨌든 리영선 일행은 죽은 거지?"

"네."

아야코는 표정의 변화 없이 말했다. 자기가 한 말을 스스로 믿는 건지 믿지 않는 건지 판단할 수 없었다.

"일단은 다들 걱정해주고, 많이 동정하고 있어. 지금 면에서 즉각 협력하고 싶다는 얘기도 나왔고."

아야코는 애써 흥분을 억제하는 듯한 맥그로의 얼굴을 바라보았다.

"……얘기가 진행되는 흐름에 따라서는 우리에게 상당히 유리한 자금을 제공해줄지도 몰라."

맥그로가 끝내 감추지 못하고 미소를 머금었다.

아야코는 그 미소에서 시선을 피하듯이 파티장을 둘러보았다.

생화 향기로 후끈 달아오른 파티장 안에는 이른바 정재계의 거물들이 다 모여 있었다. 시선을 다시 맥그로에게 돌리려고 한 순간이었다. 시선 끝자락에 낯익은 얼굴이 힐끗 보였다.

젊은 남자가 물끄러미 이쪽을 바라보고 있었다.

아야코는 파티장 밖으로 나오라고 눈짓으로 신호를 보냈다. 남자는 바로 움직였다.

아야코는 잠시 뜸을 들였다 남자를 따라 나갔다. 파티장에서 벗어나자마자 남자가 팔을 낚아챘다.

"아는 거 있어?"

얼굴에 쏟아진 숨결이 달큼했다. 방금 전까지 사탕을 빨고 있었던 것 같은 숨결이었다.

아야코는 돌아선 후, 눈앞에 서 있는 다오카 료이치를 바라보았다.

"다카노 씨 일행이 탔던 비즈니스 제트기가 사라졌어. 아는 게 있으면 말해."

"잠깐만. 만약 내가 그걸 안다고 해도 당신에게 알려줄 의무가 있나?"

아야코가 다오카의 팔을 뿌리쳤다.

"그렇게 말하는 걸 보니, 알고 있지?"

파티장 안의 스크린에서는 이번 프로젝트를 소개하는 영상이 시작된 듯했다.

"이미 늦었어." 아야코가 말했다.

스스로도 이상했지만, 그 말을 입 밖에 낸 순간, 이루 말할 수 없이 슬펐다.

"늦었다니 무슨 뜻이야?"

다오카가 달려들었다.

"다카노 일행이 탄 비즈니스 제트기는 추락했어. 영국군에서 들어온 정보라 틀림없어."

다오카는 말문이 막혔다.

"……으음, 다카노가 그렇게 약한 남자였을까?"

다오카는 아무런 대답도 하지 않았다.

"……응? 그렇게 맥없이 죽어버릴 남자였어? ……어, 그렇게 시시한 남자였냐고?"

자기도 모르게 목소리가 상기되었다.

다오카는 아무 대꾸도 하지 않았다. 아마 여기까지 오는 동안 했던 최악의 상상이 현실임을 알고, 자기가 이제 어떻게 움직여야 할지 혼란스러워진 것이다.

아야코는 다오카를 남겨두고 파티장으로 돌아갔다.

커다란 스크린에서는 키르기스스탄을 포함한 중앙아시아를 소개하는 영상이 아름다운 음악과 함께 흘러나왔다.

그다음 영상은 그렇게 아름다운 나라들이 안고 있는 물 문제를 보여주고, 물 부족이 심각한 지방의 상황을 소개한다.

그쯤에서 영상이 잠시 멈춰지고, 맥그로가 단상에서 연설을 시작한다.

아마 이 파티장에 들어온 사람들이 맥그로의 연설을 들으면, '로열 런던 그로스'라는 투자회사가 마치 이 물 문제를 떠안은 중앙아시아 나라들의 구세주처럼 보일 것이다. 게다가 함께 구세주가 될 예정이었던 리영선의 비즈니스 제트기가 현재 연락이 두절된 상태다.

아야코는 보이에게 샴페인을 받아 든 후, 단상으로 올라가는 맥그로를 바라보면서 "결국 승자는 당신이네"라며 잔을 치켜들었다.

그 기미를 알아챘는지, 박수를 받으며 단상에 선 맥그로가 이쪽으로 힐끗 시선을 던졌다. 그러나 아야코는 왜 그런지 그 시선을 피했다. 자기가 이쪽 편에 선 인간이라는 건 알지만, 도무지 승리감에 젖어 들 수가 없었다.

눈을 돌린 끝에서 다오카가 침을 튀며 누군가에게 전화 통화를 하는 모습이 보였다.

아야코는 다시 멀리 서 있는 다오카 쪽을 바라보며 "정말 진

거야?" 하고 소식을 끊은 다카노에게 질문을 던졌다.

물론 대답은 없다.

단상에서는 파트너인 리영선이 무사하기를 기도하는, 속이 빤히 들여다보이는 맥그로의 연설이 시작되었다.

연설하는 맥그로의 배경에는 중앙아시아 나라들이 풍부한 물로 채워지는 CG가 커다란 스크린에 흐르고 있었다.

메마른 대지에 남아 있던, 구소련의 유물이라 불리는 낡은 수도 파이프가 사라져갔다. 그리고 거기에 최신식 파이프가 깔리고, 아름답고 풍족한 물이 중앙아시아 구석구석까지 뻗어 나갔다.

아이들이 물을 들쓰며 환호성을 질렀다. 갈라진 농지에 물이 뿌려지고, 농작물이 쑥쑥 자라났다.

물은 생명입니다.

이번 프로젝트의 메인 카피가 각국 언어로 소개되었다.

아야코는 멍하니 그 카피를 바라보았다.

"물은 생명입니다."

그렇게 중얼거리자, 스스로도 그 공허함에 실소가 절로 흘러나왔다.

아야코는 그 자리를 떠나려 했다. 승부는 끝났다. 이제 여기에 남아 있을 이유가 없다. 물론 이대로 계속 맥그로 밑에서 일할 마음은 털끝만큼도 없다.

문득 자기는 다카노 일행이 아니라, 눈앞의 맥그로에게 이기고 싶었다는 걸 깨달았다.

"……아야코 씨, 라이벌이라는 말의 어원을 알아요?"

그때 갑자기 등 뒤에서 목소리가 들렸다.

돌아보니 다오카가 서 있었다. 다카노 일행의 최후를 마침내 받아들였는지 조금 전의 동요는 보이지 않았다.

"라이벌의 어원?" 아야코가 되물었다.

"네."

"글쎄, 모르는데."

"그럼 알려드리죠. 영어 라이벌(rival)의 어원은 라틴어 리발리스(rivalis). '같은 강의 물 이용을 놓고 싸우는 적수'를 의미하죠. ……요컨대 리발리스란 말은 물 쟁탈전에서 생겨난 말이라는 겁니다."

다오카의 설명을 듣는데, 아야코는 왠지 마음이 들떴다. 이유는 알 수 없었다. 다만 아직 뭔가가 끝나지 않았다. 자기에게는 여전히 라이벌이 존재한다는 생각이 강해졌다.

"무슨 일이 있었어?" 아야코가 물었다.

"알고 싶어요?"

다오카가 귓가에 입술을 가까이 댔다.

가슴이 설렜다. 이런 순간을 이어가며 살고 싶다는 생각이 들었다.

"······이번 중앙아시아의 수도개발 프로젝트는 5년이나 10년짜리 단기 계획이 아니고, 차세대로 이어질 뜻깊은 장기 계획입니다."

맥그로는 연설을 이어가면서 천천히 등 뒤의 스크린을 올려다보았다.

풍족한 물로 채워지는 중앙아시아 나라들의 CG가 감동적인 음악과 함께 흘러나왔다.

저런 걸 아드레날린이라고 부르는 걸까, 수많은 청중을 앞에 두고 이상을 이야기하는 자기 자신이 무척이나 자랑스러운 것 같았다.

그러나 제아무리 그럴듯한 말을 늘어놓아도 결국은 돈벌이 얘기다. 그리고 돈벌이에는 파트너인 리영선을 말살하는 것조차 마다하지 않을 정도로 집착이 강하게 마련이다.

맥그로는 새삼 다시 청중을 둘러보았다. 아야코가 준비해준 연설은 입에서 술술 흘러나왔다. 자기의 말 한마디 한마디에 모두가 미래의 꿈으로 달려가는 게 느껴졌다.

맥그로는 그쯤에서 말을 끊었다. 남은 연설은 단 한 줄.

침묵 속에서 파티장 안이 긴장되었다. 모두가 조용히 자신의 마지막 말을 기다리고 있었다.

맥그로는 천천히 파티장을 둘러보았다.

'이 프로젝트의 승자는 우리, 그리고 중앙아시아 사람들입

니다.'

이 마지막 대사를 막 입 밖에 내려는 순간이었다. 한순간 파티장이 술렁거렸다.

무슨 일인가 싶었지만, 맥그로는 신경 쓰지 않고 말문을 열었다.

"이 프로젝트의 승자는……."

그러나 파티장의 모든 사람들은 자기가 아니라, 등 뒤의 스크린으로 시선을 던지고 있었다.

어떤 사람은 놀란 표정으로 입을 틀어막았고, 어떤 사람은 스크린을 손가락으로 가리켰다.

술렁임은 더욱 커졌다. 마치 스크린 앞에 서 있는 자기 따윈 안중에도 없는 것 같았다.

맥그로는 등 뒤의 스크린을 올려다봤다.

예정대로라면 키르기스스탄에서 완성 예정인 거대한 댐의 CG가 흘러나와야 했다.

그런데 올려다본 스크린에는 CG 댐이 나오지 않았다. 그 대신 큼지막하게 확대된 흐릿한 남자 얼굴이 보였다. 너무 가까워서 잘 보이지 않았다.

"뭐야? 왜 이래?"

맥그로는 모니터 고장인 줄 알았다. 그런데 다음 순간, 거기에 비친 화면이 리영선의 상처투성이 얼굴임을 알았다.

파티장의 술렁임은 더욱 커졌다.

스크린에 뜬 사람은 소식이 끊긴 리영선 본인이 틀림없었고, 게다가 아무래도 그것은 라이브 영상임을 차츰 알 수 있었다.

맥그로는 살짝 뒤로 물러서서 스크린을 올려다봤다.

영상에는 물에 흠뻑 젖은 리영선이 나왔다. 찬찬히 살펴보니 그는 구명보트를 타고 바다 위에 떠 있었고, 파도에 따라 등 뒤의 수평선과 구름이 크게 흔들거렸다.

"뭐야, 저건 뭐지?"

맥그로는 무심코 소리를 흘렸다. 곧바로 아야코를 찾았지만, 조금 전까지 서 있던 장소에 그 모습은 보이지 않았다.

"아야코는 어디 있어? 아야코는 어딨냐고?"

맥그로는 가까이 있던 스태프에게 고함을 쳤다.

"뭐야? 이 영상은 대체 뭐냔 말이야!"

그러나 스태프는 아무런 대답도 못 하고, 시선이 이리저리 헤맬 뿐이었다.

그러는 중에 영상뿐 아니라 음성까지 들려왔다. 파티장 안은 또다시 술렁거렸다.

"이 자리에 모여주신 여러분, 저는 리영선입니다. 본의 아니게 걱정을 끼친 것 같은데, 보시다시피 저는 무사합니다. 원래는 당연히 그쪽으로 찾아뵈었어야 하는 입장입니다만, 오늘은 사정상 일본으로 가는 중이었습니다. 하지만 보시는 대로 일본에 가지 못하고, 현재 타일랜드만 앞바다에서 흔들리는 구명보트 신세를 지고 있습니다."

그쯤에서 파티장 안에 박수 소리가 일었다. 사람들은 리영선의 영상을, 그리고 그의 안녕을 순순히 환영했다.

"……자, 그럼, 제가 현재 왜 이런 장소에서 구명보트를 타고 있는지 설명해드리겠습니다."

맥그로는 핏기가 가셨다. 엉겁결에 연단의 탁자를 움켜잡았다. 그런데도 무릎에서 힘이 빠져서 금방이라도 주저앉을 지경이었다.

"아야코…… 어디 있어?"

갈라진 목소리만 나왔다.

"우리가 탔던 비즈니스 제트기는 추락했습니다. 승객들 전원이 힘을 합해서 가까스로 바다에 불시착했습니다. 추락 원인은 기체 고장이나 미비한 점검 탓이 아닙니다. 지금 거기에 서 있고, 분명 속이 빤히 들여다보이는 연설을 하고 있을 맥그로 씨의 소행입니다. 이번 프로젝트를 독점하기 위해 그녀가 꾸며낸 책략입니다. ……지금 여러분 앞에 서 있는 맥그로 씨는 우리가 탄 비행기에 전파 장해를 일으키는 기기를 설치했습니다. 그로 인해 기체는 이륙 후 10분 만에 조종 불능 상태가 되었고, 바다로 추락한 것입니다. ……거기 서 있는 맥그로 씨는 우리를 죽이려 했습니다."

맥그로는 회장 손님들의 시선을 느꼈다. 다만 아직 그것은 반신반의하는 눈빛이었고, 스크린에서 하는 말에 대한 자신의 답변을 기다리고 있었다.

맥그로는 의연한 태도로 손님들에게 돌아섰다.

"여러분, 지금 리영선 씨는 보시는 대로 대단히 혼란스러운 상태입니다. 아마 그가 탔던 비행기가 해상에 불시착한 것은 틀림없을 겁니다. 그 충격 때문인지 뭔지 저로서도 판단이 서지 않습니다만, 평정심을 잃은 것은 여러분의 눈에도 확연하게 보이실 겁니다. 이쯤에서 저는 다시 리 씨에게 이런 말을 건네고 싶습니다."

맥그로는 그렇게 말한 후, 등 뒤의 스크린을 올려다보았다.

"리 씨. ……무사해서 정말 다행이에요. 내가 지금 할 수 있는 말은 그것뿐입니다."

맥그로는 더없이 감동한 듯이 목소리를 떨었다.

한순간 고요히 가라앉았던 파티장에서 차츰 박수 소리가 일기 시작했다. 손님들은 맥그로를 믿는 것 같았다.

그러나 다음 순간, 거슬리는 잡음과 함께 스크린 영상이 바뀌었다. 파티장 전체에 잡음이 울려 퍼져서 모두 다 귀를 틀어막았다.

잡음이 섞인 영상이 지나간 후, 거기에 모습을 드러낸 것은 맥그로 자신의 얼굴이었다.

"뭐야, 이건……."

스크린에 비친 영상은 평소 자기가 사용하는 회사 집무실이었다. 그렇게 개인적인 영상을 찍을 수 있었다면, 가까운 사람임에 틀림없다.

그때 영상에 비친 자신이 입을 열었다.

"이제 거의 다 됐지?"

"네, 거의 다 됐어요." 대답하는 아야코의 목소리가 들렸다.

분명 그 여자가 몰래카메라로 촬영한 것이다.

"리영선 일행이 탄 제트기는 이미 추락했나? 아니면 아직……."

맥그로는 핏기가 싹 가셨다. 자기가 말하고 있는 상대는 아야코다. 그때 상황도 또렷하게 기억한다.

맥그로의 얼굴은 창백하기 이를 데 없었다.

스크린에서는 아야코와 나누는 대화가 이어졌다.

"아마 지금 막 추락할 상황일 거예요." 아야코가 대답했다.

"당신은 정말…… 아냐, 됐어."

진저리가 난다는 듯한 자기 얼굴이 비쳤다. 아야코를 빨리 내보내려고 손을 흔들었다.

그러나 아야코는 나가지 않았다.

"이 작전에서 고 사인을 내린 사람은 당신이에요."

"맞아, 그랬지. 지시를 내린 사람은 나야. 그리고 결과 보고를 받는 사람도 나고. 그렇지만 그 중간의 생생한 순간은 싫어.”

조바심이 난 자기 얼굴이 크게 비쳤다.

문득 아야코가 차고 다니던 목걸이가 떠올랐다. 매우 아름다운 앤티크 디자인이었지만, 칭찬해주기 싫어서 눈길을 주지 않았다. 어쩌면 그것이 몰래카메라였을지도 모른다.

거기까지 생각했을 때, 등 뒤로 몹시 차가운 감각이 느껴졌다.

돌아보니 파티장의 분위기는 완전히 변해 있었다.

개중에는 얼굴에 노골적으로 혐오감을 드러낸 사람도 있었고, 그 클래스 사람들이 흔히 그렇듯이, 문제가 일어나기 전에 빠지려고 이미 파티장을 떠나는 사람도 있었다.

맥그로는 천천히 파티장을 둘러보았다. 먼저 찾은 사람은 전속 변호사였다. 그러나 오늘 이 자리에 초대하지 않았으니 있을 리가 없었다. 그런데도 찾았다.

아마 리영선의 증언에 입각해서 자기는 가까운 시일 안에 구속될 것이다.

맥그로는 천천히 단상에서 내려오려 했다. 그 순간, 이쪽을 바라보는 아야코의 모습이 보였다. 맥그로는 손님들의 따가운 시선을 받으면서도 파티장 한가운데를 당당히 걸어갔다. 손님들은 피하듯이 길을 열어주었고, 그 끝에 아야코가 서 있었다.

맥그로는 천천히 다가간 후, “날 이겼다고 생각할지 모르지만, 당신도 공범자야"라고 무표정으로 말했다.

아야코는 그저 미소만 지을 뿐이었다.

"뭐라고 말 좀 해!"

맥그로가 소리쳤다.

"원한다면, 말하지. ……정말 즐거웠어. 고마워."

에필로그

차는 흙먼지를 일으키며 신장 위구르 자치구의 타클라마칸 사막을 달리고 있었다.

벌써 몇 시간째 달렸는데, 경치는 전혀 변함이 없다. 전후좌우에 펼쳐진 것은 무표정한 모래벌판과 바람결에 물결무늬가 새겨진 모래언덕이었다.

그러나 다카노는 그제야 깨달았다. 사막의 경치가 시시각각 변한다는 것을.

따가운 햇볕이 쏟아지는 모래언덕은 금방이라도 잠들어버릴 것 같은 갓난아기를 닮았다. 그리고 짙은 그늘을 품은 계곡은 그 갓난아기를 지그시 지켜보는 엄마 얼굴로 보였다.

다카노는 조수석 창을 열었다. 창을 열자마자 모래를 머금은 뜨거운 바람이 얼굴을 때렸다. 햇볕은 가차 없이 내리쬐며 팔뚝을 바작바작 태웠다.

다카노는 시원한 물을 한 모금 마셨다. 마시고 나서야 자기가 목이 몹시 말랐다는 걸 깨달았다.

"어디까지 끌고 갈 작정이야?"

다카노가 어이가 없다는 듯이 물었다.

몇 시간 동안 핸들을 잡고 있는 리와는 거의 말을 주고받지 않았다.

"서두르지 말라니까."

차 안으로 날아드는 모래에 얼굴을 찡그린 리가 받아쳤다.

다카노는 몇 달 만에 리와 재회했다. 비즈니스 제트기가 타일랜드만 앞바다에 추락한 일련의 사건 후로는 처음이었다.

어젯밤, 키르기스스탄의 호텔에서 재회했을 때, 리는 문득 생각난 듯이 "마침 잘됐군. 내일 너에게 재밌는 걸 보여주지"라고 말했다.

다카노는 보나 마나 키르기스스탄 어딘가로 데려가겠지 예상했다. 그러나 다음 날 아침, 리가 준비한 헬리콥터가 향한 곳은 이곳 중국의 타클라마칸 사막이었던 것이다.

다카노는 새삼스레 광대한 사막을 둘러보았다. 지금 만약 자동차 시동을 끄면, 들리는 건 분명 사막을 스쳐 가는 바람과 자기들의 심장 소리뿐일 것이다.

"아직도 추락했을 때 꿈을 꿔."

리가 불쑥 입을 열었다.

"꿈속에서 우리는 살아나나?" 다카노가 웃었다.

다카노 자신은 추락할 때의 그 감각이, 흡사 갓 생겨나 아물지 않은 상처처럼, 기억이 아니라 피부에 또렷하게 남아 있었다. 그때 만약 신지가 밧줄을 놨다면, 분명 해수면에 내동댕이쳐져 즉사했을 것이다.

그때 자신은 왜 신지라는 낯선 젊은이를 믿으려 했을까, 다카노는 아직도 그 이유를 알 수가 없었다. 다만 밧줄을 당기려고 날개를 차낸 순간, 자기 목숨을 분명 그 신지에게 맡겼다.

다카노는 필사적으로 밧줄을 움켜잡고, 자기 몸을 끌어 올렸다. 신지 또한 입에 거품을 물며 밧줄을 당겨주었다. 몸이 기내로 굴러 들어간 것과 기체 바닥이 맨 처음 해수면과 충돌한 것은 거의 동시였다.

크게 튀어 오른 기체 바닥에 다카노도 신지도 사정없이 내동댕이쳐졌다. 그런데도 필사적으로 좌석을 움켜잡고, 서로의 몸을 잡고, 꼬리를 물며 엄습해오는 충격을 견뎌냈다.

생존 가능성은 거의 없었으나 하늘은 다카노 일행의 편이었다.

그러나 혼란은 그때부터였다.

기체는 바로 침몰하기 시작했다. 당연히 구명보트 같은 건 없었다. 모두 다 구명조끼 하나로 반쯤 잠긴 기체 날개에 매달려 있었다. 구조하러 올 거라는 희망은 없었다.

리를 포함한 조종사들도 무사히 기체 밖으로 나왔고, 얼마쯤 그렇게 파도에 흔들리고 있었을까. 결국은 기체가 꼬리부터 가라앉기 시작했다.

기체가 가라앉자, 작열하는 태양이 얼굴을 태웠다. 그와 반대로 물에 잠긴 몸에서는 체온이 빠져나갔다.

맨 처음 의식이 멀어져간 사람은 승무원이었다. 신지가 그 몸을 받쳐주며 계속 말을 걸었다.

해류에 흘러가면서 모두가 차츰 멀어졌다. 누구나 구조에 대한 기대를 품으면서도 동시에 주위 360도가 모두 수평선뿐인 상황에서 이미 절망하기도 했다.

바람결에 실려 저 멀리서 기적 소리가 들려온 것은 바로 그때였다.

눈길이 닿는 모든 세계가 무(無)였던 곳에 조그맣게 움직이는 물체 하나가 나타났다.

모두 다 기도하는 심정으로 아득히 먼 배를 바라보았다.

그러자 그 모습이 차츰 커졌다. 다카노 일행은 필사적으로 손을 흔들었다. 아무리 흔들어도 보일 만한 거리는 아니었지만, 그럼에도 불구하고 몸을 움직이지 않을 수는 없었다.

다행히 배는 다카노 일행 곁으로 다가왔다.

그리고 그 대형 크루즈의 갑판 위에 서 있는 사람은 데이비드 김이었다.

"계산했던 추락 지점에서 기다렸어. 너희가 쓸데없이 저항하는 바람에 추락 장소가 어긋났잖아."

갑판 위의 데이비드 김이 그렇게 말하며 웃었다.

다카노는 바다 위에 뜬 채로 리에게 시선을 돌렸다. 네가 데이비드를 불렀느냐는 질문이었지만, 리는 고개를 가로저었다.

하긴 리가 추락을 알고 있었을 리 없다.

두 사람의 기색을 눈치챈 데이비드가 생쥐 꼴이 된 승무원을 안아 올리며, "그 대답이라면, 아야코야"라고 알려주었다.

"아야코?" 다카노가 물었다.

"어, 그래. ……그 여자, 역시 제정신이 아니야. 너희를 죽이려고 한 것도 그 여자고, 구해달라고 부탁한 것도 그 여자야."

데이비드가 어이없다는 듯이 웃었다.

진상을 알고 난 후에 다카노는 신기하게도 화가 나지 않았다. 이젠 어느 쪽이 가지고 놀았고, 어느 쪽이 놀림을 당한 건지도 알 수가 없었다.

자동차는 속도의 변화 없이 계속 달려갔다. 외길 아스팔트가 모래에 덮여갔다. 불그스름하게 퇴색된 타클라마칸 사막의 모래는 뜨겁다.

다카노는 계속 들고 있던 페트병 물을 마셨다. 어느새 완전히 미적지근해졌다.

외길 끝자락에 모래에 파묻힐 것 같은 작은 마을이 보였다. 이런 장소에 주유소를 에워싸고 건물 몇 개가 늘어서 있었다.

"저 주유소에서 잠깐 쉬자."

리가 액셀러레이터를 힘껏 밟았다.

"뭐가 있는데?" 다카노가 물었다.

"뭐가 있냐고? 아무것도 없어. ……연료를 넣을 수 있고, 딱히 맛있지도 않은 식당에서 공복을 채울 뿐이지."

자동차는 주유소로 들어섰다.

거의 알몸으로 물놀이를 하고 있던 남자아이와 여자아이가 달려오는가 싶더니, 다카노가 타고 있는 조수석 창으로 물대포를 쏘기 시작했다.

다카노는 물대포에 맞아 죽는 시늉을 했다. 두 아이 다 그 모습이 어지간히 신이 났는지, 이번에는 차에서 내린 리를 쫓아가며 그 등에 물대포를 퍼부었다.

리는 돌아서서 성가시다는 듯이 손사래를 치며 아이들을 쫓아냈다. 쫓아내면서 그 지역 언어로 "어른은 없니?"라고 물었다.

두 아이는 그 얼굴에 대고 가차 없이 물줄기를 쏘았다.

사무실에서 아이들의 아빠로 보이는 남자가 나와서 급유 준비를 시작했다.

차에서 내린 다카노도 새파란 하늘 밑에서 늘어져라 기지개를 켰다.

손짓하는 리에게 가까이 다가가자, 옆에 작은 식당이 있었다. 미국 시골 마을에 있는 간이식당처럼 생겼는데, 메뉴에는 중화요리가 늘어서 있었다. 남자의 아내인 듯한 여자가 듣고 있던 라디오 볼륨을 높였다. 중국 유행가 같았다.

리는 적당히 두세 가지 요리를 주문한 후, 냉장고에서 직접 시원한 맥주 두 병을 꺼냈다.

"주손지가 정계 은퇴를 표명한 모양이야. 특종을 터뜨린 건 〈규슈신문〉이고."

리가 그렇게 말하며 맥주를 단숨에 마셨다.

"그런 것 같더군." 다카노가 대답했다.

고도 성장기부터 일본의 에너지 정책에 절대적인 힘을 갖고 있었던 주손지의 정계 은퇴는 크게 보도되었다.

다만 중진이었던 정치가답게 주손지 자신이 표면에 나서지는 않고, 전후 일본의 에너지 정책 시비와 관련된 피상적인 보도가 일단락되자, 세간에서는 눈 깜짝할 새에 주손지라는 정치가가 잊혔다.

"결국 댐을 폭파시키려고 했던 응보에서는 도망칠 수 없었던 거겠지."

리가 그렇게 중얼거리고, 또다시 맥주를 들이켰다.

"……결국, 진상을 알고 있는 오쿠니 총리가 여전히 주손지의 목덜미를 쥐고 있는 셈이야. 보나 마나 주손지의 기반도 권익도 앞으로는 오쿠니 총리가 모조리 가로채겠지. 주손지는 당연히 잠자코 시키는 대로 할 수밖에 없어. 만약 그 뜻을 거슬렀다가는 댐 폭파 주모자로 체포돼서 여생을 교도소에서 보내게 될 테니까."

리의 이야기를 들으면서 다카노는 밖으로 시선을 돌렸다. 모래 먼지를 들쓴 차에 아이들이 또다시 물대포로 물을 뿌리고 있었다.

"……이걸로 오쿠니 총리는 한동안 편안해. 아마 일본은 올림픽까지, 아니 몇 년은 더 그의 뜻대로 되겠지."

주방에서 부추와 버섯을 볶은 음식을 내왔다. 강한 후추 향이 식욕을 자극해서 다카노는 더는 기다릴 수 없다는 듯이 젓가락으로 집어 들었다. 식감이 느껴지는 희귀한 버섯이었다.

다카노는 어금니로 꼭꼭 씹으면서, "오쿠니 총리처럼 너도 앞으로는 평안하겠지"라고 놀렸다.

그러나 리는 웃음기도 없이, "중앙아시아의 수도사업은 지금부터가 중요한 국면이야"라고 중얼거렸다.

"어때, 우리 다오카는 잘하고 있나?"

"다오카? 아아, 아지스와 함께 일하는 AN 통신의 젊은 녀석?"

"그 녀석은 내가 가르쳤어."

"그럼 넌 좋은 선배야. 아지스 일행과 신뢰 관계도 두터워. AN 통신의 대표로서 어느 정도 권한도 부여받은 것 같더군."

"그 녀석은 내가 처음부터 훈련시켰지." 다카노가 다시 한번 말했다.

"아참, 추락한 비행기에 타고 있던 신지라는 녀석은……."

이어서 내온 생선 요리를 볼이 미어지도록 먹던 리가 문득 생각이 난 듯이 말했다.

"신지라…… 그 녀석이 없었으면, 지금쯤 우리는 이 녀석들 먹이야." 다카노가 흰살생선의 살점을 젓가락으로 집었다.

"그 녀석, 지금 우리한테 와 있어."

"너희한테?"

"으음, 우리가 쓰지. 물론 지금 그대로는 쓸 만한 재목이 못 되니 하나부터 다시 가르쳐야지."

"어떻게?"

"그거야 우리가 제일 잘 알잖아."

"파리로 보내서 테이블 매너부터 가르칠래?"

다카노의 말에 리가 소리 내어 웃었다.

"그래. 그것도 좋겠군."

"어, 그 녀석이라면 할 수 있어."

다카노가 자리에서 일어서서 두 번째 맥주를 가져왔다.

창밖으로 시선을 돌리자, 사막으로 뻗어 있는 외길의 아득히 멀리서 자동차 한 대가 달려오는 모습이 보였다.

속도가 상당한지, 모래 연기를 높이 피워 올렸지만, 광대한 사막의 배경을 흐트러뜨릴 수는 없었다.

"그보다 맥그로의 '로열 런던 그로스'는 어떻게 됐어?" 다카노가 물었다.

"RLG는······."

리가 왜 그런지 가게 밖으로 눈길을 돌렸다.

"지금은 필사적으로 저항하지만, 내 수중에 들어오는 건 시간문제야. 오히려 내가 맘먹고 고소하면 맥그로는 살인범, 그것도 비행기를 추락시키려고 한 장본인으로 모든 걸 잃을 테니까."

리가 맥그로를 생매장시키다시피 한 것은 다카노도 이미 알고 있었다.

파티장의 스크린으로 리영선이 무사함을 알렸을 때, 모두 다 맥그로의 음모를 믿었다. 그러나 리는 그 후 기자회견에서 '맥그로의 음모설은 잘못되었다. 사고 직후라 머리가 조금 혼란스러웠다'라고 설명했다.

다시 말해 맥그로를 살리는 것도 죽이는 것도 자기 증언에 달려 있다는 사실을 그녀에게 알린 셈이다.

현재 리는 '로열 런던 그로스'의 합병 계획을 합법적으로 추진하는 중이다. 런던 벨그라비아 지구의 체스터스퀘어에 있는 30억 엔은 족히 나갈 저택까지 가로챌 수 있는 계약을 맺으려는 것 같았다.

다카노는 김이 모락모락 피어나는 만두를 뜯고, 향미유에 튀긴 흰살생선을 끼워서 한입 가득 베어 물었다. 만두는 막 쪄냈는지 육즙이 듬뿍 배어 있었다.

"그럼 또 한 사람의 살인범은?" 다카노가 물었다.

"또 한 사람?" 리가 고개를 갸웃거렸다.

"맥그로와 함께 우리를 죽이려고 했던 공범자가 있잖아?" 다카노가 씁쓸하게 웃었다.

"아아, 그 여자는……."

리가 다시 시선을 돌렸다.

다카노도 그에 이끌려서 돌아보았다. 조금 전에 저 멀리 보였던 차 한 대가 어느새 바로 옆까지 와 있었다. 새빨간 람보르기니 우루스인데, 강렬한 햇살을 받아 흡사 루비처럼 반짝거렸다.

다카노는 주유소로 들어오는 그 차를 물끄러미 바라보았다. 차가 멈췄고, 아이들이 또 재미있어하며 물대포를 한 손에 잡고 다가갔다.

다카노는 그쯤에서 알아챘다. 돌아보며, "혹시 그 공범자야?"라고 물었다.

리가 빙그레 웃었다.

"그 건 이후로 맥그로에게 쫓긴다는 얘기가 돌던데." 다카노가 말했다.

"어, 맥그로가 고용한 용병에게 모로코에서 살해당했다는 소문도 있어."

"그런데……."

다카노가 일어섰다.

새빨간 차에서 바람에 휘날리는 머리칼을 누르며 내린 사람은 아야코였다. 차에서 내린 아야코가 눈부신 사막을 천천히 둘러보았다. 햇볕에 살짝 그은 듯했다.

다카노는 가게 밖으로 나갔다.

문이 열리는 걸 알아챈 아야코가 돌아보았다.

"살아 있었나?" 다카노가 말을 건넸다.

"당신이야말로 끈질기네." 아야코가 미소를 지었다.

"맥그로한테 쫓기고 있지?"

"예상보다 집요해. 하지만 괜찮아. 맥그로는 이미 끝난 여자야."

아야코가 천천히 다가왔다. 높은 힐이 모래에 파묻혀서 걸음걸이가 육감적이었다.

"지칠 대로 지친 도망자 분위기는 아니군." 다카노가 웃었다.

"한동안 니스에 있었어. 해변에서 독서 삼매경. 오랜만에 프루스트를 독파했지."

"태평한 사람이군."

"난 쫓기는 건 익숙하니까."

어느새 등 뒤에 와서 선 리가 "내가 불렀어"라고 말을 건넸다.

"재밌는 걸 보여주겠다고 해서 왔는데, 이런 데까지 불러놓고 별것 아니면 용서 못 해."

말과는 다르게 아야코는 벌써부터 이 이벤트를 즐기고 있는 듯했다.

"슬슬 갈까."

리가 손목시계를 보았다.

"어." 다카노가 고개를 끄덕였다.

아야코는 당연하다는 듯이 자기가 타고 온 차의 조수석으로 미끄러져 들어갔다.

대신에 다카노가 우루스 운전석에 올라탔다.

흙먼지를 날리며 달리기 시작한 리의 차를 다카노가 쫓아갔다. 솟구쳐 오른 흙먼지가 바람에 휘날렸고, 노란색 사막으로 도로가 일직선으로 뻗어 있었다.

리가 운전하는 차가 속도를 낮춘 것은 15분쯤 달렸을 무렵이다. 차가 아무것도 없는 사막 속에서 서서히 멈췄다. 다카노는 브레이크를 밟으며 주위를 둘러보았다.

"저 녀석은 이런 곳에서 대체 뭘 보여주겠다는 거지."

리가 차에서 내렸다. 그리고 차의 지붕으로 뛰어올랐다.

다카노와 아야코도 차에서 내렸다. 리가 너희도 차 위로 빨리 올라오라고 손짓을 했다.

다카노가 먼저 올라가서 아야코를 끌어 올렸다.

사방은 온통 사막이었다. 바람이 만든 광대한 모래언덕은 아름답지만, 그것 말고는 아무것도 없었다.

"타이밍은 완벽해."

리가 기쁜 듯이 미소를 머금었다. 그때였다. 리가 바라보고 있던 방향에서 경치가 조금 움직였다.

햇빛을 받아 눈이 부신 사막 위에서 뭔가가 반짝반짝 빛을 내며 흘러왔다. 그것은 사막을 핥으려 하는 거대한 혀처럼 보이기도 했다.

"강이야. 이곳에 강이 출현해." 리가 중얼거렸다.

"강?" 소리를 높인 사람은 아야코였다.

아야코도 서서히 다가오는 정체를 응시하고 있었다.

"우린 지금 여름철 세 달만 이곳 타클라마칸 사막에 출현하는 허톈강의 시작을 보고 있는 거야."

"강의 시작?" 이번에는 다카노가 물었다.

물은 무시무시한 기세로 사막을 달려왔다. 마치 즐겁게 뛰어오는 아이들처럼 보였다.

"이 사막 너머에는 6천 미터 급의 산들이 이어진 쿤룬산맥이 있어. 그 빙하가 녹아서 이 사막으로 흘러들지. 남쪽에서부터 북쪽까지 500킬로미터. 여름철에 딱 세 달만 출현하는 대하, 허톈강이야."

물은 눈 깜짝할 새에 가까이 다가왔다. 가늘었던 줄기는 어느새 크게 펼쳐지며 사막의 색을 바꿔갔다.

"가자! 따라와!"

리가 차 지붕에서 뛰어내려 운전석으로 올라탔다.

"어디로?"

그렇게 물으면서도 다카노와 아야코 역시 자기들 차로 돌아갔다.

"대하와의 경주다!"

리의 차는 이미 달리기 시작했다. 타이어가 젖은 모래를 감아올리며 대하의 기원을 쫓아갔다.

"가자!" 다카노도 아야코에게 소리쳤다.

"어디까지?"

다카노는 사막의 끝자락, 지평선을 바라보았다.

어디든 갈 수 있다……. 그런 생각이 들었다. 진심으로 그런 생각이 들었다.

옮긴이의 말

　'법은 만인 앞에 평등하다.' 이 말에 의문을 넘어선 부정적 견해를 품은 지는 이미 오래다. 그렇다면 태양은, 공기는, 물은 과연 어떨까? 선뜻 대답하지 못하는 우리에게 이것 역시 인류에게 더 이상 공평한 자원이 아닐지 모른다는 경각심을 불러일으키는 작품이 있다. 요시다 슈이치의 엔터테인먼트 소설 3부작 《태양은 움직이지 않는다》《숲은 알고 있다》《워터 게임》이다. 그리고 이 시리즈의 대단원을 마무리하는《워터 게임》은 앞선 두 작품을 훨씬 뛰어넘는 장대한 스케일과 역동적인 액션, 압도적인 속도감으로 대역전극을 만들어낸다.

　탁류가 순식간에 도시를 집어삼켜버린 거대한 댐 폭파 사건, 뇌리에 강렬하게 박히는 충격적인 장면으로 이야기는 시작된다. 신문기자 구조는 이것이 대규모 범죄일 가능성을 눈치채고, 폭파 사건이 일어난 밤에 행방을 감춘 보수공사 인부 와카미야 신지를 찾아 나선다. 한편 산업스파이 조직 AN 통신의 다카노는 댐을 폭파시킨 주모자를 쫓는다. 그 과정에서 수도사업 민영화의 이권을 노리고 몰려든 국내외 기업과 정치인들의 공방, 그 소용돌이 속에서 암약하는 스파이들의 암투가 전개된다. 그리고 어느 순간, 당초 계획이 정체 모를 누군가에게 가로채이면서 사태는 결국 통제 불가능한 지경에 이른다. 이렇듯 인간의 온갖 욕망들이 뒤얽힌 모략과 기만이 난무하는 비정한 정보전을 제압하고, 최후에 웃게 될 승자는 과연 누구일까?

소설의 무대는 일본뿐만 아니라 타이, 캄보디아, 스위스, 영국, 홍콩, 키르기스스탄…… 종횡무진 전 세계를 넘나들고, 누가 적이고 누가 아군인지 판단하기조차 어렵다. 아니, 상황이 바뀌면 적과 아군은 언제든지 뒤바뀔 수 있다. 때문에 이들의 생사는 상대를 '믿느냐' '믿지 않느냐'는 매 순간의 판단에 달려 있다. 그리고 타인에 대한 신뢰의 문제는 작가가《분노》이후로 줄곧 쥐고 있는 화두이자, 그의 창작 의지를 더욱 북돋아주는 주제이기도 하다.

또한 이 작품에는 전편의 인기 캐릭터들이 총출동해서 대담함과 섬세함을 고루 갖춘 요시다 월드의 새로운 면모를 경험하게 해준다. 그중에서도 가장 돋보이는 인물은 역시 주인공

다카노다. 앞의 두 작품에서는 그가 인생에서 잃은 것을 그려
냈다면,《워터 게임》에서는 그가 얻은 것을 이야기한다. 나이
와 경험이 쌓여가면서 의연하고 매력적인 남자로 변모한 그는
작가도 부러워하는 대상으로 성장한다. 그 밖에도 신출귀몰하
는 라이벌 데이비드 김, 노회한 정치가 주손지, 그리고 행방이
묘연했던 불사조 야나기까지 그야말로 개성 넘치는 인물들의
'올스타전'을 방불케 한다. 그래도 역시 거부할 수 없는 매력의
소유자인 아야코의 존재감은 단연코 압권이다. 배경에 대한
정보가 전혀 없는 베일 속의 그녀는 아무리 손을 뻗어도 잡을
수 없는 신기루다. 그 어떤 속박도 걸림돌도 없기에 누구도 예
상치 못한 방향으로 유유히 날아다니는 팔색조가 된다.

　인간의 내면을 깊이 파고들며 잇달아 새로운 지평을 열었던
작가가 인간의 근본적인 '외로움'을 애써 제거하는 이번 작업
을 통해 깨달은 것은 '외로움이 없는 인물들은 이토록 자유롭
게 움직일 수 있구나. 밖으로, 더 밖으로 나갈 수 있구나' 하는
점이었다고 한다. 그래서 아야코처럼 한없이 거침없고 매혹적
인 인물이 탄생한 것이다.

　작품에서 늙은 정치인은 말한다. "……정보는 곧 보물이야.
보물찾기에 뛰어난 자가 이 세상을 제압하지." 바로 그 '정보'
들이 매매되는 약육강식의 세계에서 살아남으려면 누구보다
빨리 유익한 '정보'를 손에 넣고, 그것을 가장 효율적으로 활용

하는 능력이 필요하다. 그리고 그 힘은 '생각'에서 나온다. 다카노는 부하인 다오카에게 말한다. "……다오카, 생각해. 어떤 일에나 돌파구는 있어. 그걸 생각해내야 해. 앞으로 네가 이 세계에서 살아남기 위해 필요한 건 단 한 가지. 생각한다, 그것뿐이야." 그렇다, 이 책을 포함한 '다카노 가즈히코 시리즈'의 공통적인 주제는 '살아남기'다. 거기에 단순한 오락과 재미를 넘어서는 묵직한 메시지와 깊은 감동이 담겨 있다. 우리는 누구나 어떤 형태로든 살아남아야 하는 나름의 고된 전쟁을 치러야 할 테니까.

이영미

워터 게임

1판 1쇄 발행 2020년 5월 25일

지은이·요시다 슈이치
옮긴이·이영미
펴낸이·주연선

총괄이사·이진희
책임편집·심하은
표지 및 본문 디자인·이다은
책임마케팅·김진겸
마케팅·장병수 이한솔 이선행 강원모
관리·김두만 유효정 박초희

(주)은행나무
04035 서울특별시 마포구 양화로11길 54
전화·02)3143-0651~3 | 팩스·02)3143-0654
신고번호·제 1997—000168호(1997. 12. 12)
www.ehbook.co.kr
ehbook@ehbook.co.kr

잘못된 책은 바꿔드립니다.

ISBN 979-11-90492-61-4 (03830)